GILBERT BORDES

Gilbert Bordes est né à Orliac-de-Bar, en Corrèze, et vit en région parisienne. Plusieurs de ses romans ont été couronnés : *La nuit des hulottes* a reçu en 1992 le prix RTL-Grand Public, et *Le porteur de destin* a été salué la même année par le prix Maison de la Presse et divers prix régionaux. Gilbert Bordes s'attache surtout à raconter des histoires dans la pure tradition des romanciers populaires, histoires de société (*L'année des coquelicots*), mais surtout humaines (*Le silence de la Mule*, *Lumière à Cornemule*, *Juste un coin de ciel bleu*, etc.) ou romans historiques (*Les frères du Diable*, suivi de *Lydia de Malemort*). Plusieurs de ses livres, tels *Le roi en son moulin*, *La nuit des hulottes*, ou *Le porteur de destin* ont été adaptés pour la télévision. Plus récemment, *Et l'été reviendra* et *La malédiction des louves* sont parus chez Robert Laffont.

LA CONJURATION DES LYS

DU MÊME AUTEUR
CHEZ POCKET

LES CHASSEURS DE PAPILLONS
L'HEURE DU BRACONNIER
LE SILENCE DE LA MULE
LE VOLEUR DE BONBONS
LUMIÈRE À CORNEMULE
DES ENFANTS TOMBÉS DU CIEL
NOUS IRONS CUEILLIR LES ÉTOILES
JUSTE UN COIN DE CIEL BLEU
LA MALÉDICTION DES LOUVES

LES COLÈRES DU CIEL ET DE LA TERRE

LA MONTAGNE BRISÉE
LE DERNIER ORAGE

LA PESTE NOIRE

LA CONJURATION DES LYS
LE ROI CHIFFONNIER

GILBERT BORDES

LA PESTE NOIRE

*

LA CONJURATION DES LYS

XO ÉDITIONS

Le papier de cet ouvrage est composé de fibres naturelles, renouvelables, recyclables et fabriquées à partir de bois provenant de forêts plantées et cultivées expressément pour la fabrication de pâte à papier.

ISBN : 978-2-266-17966-9

Prologue

Un cri strident suivi du hurlement d'un chien retentit dans les couloirs froids et déserts. Des pas martelèrent les marches d'un escalier de pierres blanches. Dans le parc, dominé par l'imposante silhouette du donjon de Vincennes, les feuilles rouges des érables s'envolaient au vent qui soufflait par bourrasques depuis quelques jours. Il faisait froid, ce 12 novembre 1324. Depuis une dizaine d'années, c'était ainsi : les hivers commençaient tôt et finissaient tard, les étés pluvieux ne permettaient pas toujours de récolter les blés qui pourrissaient sur pied.

Les aboiements de Tarot traversaient les murs du castelet que le roi Louis X avait offert à sa femme, la reine Clémence de Hongrie. Dans la forêt voisine, des pauvresses occupées à ramasser les branches mortes cassées par le vent se dressèrent et tournèrent un regard inquiet vers les deux tours de la reine. Celle-ci était malade et les langues allaient bon train : Clémence avait beaucoup grossi ces derniers temps ; les malveillants disaient que ce n'était pas de trop manger, même s'il était agréable pour les riches de se goinfrer quand le peuple avait faim.

– La vérité, ma commère, et je le sais par ma sœur qui sert aux cuisines, c'est que notre reine, veuve depuis huit ans, a accouché voilà trois jours. Une fille ! Comme je vous le dis ! Mais n'en parlez pas ! Ordre a été donné d'occire ceux qui auraient la langue trop bien pendue.

– Par saint Jacques ! Avec ses airs de sainte ! Vous m'en apprenez une bien bonne, ma chère ! Je ne peux pas vous croire !

Pourtant, dans la chambre située au premier étage du château où brûlait un grand feu, trois femmes se pressaient autour du lit défait sur lequel Clémence gisait, inconsciente après avoir poussé un cri strident. Francesca tapota la joue de la malade et lui parla en napolitain. C'était une matrone sans âge à la taille épaisse, portant une coiffe blanche aux bordures brodées à la mode lombarde. Ses lèvres épaisses chuintaient des mots déjà résignés. Les yeux fermés, le visage marqué de profondes rides, la reine respirait à peine. Dans le petit lit de bois sombre, un nouveau-né au visage rouge et fripé poussait des cris de rat. Pour préserver le secret de son accouchement, la veuve de Louis X avait fait dire qu'elle avait pris froid et n'était assistée que de ses trois fidèles servantes qui ne la quittaient pas depuis 1315, date de son arrivée à la cour de France.

La reine ouvrit lentement les paupières. Tarot, le premier à s'en apercevoir, sauta sur le lit malgré les protestations des femmes et se mit à lécher le visage de sa maîtresse, qui posa sa main trop blanche sur la tête de l'animal. Francesca écarta le chien d'un revers de bras puissant. Clémence tourna vers elle ses yeux gris empreints d'une grande lassitude.

– Fais appeler Renaud. Je veux entendre une dernière fois sa musique. C'est la seule consolation que j'aie eue sur cette terre.

– Il est là, madame, qui fait les cent pas dans l'antichambre. C'est moi qui l'ai empêché de venir jusqu'à vous…

L'homme qui entra était assez grand, plutôt svelte ; sa magnifique chevelure noire luisait aux chandelles comme le pelage d'un corbeau. Ses yeux clairs pétillaient de malice sous ses sourcils épais. Son visage maigre aux joues creuses, au nez saillant, à la bouche largement fendue, ses dents blanches et régulières inspiraient la confiance. Il était beau et rappelait à Francesca les bergers napolitains de sa jeunesse.

Il se précipita vers le lit, s'agenouilla et prit les mains de la malade qu'il porta à ses lèvres.

– Ma mie, ma petite reine, ma vie ! murmura-t-il en langue d'oc.

D'un geste lent, elle ordonna à ses servantes de se retirer. Francesca remonta la couverture sur les épaules de la jeune femme, jeta un regard rapide à Renaud d'Aignan qui signifiait « Surtout ne la fatiguez pas ! » et s'en alla en fermant la porte derrière elle.

Clémence demanda à Renaud de glisser un coussin sous sa tête. Ses cheveux s'éparpillaient en lourdes mèches autour de son crâne large et haut.

– Mon amour, te voir en cet ultime instant me réconforte. Sois sans crainte, je comparais devant le juge suprême l'âme en paix. Nous n'avons commis aucun péché puisque nous sommes mariés devant Dieu. Les preuves de notre union, écrites et contresignées par le témoin frère Jourdan d'Espagne, sont gardées au monastère de Saint-Germain-en-Laye. Dans cette cassette, tu trouveras aussi l'acte de naissance de notre enfant, Eugénie. La preuve qu'elle est bien née d'une union légitime entre l'ancienne reine de France et Renaud d'Aignan, poète itinérant.

– Ma reine ! dit Renaud en posant son front sur la poitrine de la malade. Tu vas guérir, j'en suis certain !

Clémence secoua la tête.

– Non, je vais mourir. C'est pour cela que j'ai l'esprit si clair en cet ultime instant. Eugénie doit vivre selon son rang. Son frère, Jean Ier, se trouve quelque part en Toscane. Les preuves de sa survie sont aussi consignées par frère Jourdan d'Espagne. Un jour, tu les aideras à retrouver la place qui leur est due.

– Ma Clémence, mon bel amour, repose-toi ! Je m'occuperai de notre fille et de ton petit roi, même si ma race est indigne de la leur…

– Je te crois… Emmène Eugénie loin de ce castel, loin de Paris où l'on chercherait à la tuer. Dans ta Gascogne, elle pourra grandir en sécurité.

La reine porta la main de Renaud d'Aignan à ses lèvres brûlantes et la garda ainsi un long moment.

– Dans cette cassette, tu trouveras une médaille à l'effigie de la Vierge, poursuivit-elle. Oui, Caruzzii, mon astrologue à Naples, m'avait prédit deux enfants. J'avais fait fondre deux médailles pour leur porter chance. J'ai bien cru qu'il s'était trompé à la mort du roi Louis, mais notre fille lui donne raison. La première médaille est au cou de Jean Ier.

Renaud d'Aignan n'ignorait rien de ce Jean Ier, né après la mort du roi Louis X et qui n'avait, officiellement, vécu que trois jours. Beaucoup savaient que ce n'était pas vrai. L'enfant empoisonné et enterré à Saint-Denis en 1316 était le fils d'une servante ; le jeune roi avait grandi dans un manoir des environs de Paris et avait été emmené à Sienne par un marchand d'étoffes.

Clémence comprit le silence de Renaud et précisa :

– Mon petit Jean régnera sur la France. Avant qu'il ne parte en Italie, je l'ai vu en compagnie de ce bon moine – que Dieu ait en sa sainte protection.

Un léger sourire dérida les lèvres pâles de la reine. Lentement, elle poussa une mèche noire qui lui agaçait la joue.

– Il est si beau ! Fier et noble ! Comme il redoutait que la vérité ne se découvre, frère Jourdan l'a confié à ce marchand siennois qui ignore tout de sa naissance.

Elle marqua encore une pause, les yeux levés au plafond de lambris, mais c'était son passé qu'elle voyait défiler et l'image restée précise de cet enfant blond et timide.

– Ma reine, je te jure que je ferai ce que tu me demandes. Eugénie sera en sécurité chez moi, dans mon vieux château d'Aignan. Ma belle-sœur, Éliabelle, l'élèvera comme sa fille. Elle grandira là-bas, elle parlera la langue des poètes en ignorant tout de ses origines. Je lui ferai donner une éducation de princesse au couvent de Saint-Jal, à Toulouse. Un jour, je lui révélerai la vérité…

Le visage de la reine se contracta, la sueur roulait sur son front ridé.

– Va ! dit-elle dans un souffle. Sache que je t'ai aimé comme personne au monde.

La fièvre était brusquement remontée. Clémence, qui délirait, ouvrit de grands yeux apeurés, repoussant des agresseurs prêts à l'étrangler. Renaud appela les servantes et frère Louis qui était aussi médecin et apprécié pour sa discrétion. Celui-ci administra une potion à la malade qui sombra dans un sommeil agité. Son visage se déformait en grimaces, elle retroussait les lèvres, découvrant des dents déjà gâtées.

– C'est la fin ! dit frère Louis en se mettant à genoux et joignant les mains pour prier.

Renaud éclata en sanglots et serra très fort contre lui la tête de Clémence. Francesca, d'une poigne sûre, l'obligea à se séparer d'elle.

– Hâtez-vous ! lui souffla-t-elle en langue d'oc. Un char vous attend dans la cour. La nourrice qui vous accompagne se trouve déjà à l'intérieur. Elle ne peut parler. Quand elle était enfant, un maître en mal de divertissement lui a coupé la langue. Je vous ferai parvenir des nouvelles.

C'est ainsi que Maria la Muette, qui avait perdu sa petite fille à la naissance, partit avec Renaud d'Aignan et Eugénie, fille de la reine Clémence, âgée de trois jours vers la lointaine Gascogne.

La reine Clémence ne mourut pas, mais ne retrouva jamais la clairvoyance de son esprit. Elle errait dans son castel de Vincennes, parlait uniquement le lombard et s'adressait à sa grand-mère morte depuis plusieurs années. Jamais plus elle ne dit mot sur le roi Jean, son premier fils, ni sur Eugénie, la fille de Renaud d'Aignan… Elle mourut en 1328 d'une infection généralisée provoquée par une rage de dents.

La même année, Philippe de Valois, neveu de Philippe le Bel, se faisait sacrer roi à Reims le 29 mai. Son accession au trône fut contestée par l'Angleterre, mais aussi par une grande majorité de pairs de France qui connaissaient l'existence de Jean Ier, caché en Italie sous le nom de Giannino di Guccio. Les plus grands barons du royaume se réunirent dans l'abbaye de Saint-Germain-en-Laye, jurèrent de donner leur vie pour chasser l'usurpateur et rétablir sur le trône de France l'héritier naturel, le dernier descendant direct d'Hugues Capet, fils de Louis X et de Clémence de Hongrie.

La conjuration des Lys était née. Ses débuts furent extrêmement difficiles : le pape, Jean XXII, estimait que, même illégitime, le Valois devait rester en place. Ses successeurs, Benoît XII et Clément VI, furent du même avis car ils pensaient que le petit peuple payait toujours au prix fort les querelles dynastiques. La Conjuration aurait probablement disparu par manque de chefs et de moyens si un grand dignitaire de l'Église, le cardinal de Varonne, ne l'avait rejointe en 1345. Excédé par les abus de pouvoir et les erreurs de Philippe VI, ce grand prélat vit le doigt de Dieu lui indiquer son chemin en plaçant Jean Ier à Sienne, qui était une république. Grand politique, Varonne se déplaça, étudia le gouvernement de cette province et en revint avec une certitude : les malheurs de la France étaient dus à de mauvais rois. Il était donc nécessaire de rétablir les anciennes lois franques qui répartissaient le pouvoir entre les grands du royaume et de redonner toute leur importance aux états généraux.

Ces propos furent accueillis avec enthousiasme par les barons normands qui trouvaient là l'occasion de reconquérir des privilèges que Philippe le Bel leur avait ravis. Ainsi la conjuration des Lys, au lieu de s'évanouir dans les méandres de l'Histoire, recruta une multitude de mécontents prêts à tout pour renverser les Valois d'un trône usurpé et mettre à leur place un roi légitime qui leur serait tout dévoué.

À partir de 1349, ils purent compter sur une alliée inespérée et redoutable : la Peste noire.

1.

Vingt-quatre années s'étaient écoulées depuis que Renaud d'Aignan avait confié Eugénie à Éliabelle, la femme de son frère Eude, quand, à la fin de l'été 1348, apparut dans le ciel d'Occident une nouvelle étoile immensément brillante, comme l'œil de Dieu fixé sur la terre des hommes.

On ne parlait que d'elle dans tout le monde chrétien. Les astrologues y voyaient l'annonce de grands malheurs. La vie fut, tout à coup, suspendue à cet astre aussi éclatant que la lune et doté d'une chevelure blonde qui tombait jusqu'aux branches hautes des arbres. De Naples à Paris, de Pampelune à Bordeaux, la peur poussait les foules vers les églises. On multipliait les offices, les processions et les pénitences. Du haut de leur chaire, les prêcheurs brandissaient la menace du courroux divin et appelaient les fidèles à la contrition.

Au milieu du mois d'août, l'éclat de l'étoile diminua jusqu'à se perdre dans la poussière lumineuse du chemin de Saint-Jacques. Le ciel en était comme orphelin. Et la vie continua, comme si rien ne s'était passé. Vint l'automne. Pluvieux et froid, dans le prolongement d'un été pourri. Les récoltes étaient maigres dans les greniers et les granges. Encore une fois, l'hiver ne se passerait pas sans famine, mais on ne voulait pas y penser.

En Gascogne, c'était la saison des tournois. Manants et vilains se passionnaient pour les combats de chevaliers en profitant des derniers beaux jours.

L'après-midi, le soleil, bien que bas sur l'horizon, chauffait agréablement les berges de la Baïse. Dans leurs lourdes armures, les chevaliers suaient abondamment, mais rien ne leur aurait fait renoncer à participer au tournoi qui se déroulait chaque année dans cette grande prairie sous les murailles imposantes du château de Condom. Toute la noblesse d'Agen à Toulouse, de Mont-de-Marsan à Auch était présente et tentait de briller devant les dames. Les manants, attirés par l'impressionnant déploiement de bannières, les harnachements colorés des chevaux, les tentes dressées dans les champs voisins de la rivière, étaient aussi de la fête.

Tout ce monde désœuvré avait attiré une foule de petits commerçants, marchands de gâteaux au miel, de fruits rares rapportés de Navarre comme les oranges et les citrons, de soupe, de vin, d'étoffes, de souvenirs et de reliques porte-bonheur. Des voleurs à la tire se faufilaient dans la cohue, guettant les bourses pendues à la ceinture.

La pluie avait gâté les vendanges. Le vin nouveau qui avait manqué de soleil piquait l'estomac. Pourtant, depuis que la fête était commencée, le ciel avait retrouvé un bleu pur tendu comme une peau de tambour qui faisait écho au bruit des lances sur les boucliers ou les plastrons d'acier.

Depuis plus de trente années, après la terrible famine de 1316 dont on parlait encore en se signant, le temps s'était détraqué, multipliant les étés pourris et les hivers rigoureux. La vermine pullulait, les enfantelets mouraient, abouchés à des seins stériles. Alors, on profitait de la fête, on s'éblouissait du spectacle. Les tonneaux de vin que l'on apportait par pleins chariots réjouissaient le cœur. On quittait le sordide quotidien pour un instant de bonheur, demain serait un autre jour.

Le soleil descendait sur l'horizon, le vent frais se levait, mais personne ne voulait rater la finale qui allait opposer les meilleurs jouteurs de la semaine. Ce n'était pas la première fois que le chevalier d'Eauze remportait le tournoi et les paris allaient bon train en sa faveur. Ce colosse, capable de terrasser un taureau, ne redoutait personne. Sa tête était énorme ; une épaisse toison de cheveux et de barbe noirs ne laissait passer que des yeux brillants, des lèvres rouges. Outre sa force, il était réputé pour sa gouaillerie, sa roublardise, son goût pour la ripaille et les gueuses. Son mariage avec Eugénie d'Aignan avait fait beaucoup parler dans le pays. Eugénie était de race noble mais aussi pauvre que les vilains et les manouvriers. Sa beauté rare, sa tenue digne des plus grandes dames avaient touché Geoffroi d'Eauze qui l'avait enlevée, et personne ne s'était opposé à leur union.

Les trompes annoncèrent le début de l'affrontement entre les deux finalistes. Le chevalier d'Eauze, monté sur un énorme cheval, s'approcha du dais d'honneur où se trouvaient avec leurs épouses le comte de Toulouse, maître de la cérémonie, et Gaston Phœbus, comte de Foix, empêché de participer au tournoi à cause d'une légère blessure. Eauze, le heaume ouvert, salua la foule qui l'acclamait. Sa puissance, son énorme masse si difficile à déstabiliser impressionnaient. Juché sur un cheval de trait capable de porter ses trois cents livres auxquelles il fallait ajouter cent livres d'armure, il avait eu raison de ses adversaires montés sur de légers étalons arabes. Le jouteur salua le comte de Toulouse, puis il s'arrêta devant sa dame dont il brandit l'écharpe accrochée à sa lance.

– Ma mie, cette victoire sera pour vous, car n'en doutez pas, je vais lui faire manger l'herbe de Condom, à ce vaniteux de Rincourt !

Sa voix puissante portait au-delà des gradins : tonitruante, elle se heurtait à la frondaison des arbres, s'amplifiait contre la peau tendue du ciel.

Tous les regards se tournaient vers Eugénie et admiraient son magnifique visage ovale au teint clair, ses cheveux très noirs aux reflets bleutés comme des plumes de corbeau qui s'échappaient en boucles de lumière de son hennin aux légers voiles bleus. Elle sourit à son époux et tourna vers le comte de Foix ses grands yeux dorés. C'était à coup sûr la plus belle femme de la noble assemblée et le chevalier d'Eauze, sanglier velu et sans délicatesse, puant le cuir frotté, le musc de bête sauvage, n'en était pas digne !

Geoffroi d'Eauze alla prendre sa place au bout du pré. Sa lance qu'il tenait pointée devant lui était énorme ; il avait fallu un tronc entier de frêne pour la tailler. Un homme de force ordinaire aurait peiné à la soulever, lui la maniait aussi facilement qu'un bâton de promenade.

Les hérauts annoncèrent le deuxième finaliste. Guy de Rincourt, monté sur son cheval blanc, s'approcha du dais d'honneur. Son heaume sous le bras, il s'inclina devant le maître de la cérémonie, sans prêter attention aux huées de la foule qui n'appréciait pas cet homme hautain et distant.

Le combat semblait très inégal. Le chevalier de Rincourt était d'une taille à peine au-dessus de la moyenne, mais bien proportionné. On avait remarqué lors de ses précédents affrontements sa souplesse de chat, son habileté et son élégance, mais que pouvait-il contre Eauze, deux fois plus lourd ?

La comtesse de Toulouse, qui avait bien vingt années de moins que son époux, demanda à son voisin :

– Rincourt, messire, n'est-ce pas ce chevalier dont les ancêtres sont venus du nord ?

– Assurément, ma mie. Les Rincourt sont arrivés avec les inquisiteurs dominicains pendant la guerre contre nos frères cathares. Son ancêtre fut du côté du pape quand Raymond de Toulouse, mon aïeul, dut s'humilier en chemise et pieds nus… Je ne souhaite pas sa victoire.

Le comte de Toulouse tendit les bras vers la foule qui continuait de crier. Le silence se fit lentement. Le chevalier de Rincourt n'avait pas réagi au mauvais accueil du public : il méprisait l'esprit populaire toujours prêt à suivre les plus forts en gueule.

L'homme dardait son regard de faucon sur Gaston Phœbus avec qui il ne s'entendait pas. Dans son visage long et maigre, un nez légèrement aquilin soulignait la fente des yeux et affinait sa ressemblance avec une tête de petit rapace, vif comme l'éclair et capable de maîtriser des proies beaucoup plus grosses que lui. Ses lèvres fines, son menton assez prononcé ajoutaient une volonté inflexible, une détermination rare. Même s'il ne l'aimait pas, s'il souhaitait le voir rouler dans la poussière, Gaston Phœbus ne pouvait s'empêcher de reconnaître la noblesse de ce chevalier de fer et de glace, âpre au combat, si différent de la petite noblesse locale, tapageuse et peu éduquée.

Le regard d'Eugénie d'Aignan avait quitté son monumental époux pour se fixer sur ce cavalier tout en finesse. La présence de Guy de Rincourt en finale la touchait au plus secret de son être, comme un doigt appuyé sur une blessure ancienne qui ne s'est pas refermée. Le peu de diligence qu'il mettait à regagner sa place au bout du pré, en face de son adversaire, s'imposait comme un défi, un acte d'honneur suprême. Eugénie le regardait avec une curiosité mêlée d'un autre sentiment qu'elle discernait mal et qui la rendait fiévreuse. Elle l'avait déjà vu dans des tournois précédents et avait toujours ressenti ce curieux malaise. Était-ce parce que Geoffroi médisait sans cesse sur cet étranger qu'elle se sentait attirée par lui ?

Tout à coup, au moment où il allait tirer sur les rênes et éperonner son cheval pour exécuter un élégant demi-tour, Guy de Rincourt vit Eugénie ; son cheval s'immobilisa dans un mouvement inachevé. Lui aussi connaissait la jeune femme, mais il ne l'avait jamais regardée comme à cet instant. La lumière des grands yeux dorés entrait en lui, y répandait une chaleur lourde qui coulait en flots épais. Il resta un long moment ainsi, immobilisé par la force de ce regard échangé. La foule silencieuse et attentive sentait bien que quelque chose d'extraordinaire venait de se passer, quelque chose de déterminant pour les deux chevaliers qui allaient s'affronter.

Personne ne marquait son impatience : l'instant était devenu éternité. Enfin le cheval de Geoffroi d'Eauze, écrasé par la charge, se mit à piétiner. Le cavalier, qui avait baissé la ventaille de son heaume, agita sa lourde lance.

– Eh bien, messire, cela vous fait-il peine de m'affronter devant cette noble assemblée ?

Il avait parlé ainsi, Eauze, car c'était tout ce qu'il avait trouvé à dire. Il voyait le regard de Rincourt planté dans celui d'Eugénie et il se sentait absent dans les yeux et les pensées de sa femme, et cela lui faisait plus mal que la pointe d'une lance plantée en plein ventre. Il lui sembla qu'Eugénie et Rincourt étaient comme deux reflets d'une même personne. Il chassa cette pensée douloureuse en exprimant sa colère avec impatience.

Rincourt se dirigea lentement vers le bout du pré. Son manque de précipitation, en exaspérant l'adversaire, lui donnait un avantage. Il prit le temps de positionner son cheval, puis l'éperonna. Il volait vers sa proie, Eauze roulait, rocher emporté par son élan. Les lances heurtèrent les boucliers, un bruit de fer monta jusqu'au ciel, un éclat puissant suivi d'un cri bref de la foule. Le chevalier de Rincourt avait su, au dernier moment, dévier sa lance vers la gauche, à la jointure de l'épaule et du bras. La pointe avait glissé, mais s'était accrochée suffisamment pour déséquilibrer le sanglier face au félin qui, à son tour, avait été soulevé de sa monture. Au sol, les deux hommes se remirent sur leurs jambes aussi vite que le permettaient leurs armures et se défièrent de nouveau. Eauze, le premier, sortit sa lourde épée, Rincourt fit de même avec cette légèreté, cette souplesse qui ajoutaient tant de grâce à chacun de ses gestes. Ils délacèrent leur heaume qui bloquait les mouvements de la tête. Contrairement aux usages locaux, Rincourt portait les cheveux courts, dégageant son front tout en hauteur. En face de lui, Eauze, bête à l'épaisse crinière noire, rugissait. Ils se défiaient, cherchant la faille. Un geste, un mot du comte de Toulouse auraient suffi pour arrêter là un combat qui risquait de mal tourner.

Gaston Phœbus pensait à ce que lui avait rapporté un voyageur : à Marseille, une nouvelle maladie tuait des milliers de personnes chaque jour. « Elle prend de préférence les hommes jeunes et forts. Ils vomissent leur sang et un jus verdâtre. Leur corps pourrit en quelques heures, avant qu'ils n'aient rendu leur âme à Dieu ! »

– Ceci est loin de nous ! marmonna-t-il dans un soupir.

– Que dites-vous ? demanda la comtesse de Foix en tournant vers son mari un regard étonné.

– Rien, ma mie. Ces deux hommes qui se défient l'épée au clair ne jouent plus. Il va falloir songer à les arrêter avant qu'ils n'endeuillent ces jeux.

Eauze et Rincourt ne se quittaient pas des yeux. Plus rien n'existait autour d'eux, la foule n'était plus qu'une vague colorée, le ciel renvoyait les bruits qui les assourdissaient. Cette aversion spontanée qu'ils éprouvaient l'un pour l'autre depuis longtemps s'était, tout à coup, transformée en haine. Le feu ne cohabite pas avec la glace ; tous deux étaient constitués d'éléments qui se repoussaient, qui se détruisaient. Eauze pensait au regard de Rincourt à Eugénie et Rincourt ne supportait plus la présence de ce rustre malodorant auprès de celle qui, en un éclair, avait illuminé son esprit. Leurs épées se heurtaient avec un bruit de cloche, un ébranlement que l'air tardait à étouffer. Et comme ni l'un ni l'autre ne pouvait dévoiler la vérité de leur affrontement, ils évoquaient un terrain accessible à tous qui, pourtant, comptait peu à cet instant ultime :

– Souviens-toi des reliques de sainte Jésabelle ! cria Rincourt en se précipitant sur leur adversaire. Je vais te montrer ce qu'il en coûte de refuser de les remettre à son véritable propriétaire !

– Ventre du diable ! Ces reliques ne te reviennent pas, répondit Eauze, tu n'es qu'un étranger. Les tiens ont volé le fief des Valence…

Dans cette querelle entre voisins, Rincourt s'était toujours trouvé isolé face à la noblesse locale solidaire de l'antique famille d'Eauze. Geoffroi refusait de donner la châsse des précieuses reliques de sainte Jésabelle qui protégeaient des épidémies. Rapportées de Terre sainte lors de la première croisade par un certain Jehan de Valence, elles avaient été confiées à Robert d'Eauze en 1240, pendant la guerre contre les albigeois. À la suite d'un jugement du tribunal de Bordeaux qui lui avait donné raison, Guy de Rincourt, seigneur de Valence, réclamait ces reliques et menaçait son adversaire de les récupérer les armes à la main.

Le combat se poursuivait, acharné, dans le silence de cette fin d'après-midi où un petit vent aigrelet faisait frissonner la foule. Comprenant combien cet affrontement la dépassait, la populace retenait sa respiration. Deux fauves, élevés pour la guerre, se battaient à mort sur une herbe destinée aux bœufs et aux moutons.

Les épées s'entrechoquaient dans un bruit clair et strident. Les lames criaient la détermination de ceux qui les maniaient. Les adversaires, insectes maladroits dans leurs armures luisant aux dernières lueurs du jour, ne sentaient pas la fatigue. Eauze se ruait tel un taureau que rien ne pouvait déséquilibrer ; Rincourt au contraire jouait avec la pesanteur, s'esquivait au dernier moment, sûr de ses mouvements. Le chat retombait toujours sur ses jambes.

Silencieuse, immobile comme une statue, Eugénie d'Aignan ne perdait pas un détail de la scène. Elle avait la certitude que son destin se jouait avec ces épées qui se heurtaient toujours plus fort. Elle tremblait pour cet étranger qui l'avait regardée avec tant d'insistance et qui aurait dû la laisser indifférente. Elle pensa à ses deux garçons, Matthieu, qui avait huit ans, et Benoît, un enfantelet de quatre ans.

La foule sanguinaire, prise au jeu, hurlait, poussant les combattants exténués à aller toujours plus loin. Les épées ne se cherchaient plus, mais se pointaient vers les têtes nues. Alors, le comte de Toulouse qui redoutait l'accident fit sonner la fin du combat.

– Les cloches des complies vont retentir. Messires, vous nous avez donné grand spectacle, aussi il n'y aura pas de vaincu, mais deux vainqueurs de ces superbes journées.

La foule, grugée de l'issue fatale qu'elle attendait, protesta, puis se résigna. Des enfants envahirent la prairie et se défièrent avec des épées en bois. Invités par Raymond de Toulouse et Gaston Phœbus, Eauze et Rincourt s'approchèrent du dais d'honneur. Tous les deux lancèrent le même regard à Eugénie d'Aignan, ce qui n'échappa pas à Grâce de Mirande, l'épouse de Rincourt. Par sa retenue, ses attitudes, Grâce ressemblait à son mari. Elle avait longtemps maudit le ciel de l'avoir affublée de grands yeux bleus, cette marque du monde infernal, mais elle avait su en tirer profit. Son autorité, sa grande piété, sa force de caractère lui valaient le respect de tous.

Son monde venait de basculer à cause d'un simple regard et son destin ne pourrait être que tragique. L'indifférence que son mari lui témoignait depuis longtemps n'était pas issue de la froideur qu'il affichait pour tous, mais d'une attente, d'une âme toute tournée vers un ailleurs qui venait de se préciser. Personne ne vit ses sourcils s'abaisser, ses yeux lancer un éclair froid, ses mains fines se crisper en minuscules poings durs.

Tout à coup, les jeunes gens qui avaient envahi la prairie refluèrent vers les gradins en hurlant. Devant eux, de gros rats noirs surgis du bosquet traversaient le pré en poussant des cris aigus.

– Des rats ! s'écria Raymond de Toulouse en remontant le col de son manteau, des rats !

Puis il ajouta, comme pour se rassurer :

– Voyons, ce ne sont que des rats !

Oui, mais quels rats ! Noirs comme les ténèbres de l'enfer et d'une taille démesurée ! Aussi gros que des lapins ! Et qui vous regardaient de leurs yeux saillants comme des boutons pleins de lumière ! Les rudes laboureurs étaient stupéfaits. Des rats, ils en voyaient tous les jours, mais pas comme ceux-ci. Les chevaux hennissaient et se cabraient. Le comte de Toulouse s'étonna :

– Voilà qui est curieux !

– Que voulez-vous dire, mon ami ? demanda la comtesse en jetant un regard effrayé sur les étranges animaux arrêtés en bordure de la prairie comme pour défier les hommes.

– Ce mal qui ravage le Languedoc… On m'a dit qu'il était toujours précédé par des signes bizarres comme…

Il inspira longuement, puis souffla :

– … comme ces rats ! Et puis, il y a eu cette étoile fixée sur la terre, l'œil de Dieu qui demandait des comptes !

Le dais d'honneur se vidait. Les chevaliers et les dames devaient revêtir leurs plus beaux atours pour paraître au grand banquet de clôture qui allait durer une partie de la nuit.

Sombre, Guy de Rincourt regagna sa tente en compagnie de ses serviteurs. Grâce lui lança un regard anxieux. Pendant que ses écuyers l'aidaient à délacer sa cotte, il demanda un surcot blanc, ce qui surprit tout le monde.

– Messire, c'est que nous n'en avons pas ! dit Branson.

Abélard Branson, un bâtard d'une famille du Nord apparentée aux Rincourt, était son homme de confiance.

– Eh bien, trouves-en un !

On fouilla le camp. Branson acheta à prix d'or une chemise blanche à un moine dominicain.

– Cela fera l'affaire, dit Rincourt. À partir de ce jour, je ne porterai que tunique blanche jusqu'à ce que mon vœu soit exaucé.

Il ne précisa pas quel était ce vœu, mais à la détermination qui marquait son visage, Branson comprit que son seigneur engageait toute sa vie.

– Dieu vous entende ! dit-il.

– Tu ne crois pas aussi bien parler. C'est Dieu lui-même qui vient de me montrer mon destin et je n'en dévierai pas !

2.

– Messire, c'est la fin du monde !

L'homme tremblait dans son épais manteau en peau de loup. Sa capuche ne laissait voir que son visage rouge, ses yeux terrifiés. Un mulet portant deux malles se tenait devant lui. Dans la cour, porcs, volailles et ânes piétinaient le purin. Des valets d'étable, vachers et charretiers s'étaient rassemblés autour du marchand juif dont la venue était toujours une distraction, l'occasion de cesser le travail pendant quelques instants. Retmann, un habitué de ces contrées de Gascogne, visitait les cours locales deux fois par an. Il rapportait de Marseille des épices, des étoffes flamandes, des broderies d'Orient et des onguents de Barbarie.

Guy de Rincourt, qu'on était allé chercher, s'approcha du Juif qui s'inclina respectueusement.

– Qu'est-ce que tu racontes ? Voilà que tu crois les rumeurs !

– Ce ne sont pas des rumeurs, messire, mais la vérité ! Des rats aussi gros que des agnelets annoncent l'apocalypse ! Nous allons tous mourir !

Retmann porta sa main noueuse à sa barbe grise et ordonna à ses deux valets de soulever le couvercle des malles. Il suait et claquait des dents en étalant devant les curieux une pile d'étoffes aux couleurs vives.

– Voici de la pure soie d'Inde teintée aux pigments d'Orient… dit-il en levant ses yeux aux paupières flasques sur Grâce de Mirande, puis, se tournant vers Guy de Rincourt, il ajouta : Messire, pardonnez-moi, je ne suis pas bien depuis deux jours. Des douleurs me cisaillent le corps comme des lames rougies au feu.

Il eut un haut-le-cœur, détourna la tête et vomit un sang à forte odeur de pourriture.

Guy de Rincourt fronça ses épais sourcils noirs. Son surcot blanc tranchait dans la grisaille du matin. Son regard, que personne n'osait soutenir, brûlait de ce feu froid propre aux hommes que Dieu a désignés pour conduire les autres.

– Que t'arrive-t-il ?

– La maladie infernale, monseigneur, la mal-mort ! En Avignon, on l'appelle la peste ! Elle me tient et pourtant, j'ai marché très vite ! Des cadavres puants partout dans les rues ! On les ramasse par charrettes entières ! On meurt aussi à Auch où le sénéchal vient d'interdire la cité aux voyageurs. Partout, les châteaux, les villes fortes abaissent leurs herses. La mal-mort me tient, la gueuse !

Il n'arrivait pas à arrêter le tremblement de sa mâchoire.

– Qu'est-ce que tu racontes ? dit Rincourt en faisant un pas vers le marchand. Toi qui parcours les chemins été comme hiver, tu sais bien que ce n'est que menterie ! Tu ne vas quand même pas trembler comme ce vieux gâteux de comte de Toulouse ! Tu auras pris froid, voilà tout.

– Ne vous approchez pas ! cria Grâce en levant les bras. Cet homme est possédé !

Retmann vomit une nouvelle fois des glaires vertes. Il poussa un gros soupir qui sembla vider son corps de sa vie, leva lentement son regard terrorisé vers le chevalier de Rincourt.

– La peste ! dit-il dans un souffle. Elle a marché plus vite que moi !

La bave verdâtre sortait de sa bouche, roulait en bouillons putrides sur sa barbe.

– Marchand, viens te chauffer !

Retmann s'appuya sur le rebord de sa caisse ouverte, tournant autour de lui des yeux exorbités. Il claquait des dents ; les valets reculèrent de quelques pas.

– Qu'on l'emmène près d'un feu ! ordonna Rincourt.

Mais personne ne broncha.

– Puisque c'est ainsi, fit-il en s'approchant du malade qui peinait à se tenir sur ses jambes, je vais le faire moi-même.

Grâce de Mirande, d'un geste vif, s'accrocha au surcot blanc de son époux :

– Mon ami, je vous en supplie, ne le touchez pas ! Il en va de votre vie !

– Mais enfin, que dites-vous ? Nous n'allons pas le laisser mourir dans la cour !

La main du Juif crispée sur le rebord de la caisse d'étoffes s'ouvrit lentement, il tomba dans le purin en poussant un hurlement de douleur.

– Nous n'y pouvons rien ! insista Grâce en tirant son mari à l'écart.

Personne ne s'approcha du malade, qui agonisa pendant plusieurs heures dans le froid et la boue. Quand ses cris cessèrent, un valet constata sa mort. Des femmes vinrent prendre les étoffes des caisses. Guy de Rincourt ordonna qu'on emporte le cadavre en dehors des murs. En prenant d'infinies précautions, plusieurs valets armés de perches glissèrent une corde autour de ses jambes, le tirèrent jusqu'aux fossés puis le poussèrent dans l'eau.

Après souper, le chevalier de Rincourt tendait ses mains au feu nourri qui mettait un peu de gaieté dans la vaste pièce froide où tout le monde se taisait. Les chiens dormaient, couchés près de l'âtre. Dame Grâce, en face de son époux, caressait la nuque de sa deuxième fille, Aude, âgée de trois ans. La fillette avait hérité des yeux bleus de sa mère et de la froideur de son père, alors que Marie, l'aînée qui allait sur ses dix ans, était enjouée, aimant les chansons et la musique… Rincourt se demandait pourquoi Dieu l'avait fait épouser cette femme qu'il n'aimait pas. Après un long silence respecté par les valets qui desservaient la table et s'occupaient du feu, Grâce dit d'une voix pleine de ressentiment :

– La peste qui a tué le Juif Retmann nous menace. La pire de toutes les maladies et nous n'avons rien pour nous en protéger ! Pourtant, cette protection existe et nous revient. Ce sont les reliques de sainte Jésabelle que le félon d'Eauze refuse de nous remettre. L'heure n'est plus aux réclamations. Si nous voulons survivre, il faut vous décider.

Rincourt opina. Au coin de ses yeux, les petites rides en éventail se creusèrent, preuve qu'il y pensait aussi. Depuis son retour du tournoi, Grâce avait constaté que son époux était préoccupé. La femme vertueuse connaissait la raison qui l'affublait de cette horrible tunique blanche, mais elle n'en montrait rien. Ses armes étaient discrètes et surtout silencieuses.

– Qu'on appelle Branson ! ordonna le chevalier sans détourner son long et maigre visage des flammes qui l'éclairaient d'une lueur vacillante.

Quelques instants plus tard, Branson, âgé d'une trentaine d'années, plutôt replet, la lippe rouge et charnue au milieu d'une barbe rousse, entra dans la pièce. Il portait le chapeau de fer et la cotte souple qui moulait son gros torse de soldat.

– De combien d'hommes d'armes pouvons-nous disposer demain dans la journée ?

– Une centaine de cavaliers, autant d'archers. Quant à la piétaille…

– Qu'on enrôle tous les hommes disponibles dans nos fiefs. Demain, nous attaquons Eauze.

Branson s'y attendait. Aussi avait-il mis au point plusieurs plans d'action.

– Messire, fit-il en marchant de long en large devant Rincourt, le château d'Eauze peut être pris par une escouade de cinquante hommes en quelques heures et dès la nuit prochaine. Pourquoi attendre ? Tout est prêt depuis longtemps. J'ai fait remettre en état le vieux souterrain qui date des albigeois. Nous pouvons faire irruption dans la place en profitant de l'obscurité.

– Dès la nuit prochaine, tu dis ?

– Assurément. J'ai tout préparé !

– Alors, ne perdons pas de temps !

Quelques heures de sommeil suffisaient à Geoffroi d'Eauze. Après une journée passée à traquer le louvard, il était rentré au château, s'était repu d'une demi-douzaine de pigeons, d'une poularde et d'un cuissot de chevreuil tout en bavardant avec frère Pirénin, un moine astrologue capable d'interpréter les signes du ciel.

– As-tu vu ces maudits rats ? As-tu lu quelque chose là-dessus dans tes livres en latin ? Qu'est-ce que cela signifie ?

– Les émissaires du diable, messire ! répondit Pirénin en vidant son hanap de vin et faisant claquer sa langue. Partout où ils sont, la mal-mort tue ! C'est ce que disent les voyageurs venus de Marseille !

– Et que sais-tu de cette mal-mort ?

– Avant la venue de notre Sauveur, Dieu l'avait envoyée aux idolâtres d'Égypte, d'Alexandrie, de Grèce et de Rome. Caton l'Ancien la nommait *pestis*, la peste ! Elle ouvre grandes les portes de l'enfer et indique aux hommes les souffrances qui les attendent. Elle tue en moins de deux jours. Oui, c'est le pire des maux que Dieu laisse répandre sur terre pour punir les pécheurs !

Après le dîner, Eauze alla passer quelques instants en compagnie de ses fils. Matthieu était un robuste garçon, massif, qui promettait d'égaler son père en force et en poids. Il aimait les jeux violents, maniait déjà avec aisance la petite épée que le forgeron du château lui avait fabriquée. Benoît, à quatre ans, était plus fluet. Ses cheveux ondulés, ses yeux clairs lui venaient de sa mère.

Le chevalier d'Eauze croisa l'épée avec Matthieu sous le regard admiratif de Benoît, puis il se rendit dans la chambre de sa femme. Eugénie écoutait un artiste jouer de la vielle à archet. Elle avait un goût immodéré pour la poésie et la musique que détestait son époux, aussi congédia-t-elle serviteurs et musiciens. Eauze n'était pas un homme policé ; son esprit à l'image de son corps massif allait droit au but, sans fioriture, montrant son désir et le satisfaisant au plus vite. Eugénie souffrait de ce comportement, mais s'efforçait d'accueillir son chevalier avec la soumission d'une bonne épouse. Elle avait bien essayé de le conduire vers les délices de l'amour courtois chanté par les poètes occitans, sans résultat :

– Ma mie, tout ceci n'est pas de mon entendement. Je n'ai point fréquenté les écoles comme vous. Je ne comprends que les choses simples !

Eugénie avait fini par se résigner, car Eauze faisait tout son possible pour la rendre heureuse. Elle qui avait vécu ses premières années dans l'insécurité des ruines d'Aignan, auprès de sa tante Éliabelle, qui avait mené la vie incertaine des vilains et des laboureurs, appréciait le confort relatif du solide château d'Eauze et la protection de son colosse. Pourtant, elle avait le sentiment de vivre en marge de sa destinée. Son père ne s'était-il pas mis en colère après son mariage décidé sur un coup de tête, ne lui avait-il pas dit qu'elle venait de commettre la pire des erreurs ? Elle se souvenait encore de sa belle voix pleine de reproches : « Eauze n'est pas d'assez grande noblesse pour toi ! »

Geoffroi resta jusqu'à la mi-nuit en sa compagnie puis passa dans sa chambre dormir quelques heures. Il souhaitait se lever tôt pour reprendre la traque du gros loup qui lui avait encore échappé dans les forêts de la Neuville. Il s'endormit d'un coup, remplissant le château de ses ronflements puissants qui rassuraient son entourage.

Tout à coup, un grand tapage le réveilla. Les énormes mâtins que les gardes lâchaient chaque nuit dans l'enceinte aboyèrent ; les chevaux hennirent dans les écuries, des cris montaient de la cour. Eauze bondit hors de sa peau d'ours, s'empara de son épée. Il appela ses valets, qui ne répondirent pas. Bessonac, son homme de confiance, arriva, essoufflé.

– Messire, un grand malheur…

– Mais quoi, ventre Dieu, que se passe-t-il ?

– Rincourt, messire. Rincourt et ses hommes sont ici ! Ils sont passés par le souterrain qu'on croyait écroulé depuis plus d'un siècle. Ils ont surpris tout le monde…

– Attends, hurla Geoffroi d'Eauze, je vais lui montrer à ce galeux, ce pou, cette salamandre, qu'on ne rentre pas chez moi sans y être invité.

– Non, messire. Ils sont en plus grand nombre que les rats noirs, il faut fuir tant que le chemin est libre !

– Moi, fuir ? Qu'est-ce qui te prend, Bessonac ? Tu mériterais que je te passe au fil de mon épée. Où est Roger, mon frère ?

– Je ne sais pas ! Cessons de discutailler !

Eauze descendit quatre à quatre l'escalier en poussant des hurlements d'animal furieux. Il fit irruption dans la cour, où ses hommes se battaient contre les intrus qui sortaient des caves. La faible lumière ne facilitait pas le combat. Moulinant avec son énorme épée, il se lança dans la mêlée. Les lames sonnaient en s'entrechoquant.

Le combat était inégal. Rincourt avait profité de l'effet de surprise pour neutraliser les gardes et couper l'accès aux renforts qui se reposaient dans les communs. Eauze se battait avec l'énergie du désespoir en pensant à Eugénie retranchée à l'étage. Pourtant, il cédait sous la pression du nombre. Il recula jusqu'à l'escalier. Sa position en hauteur lui donnait un petit avantage, mais pour un adversaire renversé, dix surgissaient devant lui. Sur le palier où brûlaient deux torches de résine,

Eugénie et ses femmes se pressaient, formant un rempart tremblant pour protéger les deux garçons. Matthieu hurlait pour qu'on le laisse prendre part à la bataille, mais sa tante Gertrude, la boiteuse, qui avait la poigne solide, le retenait avec autorité.

– Fuyez, ma mie, fuyez ! cria Eauze.

Pirénin, qui s'était retiré avec les femmes, était à genoux et priait en compagnie des servantes. Des hommes en armes leur ordonnèrent de se mettre à l'abri dans la chambre. Profitant de sa position dans l'escalier, Eauze ferraillait contre une dizaine d'assaillants bardés de fer, mais il ne garda pas longtemps l'avantage. D'autres soldats le prirent par le revers et purent le maîtriser, Eauze fut alors conduit dans la grande salle du château. Au centre, lui faisant face, un chevalier tout de blanc vêtu le défiait du regard. Le loup face au buffle. La ruse opposée à la force.

– Que la mal-mort te prenne ! hurla Eauze à Rincourt. Tu as failli à toutes les règles de la chevalerie !

Rincourt s'approcha de lui, fit la grimace en sentant l'odeur d'animal sauvage qu'exhalait ce corps velu. Son regard exprimait son triomphe. Eauze ne baissa pas ses yeux porcins pleins d'une haine profonde.

– C'est toi qui parles ainsi ? Tu oublies que tu devais me remettre les reliques de sainte Jésabelle ! L'archevêque de Bordeaux, représentant de ton roi, Édouard le Troisième, t'a condamné et tu n'as pas voulu l'entendre. Tu croupiras donc dans ses geôles et je m'en réjouis !

– Jamais je ne me soumettrai ! tonna Eauze, toujours tenu par une grappe d'hommes qui peinaient à l'immobiliser. Je préfère mourir plutôt que plier le genou devant toi !

Rincourt éclata d'un grand rire et se tourna vers ses hommes, qui se crurent obligés de rire à leur tour.

– La sentence de Bordeaux était claire. Tu es donc déchu de tes terres d'Eauze.

– Déchu de mes terres ? Sache que les Eauze sont ici depuis cinq siècles, et sont apparentés à toutes les vieilles familles de Gascogne ! Je préfère être pendu afin que les vieux barons, mes amis, mes parents, prennent les armes pour t'écraser comme l'immonde salamandre que tu es !

– Soit ! Demain, au lever du soleil, tu seras pendu au donjon de ce château ! Ta maudite race va disparaître à jamais !

Les hommes qui retenaient Eauze voulurent l'emmener. Il fallut du renfort pour contraindre le colosse et l'enfermer dans une cellule boueuse de la cave.

Une fois les lourdes grilles verrouillées, Eauze se retrouva dans le noir et le froid humide. Il prenait conscience qu'en quelques minutes, lui, le maître absolu des lieux, était devenu un condamné sans soutien. Rincourt oserait-il exécuter sa menace ? Le géant, qui ne craignait pas de recevoir une lame en travers du corps redoutait d'être pendu comme un vilain.

Sa vie n'avait pas été exemplaire, mais pas plus dissolue que celle des autres seigneurs. Sa position de noble lui valait le privilège de ne pas être inquiété quand ses propos dépassaient la bienséance. Jusque-là, il s'était cru éternel, infaillible et peu préoccupé par le paradis ou l'enfer. Il ne comprenait rien aux méandres de l'esprit religieux : pour lui, Dieu était une sorte de roi installé dans le ciel qui rendait la justice, comme il le faisait lui-même avec ses paysans. Ce roi du bien partageait avec le roi du mal la création du monde. Ainsi la guerre contre les albigeois avait-elle donné la victoire aux bons chrétiens, mais les traces de l'hérésie cathare n'étaient pas près de s'effacer dans les esprits simples confrontés aux injustices du quotidien.

Non, Rincourt ne le ferait pas pendre : tous les seigneurs d'Aquitaine lèveraient leur bannière contre lui. Pour se donner du courage, Eauze imagina sa femme marchant dans les interminables allées de l'enceinte fortifiée. Il pensa, ravi, à son magnifique visage, à ses yeux clairs poudrés d'or, à ses cheveux très noirs formant de lourdes boucles luisantes. Une fille de reine ! disait Renaud d'Aignan après boire. Rincourt ne profitait-il pas de la querelle des reliques pour s'emparer d'elle ? À cette heure, Geoffroi d'Eauze n'était plus certain de rien.

Il imagina encore la corde rugueuse autour de son cou ; les os ne résisteraient pas au terrible poids de son corps. Une douleur, la dernière, éclaterait dans sa tête, puis il sombrerait. Que ferait alors son âme ? Irait-elle devant le juge suprême ? Ne plus respirer, ne plus banqueter avec ses amis, ne plus courir le cerf ou le loup dans une chevauchée éreintante, ne plus voir Eugénie et ses deux enfants, surtout Matthieu qui lui ressemblait tant, ne plus trousser une bergère au détour d'un chemin, tout cela lui manquerait. Le paradis ne l'intéressait pas. Il ne connaissait que la vie sur cette terre avec ses plaisirs et ses douleurs, il s'en contentait.

La nuit se peuplait d'images nées de ses souvenirs, celles de son enfance heureuse avec les paysans dont il ne partageait pas la misère, son adolescence, ses premières amours, ses longues journées de chasse... Un bruit de pas lui fit tendre l'oreille. Était-ce déjà l'heure du supplice, de la dernière honte ? Une boule de colère grossissait en lui. « Ils ne me tiennent pas encore ! » se dit-il en bandant ses énormes muscles.

Le bruit persistait, mais ce n'était pas celui des bourreaux qui n'avaient aucune précaution à prendre. Ceux qui s'approchaient le faisaient en retenant leurs pas, comme des conspirateurs.

– Messire, pas un mot ! murmura quelqu'un dans l'ombre. Nous sommes là pour vous sauver.

Une clef tourna dans la serrure avec un bruit énorme qui s'amplifia contre les voûtes humides. Eauze se demanda un instant si son adversaire n'utilisait pas ce genre de ruse pour masquer son crime : simuler une évasion qui aurait mal tourné, un coup d'épée malheureux dans l'obscurité. La porte s'ouvrit en grinçant. Un homme de petite taille mais au gros ventre tenait une lampe à huile. Geoffroi sentit son odeur d'ail.

– Pirénin ? Toi, ici ? Tu ne me trahis pas ?

– Faisons vite. Les hommes de Rincourt ont oublié le souterrain qui conduit à l'ancienne chapelle, celui que votre aïeul avait fait ouvrir il y a près d'un siècle pour sauver les cathares. Il est toujours intact, j'ai fait dégager l'ouverture. Nous sommes libres.

Eauze prit les mains de son chapelain et les pressa contre sa large poitrine.

– Tu as fait ça, toi ? Poltron comme je te connais... Dieu t'en sera reconnaissant !

– Ne blasphémez pas ! J'avais fait faire cette clef en un temps où je redoutais que vous ne m'enfermassiez ! Ne perdons pas de temps ! Il faut fuir. Rincourt a rendu visite à dame Eugénie.

– Je vais le piler, le réduire en boue !

– Pressons, messire. L'heure n'est pas aux conciliabules !

– Conciliabules ? Je suis obligé de fuir de ma propre maison comme un voleur et tu parles de conciliabules !

– Pour retenir les gardes, j'ai mis en perce quelques tonneaux de votre excellent vin de Bergerac. Cela les change de leur habituelle *buvante*. Attention aux marches, nous n'avons pas de torches !

Eauze emboîta le pas à son chapelain. Il marchait sans hésiter dans ce lieu qu'il connaissait parfaitement. Une légère luminosité des pierres humides permit au fugitif de constater que deux hommes en armes l'accompagnaient. Ils arrivèrent à l'entrée du souterrain dégagée, le groupe s'y engouffra.

– Combien sommes-nous ? demanda Eauze, courbé dans l'étroit passage.

– Je ne pouvais mettre trop de monde dans la confidence ! s'excusa Pirénin. Nous sommes sept, vous, moi, messires Roger Mallois et Bessonac, c'est tout.

– Je ne comprends pas : cela ne fait que quatre !

– Vous oubliez la sainte Trinité qui nous accompagne, le Père, le Fils et le Saint-Esprit.

– Que vas-tu mélanger ceux-là à notre fuite, moinillon ! Je jure de te faire passer tes envies de plaisanter !

– Ne parlez pas trop haut, messire Geoffroi, les rochers sont fragiles, un rien peut les briser et nous arrêter. Rincourt n'aurait qu'à nous cueillir comme des pommes bien mûres.

– Le chien, je le ferai empaler, enfourcher devant son château pour que les siens le voient se tordre de douleur.

Ils suivirent un conduit étroit suintant d'humidité. Quand ils sortirent à l'air libre, un jour froid pointait sur les collines de l'est. Les coqs chantaient dans les fermes isolées en dehors des remparts de la ville. Un forgeron battait le fer, la cloche aigrelette d'un monastère appelait ses moines à la prière. Déjà des bergères emmenaient leurs chèvres sur les collines blanches de gel.

Eauze se tourna vers ceux qui l'accompagnaient et prit dans ses bras un homme qui lui ressemblait fort, aussi puissant que lui, mais la barbe moins fournie, moins noire, et les cheveux pleins de reflets roux.

– Roger, mon frère, où étais-tu donc ?

– Occupé, messire, occupé par le diable !

– Tu étais donc à servir une gueuse pendant qu'on mettait à sac notre château !

– Je ne pouvais pas le prévoir !

Roger Mallois était le demi-frère de Geoffroi. Ce bâtard du chevalier Raymond d'Eauze et d'une lavandière avait grandi avec une multitude d'enfants nobles et manants qui se retrouvaient pour des jeux violents. Il comprit vite que sa place n'était ni chez les maîtres ni au milieu des valets. Il avait donc été question de le donner à Dieu. Le garçon s'y opposa avec tant de fermeté qu'on finit par céder. À Eauze, on n'avait pas la foi chevillée au corps. Les derniers bûchers cathares s'étaient éteints depuis un siècle, mais la mémoire des âmes avait résisté aux condamnations d'une Église surpuissante et avide.

La ressemblance entre Mallois et Geoffroi d'Eauze avait conforté le lien du sang au point que l'on ne voyait jamais l'un sans l'autre. Ainsi le fils de la lavandière montait-il admirablement à cheval, maniait l'épée aussi bien que son noble frère et se tenait au même rang dans les assemblées. Il se refusait cependant à participer aux tournois pour ne pas avoir à affronter son double que, par calcul, mais aussi par amour il n'avait pas envie de combattre.

Eauze embrassa enfin Bessonac, tout en longueur, très maigre, les épaules sèches, le visage osseux. Lettré, il s'occupait des comptes du fief, rédigeait les courriers, apprenait la lecture et le latin aux enfants d'Eauze. Son sens des affaires et sa filouterie en faisaient un homme écouté et consulté pour les affaires graves. Ne sachant pas manier l'épée, il avait horreur des actions violentes, pourtant Eauze l'aimait et ce n'était pas un vain mot chez lui.

– Mon ami, j'ai chaud au cœur de te voir ici, de savoir que tu risques ta vie pour moi. Je te revaudrai cela.

– Messire, dit Pirénin en conduisant le groupe vers un taillis où étaient dissimulés des chevaux, il nous faut fuir tant que Rincourt ne s'est aperçu de rien. C'est notre seule chance de lui échapper et elle est encore très mince.

Les hommes enfourchèrent leurs chevaux laissés sous la garde de trois jeunes vachers à qui Pirénin avait donné quelques pièces. Il les menaça avant de les congédier :

– Je fais couper la langue à celui qui parle. Vous étiez chez vous, vous n'avez rien vu, vous ne savez rien !

Ils acquiescèrent en riant. En quelques heures de garde, ils avaient gagné autant qu'en une semaine de travail. Cela valait bien un petit mensonge qui ne pèserait pas lourd sur leur conscience.

Ils entendirent des cris, des ordres. L'agitation était grande au château qui sortait de la nuit.

– Fuyons ! insista Pirénin.

Ils éperonnèrent leurs chevaux dans un sentier qui s'enfonçait entre de profonds fourrés pour déboucher près d'un groupe de maisons grises couvertes de chaume. Entourées de palissades en bois, ces grosses fermes exploitaient des terres nouvellement défrichées. Défendues par des paysans armés de faux et de fourches, elles constituaient des proies faciles pour les bandes de pillards qui infestaient le pays.

Les chevaux des fugitifs se cabrèrent devant le flot noir de rats traversant le chemin. Pirénin, qui était le moins habile du groupe, roula aux pieds de sa monture, se releva aussitôt et se signa.

– Les forces du mal investissent le monde ! dit-il en joignant les mains.

Geoffroi d'Eauze, toujours prêt à se moquer de son sacristain, resta muet.

– Une invasion ! s'écria Bessonac. Au moulin d'Eauze, les valets passent la nuit à défendre les sacs de grains.

– Ne perdons pas de temps ! insista Pirénin.

Ils parcoururent plusieurs lieues sans être inquiétés, préférant les petits sentiers, les sous-bois aux grands chemins. Les rats étaient partout. Ils les virent par centaines se lancer à l'assaut d'un champ de raves défendu par de jeunes enfants. Eauze en tua plusieurs du plat de l'épée.

– Mais d'où viennent-ils ? demanda Mallois qui observait avec dégoût un cadavre aux poils noirs, luisants de lumière, avec sa queue longue d'un pied couverte de petites écailles claires comme celles d'un serpent ; même sans vie, les yeux noirs gardaient leur éclat et le défiaient.

– Le diable ! affirma Pirénin, et personne ne pensa à le contrarier.

– Messires, ces bêtes ne doivent pas nous faire perdre de vue que Rincourt a dû lancer les recherches et qu'il finira par nous retrouver si nous restons ici ! précisa Bessonac.

– Nous devons fuir en Navarre. Mon cousin, Henri d'Albret, m'y accueillera. C'est notre seule chance.

– Va pour la Navarre ! fit Bessonac.

Le soir tombait après une journée grise sans chaleur. Les fugitifs avaient croisé plusieurs villages, des villes fortes, mais étaient restés à l'écart. Ils n'avaient pas mangé depuis la veille et sentaient le poids de la fatigue. Seul Eauze avait encore la force d'éperonner son cheval pourtant à bout.

– On doit s'arrêter, dit Mallois, et trouver un endroit pour la nuit !

Ils arrivaient à l'orée d'une forêt. Des maisons en cercle, entourées d'une haute palissade de pieux, se dressaient devant eux. Ils furent étonnés de ne voir aucune fumée sur les toits. Une forte odeur de pourriture empuantissait l'air. Intrigués et parce qu'il fallait bien trouver quelque chose à manger, les quatre hommes s'approchèrent. Dans la cour, des volailles picoraient un tas de fumier. Un âne leva la tête vers eux et se mit à braire. Deux cadavres humains étaient étendus devant une porte ouverte. Ils pensèrent que les bandes armées avaient mis le hameau à sac, pourtant aucune trace de violence, pas la moindre flaque de sang autour des corps ne trahissaient une mort violente.

– Holà ! cria Eauze.

Une fille d'une quinzaine d'années sortit de l'habitation principale. Elle dressa vers eux son visage grêlé de boutons rouges, les supplia de ses grands yeux flambant d'une fièvre ardente.

– J'ai mal ! dit-elle dans la langue de Pau qui ne se différenciait de celle d'Eauze que par des accents plus prononcés et des mots locaux qui n'avaient souvent cours que dans le village où ils étaient utilisés.

La jeune fille fit encore quelques pas en titubant, puis tomba sur le sol boueux. Pirénin descendit de cheval et l'examina longuement. Elle délirait en vomissant du sang qui puait la charogne.

– La peste ! dit le sacristain. La voilà, en face de nous !

– Eh bien, qu'elle se montre ! hurla Eauze.

– Il n'y a pas d'arme pour la combattre. Seule la fuite peut nous en protéger !

N'écoutant pas le moine, Eauze et Mallois se dirigèrent vers la maison centrale dont la porte était ouverte et d'où venait une odeur insupportable. Des rats noirs prirent la fuite à leur approche. Le silence était lourd d'une menace profonde.

À l'intérieur, plusieurs cadavres gisaient sur le sol, leurs visages gris déformés par une dernière grimace de douleur. Les poules et les rats avaient dévoré les yeux d'un vieillard recroquevillé près de l'âtre éteint, la bouche ouverte, une langue bleue pendant sur le côté.

– Fuyons ! répéta Pirénin. Nous ne pouvons rien contre ce mal qu'apportent les rats. Fuyons, sinon il va nous détruire !

L'odeur les fit reculer. Dans la cour, la jeune fille venait d'expirer. En sortant de l'enceinte, le groupe croisa un troupeau de porcs qui revenaient de la forêt. Eauze eut le réflexe de les poursuivre et d'en embrocher un.

– Pour notre dîner ! dit-il en portant sa victime saignante à la pointe de son épée. Nous allons passer la nuit dans les parages. La peste retiendra nos ennemis. Demain, nous partirons pour la Navarre qui est à moins de vingt lieues.

Guy de Rincourt pouvait être satisfait. Son attaque surprise avait été une réussite totale. Les gens d'Eauze n'avaient opposé qu'une molle résistance. Pris de revers, les gardes s'étaient rendus sans livrer bataille.

Du haut du donjon, il regardait le jour se lever sur les collines, un jour d'hiver, gris et froid. Des chiens aboyaient quelque part dans la grande bâtisse, la meute d'Eauze était une des plus réputées de la région pour débusquer le loup. Guy de Rincourt se sentait à la fois heureux et triste. Certes, la maladie ne viendrait pas le harceler ni inquiéter les siens : il allait retourner dans sa place forte de Valence en emportant les fameuses reliques de sainte Jésabelle, mais la victoire avait été indigne de son adversaire. Quand on l'avait averti que son prisonnier avait pris la fuite, il n'avait pas ordonné qu'on le rattrapât. Cela l'arrangeait, car il ne voulait pas le pendre. Rincourt, l'homme du Nord, se serait mis à dos toute la noblesse du Midi. Et puis, il préférait Eauze vivant pour reprendre le combat arrêté par le comte de Toulouse lors du tournoi de Condom.

Il avait retardé sa visite à Eugénie, redoutant sa colère et ne sachant pas comment l'aborder. Le moment était pourtant venu ; il se fit conduire aux appartements privés de la dame qu'il trouva assise sur un siège bas près de la cheminée. Un fagot de bois humide répandait une épaisse fumée âcre. Matthieu la serrait contre lui, Benoît se blottissait sur ses genoux en suçant son pouce. Eugénie tourna son visage fier vers l'arrivant. Une faible lueur venait d'une fenêtre de papier huilé. Une torche à l'entrée de la grande pièce finissait de se consumer en répandant une odeur de résine.

Eugénie fronça les sourcils. Elle se demanda si ce chevalier qui se tenait devant elle était bien le même que celui qui l'avait regardée avec autant d'insistance pendant le tournoi de Condom. Les contours de son visage se contractèrent.

– Messire, je vous prie de vous retirer.

Rincourt s'attendait à cet accueil qui rabaissait le justicier au niveau d'un vulgaire malfrat.

– Madame, dit-il en s'inclinant, je vous prie de me pardonner. Je n'ai fait qu'accomplir la volonté du tribunal de Bordeaux.

– Assez, messire de Rincourt ! Assez de sottises ! Le tribunal ne vous a jamais ordonné de mettre à sac la place d'Eauze. Je viens d'apprendre que mon époux a pu s'échapper. J'espère qu'il reviendra bien vite avec ses alliés vous demander raison !

– Cela ne se peut. Votre époux a pris la fuite parce que je ne m'y suis pas opposé. Et il ne vous sera fait aucun mal, j'en réponds sur mon honneur.

– Votre honneur ? De quoi parlez-vous, messire ?

Rincourt se tut un instant. Ce n'était pas un homme de palabres et il savait qu'il n'obtiendrait rien de cette femme fière dont chaque mot le blessait à la manière d'une flèche. La fuite d'Eauze lui permettait de la garder près de lui pour assurer sa protection. Un frisson parcourait son dos. Il pensa tout d'un coup être pris par la peste, mais il se ravisa vite : dans ces murs protégés par les reliques, la maladie n'avait aucun pouvoir. Le sang battait à ses tempes. Les yeux de la femme plantés dans les siens exprimaient un rejet profond.

– Qu'on emmène ces deux gentillets, ordonna-t-il, et qu'on veille à ce qu'ils ne manquent de rien jusqu'à ce que j'envoie quelqu'un les chercher.

Eugénie se dressa devant ses enfants pour empêcher les gardes de s'approcher. Matthieu serrait les poings, prêt à se défendre.

– Personne ne me séparera de mes enfants ! hurla la mère.

Deux hommes en cotte de mailles bousculèrent Eugénie et emportèrent Matthieu et Benoît. Quand les enfants furent partis, la jeune femme se campa devant Rincourt :

– Jamais je ne vous le pardonnerai. Entendez-vous, jamais !

– Je vous prie de faire vos malles. Vous allez m'accompagner au château de Valence. Les reliques de sainte Jésabelle suivront. Vous ne risquerez donc rien de la peste.

– Et mes enfants ?

– Je ne les oublie pas !

Sans rien ajouter, il tourna les talons et sortit. Son surcot blanc fit une tache dans l'ombre du couloir.

Il se rendit à la chapelle. La châsse qui contenait les reliques était enfermée dans une loge sous l'autel. Il la prit, l'examina longuement avant de l'ouvrir. L'intérieur contenait, dans un écrin de velours que l'humidité avait terni, une demi-mâchoire inférieure privée de ses dents et des osselets, les phalanges de la main, les os du poignet, un véritable trésor. Le chevalier se sentait désormais fort, capable d'affronter la maladie et ces maudits rats qui naissaient de l'ombre. L'image d'Eugénie ne le quittait pas.

Il retourna au donjon et ordonna à ses hommes :

– On rentre chez nous.

Le château de Valence se trouvait en bordure de la ville qui avait acquis ses franchises et privilèges depuis longtemps. Il se dressait sur un tertre que contournait la Baïse formant, d'un côté, une boucle large d'une dizaine de toises. Le pont-levis était à l'opposé, sur le fossé creusé par les hommes, plus étroit mais aux bordures escarpées. La forteresse avait résisté durant des siècles aux attaques des Sarrasins. Pendant la guerre contre les cathares, les croisés réussirent cependant à la prendre après plusieurs mois de siège. Les seigneurs de Valence avaient été chassés par les Rincourt venus avec les armées du roi de France.

Guy de Rincourt était le cinquième descendant de cette race et restait un étranger, même s'il avait su s'imposer par sa réflexion, son sens du commandement. Son lien de parenté avec le roi de France le plaçait au-dessus des autres et il ne se gênait pas pour le dire.

Ce matin, en chevauchant à côté du char couvert qui emmenait Eugénie et sa suite, l'homme en blanc était soucieux. Les raisons qui le poussaient à enlever Eugénie à ses enfants n'étaient pas celles d'un justicier qui applique la sentence du tribunal de Bordeaux, mais celles d'un homme incapable de résister à sa passion. Où cette folie allait-elle le conduire ?

Le convoi s'arrêta à proximité d'un groupe de chaumières dont la palissade était ouverte. Une odeur de cadavre, cette odeur âcre qui règne sur les champs de bataille quand les charognards nettoient les morts des chairs souillées, stagnait dans l'air froid. Il n'y avait personne, pas le moindre enfant pour courir après les chevaux et les chars.

Des éclaireurs entrèrent dans la cour et en revinrent affolés.

– Messire ! dit l'un d'eux. Ils sont tous morts, avec des grimaces hideuses, les yeux ouverts sur l'enfer, le visage verdâtre, la pire des morts !

– Tranquillisez-vous ! rassura Rincourt. Vous ne risquez rien.

Il fit avancer son cheval jusqu'à l'enceinte. Des corbeaux étaient posés sur un corps étendu au milieu de la cour, entre les poules qui picoraient le visage. L'odeur était horrible. Le chevalier faisait faire demi-tour à sa monture quand une fillette d'une dizaine d'années courut vers lui. Les cheveux collés en plaques de croûte sur son crâne, ses vêtements sales et trop légers pour la saison, elle tendait les bras vers le chevalier blanc. Des valets voulurent la chasser et levèrent leur bâton. Rincourt les arrêta, descendit de cheval.

– Tu es seule ? Où sont les autres ?

Tremblante, elle sanglotait en levant ses grands yeux vers l'homme en une prière muette.

– Qu'on l'emmène, dit-il.

Du chariot où elle était enfermée, Eugénie avait assisté à la scène. C'était bien la première fois qu'elle voyait un homme du rang de Rincourt descendre de cheval pour s'attendrir devant une fille de vilain et ordonner à ses serviteurs de l'emmener. Il n'était donc pas complètement mauvais…

– Non, il est faible ! murmura-t-elle entre ses dents.

Ce n'était pas vrai, elle le savait, mais s'obstinait à le déprécier.

Le convoi arriva à Valence à la tombée de la nuit. Hommes à pied, cavaliers et chariots de butin tirés par des bœufs passèrent le pont, qui se leva derrière eux. Aussitôt, les valets se mirent à décharger les coffres, les garçons d'écurie s'occupèrent des animaux. Sans un mot, le chevalier de Rincourt se retira dans ses appartements où l'attendaient Grâce et ses deux filles. Eugénie fut conduite dans l'aile droite du château, à côté des chambres des domestiques où le maître logeait les invités de rang inférieur lors des grandes chasses de l'automne.

– Madame, lui dit Branson dont la torche éclairait la barbe rousse, vous ne devez pas vous considérer comme une prisonnière, mais comme une invitée. Ceci n'est que provisoire. Le chevalier vous fera part lui-même de ses intentions dès demain.

– Je veux mes enfants !

– Ils ont été placés. Ne vous faites pas de souci pour eux, ils seront très bien.

Il invita Eugénie à entrer dans une vaste salle où l'on avait allumé du feu.

– Vos appartements ! Ces quatre servantes sont attachées à votre service.

– Sont-ce là des manières de chevalier ? Dites à votre maître que le comte Jean de Toulouse, le comte de Foix, Pierre de Pau et Henri d'Albret sont nos parents et qu'ils ne laisseront pas l'outrage impuni !

Branson dit quelques mots à voix basse aux servantes affectées au service de la prisonnière, puis se dirigea vers la porte :

– Si mon maître vous garde ici pendant quelque temps, dit-il, c'est par souci de votre santé !

3.

Le château d'Aignan ne conservait que des ruines de son ancienne splendeur. Autrefois, deux enceintes protégeaient l'imposante construction dominée par un donjon carré de quarante toises de haut. La première enceinte, qui encerclait la colline, avait été détruite lors d'une attaque de routiers pendant la guerre contre les albigeois. Elle n'avait jamais été remplacée : les seigneurs d'Aignan, accusés d'hérésie par les inquisiteurs, avaient dû payer de fortes rançons pour rester libres et abjurer leur foi cathare. Ruiné, n'ayant pas de quoi reconstruire ses défenses, Louis d'Aignan laissa la seconde enceinte à l'abandon. Comme il ne pouvait pas entretenir un corps de gardes, il confia la sécurité de son fief aux seigneurs d'Eauze. En moins d'un siècle, ses descendants étaient devenus aussi misérables que leurs vilains. Le donjon s'était écroulé, le corps du château était fissuré.

Eude d'Aignan, sa femme, Éliabelle, son fils, Jean, et quelques serviteurs vivaient dans les communs près de l'écurie, l'ancienne demeure des domestiques. La toiture prenait l'eau, le froid entrait par des fissures du mur mal colmatées avec de l'argile. La charpente s'affaissait sous le poids énorme des tuiles que le gel avait disjointes. Eude était grand, maigre, un peu voûté. Ses yeux légèrement bridés sous de larges sourcils noirs exprimaient la résignation de ceux qui doivent, chaque jour, se lever tôt pour assurer aux leurs une soupe aux fèves engraissée parfois d'un peu de saindoux. Il ne conservait de la noblesse de ses ancêtres qu'une certaine manière de s'exprimer, des mots qui ne venaient pas spontanément à la bouche des paysans, ainsi que d'empiriques droits seigneuriaux dont la chasse sur ses terres et la pêche dans ses étangs. Trop pauvre pour entretenir des hommes d'armes et lever le ban à la demande de son suzerain, il n'avait pu être armé chevalier. Les nobles locaux, ses cousins pour la plupart, l'oubliaient volontiers. Cet isolement lui pesait et quand il avait bu un peu plus que d'habitude, il se lançait dans l'évocation des exploits de sa famille, ressassait la grandeur de ses ancêtres détruits parce qu'ils avaient eu le courage de s'afficher « de la religion », alors que tant d'autres l'avaient reniée devant les troupes du roi de France. Il gardait précieusement l'épée de son aïeul, un véritable chevalier, et la ceignait lors des grandes occasions. Le reste du temps, il travaillait ses terres comme un vilain ordinaire. Les gens s'étonnaient que ce grincheux soit le frère aîné du beau et tant aimé troubadour Renaud d'Aignan.

Dame Éliabelle, sa femme, avait été très belle et gardait de sa jeunesse de grands yeux clairs, une abondante chevelure blonde aux lourdes boucles, un visage avenant malgré ses rides et ses joues fripées, un regard espiègle, presque coquin. Ses dents étaient restées blanches, chose rare qui affirmait sa supériorité sur ses servantes aux chicots noirs après trente ans. Le bonheur de vivre qu'elle exprimait gênait ceux qui ne cessaient de s'apitoyer sur leur sort. Elle avait élevé Eugénie, la fille de son beau-frère, ce qui faisait dire que des sentiments bien particuliers unissaient cette femme aguichante et Renaud, le poète. Eude laissait parler les mauvaises langues, mais il en voulait à Éliabelle de garder ses allures de dame et de n'avoir pu lui donner qu'un fils, Jean, moins éveillé que le dernier des garçons d'écurie.

Le givre avait recouvert la prairie bordée par un ruisseau où Jean passait beaucoup de temps à traquer les écrevisses. Le soleil montait sur une campagne scintillante. Les semailles d'automne étaient terminées, les vilains devaient rassembler les feuilles dans les prairies, ces feuilles qui servaient de litière aux animaux gardés à l'étable pendant les mois d'hiver. Ils réparaient les haies, glanaient le bois mort en prévision du froid. Le soir, près du feu, ils pelaient des châtaignes qu'ils faisaient cuire sur les pierres chaudes de la cheminée. C'était la saison des veillées où l'on se rendait visite entre voisins pour boire du vin sucré au miel, évoquer les bons souvenirs et se rassurer. Riches et pauvres priaient pour que la nouvelle maladie les épargne. Les rumeurs les plus alarmistes couraient de village en village. On disait que l'arrivée de la mal-mort était précédée du passage d'une cavalière, une très belle femme, les cheveux au vent, qui caracolait sur son cheval pie. Les bergères et les enfants ne s'éloignaient pas des masures tant ils redoutaient cette princesse des enfers.

Les rats noirs dévoraient les choux, les chicorées et les raves si précieuses en hiver, s'introduisaient dans les poulaillers pour aspirer l'intérieur des œufs dont ils ne laissaient que la coquille vide avec un trou minuscule. Le curé d'Aignan multipliait les processions derrière la statue de saint Jacques pour éloigner le nouveau fléau, mais les bêtes noires étaient toujours plus nombreuses. Les plus habiles piégeurs en capturaient de grandes quantités, mais cela ne servait à rien.

Au château d'Aignan, les rats avaient envahi les vieux bâtiments pleins de recoins, couraient par troupeaux dans les greniers, s'en prenaient au blé dans les bannes de paille tressée. Le pain manquerait dès la fin de l'hiver. Eude d'Aignan n'allait-il pas être réduit, lui, le descendant d'une des plus illustres familles de Gascogne, à aller mendier un croûton, de porte en porte, comme ces miséreux en haillons qui parcouraient le pays dès les premiers froids ?

Deux cavaliers portant en croupe deux enfants, dont l'un était encore très jeune, s'arrêtèrent dans la cour, affolant des volailles et des porcs. Ils mirent pied à terre sans se préoccuper des chiens qui tournaient en aboyant et montrant les crocs. Le plus âgé des garçons descendit seul de cheval, l'autre se laissa glisser le long du flanc de l'animal, aidé par l'homme qui veillait à ce qu'il ne tombât pas dans la boue. Dame Éliabelle sortit sur le pas de la porte.

– Qu'est-ce que je vois ? s'écria-t-elle en reconnaissant ses petits-neveux qu'elle n'avait pourtant vus qu'une seule fois. Les fils de ma belle Eugénie !

Inquiète, elle adressa un regard anxieux aux cavaliers.

– Que se passe-t-il ?

– Rassurez-vous, madame, dit l'homme qui se tenait à côté de Matthieu d'Eauze. Votre nièce va très bien. Elle est momentanément réfugiée au château de Valence. Le château d'Eauze a été mis à sac. Elle vous demande de garder ses deux fils pendant quelque temps !

– Ah bon ? Et pourquoi ?

Éliabelle n'exprimait pas le fond de sa pensée. La généreuse femme était prête à prendre les deux enfants, mais qu'allait-elle leur donner à manger ? Et puis, elle redoutait cette maladie infernale dont tout le monde parlait et qui épargnait encore le pays, mais qui viendrait forcément un jour.

Le cavalier fit tinter une petite bourse :

– Cela devrait suffire dans un premier temps. Ensuite nous aviserons. D'ailleurs, l'aîné a huit ans et en paraît douze. Il peut travailler.

– Bien sûr qu'il peut travailler, dit Eude qui était sorti des écuries, mais quand le blé manque, le travail ne suffit pas à remplir l'écuelle.

Les deux hommes en avaient assez dit. Ils remontèrent sur leurs chevaux et repartirent, laissant Matthieu et Benoît au milieu de la cour, en face de dame Éliabelle dont leur mère leur avait souvent parlé, d'Eude dont ils redoutaient le regard de coq prêt à leur sauter au visage.

– C'est le chevalier de Rincourt qui a mis à sac notre château ! dit Matthieu en s'approchant de sa tante. Notre père a réussi à s'enfuir. Rincourt retient notre mère prisonnière.

– Qu'est-ce que tu racontes ? demanda Eude en haussant le ton. Le chevalier de Rincourt aurait-il osé s'en prendre à notre cousin ? Que l'on prépare mon cheval, je vais ceindre mon épée et lui demander raison !

Éliabelle lui jeta un regard courroucé. Eude éprouvait ainsi le besoin de fanfaronner. La valetaille mimait ses grands gestes, ses paroles grandiloquentes et se moquait de lui. L'épée de ses ancêtres était rouillée depuis longtemps et restait accrochée à un clou à côté de sa couche. Son cheval était une vieille carne boiteuse qu'on utilisait pour tirer la charrue et que personne n'avait jamais montée.

– Cela ne servirait à rien, mon oncle, Rincourt est comme le renard, il attaque quand son ennemi a le dos tourné. Il en veut à mon père de l'avoir vaincu lors du tournoi de Condom.

– Et toi, tu ne dis rien ? fit Éliabelle en attirant contre elle le petit Benoît.

L'arrivée des deux garçons allait lui causer des soucis, mais elle ne pouvait pas abandonner les fils de sa chère Eugénie, sa « princesse », comme elle l'appelait avec une certaine fierté.

– Venez, mes chérubins ! dit-elle en emmenant les deux garçons à l'intérieur de la bâtisse. Nous ne sommes pas riches, mais nous trouverons le moyen de nous débrouiller.

– Ne vous tracassez pas, ma tante, notre père va très vite venir nous chercher et demander des comptes à Rincourt, s'écria Matthieu.

– C'est ça, mon garçon. Toi, tu me sembles bien décidé pour ton âge. Ça me plaît !

Ils se trouvèrent nez à nez avec un homme à la barbe noire mal plantée, les cheveux en broussaille et les yeux globuleux. Bossu, il était vêtu d'un surcot de laine déchiré. Les braies qui lui couvraient le bas du corps se prolongeaient par des jambes maigres et arquées. Il regardait les enfants en souriant, montrant les chicots noirs sous ses lèvres épaisses.

– N'ayez crainte, Jean n'est pas méchant ! dit tante Éliabelle.

Depuis une semaine, Eugénie refusait de voir Rincourt. Elle passait des heures près de la fenêtre à épier la vie au bas des murs : les bergers qui emmenaient leurs troupeaux de moutons dans les landes de bruyère, les vilains qui labouraient les friches avant les grands gels, les cheminées qui fumaient sur les toits de chaume.

Deux fois par jour, des garçons de cuisine apportaient des repas soignés. Ce soir, comme tous les soirs à la même heure, Louis, le jeune écuyer du chevalier de Rincourt, venait la chercher :

– Madame, mon maître vous prie de lui faire l'honneur de partager son souper.

Elle s'obstinait, hautaine, avec une grimace de mépris :

– Jamais ! disait-elle. Je ne partage pas mon repas avec un cuistre !

Un soir, Branson en personne vint la chercher. Son épaisse barbe rousse avait des reflets d'or.

– Madame, je vous prie de me suivre.

– Où allons-nous ?

– Suivez-moi, c'est un ordre.

Elle se tourna vivement et fit un pas en direction de Branson, la tête haute, décidée :

– Sachez, monsieur, que je ne reçois d'ordre de personne !

– Il faut pourtant que vous me suiviez.

L'homme de confiance de Rincourt la conduisit dans une salle de dimension réduite au fond de laquelle brûlait un grand feu. De chaque côté, accrochées aux murs, des hures de sanglier, des têtes de loup montraient l'habileté du chasseur. Une table était dressée au milieu de la pièce, les valets de bouche rangés sur le côté attendaient, les aiguières à la main, qu'on leur fasse signe.

Rincourt, près du feu, ne bougea pas quand Eugénie entra. Il la regardait avec une attention qui immobilisait son visage maigre et long. Il était visiblement impressionné. Enfin, un léger sourire tendit ses lèvres fines. Ses yeux pétillèrent, il fit un signe à un valet, qui présenta un siège à l'invitée.

– Madame, soyez la bienvenue ! dit-il d'une voix qui avait perdu son assurance.

– Vous me contraignez, mais sachez que je n'ai aucun plaisir à vous voir en face de moi.

Elle aussi n'avait pas sa voix habituelle. La fermeté y était, ainsi que le ton de supériorité, pourtant elle parlait plus lentement, comme pour donner davantage de poids à ses mots et cacher le sentiment qui l'animait.

– Madame, je suis navré de ce qui se passe. Mais la responsabilité en revient à votre époux qui a toujours refusé de se soumettre à la sentence du tribunal de Bordeaux.

Les valets remplissaient les gobelets de vin et apportaient les pâtés de brème et d'anguilles.

– Qu'avez-vous fait de mes enfants ?

– Ils sont en sécurité, chez votre tante, dame Éliabelle !

Eugénie se dressa, le regard plein de haine :

– En sécurité, dites-vous ? Et la peste ? Je veux les rejoindre !

Rincourt grignotait le pâté de brème. Son visage impassible ne laissait rien paraître de ses pensées. Il découvrait pourquoi cette femme lui plaisait tant, pourquoi il l'aimait au point de se compromettre. Sa hauteur, la distance qu'elle maintenait toujours entre elle et les autres n'étaient pas celles des dames de la noblesse locale. Malgré son enfance dans une ferme, elle avait une âme de princesse.

– Il n'en est pas question, madame. Votre place est ici, près de votre protecteur, puisque votre mari est en fuite. J'ai fait passer une bourse à dame Éliabelle. Je veillerai à ce qu'ils soient traités selon leur rang.

– La mal-mort ne se préoccupe pas du rang de ceux qu'elle prend.

– Contre elle, nous n'avons d'autres armes que nos prières.

Eugénie, qui n'avait pas touché au pâté qu'on lui avait servi sur une demi-tourte de pain, se leva vivement.

– C'en est trop ! Que faites-vous des reliques ?

Puis se tournant vers les gardes restés près de la porte :

– Conduisez-moi à ma geôle !

Guy de Rincourt n'insista pas ; ses armes n'avaient aucune prise sur la détermination d'Eugénie.

D'un pas décidé, Eugénie s'engagea dans un long couloir, puis un escalier carré, traversa la cour intérieure et se dirigea vers les communs et les écuries. Au rez-de-chaussée, Grâce de Mirande la suivait des yeux ; elle la regarda passer sans un mot, puis entra dans la pièce voisine, s'installa près du feu. Ses trois chiens, hauts sur pattes, se levèrent et vinrent lui lécher le dessus des mains en remuant la queue. Elle resta un long moment à contempler les flammes devant les pierres noires de suie. Dans la pièce baignée d'une pénombre tremblante, une seule torche flambait, accrochée au mur. Extrêmement exigeante, Grâce était entourée d'une nuée de servantes qu'elle n'hésitait pas à frapper.

– Qu'on appelle Porterrio ! demanda-t-elle. Les dents m'agacent. J'ai besoin d'une potion.

Mais au lieu du médecin astrologue réclamé,

deux fillettes firent irruption dans la pièce et coururent vers leur mère.

– Souhaitez la bonne nuit à votre mère, dit une vieille gouvernante à coiffe blanche. Il est l'heure d'aller dormir.

Grâce sourit à ses filles et leur tendit les bras. L'aînée marcha sur la queue d'un chien, qui grogna.

– Aude et Marie, mes deux chéries. Avez-vous fait votre prière ?

– Oui, mère ! dit Marie tandis qu'Aude s'accroupissait à côté du chien et posait sa tête sur le cou de l'animal. J'ai aussi prié pour que vous soyez heureuse.

– Qu'est-ce qui te fait penser que je ne suis pas heureuse ? demanda Grâce en obligeant sa fille à la regarder bien en face.

– Vos dents, ma mère, vos dents qui vous font souffrir à longueur d'année.

Marie n'exprimait pas le fond de sa pensée. Sa mère avait mal aux dents, mais pas plus que les autres grandes personnes qui se tenaient constamment la mâchoire et mangeaient avec une lenteur déconcertante. Elle avait remarqué une souffrance silencieuse depuis la mise à sac du château d'Eauze. Le regard que Grâce jetait à la dérobée à son époux était plein d'un sentiment que sa fille devinait douloureux sans pouvoir s'en expliquer la raison.

– Laisse donc ! Le mal de dents est un mal de santé. Allez vite vous coucher !

La gouvernante à la coiffe blanche emmena les fillettes. Un homme de petite taille, mais très gros, vêtu d'une robe bleue à motifs blancs en forme de trèfle et d'une coiffe dorée, arriva. Une barbe grise couvrait son large visage pour ne laisser voir que ses lèvres sanguines.

– Porterrio, enfin vous voilà !

Il ne pouvait tenir en place et agitait constamment les bras. Des tics nerveux fermaient ses paupières dans une contraction brutale, ses lèvres s'agitaient.

– Madame, la mal-mort est à nos portes. Le premier cas est signalé. Une femme de trente ans environ qui est morte en quelques heures. Son corps s'est recouvert de plaques noires, elle a vomi tout son sang et rendu l'âme dans une douleur effroyable !

– Vous savez bien que nous ne risquons rien. Les reliques de sainte Jésabelle…

– Cela me tracasse. La manière dont ces reliques sont arrivées ici pourrait en détruire les effets miraculeux.

– Nous verrons, dit Grâce en indiquant un fauteuil en bois à Porterrio. Asseyez-vous. Votre gesticulation me fatigue. Je suis agacée des dents et vous allez me donner une potion, enfin quelque chose qui me permette de passer une bonne nuit, mais avant, j'ai besoin de vous.

L'homme s'assit, mais sa nervosité extrême, étonnante chez ce gros homme, s'exprimait par des mouvements de jambes, des gestes désordonnés de ses bras potelés.

– Cette femme… fit Grâce en durcissant son visage. Cette femme est un outrage, le pire de tous. Mon époux est ensorcelé ! Elle le tient par le cœur, mais surtout par le pouvoir que Satan lui a donné.

– En effet, j'ai vu les marques du diable. La plus discrète est ce petit grain noir sur le côté gauche du menton. Mais il y a plus parlant encore.

Grâce fit signe à la jeune servante qui apportait du bois de se délester de son chargement sur les dalles et de sortir au plus vite.

– Que voulez-vous dire, mon ami ?

– J'ai la preuve que le diable est en elle ! Les gens d'Église sont formels à ce propos. Avez-vous remarqué qu'elle se sert toujours de sa main gauche ?

Le visage de Grâce s'éclaira. Elle poussa une longue tresse de cheveux blonds qui avait roulé sur son visage. Elle but d'un trait le gobelet d'eau posé sur une petite table à côté d'elle. Le feu péta, une braise tomba sur un des trois chiens qui grogna et s'éloigna.

– Maintenant que vous le dites… Elle est gauchère, en effet. En principe, les gauchers ne cèdent pas au malin quand on les corrige dès leur plus jeune âge, mais ceux que le diable veut garder refusent de se plier à la discipline. Elle est de ceux-là, vous avez raison…

– Toute personne du commun aurait eu la main tranchée ! précisa Porterrio en se signant. Mais dans ces contrées, on n'est pas à une impiété près. On dit que Geoffroi, son époux, ne croit pas en Dieu !

Grâce se signa à son tour et murmura quelques mots de prière, puis, levant ses yeux bleus sur l'astrologue, précisa :

– Je ne la tolérerai pas plus longtemps ici ! Il y va de la sauvegarde de mon époux. Porterrio, je vous en supplie, faites quelque chose, c'est Dieu lui-même qui l'ordonne.

Porterrio se mit à contempler les flammes. Une bûche coupée s'effondra sur les dalles, répandant des braises qui firent fuir les chiens. Il sautillait sur son siège, ses genoux se levaient et s'abaissaient en cadence.

– Elle peut être frappée brutalement par la maladie. Alors, la prudence la plus élémentaire commanderait de l'enfermer dans un sac et de la jeter dans les fossés du château.

– Les prêtresses du diable ne meurent pas du mal de l'enfer !

– Il s'agit de sauver monseigneur Guy. Dieu permet les mensonges destinés à le servir.

Grâce sourit, poussa de nouveau la lourde tresse qui roulait encore sur son visage. Elle porta la main à sa mâchoire douloureuse.

– Faites, mon ami. La volonté de Dieu vous inspire. J'ai la plus grande confiance en vous. Mais de grâce, trouvez-moi un remède pour calmer cette rage de dents.

La nuit était bien avancée. Sur la tour de garde, les sentinelles avaient allumé un feu et se chauffaient à tour de rôle. La surveillance des alentours semblait superflue, pourtant, le château de Valence n'était pas à l'abri d'une attaque des bandes de soudards sans emploi qui vivaient sur le pays, brûlaient les fermes, prenaient par surprise les forts mal défendus. Ainsi, les moindres mouvements suspects dans la campagne devaient retenir l'attention des gardes du donjon choisis pour leurs bons yeux et leur ouïe fine.

Il faisait froid; un petit vent du nord courait au-dessus des collines. Le silence de la nuit étoilée était troublé par le hennissement d'un cheval, l'aboiement d'un chien. Deux ombres glissaient en silence le long des corridors de pierre. Sorties du bâtiment central, elles prenaient mille précautions pour échapper à l'attention des gens de ronde et surtout à l'odorat des énormes mâtins qu'ils tenaient en laisse. Plaquées contre le mur froid, les deux silhouettes attendirent que les gardes se fussent éloignés avec leurs molosses pour se diriger vers l'aile des communs. Elles se glissèrent dans le bâtiment qui servait de salle à manger aux valets et aux gens d'écurie endormis dans le foin. Elles passèrent près d'eux sans les réveiller, ayant recouvert leurs semelles de tissu de laine, entrèrent par une porte basse dans une autre pièce et s'arrêtèrent près d'une fenêtre aux carreaux de papier huilé. Les deux hommes connaissaient parfaitement l'endroit, mais ne voulaient pas se tromper.

Ils attendirent quelques instants en retenant leur respiration. Une fois leurs yeux habitués à la faible clarté de la petite lampe à huile posée dans une niche, ils se penchèrent au-dessus d'un corps enroulé en chat et, d'un même geste, l'un plaqua sa main sur le visage clair, l'autre le prit à bras-le-corps, puis ils coururent dans la cour.

Eugénie se réveilla en sursaut. Ce n'était pas un cauchemar : le chiffon qui lui écrasait la face et l'empêchait de respirer était bien réel et c'était la main d'un robuste gaillard qui le tenait. De même, le bras qui enserrait sa poitrine pour la porter aussi aisément qu'un fétu de paille et l'étouffait. Elle ne pouvait ni se débattre ni crier. On l'enlevait pour la faire mourir. Elle eut la certitude que Guy de Rincourt avait ordonné qu'on la jetât dans les douves.

Les deux hommes l'emportèrent comme un ballot jusqu'aux restes d'une tour qui dominait le fossé élargi et approfondi récemment. Il ne demeurait de l'ancien édifice qu'un étage qu'on avait couvert de pierres plates et qui servait d'abri aux porcs. L'endroit était assez éloigné des autres bâtiments pour rester très discret. Les ravisseurs poussèrent une lourde porte de bois sombre qui grinçait sur ses gonds rouillés et jetèrent Eugénie sur un monticule de paille souillée. Elle se dressa aussitôt, prête à faire face à ses agresseurs qui éclatèrent de rire. L'un d'eux alluma une torche.

– La fille du diable se rebelle ! Tout doux, ma belle, dit celui qui l'avait portée et qui était plus âgé que l'autre.

Son large visage sanguin trahissait une bestialité brutale et perverse. L'autre, plus jeune, avait le visage fin de ces adolescents dont les traits n'ont pas encore leur ligne définitive. Son nez un peu fort et tranchant donnait à son regard clair une grâce juvénile et franche.

– Que cherchez-vous ? Que me voulez-vous ?

– Te conduire à trépas, ma belle ! Mais avant, on va s'amuser un peu. On a tous les droits avec la prêtresse du mauvais !

– Vous ne me toucherez point tant que je serai vivante ! trancha Eugénie sans détacher son regard du jeune homme qui restait en retrait.

– C'est ce qu'on va voir ! D'abord, tu vas te taire.

L'homme le plus âgé la maîtrisa et lui enfonça le chiffon dans la bouche.

Le jeune Herblin hésitait. La torche éclairait Eugénie et il n'en voyait que la beauté, la profonde grâce qui ne pouvait être celle du diable. C'était le plus beau visage de femme qu'il avait jamais approché, plein de cette douceur, cette sagesse simple, propre à celles qui ont donné la vie. Il pensa au dernier regard de sa mère morte en couches alors qu'il n'avait que sept ans.

– Herblin, tu te remues un peu ? Le jour va se lever et tout doit être fini aux premières lueurs. Le ciel est clair, on pourrait nous voir passé matines.

Le garçon secoua la tête comme un animal qui sort de l'eau puis se dirigea vers Eugénie qui ne le quittait pas des yeux. Il murmura :

– Guibert, on ne peut pas. On nous a donné l'ordre de la mettre en ce sac et de la jeter dans les douves. On ne peut pas faire autre chose.

Guibert éclata d'un rire gras en défaisant les nœuds de son haut-de-chausses.

– Je vais te montrer comment on fait avec une femme, jeune puceau. Tu penses bien qu'avant de la renvoyer chez le diable, je ne vais pas me gêner. Allez, tiens-lui les bras.

Herblin hésitait toujours, debout à côté d'Eugénie qui lui faisait face, prête à griffer.

– Quelle fille tu fais ! Pousse-toi, je me débrouillerai seul.

Guibert prit Eugénie à bras-le-corps et la renversa sur un monticule de paille situé dans un coin que la lueur de la torche laissait dans la pénombre. La jeune femme se débattait, mais l'homme, insensible à ses coups, retroussa sa robe, laissant apparaître des cuisses fines et claires. Herblin se mit à trembler en voyant cette peau nue qui éveillait en lui des sentiments contradictoires de désir et de crainte.

Guibert écrasait la bouche d'Eugénie d'une main sûre qui l'empêchait de crier. Sa résistance plaisait à l'homme qui fouillait son ventre de l'autre main. Herblin restait immobile, figé par ce qu'il voyait, pourtant tout son être se révoltait. On lui avait ordonné d'éliminer une sorcière, il découvrait une fée qui sublimait un souvenir resté douloureux. Pour cette raison, ce que faisait Guibert lui donnait envie de vomir. Les derniers mots de sa mère lui revinrent à l'esprit : « Sois honnête et généreux ! »

Ses cauchemars le conduisaient encore auprès de celle que les années n'avaient pas réussi à effacer et qui l'empêchait de s'ouvrir aux jeux des garçons et des filles. Sa mère morte se tenait toujours entre lui et son désir de jeune mâle.

Guibert, sans la moindre pudeur, tentait de planter son sexe érigé entre les fesses d'Eugénie qu'il tenait renversée en pesant de tout son poids sur son dos. Alors, dans un geste irréfléchi, Herblin prit le pieu qui servait à rassembler les gorets et, les yeux fermés, frappa avec une force dont il ne se croyait pas capable. Guibert se raidit puis roula sur le côté, assommé. Dans un geste de pudeur, Eugénie se dressa, ramenant vivement ses jupes sur ses cuisses. Le sang coulait abondamment du crâne de Guibert. Ses braies en désordre montraient son sexe redevenu mou au milieu d'une touffe de poils noirs.

Eugénie arracha son bâillon, courut à la porte, regarda dehors puis revint vers son agresseur.

– Tu as un couteau ?

Herblin crut comprendre les intentions de la femme et secoua négativement la tête.

– Il faut faire vite, dit-elle. Le jour va se lever.

Eugénie ouvrit le sac et y glissa les jambes de Guibert. Herblin souleva le corps massif. Eugénie souriait en liant l'ouverture avec une corde.

– Pressons ! dit Herblin en tirant vers l'extérieur le ballot qui commençait à s'animer.

Il le fit rouler sur la pente raide jusqu'au fossé où il disparut dans l'eau sombre.

Le jeune homme prenait tout à coup conscience de ce qu'il venait d'accomplir et eut peur. Eugénie lui prit les mains dans un geste de reconnaissance.

– Nous ne pouvons pas rester ici ! dit-il. Si le maître s'aperçoit de ce que j'ai fait, il me pendra.

Nous devons fuir, mais où ? Et comment sortir de l'enceinte sans se faire repérer ?

Il baissait la tête. Ses cheveux épais tombaient sur son front. Une légère lumière éclairait son visage, ses joues où la barbe était encore duvet, ses lèvres humides. Ses paupières battaient comme s'il était sur le point de pleurer.

– J'étais garçon d'écurie chez les Brénis, dit-il. Et puis les routiers sont arrivés sur leurs chevaux. Ils ont mis le feu à la ferme, ils ont tué le père Brénis que j'aimais, sa femme et ses deux filles. Ils ont tué aussi les valets qui dormaient dans la grange à foin. Moi, j'ai pu m'en tirer en me glissant par un trou du mur. C'était la nuit, les flammes montaient dans le ciel et j'entendais les cris de ceux qu'on égorgeait. J'ai pu fuir, en me cachant dans la mare, sous l'eau épaisse jusqu'au matin avec des sangsues sur tout le corps. C'est là que Guibert m'a récupéré. Il m'a sauvé et je l'ai tué.

Il sanglotait, debout en face d'Eugénie.

– Je ne veux pas mourir ! dit-il en reniflant.

– Tu sais nager ?

Il secoua la tête. Eugénie, sentant l'odeur de foin sec de son corps encore adolescent, pensa à ses propres enfants, à la maladie qui les menaçait. Herblin, décontenancé, parlait pour cacher son trouble.

– J'étais avec le seigneur de Rincourt quand il a fait le sac du château d'Eauze. Cela me fait penser qu'il existe ici un passage sous terre que le seigneur a utilisé plusieurs fois pour sortir sans qu'on le voie. Mais il est fermé en son milieu par une lourde grille. Quatre hommes forts sont nécessaires pour la déplacer. Et puis l'entrée se trouve sous le donjon, dans la salle des gardes où il y a toujours quelqu'un.

Eugénie se dressa en face de la porte qui s'ouvrait sur l'est. Le soleil se levait, le ciel clair gommait ses étoiles pour faire place à la lumière qui découpait l'horizon.

– Tu as vu la châsse des reliques de sainte Jésabelle ?

– Oui, le seigneur l'a placée dans la chapelle du château, sous la garde de frère Roplain. Il est entièrement dévoué à dame Grâce qui veut votre mort, puisque Guibert et moi étions au service de son astrologue, Porterrio.

Herblin se tut un instant comme s'il prêtait attention au bruit d'un troupeau d'oies. Quelque part, dans la campagne, deux coqs chantaient.

– Je ne l'aime pas ! dit le garçon en se signant. Il est fort instruit, connaît les Écritures par cœur, il parle toujours de générosité, mais c'est un méchant homme. Je le vois dans son regard tout en dessous.

– Écoute, nous allons nous cacher jusqu'à la nuit prochaine ! décida Eugénie. Personne ne doit savoir que nous sommes encore vivants. La nuit prochaine, nous trouverons bien un moyen de fuir.

– C'est impossible ! dit Herblin.

4.

Le jour s'était levé clair, dans un ciel uni, mais les nuages étaient vite arrivés avec une pluie battante. Eugénie, frigorifiée dans ses petits vêtements de nuit, tremblait. Herblin creusa un trou dans la paille puis l'invita à s'y blottir. Elle put rapidement s'y réchauffer et proposa au jeune homme de la rejoindre. Il hésita, car la proximité de ce corps de femme éveillait en lui des désirs dont il avait honte.

– Viens donc ! Toi aussi, tu dois te réchauffer. Te voilà tout trempé.

– Cachez-vous et surtout ne bougez pas si quelqu'un arrive. Je vais essayer de trouver de quoi manger.

Il sortit. La pluie était froide, pénétrante. Les vilains qui continuaient de travailler dans les champs et les prairies couvraient leur tête et leurs épaules d'un sac en jute qui s'imbibait très rapidement et les gelait. Les vieillards redoutaient cette période de l'année qui semait les mauvaises maladies, les toux qui se transformaient en étouffements, les maux d'entrailles, les rhumatismes. À cela s'ajoutaient les premières restrictions. Le blé manquait ; les bouillies d'avoine et d'orge ne remplaçaient pas le bon pain. Et la viande coûtait trop cher. Les enfantelets ne résistaient pas à cette humidité qui les poursuivait jusqu'au creux de leur paillasse. Morveux, maigres malgré leur gros ventre, ils devaient, dès qu'ils pouvaient marcher, garder les troupeaux d'oies et de porcs, glaner les branches de bois mort, participer aux petits travaux de la ferme. Ceux qui avaient échappé aux terribles maladies des nourrissons succombaient souvent au premier automne passé dans la froidure.

Herblin fut surpris par le vent qui arrachait les dernières feuilles des arbres près du fossé. Les eaux noires étaient peuplées d'anguilles, de brèmes et de carpes, mais comment les capturer et les faire cuire sans attirer l'attention ? Au château, les soldats préparaient l'exercice comme chaque matin. Les sergents criaient leurs ordres et le garçon entendait tinter les armes. À quelques pas de lui, plusieurs hommes montés sur une barque plate sondaient le fond du fossé avec de longues perches. Il se dit que Rincourt faisait chercher Eugénie. Porterrio devait se promener dans les parages, attendant la découverte macabre.

Herblin redoubla de prudence. Pour trouver à manger, il devait pourtant prendre quelques risques. Il pensa s'introduire dans les communs où les servantes préparaient les bouillies et la soupe au lard des garçons de ferme. Au château de Valence, le dernier des garçons d'écurie mangeait mieux que les plus aisés vilains des environs. Ici, les provisions étaient abondantes et le chevalier, malgré son austérité, veillait à ce que ses hommes soient bien nourris. Cela, le jeune garçon le savait puisque c'était une des raisons qui l'avaient poussé à entrer à son service. Il devait sa solide constitution à ces bons traitements, au pain, à la viande, au lait dont il n'avait jamais manqué.

Caché entre les touffes de buissons, Herblin regardait les hommes qui continuaient de sonder le fond avec leurs perches et pensait à Guibert qu'il avait tué cette nuit. Comment son bienfaiteur pouvait-il être aussi grossier, aussi fruste en face d'une femme sans défense ?

Il entendit du bruit et se dissimula sous des rejets de saules. Les gouttes de pluie tombaient sur son cou et coulaient le long de son épaule en lames gelées. Un groupe de gardes passa près de lui et s'éloigna. Les chiens qu'ils avaient lâchés finiraient bien par le sentir et signaler sa présence. Il se dirigea vers les communs où les gens d'écurie s'occupaient des chevaux. Ce temps humide était favorable à la chasse ; le maître allait partir en forêt avec sa suite. C'était l'occasion de s'enfuir, mais comment passer entre les cavaliers, les piqueux et les chiens hurlants sans se faire remarquer ? Le jeune homme pensa qu'il était préférable d'attendre la tombée de la nuit, le retour des chevaliers. Si le cerf avait été pris, les mesures de surveillance se relâcheraient.

Dans la cour, plusieurs hommes coiffés d'un long bonnet sombre traînaient par les oreilles un porc qui hurlait. Ils le couchèrent de force sur un banc, l'un d'eux lui enfonça la lame de son couteau dans la gorge. Une femme récupérait le sang dans une poêle à long manche. Autour, des mâtins se montraient les crocs, des enfants se poursuivaient joyeusement. C'était la vie ordinaire au château de Valence où l'on mangerait de la viande cette journée encore alors qu'au-delà du fossé, il faudrait se contenter de raves, de châtaignes séchées et de pain de seigle.

Quand le porc cessa de crier, les bouchers recouvrirent son corps de joncs secs et de paille qu'ils enflammèrent. Une forte odeur de poil et de peau grillés se répandit dans l'air humide.

Herblin se glissa dans le bâtiment par une petite porte latérale qui servait à amener le foin aux chevaux et se dirigea vers les habitations des valets qui n'étaient séparées des étables que par une cloison de bois. Une femme s'activait devant un chaudron entouré de flammes et tournait de temps en temps la soupe de fèves dont Herblin reconnut l'odeur particulière, un peu piquante, mais tellement agréable dans ce matin gris. Sur la table, la demi-tourte de pain de méteil qui devait être coupée en tranches dans la soupe bouillante était posée négligemment à côté d'un grand couteau. Herblin profita de l'instant où la femme sortit pour s'en emparer. Il s'apprêtait à s'éloigner de l'écurie, quand une poigne ferme s'abattit sur son épaule droite.

– Qu'est-ce que tu fais là, toi ? Voilà que tu voles le pain, maintenant ?

Branson, qui furetait partout, voyait tout, se tenait en face de lui, menaçant.

– C'est le ciel qui t'envoie, ou plutôt le diable ! Sais-tu qui on cherche dans les fossés ?

Herblin hésita un instant, cela n'échappa pas à Branson, qui alla droit au but :

– Tu vas nous raconter comment tu as dépêché dame Eugénie ! Elle aurait eu la peste, à ce qu'on dit, et toi, tu n'as pas attendu qu'elle rende son dernier souffle pour la jeter à l'eau ? C'est bien ça ?

Herblin eut une inspiration :

– Ce n'est pas vrai. Dame Eugénie n'est pas morte. Je l'ai sauvée.

– Que dis-tu ? Voilà une excellente nouvelle. Le seigneur va être content.

Sans ménagement, Branson, tenant toujours Herblin par son surcot mouillé, sortit et demanda à deux garçons d'écurie qui emportaient les morceaux du porc de lui prêter main-forte. Quelques instants plus tard, ils entrèrent dans la salle d'armes où Guy de Rincourt était censé faire son exercice matinal, mais le chevalier n'avait pas la tête à jouter. Ils le trouvèrent seul, assis sur un rondin de bois qui servait de siège aux curieux. Le seigneur de Valence avait refusé de se rendre à la chapelle et demandé au père Delbois de retarder l'office du matin. En apprenant la disparition d'Eugénie, il avait tout de suite soupçonné Grâce et avait fait irruption dans la chambre de son épouse.

– Madame, j'en réponds sur moi-même, si notre hôte est morte je vous fais enfermer au couvent des Ursulines à Pau !

Grâce prit le temps de réfléchir, donna un conseil à sa coiffeuse qui lui attachait toujours les cheveux trop hauts sur la nuque, et huma un flacon de parfum. Enfin, elle demanda d'une voix très calme :

– Que se passe-t-il, mon ami ? Voilà que vous perdez le sens des convenances ?

– Il s'agit bien de cela ! Vous donnez l'ordre à vos serviteurs des basses besognes de dépêcher madame Eugénie au mépris des règles élémentaires de l'hospitalité. Cette femme était sous ma protection.

– On m'a dit que madame Eugénie était atteinte de fortes fièvres, qu'elle vomissait et que sa peau s'était couverte de taches grises. J'ai demandé à mon médecin Porterrio de l'examiner. Il a constaté la peste, monseigneur, la mal-mort dans vos murs malgré les reliques de sainte Jésabelle. J'ai demandé qu'on l'éloigne afin de ne pas pourrir l'air.

Et si, par malheur, il lui advenait de passer, j'ai ordonné qu'on enferme son corps en un sac et qu'on le jette dans les fossés. Ai-je eu tort ?

Rincourt allait de long en large dans la pièce éclairée par une lumière blanche entre les rideaux légers qui cachaient la fenêtre.

– C'est faux ! Madame Eugénie dormait. Vous l'avez fait enlever et noyer dans les fossés alors qu'elle ne présentait aucun signe du mal.

Grâce sourit en montrant ses dents gâtées.

– Mon ami, ne croyez-vous pas celle qui se dévoue corps et âme pour vous ? La mère de vos filles !

– Mes filles ? Justement, vous n'avez pas été capable de me donner un fils !

– Si vous honoriez plus souvent ma couche, rien ne s'opposerait à ce que vous ayez un fils. Les astres sont même très favorables !

Rincourt ne releva pas l'attaque. Il n'était pas un mari assidu. C'était ainsi : après quelques années de mariage, Grâce ne l'attirait plus. Elle n'était pourtant pas laide et savait se rendre désirable par ses tenues légères, ses parfums, mais il n'avait plus envie d'elle. Ses désirs amoureux s'étaient bloqués dans l'attente d'une seule femme : Eugénie d'Eauze.

– Je vous précise, dit-il en se dirigeant vers la porte, que vous me répondrez de ce crime !

Depuis, il attendait les nouvelles, seul dans la salle d'armes, sursautant chaque fois qu'un valet venait lui demander un ordre ou un avis. Il bondit sur Branson quand il le vit entrer avec le jeune Herblin.

– Ah, te voilà enfin !

Branson fit signe à ses accompagnateurs de retourner à leurs tâches, puis poussa Herblin devant le chevalier debout dans sa tunique blanche qui lui allait si bien qu'on se demandait s'il en avait jamais porté d'autres.

– Ce garçon était avec Guibert. Il l'a aidé à enlever dame Eugénie.

D'un bond, vif comme l'éclair, Guy de Rincourt prit le jeune homme par le surcot et le serra à l'étouffer.

– Tu as fait ça, malheureux ? Je pourrais te tuer d'un coup d'épée, mais c'est bien trop doux pour un assassin ! Qu'on appelle le forgeron pour le tourmenter au fer chaud.

Les yeux du chevalier s'étaient allumés d'une lueur de haine terrible. Herblin se laissa tomber à genoux.

– Pitié, monseigneur. Je n'ai pas tué dame Eugénie. Je lui ai sauvé la vie !

– Que dis-tu ? Ne cherches-tu pas à m'abuser ?

– Non, monseigneur, dit Herblin en éclatant en sanglots. Je n'étais pas d'accord pour enlever dame Eugénie, mais je devais obéir à Guibert qui a été bon pour moi.

– Qu'as-tu fait de dame Eugénie ?

Le chevalier de Rincourt reprenait espoir. Cela se voyait sur son visage qui retrouvait une couleur de vie.

– Est-elle vivante ?

– Oui, monseigneur, elle est vivante grâce à moi qui ai commis une bien vilaine action. Pourtant, je ne le regrette pas.

– Mais tu vas parler ou je te fais fouetter !

Herblin raconta comment avec Guibert, ils avaient enlevé Eugénie, comment Guibert voulait abuser d'elle et comment il l'avait assommé avec un pieu, et avait jeté son corps dans le fossé.

– Eugénie est la plus belle femme de la terre ! dit le jeune homme. Et j'accepte de mourir pour elle.

Il rougit, conscient d'avoir trahi un sentiment qui ne s'avouait pas, alors il ajouta pour tempérer le tumulte qui l'agitait et surtout pour s'attirer les bonnes grâces de Guy de Rincourt :

– Je dis cela parce qu'elle ressemble à ma pauvre mère et qu'elle m'a parlé avec autant de douceur.

Rincourt n'avait pas entendu. Il était tout entier au désir de retrouver Eugénie. Il ordonna à Branson :

– Fais quérir dame Eugénie. Qu'on me l'amène. Tu m'en réponds sur ta vie.

Branson s'éloigna, laissant Herblin seul avec le chevalier de Rincourt qui tournait en rond, s'approchait de la porte fermée comme pour sortir, faisait demi-tour. Il frappait ses poings l'un contre l'autre, levait ses yeux de faucon sur le jeune homme qui tremblait de peur, puis recommençait sa marche. Le bruit de ses semelles cloutées éclatait dans le silence de la vaste pièce.

Le temps ne passait pas ; le seigneur de Rincourt étouffait sous sa cotte qu'il délaça avec des gestes nerveux. Herblin aurait voulu se proposer pour l'aider, mais il n'osa pas. La force de cet homme silencieux le paralysait. Enfin, des pas retentirent au-dehors, la porte s'ouvrit. Branson et deux hommes portant un chapeau de fer firent entrer dame Eugénie dont la chemise de nuit en tissu blanc léger était encore constellée de brindilles de paille. Rincourt s'approcha, la dévisagea comme s'il cherchait les traces des sévices que Guibert lui avait fait subir. Elle le regarda rapidement puis se tourna vers Herblin qui fit semblant de ne pas la voir.

– Madame, je vous demande pardon pour ce qui s'est passé ! déclara Rincourt. Vous êtes sous ma protection et je vous jure que cela ne se reproduira pas. Désormais, vous logerez dans la chambre voisine de la mienne. Deux gardes seront désignés pour surveiller votre porte nuit et jour.

Eugénie passa la main dans ses cheveux défaits. Son regard dur se planta dans celui de Rincourt, qui finit par baisser les yeux.

– Vous aurez alors tout le loisir de me faire étrangler !

– Madame, je n'ai cherché qu'à vous être agréable !

Puis, se tournant vers Branson, il ajouta :

– Va dire aux cuisines qu'on prépare à manger pour dame Eugénie et ce jeune homme. Et qu'on me laisse seul avec elle.

Tout le monde sortit. Herblin, en passant la porte, se tourna vers Eugénie qui lui fit un petit signe des yeux. Quand la porte fut fermée, Rincourt se tourna de nouveau vers la jeune femme qui passa à l'attaque :

– Agréable, dites-vous ? C'est pour cela que vous avez ruiné le château de mon époux, que vous m'avez séparée de lui et de mes enfants et que vous avez ordonné qu'on me jette dans les douves !

– Je n'ai rien fait de tout cela ! J'ai donné l'ordre qu'on apporte de quoi manger à la famille d'Aignan et que vos enfants ne manquent de rien.

– Permettez-moi de regagner ma prison ! dit Eugénie en se dirigeant vers la porte.

Rincourt reprit sa marche nerveuse de long en large dans la pièce, frappant de la main un cheval d'arçon, puis du poing un bouclier qui sonna comme un gong.

– Voyez cette tunique blanche, s'écria-t-il. Je la porte depuis le jour du tournoi où vous eûtes pour moi un regard dans lequel je crus lire de quoi espérer. J'ai compris pourquoi je suis de glace devant les plus belles femmes de Gascogne, pourquoi ma propre épouse me laisse indifférent. C'est vous, madame, que je veux, vous seule, et j'ai fait le vœu de porter ce surcot tant que vous ne serez pas à moi.

– Alors, vous le porterez jusqu'à votre dernier jour ! cria Eugénie en claquant la porte.

Matthieu d'Eauze aida Perrine à rassembler les huit moutons qui s'étaient éloignés des friches où ils broutaient les herbes tendres poussées pendant les pluies d'automne. Il faisait froid. Du ciel gris tombait une humidité qui gelait les membres, s'insinuait sous les chemises de laine. Les chausses mouillées, le garçon courait derrière les animaux récalcitrants afin de les tenir à distance de la forêt d'où un loup avait surgi quelques jours auparavant. Le champ laissé à l'abandon depuis deux ans allait être labouré au printemps prochain, car c'était de la bonne terre bien abritée du nord par la colline. Eude d'Aignan y sèmerait de l'avoine.

Au château, depuis deux semaines que Matthieu et Benoît étaient arrivés, on ne se préoccupait plus des bannes de blé vides. Tous les trois jours, un cavalier arrivait avec un panier plein de victuailles, du pain, du lard, du jambon et souvent une volaille plumée, prête à mettre dans la marmite. Eude s'était opposé à cette aumône, son orgueil de noble n'acceptait pas l'aide du chevalier de Rincourt. Éliabelle lui fit valoir qu'ils n'avaient pas de quoi passer l'hiver, que l'agresseur d'Eauze ne leur faisait aucun cadeau : il assurait la survie des enfants dont il avait la charge.

– Tu n'as qu'à être absent quand les cavaliers apportent le panier de provisions. Ainsi, tu ne seras pas au courant et ton orgueil n'aura pas à en souffrir !

On mangeait donc à sa faim au château d'Aignan quand les vilains du voisinage économisaient les châtaignes sèches, les fèves, les pois chiches qui remplaçaient le pain devenu rare. Le froid en ce mois de décembre, l'humidité, faisaient courber l'échine à ceux qui devaient travailler par tous les temps, réparer les chemins endommagés par les orages, refaire les rigoles pour évacuer les eaux dans les bas-fonds, irriguer les parcelles sèches.

Matthieu et Benoît s'étaient habitués à la vie paysanne avec la facilité d'adaptation des enfants. Benoît réclamait sa mère, mais la grande tendresse de tante Éliabelle réussissait toujours à le consoler. Ils ne redoutaient que le cousin Jean qui grognait comme un porc et les regardait curieusement de ses petits yeux d'animal. Dans la journée, ils se mêlaient aux vilains, aux enfants des valets et participaient comme eux aux travaux de la ferme réservés aux plus jeunes : garder les troupeaux d'oies, ramasser de l'herbe pour les lapins, récolter les fruits sauvages… Matthieu, à cause de sa carrure, avait appris à conduire la charrue, guider le cheval dans les sillons, et accomplissait des tâches qui demandaient un peu de force. Il portait les seaux d'eau, maniait la fourche pour distribuer le foin aux deux vaches et assistait les bergères quand un danger les menaçait, pillards aperçus dans la forêt, loups et parfois un ours perdu venu des montagnes voisines.

Matthieu, qui passait ses journées dehors, pensait à son père. Qu'était-il devenu ? Pourquoi ce silence ? S'il était vivant, pourquoi ne le lui faisait-il pas savoir ? Il pensait aussi à sa mère, prisonnière de Rincourt, et se disait qu'un jour, il les vengerait tous les deux.

La détermination de cet enfant, son goût pour l'action, les épreuves de force, lui valaient le respect des adultes. Tous voyaient en lui la noblesse de l'illustre lignée d'Eauze dont le fondateur, Robert d'Eauze, avait été anobli par Charlemagne.

Aussi Eude d'Aignan confiait-il à son jeune neveu des tâches de confiance, celles qu'il réservait auparavant à ses serviteurs les plus audacieux. Chasser le loup qui rôdait autour des moutons convenait à ce gamin qui trouvait là l'occasion de montrer son courage. Cette mission le grandissait auprès de Perrine dont il aimait les boucles qui s'échappaient du foulard, le sourire espiègle. Johanet, le frère de la petite fille, partageait ses envies de combats singuliers, de gloire et de revanche. Les deux garçons s'imaginaient adoubés après une bataille victorieuse. Johanet, pour se hisser au niveau de Matthieu, reniait son père naturel dont les terres appartenaient au domaine d'Aignan. Il se disait bâtard du roi de Naples passé en Aquitaine dix années plus tôt. Matthieu l'aidait à embellir ce gros mensonge qui donnait corps à des rêves de grandeur et l'aidait à supporter sa misère.

Ce matin de pluie, il battait le taillis pour faire fuir le loup qui avait été aperçu dans les parages. Perrine grelottait sous sa cape noire. Depuis la veille, des frissons parcouraient son corps. La nuit précédente, des cauchemars étranges l'avaient terrorisée. La femme à la faux lui avait coupé les jambes et l'avait enfermée dans un grand sac plein de morts. Sa chair se dissolvait en un liquide putride qui coulait, visqueux autour de sa tête restée intacte. Perrine s'était réveillée avec une douleur terrible sous les bras et à l'aine. Des billes dures s'étaient formées sous la peau. Le moindre frôlement lui arrachait des cris. Pourtant, dès les premières heures du jour, elle avait dû conduire son troupeau au pâturage.

Matthieu fit le tour de la bande de forêt qui s'avançait entre deux parcelles de friches et revint vers Perrine, qui s'était assise. Il la trouva tremblante ; ses grands yeux pleins d'une lumière vague regardaient le garçon avec terreur. Son visage était grêlé de petits boutons rouges.

– J'ai mal ! se plaignit-elle. J'ai peur aussi, je crois que je vais mourir.

Matthieu passa sa main sur la joue boutonneuse de la fillette, et sentit des boules dures sous la peau à l'endroit des boutons.

– Ce n'est rien ! Tu vas guérir bien vite !

– Non ! répondit Perrine. Je sais ce que j'ai. Je me sens écrasée comme si je soulevais un fagot d'épineux !

– Je vais te porter. Tu vas t'allonger près d'un feu et tout ira mieux. Tu as attrapé froid, voilà tout.

– Non ! La faucheuse du diable, la dame de l'enfer est venue me voir cette nuit.

Elle claquait des dents. Des vagues de frissons agitaient ses épaules et son corps. La pluie fine et froide collait ses cheveux à son front.

– Je t'emmène à la maison, tant pis pour les moutons.

– On ne peut pas les laisser seuls, murmura la fillette. Il y a le loup et peut-être quelque voleur caché derrière la haie.

Matthieu ordonna au chien de rassembler les animaux et chargea Perrine sur son épaule. Il était vraiment très fort et, dans les travaux pénibles, prenait la place d'un garçon de quinze ans. Perrine ressentit un soulagement en se laissant aller sur ce corps robuste que la maladie épargnait.

Le chien, un vieil animal boiteux, connaissait son travail et rassembla les animaux dans le chemin creux. Matthieu porta la fillette jusqu'au château, aussi venté que les chaumières des paysans. Éliabelle attisa le feu, mit de l'eau à bouillir et prépara une tisane de verveine bonne pour faire baisser la fièvre. Elle couvrit le jeune corps d'une peau de chèvre et sentit alors les énormes ganglions sous le bras.

– C'est grave ! dit-elle. Il faut appeler le père Martin.

Martin disposait de secrets pour soigner toutes sortes de maladies. Il guérissait les blessures du feu, les croûtes de lait des nourrissons, il savait remettre un membre sorti de son articulation et replacer un os cassé. Il préparait des boissons à base de plantes qui supprimaient la douleur quand il arrachait une dent. C'était aussi un homme affable et généreux que tout le monde aimait. Les frères Saint-Joseph du monastère voisin avaient tenté plusieurs fois de le faire passer pour sorcier, car les moines tiraient de la médecine rurale la plus grande partie de leurs revenus. Mais Martin bénéficiait d'une haute protection : il avait guéri l'évêque de Pau d'une plaie purulente là où les véritables médecins avaient échoué.

Martin ne faisait pas réellement commerce de son savoir. Il possédait quelques arpents de terre qu'il cultivait avec sa femme et ses quatre fils, il rendait service à l'occasion sans jamais demander le moindre paiement, mais ne refusait pas les cadeaux qui lui valaient une bonne aisance et le plaçaient au-dessus des vilains ordinaires.

Matthieu courut le chercher. L'homme, âgé, marchait difficilement. Il fit atteler sa carriole à son âne dont la réputation de carne n'était plus à faire. Tout en cheminant, il se fit décrire les symptômes de la maladie. Son visage se ferma quand le garçon parla des ganglions sous les bras.

Éliabelle et Eude l'accueillirent en lui serrant les mains et le conduisirent auprès de la jeune malade dont la fièvre était encore montée.

– Pas de doute ! dit l'homme. C'est la maladie !

– La maladie ?

– Oui, la peste qui tue sans rémission ! insista Martin. Parfois, elle sème des taches grises sur la peau, fait vomir du sang pourri et une bave verte, parfois, les glandes des bras et du bas-ventre grossissent exagérément. Les deux manières tuent tout aussi vite, souvent en moins d'une journée, dans des douleurs infernales. Ne vous approchez pas : le diable habite cette pauvre fille. Si son souffle vous atteint, vous serez morts demain !

– La peste ! fit dame Éliabelle en prenant un air catastrophé. Ce n'est pas possible ! Perrine est innocente ! Pourquoi Dieu la punirait-il ?

Martin porta la main à son bonnet qui laissait échapper des plumes de cheveux blancs. Il ouvrit sa bouche sans dents.

– Dieu a ses raisons que nous ne comprenons pas ! Je ne peux rien pour cette enfant. Faites venir le curé.

Toute la maisonnée s'était rassemblée à la porte du vieux château. La nouvelle était terrifiante : Perrine, la fille de Léonard, était atteinte de la malmort ! Les vilains se sentaient fiévreux et se tâtaient sous les bras pour y chercher la moindre douleur significative. Ils se rappelaient leurs fautes, et juraient d'aller se confesser au plus vite. Certains pensaient à l'argent qu'ils gardaient secrètement et juraient de le donner au curé. Tous se sentaient l'âme si noire qu'ils se voyaient déjà condamnés au pire des supplices. Que pouvaient-ils espérer de plus, ces pauvres bougres vêtus de braies, de vêtements grossiers de chanvre, ces affamés pour qui souffrir était ordinaire ? Ils étaient toujours les premiers sur qui la colère de Dieu s'abattait. D'ailleurs, n'avaient-ils pas été créés pour cela ? Pour travailler jusqu'à l'épuisement et permettre aux nobles, aux bourgeois des villes, de vivre loin de ces soucis quotidiens ?

Le révérend père Godet arriva tout essoufflé, suivi de deux enfants en chasuble qui portaient l'encensoir et le livre des prières. De forte corpulence, il suait même dans les rigueurs de l'hiver.

Les vilains se découvrirent et se signèrent à son passage. Il entra sans les voir dans le château sombre, éclairé au fond par les flammes de la cheminée. Matthieu d'Eauze n'avait pas quitté Perrine et tenait sa main gelée en lui murmurant des paroles de réconfort. Prudent, l'homme d'Église ne s'approcha pas de la malade : l'âme d'une souillon ne valait pas qu'il risque sa santé ! Il alluma l'encensoir et prononça les litanies près de la porte. Quand ce fut le moment d'oindre la mourante, il tendit le saint chrême à un enfant de chœur et lui demanda d'aller dessiner une croix sur le front pustuleux de la fillette. Éliabelle serra les lèvres : ce qu'elle pensait depuis longtemps du père Godet se vérifiait. Ce couard ne se montrait généreux qu'avec les riches.

Le prêtre ne s'attarda pas à l'intérieur du logis qui puait la mort. Une fois dehors, il huma la brise froide et parcourut de ses yeux sévères le groupe d'hommes et de femmes en haillons qui baissaient la tête comme des enfants pris en faute.

– Voilà ce qu'il en coûte de ne pas suivre les conseils de votre pasteur.

Il s'éloigna de son petit pas d'obèse. Des femmes priaient, les mains jointes, à genoux sur le sol boueux. Quelques hommes sentaient monter en eux une révolte qu'ils refoulaient pour ne pas s'exposer à la colère de Dieu. Le pardon ne serait donc jamais pour eux !

Perrine rendit l'âme quelques instants plus tard, Matthieu ne l'avait pas quittée. Dans son inconscience d'enfant, il ne redoutait pas le mal de l'enfer ; confiant dans sa force, il voulait bien lutter contre le diable, l'obliger à céder comme il savait le faire avec un chien hargneux ou un bélier bagarreur.

Le lendemain, quatre autres personnes moururent dans le pays. Apeurés, les gens du château et des manses voisines se regroupèrent. Une procession se rendit à l'église à la tombée de la nuit. Le révérend Godet les sermonna :

– Voilà que vous venez faire pénitence, que vous invoquez le pardon de Dieu parce que vous savez que la maladie infernale vous menace, qu'elle ne fait pas de différence entre jeunes et vieux, méchants ou envieux. Que faisiez-vous quand tout allait bien ? Rien ! Vous passiez à côté de l'église sans vous signer, sans penser au Créateur. Voilà qu'il vous demande des comptes et vous venez l'implorer. N'aurait-il pas été plus judicieux de le prier de toutes vos forces ?

Éliabelle s'en voulait de penser dans la maison de Dieu que cet homme était méchant et mauvais serviteur de Jésus. À côté d'Eude, grand, maigre, voûté, elle se demandait comment avertir Eugénie que ses deux garçons étaient en danger ; qu'il fallait les éloigner au plus vite. Elle pensa alors à Renaud d'Aignan, le frère cadet de son époux, le beau Renaud, tellement séduisant, Renaud qui jouait de la musique, chantait des airs pleins d'entrain, qui savait si bien évoquer la jeunesse, l'amour, le printemps et tout ce qui faisait le bonheur sur cette terre… Elle chassa cette pensée coupable. Le révérend Godet lui avait souvent dit que le troubadour était le suppôt de Satan, le pire des hommes. Alors, Éliabelle se concentra sur la prière, sur les mots que ses lèvres prononçaient, mais le visage souriant de Renaud restait présent à son esprit. Elle se souvenait du jour où il avait amené Eugénie. C'était l'hiver. Le nourrisson avait pu survivre tout au long de l'interminable voyage grâce à Maria la Muette, cette pauvresse à qui on avait coupé la langue. « Garde-la bien, elle est fille de reine. Un jour, elle retrouvera son rang ! » Éliabelle n'avait pas cherché à en savoir plus. Dix ans plus tard, Renaud était venu chercher Eugénie :

– Il est temps de lui donner une éducation de princesse !

Eugénie était restée sept années au couvent de Saint-Jal à Toulouse où étaient éduquées les filles des plus grandes familles d'Occitanie. Elle y apprit la langue d'oïl, le latin, et les belles manières. Ce fut une princesse de dix-sept ans qui revint à Aignan. Intimidée, Éliabelle ne lui parlait plus avec sa familiarité habituelle. Renaud avait dit : « Je te la confie encore un peu. Je reviendrai bientôt la chercher ! » Quand le troubadour revint, deux ans plus tard, Geoffroi d'Eauze l'avait enlevée et épousée. « Voilà qui est bien fâcheux ! » avait dit le troubadour sans cacher sa colère. Éliabelle n'avait pas cherché à en savoir plus : la vie errante de Renaud était faite d'aventures, de rencontres amoureuses. Elle l'avait souvent envié même si ce n'était pas très chrétien de rêver à des bonheurs futiles.

Au retour de l'église, Éliabelle donnait la main à Matthieu et Benoît. Il lui semblait qu'en les tenant ainsi, elle les protégeait. Elle voulait bien souffrir, mais que la maladie épargne ces pauvres garçons dont on avait détruit le château et la famille ! « Mon Dieu, priait Éliabelle, faites que Renaud passe dans les parages. S'il avait la bonne idée de se présenter au vieux château d'Aignan, je jure de ne plus jamais manger de viande ni de fruits ! »

Une semaine plus tard, on apprit à Valence que la peste frappait tout le pays. Les morts ne se comptaient plus. Les enterrements groupés rassemblaient parfois plus de dix cercueils fabriqués à la hâte avec du bois vert. Les jeunes étaient particulièrement touchés par la forme bubonique qui préférait des corps vigoureux aux vieillards secs. La maladie agissait avec la plus grande fantaisie, prenant toute une famille dans un hameau, épargnant les autres, tuant parfois une seule personne pour aller semer la désolation plus loin. La volonté de Dieu échappait aux hommes les mieux instruits.

Dans les villes, les processions de pénitents se multipliaient, mais Dieu restait sourd à leurs prières. Les églises étaient trop petites pour contenir ces foules apeurées, prêtes à tout pour échapper à la mort. Les rumeurs les plus folles circulaient ; on osait formuler tout haut les anciennes croyances cathares combattues par les prêtres. La maladie de l'enfer ne prouvait-elle pas que Dieu n'était pas le seul maître du monde ? Le diable, son égal en puissance, commandait la cavalière à la faux. C'était pour lui qu'il fallait célébrer des messes noires, égorger des nouveau-nés et boire leur sang, faire le signe de croix à l'envers ! Des escouades de clercs, prêtres, moines, diacres, prêcheurs, ne cessaient de mettre la population en garde contre ces pratiques qui se perpétuaient dans les caves et les nuits de pleine lune, mais sans résultat. La peur de mourir, de perdre sa place dans cette vallée de larmes était la plus forte.

Le château de Valence était épargné. Les reliques de sainte Jésabelle montraient leur efficacité. Eugénie vivait dans les trois pièces que Guy de Rincourt lui avait allouées. Il lui faisait de fréquentes visites, surtout le soir, l'invitait à écouter des musiciens, des poètes occitans, à assister à des spectacles de jongleurs ou de montreurs d'ours, elle refusait avec hauteur :

– Messire, on ne m'achète pas ! Je ne veux rien vous devoir, pas même le petit plaisir d'entendre un musicien jouer un air de mon père !

Rincourt n'insistait pas, espérant qu'elle finirait par céder. Un soir, excédé, il s'exclama :

– Je ne veux que votre bonheur, madame. Vous me reprochez de vous avoir arrachée à votre époux ! Tout le monde sait au pays qu'Eauze est un rustre et que vous avez reçu une éducation de grande noblesse. Je vous ai libérée, voilà la vérité !

– Mon bonheur ne vous regarde pas. Qui êtes-vous pour aller ainsi à l'encontre de la volonté de Dieu ?

Poussé à bout, il eut la franchise de répondre :

– Je suis celui qui vous aime, madame, et vous aimera toute sa vie !

Eugénie abaissa les paupières. Ses lèvres se contractèrent en une petite moue vite réprimée.

– La mort fauche les jeunes comme les vieux en dehors de ces murs, poursuivit Guy de Rincourt. Je vous garderai ici le temps qu'il faudra pour vous tenir à l'abri du mal. Ensuite, vous serez libre.

– La peste tue aussi à Aignan et peut me priver de mes fils. Ainsi vous m'aurez tout pris !

– Je ne vous ai rien pris, madame, que je ne souhaite vous rendre au centuple !

De son côté, Grâce de Mirande ne décolérait pas. Son mari ne lui rendait visite que pour lui faire des reproches. Il ignorait ses filles dont l'avenir était tout tracé : l'aînée serait mariée à un seigneur gascon, la deuxième irait au couvent. La présence d'Eugénie lui rendait encore plus brûlant le regret de ne pas avoir de fils.

De ses yeux bleus auxquels rien n'échappait, Grâce observait son époux. Le sens de ses regards au loin, de sa perpétuelle mauvaise humeur ne lui échappait pas. Il ne manifestait guère plus ses sentiments qu'à l'habitude, mais ses gestes vifs, moins réfléchis, montraient sa préoccupation. Ses proches croyaient qu'il redoutait la maladie ; Grâce avait compris qu'il ne supportait plus d'être rejeté par d'Eugénie.

– C'est elle ou moi ! dit-elle à Porterrio qu'elle avait rejoint aux cuisines où il s'était fait servir les restes d'un chapon.

– Les voies du Seigneur nous échappent ! répondit le gros Lombard qui tenait à deux mains la carcasse graisseuse. Il dirige les étoiles pour nous montrer le chemin et j'ai pu y lire de bien curieuses choses ces dernières nuits.

Grâce s'assit en face de l'homme dont la barbe luisait. Il posa les restes du chapon, leva sur elle ses gros yeux veinés de rouge, suça le bout de ses doigts avec un bruit de lèvres qui déplut fortement à la femme, puis s'essuya les mains à la nappe de lin. Grâce avait une grande confiance en lui et le payait largement car il était cupide. Sa finesse d'Italien, son sens des travers humains le poussaient à profiter des penchants de chacun. Il entretenait un réseau d'informateurs fiables qui le rendait indispensable. Guy de Rincourt avait essayé de le soudoyer, de se l'attacher, mais l'obèse avait un penchant naturel pour Grâce et ne pouvait jouer sur les deux tableaux, car il avait compris, bien avant la peste et les événements d'Eauze, que les destins des deux époux se sépareraient bientôt. Ainsi, s'il rendait quelques services au chevalier pour donner le change, n'était-il fidèle qu'à Grâce qu'il manipulait au besoin.

L'homme se leva vivement, ajusta son surcot tendu par sa bedaine et invita Grâce à le suivre. Ils s'éloignèrent des cuisines situées dans la partie basse du château, montèrent un escalier très raide et mal éclairé par lequel les serviteurs acheminaient les grosses pièces de vénerie jusqu'à la salle à manger. Ils entrèrent dans une petite pièce à l'unique ouverture d'où soufflait un courant d'air froid. La cheminée était éteinte ; des bûches noires avaient roulé sur les dalles. Une table dressée au milieu de la pièce était encombrée de parchemins, d'objets curieux, fioles, cornues, serpentins en verre. Face à l'ouverture que la lumière frappait directement, les signes du zodiaque étaient dessinés sur une peau de veau tendue dans un cadre de bois accroché au mur. Il faisait froid, une odeur d'encens mêlée à d'autres senteurs agaçait les narines. Porterrio ferma la porte et invita Grâce à s'asseoir sur un siège près de la cheminée.

– Les oreilles sont partout ! dit-il en dressant devant la fenêtre une fiole à moitié remplie d'un liquide bleuâtre.

– C'est elle ou moi ! répéta Grâce. Je préfère mourir que continuer à voir mon époux tourner autour de cette femme !

Porterrio sourit, puis se moucha sans manière en pinçant son nez entre ses doigts. Un jet visqueux alla s'accrocher à une bûche dans la cheminée.

– Qui vous parle de mourir ? La faucheuse n'a-t-elle pas été envoyée sur terre par Dieu pour punir les hommes et les femmes de peu de foi ?

– Certes !

– Elle punira la femme qui ensorcelle votre mari. J'ai dessiné son ciel astral, les marques du démon sont partout. Cette femme est le diable en personne. Dieu va la châtier, mais pour cela, il faut qu'elle s'en aille.

– Que veux-tu dire ?

– Ici, elle est protégée par les reliques de sainte Jésabelle. Par contre, si elle quitte le château… Enfin, nous devons seulement favoriser sa fuite.

Grâce était perplexe. Si cette femme possédait un pouvoir démoniaque, elle pouvait très bien échapper à la maladie en dehors de ces murs. Une fois libre, elle serait encore plus dangereuse. Porterrio la rassura :

– Nous n'allons pas attendre que la mal-mort fasse son œuvre purificatrice. Nous armerons un bras peu scrupuleux. Les cadavres sont tellement nombreux et tellement repoussants qu'on ne prend pas le temps de les examiner de près. Et puis, les coupe-jarrets ne manquent pas en ces temps difficiles. Personne n'est à l'abri d'une mauvaise rencontre !

– Tu vas t'expliquer à la parfin ! s'exclama Grâce.

– La chance est de notre côté. Mes espies me coûtent cher, mais me servent bien. Comme vous me l'aviez demandé, j'ai soudoyé plusieurs hommes dans le voisinage du château d'Aignan pour me raconter ce qui s'y passe. Et ils ont pêché un très gros poisson.

– Parle donc ! Tu m'exaspères à tourner en rond.

– Renaud d'Aignan, le troubadour, le père d'Eugénie, est au pays. Il ne s'est pas trop montré parce qu'il ne s'entend pas avec son frère, Eude, ce qui ne m'étonne pas. Eude est triste, maigre comme un héron, tout en jambes, et assommant avec sa noblesse et ses ancêtres. Renaud est bel homme malgré son âge, presque cinquante ans, il chante comme un rossignol et trouve des histoires qu'il raconte avec tant de belles manières ! Renaud a dû beaucoup plaire aux femmes.

– Qu'est-ce qu'il veut ?

– Parler à sa fille. Lui faire une révélation extraordinaire, car Eugénie n'est pas n'importe qui. Ce n'est pas pour rien qu'il l'a fait éduquer chez les sœurs de Saint-Jal où passent toutes les héritières de grande noblesse ! Renaud s'est arrangé pour voir sa belle-sœur, avec qui il a dû fricoter autrefois parce qu'elle le regarde avec des yeux brillants. La peste l'oblige à agir. Le sac du château d'Eauze en est l'occasion ! Alors, il a écrit à Eugénie. Une lettre qui lui sera remise ce soir.

Grâce réfléchissait. Elle ne pouvait plus attendre, chaque jour qui passait était une torture, surtout le soir, quand Guy la laissait seule dans sa couche. Elle écoutait aux portes, plaquait son oreille contre les murs. Elle se sentait capable de tuer malgré sa foi profonde, de risquer l'enfer pour échapper à cette douleur d'entrailles, cette jalousie qui écartelait sa poitrine et broyait son cœur.

– Ce sont des mots ! dit-elle. Les actes ?

– Tout est en place. Ce soir, le pont s'abaissera comme chaque soir afin de laisser entrer les chariots de foin pour les chevaux. Les marchands, les soldats, les valets, les musiciens, tout le monde en profite pour entrer et sortir. Les gardes ont fort à faire et ne surveillent que d'un œil. Eugénie s'échappera en compagnie de deux hommes d'Aignan, mandatés par son père, ceux qui ont apporté la lettre. Sur le chemin, ils feront une mauvaise rencontre : des hommes à moi, sûrs et, eux aussi, bien payés.

Grâce sourit, dégrafa lentement son collier d'or qui accrochait la lumière diffuse. Porterrio leva les mains devant lui, comme pour refuser.

– Prends. Je n'en ai pas autant besoin que de mon chevalier.

– Le chevalier sera occupé avec des artisans qui veulent lui montrer une nouvelle arbalète de leur invention dont la corde ne se détend pas avec la pluie. Le jeune Herblin me servira d'intermédiaire. C'est lui qui va apporter la lettre. Depuis qu'il a sauvé Eugénie de la noyade, il se ferait couper en morceaux pour elle.

– Qu'est-ce qu'elle a de plus que les autres ? questionna Grâce, les yeux levés sur l'unique source de lumière, toujours obsédée par l'image d'Eugénie.

Elle l'enviait. Par quel sortilège cette femme sans fortune attirait-elle l'amour des hommes ? Son attitude de grande dame les poussait-elle à tenter l'assaut d'une citadelle difficile ? Non, c'était plus simple et plus charnel. Eugénie donnait envie de faire l'amour comme d'autres inspirent la méfiance, c'était dans sa nature, un don du diable pour semer la haine. La faire disparaître n'était donc pas un péché, mais un acte de piété ! Grâce se leva, convaincue de ne pas être complice d'un crime, mais d'une œuvre utile.

– Mon époux m'en saura gré, plus tard, quand il s'apprêtera à comparaître devant le juge suprême.

Herblin était tiraillé par des sentiments contradictoires. Le jeune garçon était reconnaissant envers Guy de Rincourt qui, pour le remercier d'avoir sauvé Eugénie, l'avait placé parmi ses écuyers nobles, lui l'ancien garçon d'écurie. Le jeune homme, excellent cavalier en qui le maître avait tout de suite reconnu un futur champion de joute, aimait chasser le loup et poursuivre les voleurs qui détroussaient les cadavres encore chauds, brûlaient les manses isolées, volaient le bétail. Mais il aimait aussi Eugénie, d'un amour qui n'était plus seulement celui d'un petit garçon. Il se sentait coupable d'en vouloir à Rincourt, d'éprouver le même sentiment que lui. Son violent désir, qu'il ressentait comme le pire des péchés, s'opposait à sa soumission naturelle, à la sublimation d'un maître qu'il vénérait.

Il s'arrangeait toujours pour rejoindre Eugénie qui sortait parfois l'après-midi dans la cour au pied du donjon. Rincourt laissait faire. Il s'était mépris sur le sentiment profond d'Herblin. Par lui, il espérait toucher la jeune femme, raison pour laquelle il parlait beaucoup au jeune homme, lui racontait sa jeunesse, l'arrivée de ses ancêtres en terres d'Oc, et sa solitude à côté de Grâce qu'il avait cessé d'aimer. Herblin écoutait, respectueux et fébrile.

Cet après-midi, il attendait Eugénie depuis plusieurs heures, quand enfin il la vit sortir du corps central du château, vêtue d'une cape fourrée, d'un capuchon en soie aux couleurs vives. Il la regarda marcher dans l'allée, tenant un petit bâton qu'un vieux vannier avait sculpté en forme de serpent. Son cœur battait très fort. L'interdit s'imposait à son esprit, la réaction de son corps lui échappait et il en avait honte. Le soleil était sorti après les dernières pluies. Il faisait doux, les petites feuilles persistantes des buis luisaient comme de minuscules pièces de monnaie.

Herblin, plus gêné que d'habitude, sentait dans la poche de son surcot le parchemin que les Mounier, arrivés la veille pour aider à la réparation d'une toiture, lui avaient confié. Le père et le fils s'étaient fait une réputation d'ouvriers qui ne reculaient devant rien. Insensibles au vertige, ils replaçaient les ardoises ou les tuiles sur les tours les plus hautes, dans les lieux les plus escarpés. Ils s'étaient présentés au maître des lieux sans dissimuler ce qu'ils pouvaient dire de leur mission : dame Éliabelle les envoyait pour donner des nouvelles de ses enfants à Eugénie. Rincourt pensa que c'était l'occasion de montrer sa bonne volonté et permit à Eugénie de rencontrer les deux hommes sous la surveillance discrète de Branson. Les couvreurs la rassurèrent : la maladie épargnait sa famille. Matthieu s'était montré très courageux en assistant une petite bergère morte près de lui.

Eugénie ne dormit pas de la nuit. La menace qui pesait sur ses garçons la mettait en face de son impuissance. Elle passa de longues heures en prière, espérant un conseil, mais la lumière divine ne l'éclaira pas. L'image hautaine de Rincourt obstruait son esprit.

La seule manière de sauver Matthieu et Benoît était de les faire venir ici, où personne n'avait été inquiété. Pourtant, elle s'y refusait car, dans son esprit, il était inimaginable de rassembler sous le même toit les fils d'Eauze et Guy de Rincourt. Elle devait donc s'enfuir, mais comment ?

Elle s'avança sur la terrasse, resta un long moment à contempler le paysage au bas de la colline, les hameaux épars, la ville entourée de ses hautes murailles, les laboureurs dans les champs. Elle se tourna vivement : Herblin était là, à quelques pas. Il s'était avancé en chat, sans faire le moindre bruit avec ses chaussures de cuir. Il portait un chaperon de toile qui laissait libres ses cheveux aux boucles noires. Un léger duvet de barbe salissait son menton.

– Madame Eugénie, j'ai quelque chose pour vous. Du père Mounier. Une lettre.

– Une lettre ? demanda Eugénie. Pourquoi ne me l'a-t-il pas donnée hier ?

– Je crois qu'elle vient de votre père !

Eugénie fit un pas en arrière. Dieu avait-il entendu ses prières ? Herblin lui tendit un petit rouleau de parchemin qu'elle déroula en retrait des fenêtres. Elle lut rapidement :

Ma chère fille, il faut que tu me rejoignes. La fuite de ton époux est une aubaine. Je vais enfin te révéler qui était ta mère. La peste m'oblige à le faire au plus vite, car on ne sait pas de quoi demain sera fait. Tout est en place pour que tu puisses échapper à Rincourt. Le père Mounier te conduira jusqu'à moi. Je t'attends à Nogaro. Ton père, Renaud d'Aignan.

Les joues écarlates, Eugénie dissimula le rouleau dans la poche intérieure de son manteau. Enfin, elle allait savoir ! La grande question de son enfance qui ne l'avait jamais quittée allait trouver une réponse. Eugénie avait grandi avec les petits vilains, mais elle se savait d'un autre monde. Plus tard, au couvent de Saint-Jal, quand de véritables princesses la traitaient en bergère, elle se rebellait, mue par une force profonde impossible à contrôler. Elle redoutait tout à coup de découvrir une vérité décevante. Herblin lui souffla à l'oreille :

– Nous partons ce soir à la tombée de la nuit. Pour vous, je trahis celui qui a été bon pour moi, mais j'ai choisi mon camp.

– Tu ne trahis personne. Rincourt te garde pour m'être agréable. Si je pars, il te chassera ou tu retourneras aux écuries.

– Cela se peut !

Eugénie lui prit les mains. Ce contact le brûlait. Son corps n'était que désir pour cette femme, mais il ne s'en sentait pas digne. N'était-il pas un laideron, un sauvageon poussé dans une cour de ferme sans la moindre attention de personne ?

– Ce soir, dit-il, arrive un chargement de fourrage. Le chevalier sera occupé. Je vous attendrai à côté de la chapelle.

5.

La nuit tombait tôt en ce mois de décembre brumeux. Après vêpres, les collines se dissolvaient dans une grisaille diffuse, puis l'obscurité s'étalait, lourde, épaisse, impénétrable. Eugénie demanda à Rincourt la permission de se rendre à la chapelle pour prier. Lui, accaparé par l'envie d'essayer une nouvelle arbalète inventée par un forgeron local, n'y vit pas malice.

– Une invention formidable ! Je vais la présenter au roi, mon cousin. Je suis un Valois par ma mère, demi-sœur de Jeanne de Champagne ! précisa-t-il.

Eugénie prit son épais manteau doublé de martre et s'éloigna. Branson était aussi tellement intéressé par la nouvelle arme qu'il avait négligé de la faire surveiller. Elle se rendit à la chapelle. Elle tremblait, mais ce n'était pas de froid. Fuir loin des murs protecteurs du château était terriblement risqué : la maladie, au lieu de décimer les voleurs, les multipliait. Elle appréhendait l'inconnu dont la porte noire venait de s'ouvrir.

Une fois agenouillée au pied du petit autel où brûlait toujours une lampe à huile de noix qui répandait une forte odeur, Eugénie congédia le valet qui l'accompagnait. Quelques instants plus tard, Herblin, entré discrètement par une porte latérale, arriva à sa hauteur.

– C'est le moment. Nous devons partir tout de suite.

Eugénie ne quittait pas des yeux la niche sous la lampe à huile où étaient enfermées les reliques. Herblin comprit l'insistance de son regard.

– On ne peut pas. C'est un sacrilège ! dit-il.

– Un sacrilège ? souffla Eugénie. Mais Rincourt n'a pas hésité à les emporter alors qu'elles reviennent à mes garçons. C'est eux qu'elles doivent protéger !

Elle sortit une clef dorée de sa poche.

– Je l'ai prise ce soir. Maintenant, je ne reculerai pas.

La clef tourna dans la serrure. Eugénie s'empara du petit coffre en bois orné de dorures, referma la porte à double tour.

– On y va ! dit-elle en emboîtant le pas à Herblin qui hésitait.

Dehors, il conduisit Eugénie jusqu'à une touffe de noisetiers. Les Mounier les attendaient avec un cheval attelé à une carriole vide.

– C'est le moment ou jamais ! dit le vieux.

Il aida Eugénie à monter sur la charrette, lui demanda de se coucher sur le plancher, ce qu'elle fit en serrant contre elle le coffre à reliques. Il la recouvrit d'une toile de couleur grise. Le groupe se dirigea vers le pont gardé par des hommes en cotte de mailles et chapeau de fer.

– Je vais donner un coup de main à ces hommes ! dit Herblin qui connaissait les gardes. Ils doivent charger des tuiles et rentrer ce soir.

– Faites vite, dit un des gardes sans se méfier. On ferme dans moins d'une heure.

– C'est plus qu'il n'en faut !

Le père Mounier piqua son vieux cheval qui boitait. La charrette cahotait sur le chemin rempli d'ornières. Bientôt, l'ombre serait si épaisse que le cheval ne verrait plus la route et qu'ils devraient s'arrêter. Les Mounier avaient repéré dans le voisinage une maison vide de ses habitants. Cette bâtisse à l'écart des petits hameaux autour de Valence était assez bien défendue par un haut mur d'enceinte défoncé par endroits. Les voleurs qui pillaient les habitations abandonnées ne manquaient pas, mais celle-ci avait été visitée tant de fois qu'il ne restait rien à emporter.

Ils y arrivèrent à la nuit noire. Des chiens errants qui occupaient les lieux se mirent à aboyer. Le fils Mounier les repoussa à coups de pieu, mais ne les chassa pas. Ces animaux seraient d'excellentes sentinelles hurlant à la moindre menace. Pour les garder, il leur donna du pain sec et des morceaux de lard fumé.

Ils allumèrent des torches. L'endroit était sinistre ; une horrible odeur de cadavre oppressait la gorge. Les hommes explorèrent la maison de la cave au grenier. Dans la grange, ils trouvèrent du fourrage pour le cheval. Le bois manquait, ils firent brûler les planches d'une cloison que les voleurs avaient défoncée.

– Il ne nous reste plus qu'à prier le ciel pour que les gardes de Rincourt ne nous trouvent pas. Nous n'avons aucun moyen de leur échapper ! dit le père Mounier en sortant d'un sac du pain, du lard, des oignons et du fromage.

Le jeune Mounier, un garçon de petite taille mais fort bien fait, agile, capable de se glisser dans un trou de souris, revint d'un hangar où se trouvaient des tonneaux, un pressoir à vin et d'autres outils. Il expliqua qu'ils pourraient y passer la nuit sur un tas de vieux foin poussiéreux et s'y cacher au besoin. Le risque de se faire détrousser existait, certes, mais il n'y avait pas d'autre solution.

– Espérons que tout va bien se passer ! dit le père Mounier, homme de forte corpulence et terriblement poilu dont l'odeur incommodait Eugénie. Renaud d'Aignan m'a dit que l'avenir du roi de France dépendait de nous. Il parle aussi bien qu'il chante !

Les Mounier, même s'ils n'avaient pas cru un mot des propos de Renaud d'Aignan, avaient à cœur de mener leur expédition à son terme. Ils resteraient éveillés pour monter la garde pendant qu'Eugénie dormirait dans le foin, surveillée par Herblin.

Le garçon conduisit la jeune femme jusqu'à la grange, oppressé par la peur de trahir ses désirs. Le froid était de plus en plus vif. Elle lui prit le bras pour faire les quelques pas dans la cour très sombre. Ils arrivèrent à la porte.

– Attends-moi un instant ! dit Eugénie.

Elle s'éloigna de quelques pas, Herblin entendit l'étoffe de la robe se froisser.

– Tu n'as pas envie, toi ?

Il ne répondit pas, incapable de parler aussi naturellement de ce petit besoin dont la pensée le rendait aussi maladroit qu'un pantin désarticulé.

Ils trouvèrent la meule de foin ; Eugénie, serrant la châsse contre elle, y grimpa à quatre pattes, invitant le garçon à la suivre. Elle se façonna un nid, soulevant un nuage de poussière qui desséchait la gorge, s'y blottit.

– Tu viens ?

Il n'osait pas et restait en retrait.

– Allez, viens.

Dans le noir, elle trouva sa main et l'attira près d'elle. Herblin était oppressé, incapable de dire un mot, lourd et pataud, redoutant de dévoiler ce désir qui incendiait ses joues et durcissait son sexe. Gêné, il se détourna quand Eugénie vint se blottir contre lui.

– Tu n'es qu'un enfant ! dit-elle avec une assurance qui culpabilisait un peu plus le jeune homme.

Herblin n'osait pas bouger. Ses membres lui faisaient mal, des mèches de cheveux chatouillaient désagréablement son visage, mais il supportait sa torture, se forçait à penser aux parades à l'épée que Rincourt lui avait apprises pour échapper aux battements de son cœur qui éclataient dans sa tête comme des coups de gong. Il aurait aimé qu'Eugénie parle, qu'elle dissipe ce silence lourd de sous-entendus. S'était-elle assoupie ? Il se dit qu'il n'était qu'un enfant livré à la tentation honteuse du diable.

Les heures passaient. Eugénie dormait paisiblement ; à côté, Herblin ne perdait pas un instant de ce qu'il découvrait comme le plus grand bonheur de sa vie. Vivrait-il une nouvelle nuit aussi intense ? Eugénie lui offrait en confiance son corps endormi et il ne voulait pas en perdre la moindre contraction. Il sentait son souffle froid et régulier sur sa joue, il s'en enivrait, tantôt rassuré comme un enfant près de sa mère, tantôt fier comme un amant près de la femme aimée.

Tout à coup, il sursauta. Un bruit, un raclement de pas l'avertit que quelqu'un approchait. Que devait-il faire ? Rester blotti dans le foin en espérant que les maraudeurs ne s'apercevraient pas de leur présence ?

La porte s'ouvrit et grinça. La lune luisait dans un halo de brume maintenant une clarté suffisante pour se diriger. Il se dressa. Eugénie se réveilla en sursaut.

– Ne bougez pas ! lui dit-il en se glissant au bas de la meule, son épée à la main.

Deux silhouettes se détachèrent dans la clarté extérieure, accrochées l'une à l'autre, tassées, bossues. Ce n'étaient pas des voleurs, mais deux vieillards qui s'appuyaient sur des cannes. Ne craignant plus rien, Herblin alluma la lampe à huile qu'il avait posée avec la pierre à feu sur une planche à côté de la meule. Les arrivants, surpris, voulurent regagner la porte, mais le jeune homme, l'épée dressée, les en empêcha.

– Pitié ! dit l'un des hommes qui portait une cagoule sur la tête.

Il était très maigre et vêtu de hardes trop légères pour le froid. Il se tenait une main posée sur l'épaule de son compagnon bossu dont la lampe à huile éclairait le visage rongé, son nez absent, la partie droite du menton où l'os apparaissait au milieu d'une plaie purulente.

– Des lépreux ! hurla Eugénie. Surtout ne les touche pas !

Herblin avait souvent croisé ces parias qui vivaient à l'écart, dans des lieux où personne n'allait jamais. Il avait vu de loin ces éclopés marcher le long des chemins en agitant leur clochette, il les avait vus se disputer près des églises où ils écoutaient la messe par le trou du lépreux, orifice taillé dans le mur, car les lieux saints leur étaient interdits.

– Ayez pitié de nous ! dit l'homme à cagoule. On nous chasse de partout et nous n'avons que la nuit pour bouger…

– Vous n'avez pas à être là ! dit Eugénie en se dressant devant eux. Pourquoi avez-vous quitté la léproserie ?

– La faucheuse, madame. La peste qui a emporté les trois quarts des nôtres. Pour manger, nous devons fouiller les maisons abandonnées. Ne nous tuez pas !

Dressant sa lampe devant lui, Herblin sortit et leur demanda de l'attendre devant la porte. Il courut avertir les Mounier qui avaient trouvé une bouteille de gnôle dans la cave et s'étaient réchauffé l'estomac un peu plus que de raison. Le vieux somnolait, le jeune tourna vers Herblin un regard glauque.

– Tu t'es disputé avec la belle ? Voilà que tu ne peux pas dormir ?

– Il ne s'agit pas de ça. Viens voir.

L'autre se mit lentement sur ses jambes. Ils arrivèrent à la grange. Les lépreux se tenaient devant la porte, grelottant. Eugénie serrait son manteau sur sa poitrine.

– On ne discute pas ! dit Mounier. Tu les passes au fil de l'épée et tu les laisses aux chiens.

Les deux malades tombèrent à genoux, suppliant qu'on les épargne. Le fils Mounier avait sorti son grand couteau et s'apprêtait à les égorger quand le père, réveillé par le bruit, arriva :

– Attends un peu ! dit-il, montrant par là qu'il avait repris tous ses esprits. C'est peut-être le ciel qui nous les envoie.

– Que veux-tu dire ?

– Je veux dire que demain, nous aurons les hommes de Rincourt à nos trousses et qu'il faudra bien trouver un moyen de leur échapper. Ces lépreux sont peut-être notre chance. Nous avons assez perdu de temps. La nuit est moins noire, nous allons nous mettre en chemin.

– Tu n'y penses pas ! C'est dangereux.

– Tout le monde redoute les lépreux, les voleurs de grand chemin comme les hommes de Rincourt.

– Alors, on y va !

Le vent avait totalement dissipé la brume, laissant une nuit assez claire qui permettrait de se diriger. Les chiens aboyaient en tournant autour du cheval. Le vieux Mounier, totalement dégrisé, savait qu'il risquait quelques mauvaises rencontres, mais il savait aussi qu'il n'avait rien à craindre des hommes de Rincourt tant que le soleil n'était pas levé. Il comptait sur la peur qu'inspiraient les lépreux pour éloigner les maraudeurs. Le cheval était une vieille carne, la charrette tombait en morceaux, l'ensemble ne valait pas de risquer d'attraper le mal le plus terrible de la création.

– Vous allez monter dans la charrette, dit Mounier aux deux malades qui ne discutèrent pas.

Il leur fallut un bon moment pour réussir à grimper sur les barreaux des roues ferrées. Enfin, Mounier leur trouva des sièges pour qu'ils ne tombent pas dans les cahots.

– Et Eugénie ? demande Herblin.

– Elle va se cacher sous la toile. Au premier geste de l'un ou de l'autre pour se rapprocher d'elle, tu les transperces tous les deux.

Puis s'adressant aux lépreux, le père Mounier précisa :

– Je vous propose un marché. Vous avez faim : voilà du jambon et du pain. Si vous ne voulez pas mourir, vous direz que vous vous êtes échappés de la léproserie d'Aignan et que nous vous y reconduisons. Vous serez notre laissez-passer. Pas un mot sur la femme cachée sous la bâche derrière vous !

Ils n'avaient pas d'autre choix que d'accepter, considérant qu'ils s'en tiraient à bon compte.

Le groupe se mit en marche. Herblin constata qu'ils ne prenaient pas le chemin le plus direct et s'en inquiéta :

– Je ne suis pas un enfançon ! dit le vieux Mounier. Je sais bien qu'au château, une dame jalouse a envoyé des hommes pour nous dépêcher et tuer notre protégée !

– Comment l'as-tu appris ?

– Si Renaud d'Aignan m'a choisi, c'est parce qu'il sait que sous mon air de cochon gras, je suis plus malin qu'un renard. Je me suis arrangé pour parler de la lettre de Renaud d'Aignan à l'astrologue de madame Grâce. Comment crois-tu qu'on ait pu sortir sans être inquiétés ? C'est lui qui a passé le mot aux gardes. Il croyait pouvoir nous faire occire sans témoin par des hommes à lui, mais je t'ai dit : je suis aussi malin qu'un renard qui ne vole jamais les poules près de son terrier !

Au lever du soleil, le brouillard s'épaissit de nouveau, coupant toute visibilité. Ils marchaient dans une épaisse ouate blanche comme entre les murs d'une prison qui se déplaçait avec eux. Le silence de la campagne, une odeur de pourriture omniprésente rappelaient la maladie infernale. Vers la mi-journée, ils croisèrent un groupe d'hommes qui fuyaient. Ils avaient vu la faucheuse sur son cheval pie, alors les plus forts couraient, laissant derrière eux les impotents et les femmes.

Ils arrivèrent à Aignan. Eugénie était impatiente de retrouver ses enfants. Benoît poussa un cri de joie en la voyant et se précipita dans ses bras. Matthieu resta en retrait et attendit que sa mère s'approche pour l'embrasser.

– Comme vous avez grandi ! constata-t-elle.

Ils avaient surtout pris les belles couleurs de la vie au grand air. Le corps de Matthieu s'était affermi, ses épaules semblaient plus solides. Les braies et le surcot de chanvre des jeunes paysans ne cachaient pas la noblesse de sa silhouette. Benoît s'accrochait à la robe de sa mère et se plaignait du froid pour qu'elle le prenne dans ses bras.

– Vous avez des nouvelles de notre père ? demanda Matthieu d'une voix sûre qui n'était plus celle d'un enfant.

– Hélas, non. Je prie pour lui, et je sais qu'il reviendra un jour vous chercher.

– Pourquoi ? Vous n'allez pas rester avec nous ?

Eugénie pensa à son père qui l'attendait à Nogaro, mais n'en dit rien.

– Je ne crois pas. Mais je reviendrai bien vite.

Elle embrassa avec effusion sa tante et son oncle, heureuse de les retrouver en bonne santé. La peste avait emporté de nombreux valets, des vilains dans les fermes voisines qui manqueraient de bras au printemps suivant.

Quand il vit Eugénie, Jean sourit de tout son visage, montrant ses chicots noirs. Il se prosterna devant la jeune femme, lui prit les mains qu'il porta à ses lèvres épaisses. Jean avait pour sa cousine une adoration d'animal fidèle qu'il exprima en exécutant une sorte de danse et improvisant un air de sa voix rauque. Eugénie savait qu'elle pouvait avoir confiance et l'attira dans un coin :

– Voilà, mon Jean, dans ce petit coffre se trouvent les reliques de sainte Jésabelle. Elles protègent de la peste. Tu vas le cacher quelque part dans ce château et tu ne diras à personne où tu l'as mis, ce sera notre secret à tous les deux.

Jean ouvrit de grands yeux étonnés. Il parlait mal, mais Eugénie qui avait grandi avec lui le comprenait.

Il était fier de la confiance de sa belle cousine. Il avait vu mourir la petite Perrine, il avait vu, terrassés en quelques heures, la cuisinière du château et plusieurs garçons d'écurie et était heureux de savoir que l'hécatombe s'arrêterait là. Il prit la châsse et détala comme un lapin.

Éliabelle était si heureuse du retour de sa nièce qu'elle puisa dans ses provisions pour inviter les Mounier à sa table.

Le soir, à la tombée de la nuit, un cavalier de Valence vint saluer Éliabelle. Il déposa un panier qui contenait plusieurs tourtes de pain, de la viande salée, des saucisses et du fromage.

– J'ai cette lettre pour dame Eugénie, dit l'homme. C'est de la part de mon maître, le chevalier de Rincourt.

Il fit faire demi-tour à son cheval et s'éloigna rapidement, car la nuit tombait. Eugénie prit le parchemin que lui tendait sa tante et lut : *Madame, vous avez choisi de vous enfuir. Vous avez emporté avec vous les reliques, gardez-les précieusement puisqu'elles vous protègent des grands dangers que vous courez hors de ces murs. Si j'ai décidé de ne pas vous poursuivre, c'est pour vous montrer mon attachement. Je ne veux pas vous contraindre, je veux vous conquérir avec patience, vous montrer que je suis digne de vous comme aucun homme ne l'a jamais été. Je tremble et je prie pour que Dieu vous garde en vie. Je sais que nous nous retrouverons. Tel est notre destin, mon astrologue me l'a confirmé, mais il faudra un peu de temps.*

Eugénie lut une deuxième fois cette lettre d'une sincérité à laquelle elle ne s'attendait pas. Enfin, elle plia le parchemin qu'elle enfouit dans une poche intérieure de son manteau. Herblin remarqua son air préoccupé et s'approcha d'elle.

– Ce n'est rien, dit-elle. Nous partirons demain à l'aube pour rejoindre mon père.

Avec le lever du jour, la brume s'était de nouveau épaissie. Blanche, lourde, opaque, elle maintenait à hauteur de visage une odeur de pourriture insupportable.

Dès matines, forgerons, manouvriers, laboureurs, tisserands, tous se rendaient à l'église. À Aignan, la peste avait tué un curé et trois clercs dans la nuit. Les deux abbés épargnés grelottaient de peur pendant la messe et sursautaient chaque fois qu'une toux s'élevait dans l'assemblée. Ils lançaient autour d'eux des regards anxieux comme s'ils redoutaient de voir surgir la cavalière à la faux.

Pendant l'office, ils se relayèrent pour fustiger le démon et dénoncer ses serviteurs : « Le mauvais est au fond de vous, menaça l'abbé Rufein, et vous souffle des pensées perverses ! C'est lui qui vous pousse à la Saint-Jean à porter des fleurs au Rocher des Druides. Lui qui vous fait rendre hommage à des idoles ! »

Tous les prêches se ressemblaient. Les campagnes étaient parcourues d'un vent de haine. Ceux qui ne suivaient pas les dogmes de l'Église étaient responsables de la maladie : il fallait les éliminer, les détruire par tous les moyens. Ceux qui éprouvaient de la pitié pour ces envoyés de Satan méritaient de mourir à leur tour.

À la sortie des offices, les fidèles, remontés, cherchaient des victimes. Gare au boiteux qui se trouvait là, aux bancales, aux simples d'esprit, aux ivrognes ! Combien de misérables furent ainsi lapidés, mis à mort sur les places publiques ! Pourtant, la faucheuse s'en moquait et poursuivait ses ravages.

C'était surtout la nuit qu'elle tuait dans l'ombre complice, qu'elle tourmentait un frère, un fils, une femme… Au matin, le visage déformé des morts semblait encore crier par leur bouche muette l'horreur de l'enfer.

Les menuisiers manquaient de bois pour fabriquer les cercueils. On cassait les lits devenus inutiles, des portes, des coffres. Pour éviter les complications, on se débarrassait des cadavres en creusant un trou au jardin, en les emportant de nuit dans la forêt où les loups les dévoraient. Les enfantelets, plus aisés à cacher, étaient jetés sur les tas de détritus ou dans les fosses à purin.

Pour Eugénie, l'heure d'une nouvelle séparation qu'elle redoutait était arrivée. Des cauchemars l'avaient hantée toute la nuit. Elle appréhendait une rupture avec sa vie d'avant, mais aussi avec les êtres qu'elle aimait, surtout ses deux enfants. Elle garda longtemps le petit Benoît serré contre sa poitrine. Elle embrassa Matthieu en lui demandant de bien s'occuper de son frère. Éliabelle se voulut rassurante malgré les larmes qui roulaient sur ses joues.

– Pars sans crainte !

Eugénie embrassa Jean en dernier. Le simplet lui fit un signe discret : personne ne saurait où se trouvait la châsse, il préférerait mourir que de livrer son secret.

Eugénie sortit de sous sa chemise la chaîne en or et la médaille qu'elle portait depuis sa plus jeune enfance. Elle la prit dans sa main, comme elle l'avait fait tant de fois, admira la ciselure délicate de la tête de femme. Non, elle ne pouvait pas s'en séparer : le bijou venait de sa mystérieuse mère. Elle le replaça sous sa chemise.

– Sainte Jésabelle vous protège de la peste !

Éliabelle sourit entre ses larmes. Elle croyait aux vertus des reliques, mais seulement dans le beau monde, parmi ceux que Dieu favorise. À Aignan, le péché était partout. Chaque mur, chaque pierre pouvait en témoigner. La généreuse tante était la première fautive en refusant à son mari l'amour qu'elle avait donné à son beau-frère.

– Reviens vite ! dit-elle.

Les Mounier s'impatientaient à côté de leur carriole et du cheval cagneux qui piétinait comme si les mouches l'agaçaient. Eugénie les rejoignit.

– Des chevaux vous attendent chez le charron Lhospitalet, dit le vieux Mounier. Nous devions vous accompagner jusqu'à Nogaro, mais comme vous avez un jeune écuyer qui manie aussi bien l'épée qu'il monte à cheval, nous allons vous laisser avec lui.

Herblin n'était pas mécontent de se débarrasser de ces deux rustres, du vieux qui puait le purin et la charogne, et du jeune dont le regard en dessous vers Eugénie le hérissait de jalousie.

Chez Lhospitalet, ils ne trouvèrent qu'une femme qui pleurait entourée d'une ribambelle de petits enfants mal vêtus, morveux et très sales. Ses cheveux en broussaille lui donnaient l'apparence d'une folle. Ses vêtements pendaient autour de son corps trop maigre, sa poitrine tombante. Elle se tordait les mains tandis que les enfants braillaient en s'accrochant à sa robe d'un épais tissu de chanvre.

– Mon pauvre Denis ! Lui si bon, qui ne manquait pas une messe, et priait tous les jours… La faucheuse s'est trompée.

Le vieux Mounier, agacé par ces lamentations, demanda les chevaux retenus par Renaud d'Aignan. La femme leva devant elle des mains aux doigts tordus.

– Qu'est-ce que vous voulez que je vous dise ? J'en sais rien, moi. Je sais que mon homme est mort et que je reste avec six enfants sur les bras.

Herblin se rendit à l'écurie et sella les deux meilleurs chevaux. Quelques instants plus tard, Eugénie montée à cru sur une robuste jument et le jeune homme qui caracolait devant quittaient Aignan pour Nogaro, situé à moins de cinq lieues de là.

Sur les chemins défoncés par les fortes pluies de la Toussaint, ils croisèrent des groupes d'hommes, de femmes, d'enfants hagards qui s'abritaient du froid avec de vieilles peaux de mouton ou des sacs en toile. Ces malheureux fuyaient la misère de leur manse, de leur échoppe, l'odeur pestilentielle des cadavres abandonnés dans leurs maisons. Ils pensaient ainsi échapper à la maladie, comme si elle allait les oublier une fois partis dans la grisaille de l'hiver. Ils n'avaient que de piètres provisions, mais survivre était leur priorité, tant pis pour la faim, le froid, l'humidité. Les détrousseurs les ignoraient ; ils ne valaient pas la peine de les attaquer pour un quignon de vieux pain noir et quelques effets invendables. Ils s'arrêtaient quelques instants pour regarder passer les cavaliers, puis reprenaient leur marche sans but accrochés les uns aux autres, les forts aidant les faibles, les valides portant secours aux boiteux.

La peste était omniprésente. Du haut de leurs chevaux, Herblin et Eugénie survolaient ce monde de pourriture et de douleur. Parfois, aux abords des hameaux ou des villes dont les portes restaient fermées, les chevaux faisaient un écart pour éviter des corps déposés en tas, souvent déchiquetés par les chiens errants et les loups. Tous les cadavres se ressemblaient, tous répandaient la même odeur insupportable et montraient au monde des vivants la même grimace qui retroussait leurs lèvres sur des dents noires, des gencives purulentes, et tous gardaient leurs yeux ouverts figés sur l'horreur.

À mi-parcours, comme Eugénie se plaignait des reins, Herblin décida de faire une halte près d'un ruisselet en bordure d'une prairie couverte de brume. Les chevaux se mirent à boire. Entre des blocs épais de nuages, un rayon de soleil froid passait parfois, éclairait la campagne et se cachait aussitôt. Herblin s'assit sur une pierre plate et entreprit de délacer ses chausses pour en chasser un gravier qui l'agaçait. Eugénie, debout à côté du jeune homme, regardait la campagne vide. Au bout de la prairie, deux chaumières sans fumée sur la cheminée, sans enfants devant la porte, indiquaient que la faucheuse était passée par là.

Un petit cri attira l'attention d'Herblin. Derrière Eugénie, plusieurs gros rats noirs étaient sortis du fossé, ces rats dont la présence précédait toujours la mal-mort. Le jeune homme ne dit rien pour ne pas effrayer sa compagne. Il voulut les chasser en secouant les bras et frappant le sol de ses pieds.

– Maudites bêtes ! murmura-t-il.

Les rats, sans la moindre peur, s'approchèrent d'Eugénie, levèrent vers elle leur tête au museau pointu.

– Quelle horreur ! dit-elle en reculant. Fais-les fuir !

Herblin dégaina son épée et se mit à fouetter l'air devant lui. Les animaux s'éloignèrent.

– Bon, on s'en va ! Les chevaux ont bu et se sont reposés. Nous devons arriver avant la nuit.

Herblin aida la jeune femme à remonter sur son cheval et ils partirent au trot. Ils ne parlaient pas. L'un et l'autre laissaient aller leur esprit. Eugénie pensait à son père qu'elle n'avait pas vu depuis plusieurs années et à la révélation qu'il allait lui faire. Herblin voyait la silhouette de sa voisine se dissoudre dans la brume, devenir celle d'une belle femme portant une faux. Il sursauta quand Eugénie, qui avait ralenti le trot, posa une main sur son épaule en le regardant curieusement.

– J'ai dû m'assoupir ! dit-il en se frottant les yeux. J'ai même eu le temps de faire un cauchemar.

Ils repartirent. Herblin ressentait un curieux malaise qui se répandait dans sa chair en tremblements fébriles. Des douleurs vives traversaient sa poitrine.

Deux heures plus tard, ils arrivaient à Nogaro. La ville épargnée avait ouvert ses portes. Dans les faubourgs, les vilains vaquaient à leurs occupations, retournant la terre qui devrait être semée au printemps, soit avec la charrue, soit à la brèche pour les petites parcelles. Les marchands sortaient avec leurs charrettes attelées à des mules, des enfants les accompagnaient en courant. Eugénie et Herblin contemplèrent ce spectacle devenu inhabituel qui leur faisait du bien.

– C'est un miracle ! dit Herblin. Ils doivent posséder les reliques d'un bon saint protecteur.

Eugénie constata que le visage de son compagnon était couvert de petits boutons rouges, mais n'en dit rien. Elle avait hâte de retrouver son père. Ils se dirigèrent vers l'auberge que le vieux Mounier leur avait indiquée, entrèrent dans une cour intérieure qui donnait sur des écuries. Des valets se proposèrent pour s'occuper des chevaux. Un homme de grande taille sortit de l'auberge. Il était vêtu avec raffinement, surcot rouge à franges bleues, chaperon côtelé de blanc et de vert ; ses cheveux gris, agréablement ondulés sur ses tempes, rehaussaient son visage fin, son regard franc et joyeux. Eugénie hésita un instant. Son père était resté identique au souvenir qu'elle en gardait. Il lui tendit les bras.

– Te voilà enfin ! dit Renaud de sa voix mélodieuse. J'ai eu si peur que tu ne puisses arriver jusqu'ici.

Herblin, qui s'était approché, remarqua les mains fines aux doigts longs et déliés du troubadour.

– Mon père, je suis si heureuse de te retrouver !

Par cette affirmation, elle cachait l'angoisse qui lui nouait la gorge. Ces retrouvailles en dehors d'Aignan n'étaient pas ordinaires. Renaud ne cessait de la contempler comme il ne l'avait jamais fait.

– Tu ressembles tellement à ta mère ! dit-il enfin. Tu devras te souvenir, dans les mois, les années qui viennent que cette grande dame est morte dans l'indifférence générale, qu'on a voulu la faire passer pour folle afin de cacher des secrets d'État…

– Mais qui était cette grande dame ? osa Eugénie.

– Nous en parlerons plus tard. Je t'ai attendue ici parce que la peste a oublié Nogaro et l'on s'en vante un peu trop à mon sens. Tout le monde croit que la foi et l'observance des commandements de Dieu ont protégé les habitants, pourtant, je sais, moi, qu'il s'y trouve autant de crapules qu'ailleurs et que les bonnes épouses n'y ont pas plus de vertu que les autres.

Renaud d'Aignan sourit à Herblin, montrant des dents que les années avaient épargnées. Par quel secret, par quel pacte avec l'une des deux forces de l'univers, avait-il pu, ainsi, préserver une jeunesse resplendissante ?

– C'est Herblin. Il m'a sauvé la vie après la destruction du château d'Eauze par Rincourt.

– Je sais tout cela ! fit Renaud qui remarqua les petits boutons sur le visage du garçon. Herblin, soyez le bienvenu. Entrons dans l'auberge, vous devez avoir faim et soif. Nous partons demain pour Avignon. Nous devons voir le pape Clément qui est de notre parentèle.

– Tante Éliabelle ne me l'avait jamais dit.

– Clément VI est un Roger de Beaufort, apparenté aux Aignan. Il connaît mon histoire qui touche de près le royaume de France.

– De quoi veux-tu parler ?

– Je te dirai tout, ma fille. Tu es issue de la plus haute noblesse du royaume. Ce n'est pas un hasard si j'ai voulu que tu sois instruite chez les sœurs de Saint-Jal qui reçoivent toutes les filles des grandes familles.

Eugénie gardait un très mauvais souvenir des sept années passées au pensionnat de Saint-Jal. Une stricte hiérarchie régnait parmi les élèves. Les plus riches héritières côtoyaient des filles de moindre rang qu'elles considéraient comme leurs domestiques. Eugénie aurait voulu mourir pour fuir l'humiliation des corvées.

Renaud commanda à manger. Auprès de cet homme que le temps épargnait, tout semblait facile. Les malheurs glissaient sur lui comme l'eau sur les plumes d'un canard. Sa bonne humeur était contagieuse, sa seule présence suffisait à rendre heureux. Herblin ressentait le charme du poète qui avait toujours une phrase bien tournée, quelques vers pour embellir une constatation banale. Il en oubliait la terrible douleur qu'il ressentait sous les bras et à l'aine. Des frissons gelés parcouraient son corps.

La nuit était tombée sur la ville. Depuis longtemps, Eugénie et Herblin n'avaient pas connu une soirée aussi paisible. L'hiver était là avec ses minuscules journées, son froid, mais on l'acceptait tant que la faucheuse épargnait la ville. Les loups hurlaient dans les collines voisines, c'était un bruit habituel, un bruit de saison. Chacun savait pourtant qu'il fallait fermer les palissades, et rester vigilant : le pire ne venait pas des loups, mais des routards affamés qui n'hésitaient guère à incendier les fermes, à tuer tous les habitants pour voler le bétail et la farine.

Après le souper, Renaud joua de la mandore et chanta ses dernières chansons. Il n'y eut pas assez de chaises pour les spectateurs accourus. Le patron prit en charge la chambre des voyageurs, tant il avait vendu de vin pendant que le troubadour chantait.

Renaud, Eugénie et Herblin se couchèrent assez tôt, car ils voulaient se mettre en route au lever du jour. Avignon était à plus de trois semaines d'une route semée d'embûches. Renaud s'était assuré les services d'une escorte de quatre hommes armés, mais il ne leur faisait qu'une confiance limitée : ces milices étaient souvent les premières à détrousser ceux qu'elles étaient censées protéger !

En milieu de nuit, Herblin se réveilla en claquant des dents. La fièvre brûlait son front. Renaud remarqua à la lueur de la lampe à huile des taches grises sur le visage du jeune homme toujours constellé de boutons purulents. L'haleine du malade dégageait une horrible odeur de pourriture.

– Ce n'est rien. Tu as pris froid pendant la chevauchée ! lui murmura Eugénie. Dors, demain, tu seras sur pied. N'oublie pas que nous allons voir le pape.

Herblin voulut se dresser sur les coudes, mais n'en eut pas la force. Il vomit un sang mêlé de pus verdâtre.

– C'est la peste ! murmura-t-il.

Il ouvrait de grands yeux qui fixaient Eugénie, ses lèvres bougeaient, mais aucun mot n'en sortait. Enfin, crispant son visage, dans un effort qui gonfla les veines de son cou, il ajouta :

– Je vais mourir. Ma mère m'attend.

– Qu'est-ce que tu racontes ? protesta Eugénie. Tu vas guérir, il te suffit de dormir.

Il secoua la tête.

– Non, je sens déjà la main de la faucheuse sur moi. Cette main, c'est la tienne, une main superbe et froide. Je sais maintenant pourquoi les rats sont venus tourner autour de toi. Je l'ai vu quand je me suis assoupi sur mon cheval cet après-midi, ce n'était pas un cauchemar, c'était la réalité.

Grimaçant de douleur, il ne put retenir un cri aigu.

– Repose-toi ! insista Renaud. Tu es jeune et plein de vie, la maladie n'a aucune prise sur toi.

L'aubergiste frappa à la porte. Renaud le rassura :

– Le jeune Herblin n'a pas l'habitude de boire. Il a un peu forcé sur le vin. Demain, il ira mieux.

– Faites-le taire. Je ne veux pas d'histoires dans ma maison ; les clients se plaignent. Et puis ça pue !

– Ce n'est rien, il s'est déchargé l'estomac. Nous allons tout nettoyer !

Renaud chercha dans son sac une petite fiole remplie d'un liquide bleuté, le fit boire au malade qui se calma. Le lendemain, il était mort. Eugénie se retint pour ne pas pleurer devant son père. Les dernières paroles du jeune homme résonnaient en elle, s'amplifiaient, devenaient réalité. L'horrible cadavre de celui qui avait été le plus agréable compagnon, grand fils ou jeune frère, l'accusait encore. Elle pensait aux rats.

– Il nous faut partir ! dit Renaud. Nous ne pouvons pas faire disparaître le corps, ni l'emporter avec nous, c'est trop dangereux. Nous allons le cacher sous un lit ou dans un coffre et quitter cette ville dès que les portes s'ouvriront. Espérons que l'odeur ne va pas nous trahir. Ouvre la fenêtre, tant pis pour le froid.

Il posa sa main sur l'épaule d'Eugénie assise, silencieuse, à côté du mort. Tout à coup, la jeune femme se dressa :

– Tu crois qu'Herblin disait vrai ?

Renaud l'attira contre lui.

– Rassure-toi. Personne ne porte la peste, sauf le diable. Même Dieu n'y peut rien.

Eugénie se dégagea vivement de l'étreinte de son père et planta ses yeux dans les siens.

– Qu'est-ce que tu dis ? Voilà que tu crois ces hérésies ?

– C'est la vérité ! reprit Renaud sans la moindre hésitation. On a brûlé nos frères albigeois, mais ils avaient raison : le bien et le mal se partagent le monde, c'est ainsi. Et c'est souvent le roi des ténèbres le plus fort !

L'odeur était horrible. Toute la maison serait rapidement avertie que la mal-mort était dans les murs. Les bruits de la cour, les gens qui parlaient dans la rue indiquaient que l'aube était proche. Les portes allaient s'ouvrir pour les marchands et les voyageurs.

Eugénie contempla une dernière fois le visage grimaçant d'Herblin et sortit avec son père qui portait une petite malle. Elle referma soigneusement la porte ; ils descendirent dans la vaste pièce froide du rez-de-chaussée où le patron hurlait contre deux vieilles femmes qui faisaient la vaisselle. Renaud lui tendit une pièce d'or qui le fit se fendre en une révérence courtoise.

– Voilà que vous partez déjà, messire. Mes clients vont vous regretter. Mais qu'est devenu votre jeune ami ?

– Il dort ! répondit Renaud. Il lui faudra bien toute la matinée pour se remettre. Vous le réveillerez vers midi. Nous serons de retour pour manger un morceau avec lui.

– Entendu, messire.

Le froid humide glissait ses doigts gelés sur la peau. Eugénie frissonna et ramena les pans de son manteau sur sa poitrine. Ils allèrent chercher leurs chevaux à l'écurie.

La porte sud de la ville s'ouvrait. Des marchands attendaient à côté de leurs chariots. Eugénie avait remonté sa capuche qui descendait sur son visage et le cachait en partie. Enfin, hors des murs, Renaud prit la direction de Toulouse. La brume était moins épaisse que la veille mais restait accrochée aux branches hautes des arbres. Un petit crachin gelé flottait dans l'air, mouillant le visage. Du givre se formait à la cime des herbes sèches, dentelle blanche et fragile que les pas des chevaux brisaient.

Eugénie et son père galopèrent pendant des heures pour s'éloigner de Nogaro, car ils redoutaient qu'on les poursuive. Les pensées de la jeune femme flottaient entre la réalité et le cauchemar. L'image odieuse du visage d'Herblin associée aux rats ne la quittait pas. Ce garçon qui s'était sacrifié pour elle était mort en la maudissant. La certitude qu'à l'ultime moment de la vie, la vérité apparaît dans son plus grand dénuement, la terrorisait. Serait-elle damnée, porteuse de la plus terrible des maladies qui l'épargnait ? Elle fit ralentir son cheval pour ne pas se trouver trop près de son père.

Ils chevauchaient en évitant les hameaux et les villes. Renaud d'Aignan avait trop l'habitude des chemins de hasard pour prendre des risques inutiles. Il espérait surtout repérer une auberge isolée avant la nuit pour dormir et faire manger les chevaux, mais à mesure qu'ils s'enfonçaient dans la campagne, les cadavres abandonnés indiquaient que la faucheuse régnait en maîtresse absolue.

Ils s'arrêtèrent au bord d'une mare pour permettre aux chevaux de se désaltérer. Eugénie fit quelques pas dans le sentier pendant que son père, la culotte délacée, urinait contre le tronc d'un arbre. Il la rejoignit et ils marchèrent en silence. Eugénie pensait à ses origines « de la plus haute noblesse ». Pourquoi son père l'emmenait-il voir le pape ? Cette question la brûlait, pourtant, elle n'osait pas la poser tant elle appréhendait la vérité.

Ils arrivèrent à Auch à complies. Ils n'avaient rien mangé depuis la veille et devaient à tout prix trouver une auberge. Renaud connaissait bien le seigneur d'Auch, Pierre le troubadour, avec qui il avait échangé de nombreuses chansons et des airs de vielle.

– Je connais surtout Isabelle, sa femme, et c'est pour cela que nous nous sommes disputés.

Derrière l'image du père furtif de son enfance, le faiseur de miracles, derrière ce poète solitaire, Eugénie découvrait le séducteur, l'homme aux multiples conquêtes, et se disait qu'elle était le fruit de l'une d'entre elles.

– Tu te trompes ! fit Renaud qui avait percé sa pensée. Ta mère a été la seule. Si j'avais pu la garder, il n'y en aurait pas eu d'autres.

Il avait toujours au fond des yeux une lueur espiègle, roublarde ; Eugénie ne le crut pas. La nature de son père était volage, inconstante, exactement le contraire de ce qu'elle croyait être, et pourtant, elle l'admirait et avait envie de lui ressembler.

Ils s'étaient approchés d'une porte de la ville gardée par des hommes en armes qui ne laissaient passer les arrivants qu'après avoir fouillé leurs bagages et les avoir examinés sous toutes les coutures. Ce fut une simple formalité pour Renaud qui connaissait tout le monde. Eugénie fut surprise de voir le sergent qui commandait la garnison venir au-devant de son père, un sourire engageant sur sa large face barbue.

– Notre poète ! Voilà que tu reviens dans des temps où l'on n'a pas la tête à chanter.

– Qu'est-ce qui se passe ?

– La peste, bien sûr ! Voilà deux mois qu'elle joue au chat et à la souris, tuant en une nuit deux cents personnes puis s'apaisant, au point qu'on la croit partie, alors elle revient, choisit ses victimes parmi les plus fortunés, ou les plus robustes. Il ne reste que des miséreux dans cette ville. Les gens de qualité ont fui à la campagne, à part quelques courageux qui se disent que la mal-mort n'épargne personne et trouve ceux qui se cachent. Alors bien sûr, les survivants font beaucoup de bonnes affaires… Mais toi, magnifique poète, tu ne vas pas rencontrer grand public. On ne sait plus quoi faire des cadavres.

– Et le seigneur Pierre ?

– Il est toujours là. La belle Isabelle est morte, sûrement à cause de ses péchés, tu en sais quelque chose, beau troubadour. Monseigneur Pierre, qui aimait la vie et le vin, se repent de ses fautes au monastère des Dominicains. Lui si douillet se flagelle plusieurs fois par jour !

Le sergent se tourna vers Eugénie et aperçut son visage sous le capuchon de fourrure. Il eut un rire complice en direction de Renaud.

– Je vois que tu n'as pas changé.

– Je te rassure ! C'est ma fille.

Le sergent les fit passer devant tout le monde et les conduisit lui-même à la porte.

– Va chez maître Lefort. Tu le connais ? Il va essayer de t'extorquer le plus d'argent possible, mais il aura de quoi vous loger, toi et ta superbe fille.

La nuit était tombée sur la ville. Les ruelles sombres convergeaient vers la cathédrale où brûlaient des torches. Monté sur un billot de bois, un prêcheur légèrement vêtu d'une robe blanche haranguait une foule considérable rassemblée sur le parvis. Sa longue barbe grise, ses cheveux filasse qui tombaient sur ses épaules maigres, ses pieds nus, indiquaient une appartenance aux moines errants qui se nourrissaient de ce qu'on voulait bien leur abandonner.

– La faucheuse est servante du diable, tellement heureuse d'emporter les âmes en enfer. Dieu la laisse faire pour nous montrer une nouvelle fois le bon chemin. Dieu est en colère ! Car qu'avons-nous fait depuis que notre seigneur a été crucifié ? Nous avons laissé les Juifs, ces ennemis de la vraie foi, s'incruster dans toutes nos villes, s'enrichir et devenir des personnes influentes. Dieu nous abandonne à la faucheuse qui est fille de Satan. À mort, les Juifs !

– À mort les Juifs ! hurlait la foule.

– Viens ! dit Renaud en pressant son cheval près de celui d'Eugénie. Il ne faut pas rester ici.

Ils prirent une rue traversière et arrivèrent à un haut porche surmonté de la coquille Saint-Jacques sculptée dans la pierre de voûte. Renaud frappa avec le loquet de fer qui représentait une main à demi fermée. Un domestique, portant haut une torche qui crépitait, vint ouvrir.

– Je suis un ami de maître Jacques Lefort. Je viens lui demander l'hospitalité pour la nuit.

Le valet, un gringalet à la poitrine creuse, hésitait. Il avait ordre de ne laisser entrer personne, mais il reconnaissait le poète et le musicien qui avait animé de mémorables soirées dans la maison de ce riche marchand de grains.

– Fais vite ! Ma fille a froid.

L'homme s'en alla de son pas incertain et revint quelques instants plus tard.

– Mon maître vous fait dire qu'il ne peut pas vous recevoir. Il vit enfermé au premier étage de cette tour avec sa famille et ne voit personne par peur de la peste. Son médecin lui a dit qu'elle se transmet par le souffle et que parfois, il suffit de voir un malade pour être malade soi-même ! Vous devrez passer la nuit avec vos chevaux, à l'écurie. On vous apportera de quoi manger.

Renaud se laissa conduire. Le valet à la poitrine creuse montra l'avoine et le foin pour les bêtes. Il disparut puis revint avec du pain et du lard, du vin et des pommes. Il laissa la torche accrochée au mur, c'était une marque de grande confiance :

– D'ordinaire, mon maître interdit qu'on laisse de la lumière, il craint les négligences, mais pour vous, il fait une exception.

– J'en suis très honoré ! fit Renaud en s'asseyant sur une botte de paille.

Quand l'homme fut parti, le troubadour s'assura que les chevaux avaient de quoi manger et rejoignit Eugénie frigorifiée. Une servante arriva, portant une marmite de soupe chaude qui sentait bon le poireau. Elle sourit à Renaud. Sous sa coiffe blanche, sa tête ronde aux joues rouges ressemblait à un beau fruit que le soleil avait longuement mûri.

Renaud prit le temps de manger, de boire le vin qu'il trouva très bon, puis se décida à parler :

– Nous allons en Avignon voir le pape Clément qui est de notre famille. Cela, je te l'ai dit. Il est temps pour moi de te dire le reste.

Eugénie toucha à travers sa chemise la médaille qu'elle portait depuis son enfance. Sa main effleura le parchemin de Rincourt.

– Tu m'as dit que j'étais de la plus haute noblesse…

– En effet, ton frère est le roi de France !

– Comment ?

Eugénie s'était dressée en face de son père et le regardait, incrédule.

– Qu'est-ce que tu dis ?

– La vérité. La reine Clémence de Hongrie, ta mère, épousa en premières noces Louis X, le roi de France. Elle eut un fils, Jean, qui, selon les Valois, n'a vécu que trois jours. En fait, il n'est pas mort, c'est l'enfant d'une servante que l'on a enterré à Saint-Denis dans le caveau des rois. Jean Ier se trouve à

Sienne et fait commerce d'étoffes. Des nobles, des pairs du royaume ont juré de rétablir la justice. C'est la conjuration des Lys.

– C'est pour cette raison que nous allons en Avignon ?

– En effet, poursuivit Renaud. La reine Clémence a été veuve à vingt-trois ans. Quand je l'ai rencontrée, elle se morfondait, dépensait beaucoup pour oublier le vide de sa vie. Elle aimait ma musique et ma poésie. Dès le premier regard, j'ai su que c'était elle la femme que je cherchais à travers tant d'autres. Elle m'aimait aussi, mais une reine veuve ne peut pas faire ce que lui commande son cœur. Nous nous sommes mariés en secret. Tu es née de ce mariage. Tu portes d'ailleurs au cou la preuve de ce que je te dis. Jean, que l'on connaît sous le nom de Giannino di Guccio, à Sienne, porte la même.

Sa surprise passée, Eugénie constatait l'évidence : quand sa tante Éliabelle l'appelait « ma petite princesse », ce n'était pas qu'une marque d'affection, c'était aussi une réalité que la fillette faisait sienne dans ses rêves. La bergère hautaine et distante avec les vilains d'Aignan, la fille de petite noblesse qui, au couvent de Saint-Jal, tenait tête aux grandes héritières du Midi, ne faisait qu'obéir au sang royal qui coulait dans ses veines.

– Les preuves écrites de tout ce que je viens de te dire existent et sont gardées en lieu sûr.

À la lueur de la torche, Eugénie voyait le visage de son père, tout à coup grave, si différent du visage gai et insouciant qu'il montrait d'habitude. Elle imagina, un instant, la lointaine reine Clémence vêtue de blanc, comme les veuves royales, perdue dans son immense palais et découvrant l'amour, la passion avec un troubadour de passage…

– Il faut te dire, ajouta Renaud sans détourner les yeux d'une vision qui ne l'avait jamais quitté, que la reine Clémence était une Napolitaine. Elle connaissait la langue d'oc et aimait les troubadours de notre pays. Elle récitait par cœur Bernard de Ventadour, Gucelm de Périgueux, Jeanne de Turenne…

Il prit la main de sa fille.

– Elle t'a tout donné, l'allure royale, la grandeur d'âme et l'ouverture d'esprit. Tu vas prendre la tête de la conjuration des Lys où les barons se jalousent et tu rétabliras ton frère sur le trône de France. Jean reconnaîtra tes droits de naissance et tes deux fils, Matthieu et Benoît, qui vivent comme des vachers dans un château délabré, seront des grands du royaume.

Eugénie se taisait toujours. Elle pensa furtivement à Rincourt qui se disait cousin du roi de France, Valois par sa mère. Il était donc dans le camp de ses ennemis naturels. Cela la rassurait.

– La conjuration des Lys existe depuis 1328. Elle a exactement vingt ans cette année, poursuivit Renaud. Tu vas me demander pourquoi elle a attendu aussi longtemps pour agir ? Dieu ne l'a pas voulu. Plusieurs fois disloquée par le pape Jean XXII, puis par Philippe VI, elle s'est reconstituée dans l'ombre. Elle s'apprêtait à frapper quand plusieurs de ses chefs ont été tués à Crécy, il y a deux ans, en 1346. Toi seule peux lui donner un élan nouveau et la conduire à la victoire. Ces rudes chevaliers oublieront leurs rivalités pour te servir. La peste offre une occasion inespérée.

Une vague de chaleur submergeait Eugénie. Sa vie prenait tout à coup un sens. Rincourt n'était qu'un petit chevalier qui devrait plier le genou devant elle. Cela fit naître un léger sourire sur ses lèvres.

– Tu comprends pourquoi ton mariage avec le chevalier d'Eauze m'a tant contrarié. Il est de trop petite noblesse pour toi !

Eugénie se trouvait devant une évidence pressentie, mais toujours refoulée : sa vie à Eauze lui avait pesé ; elle ne l'avait supportée que dans l'attente de la révélation qui venait de se produire.

– Je pense à Benoît et Matthieu ! souffla-t-elle pour redonner un sens à la réalité.

– Nous en reparlerons. Il faut dormir. Demain, nous avons une longue route.

Ils se serrèrent l'un contre l'autre dans le foin où il faisait bon. La torche grésillait et s'éteignait lentement en émettant une fumée nauséabonde. Eugénie ne bougea pas, mais ne dormit guère. Ils se levèrent avant le jour. Renaud non plus n'avait pas dormi, pourtant les heures avaient passé.

– On y va ! dit-il en secouant le foin de son manteau.

Il appela pour qu'on lui ouvre les portes et glissa une pièce dans la main du valet à la poitrine creuse.

– Dis à ton maître que je le remercie. Je reviendrai le voir quand cette maudite maladie sera passée.

Le jour se levait. Dans la rue, une grande agitation le surprit. Des gens couraient vers la place de la cathédrale. La porte n'était pas encore ouverte. Renaud demanda au sergent qu'il connaissait quand il pourrait sortir.

– Pas avant midi. On ne veut pas que les Juifs s'échappent. Le bûcher que tu as vu devant l'église est pour cette maudite race !

Sur la place, vaste étendue entourée de boutiques, on avait dressé un énorme monticule de fagots. Le bois, qui d'ordinaire manquait, avait été trouvé en quantité. Comme les chevaux risquaient de prendre peur ou de blesser quelqu'un, Renaud revint chez son logeur et, glissant une seconde pièce dans la main du valet d'écurie, lui demanda de les garder jusqu'à l'ouverture des portes. Il se mêla aux badauds, donnant le bras à Eugénie qu'il ne voulait pas lâcher dans une ville en ébullition. Une horrible odeur s'étalait en flots épais entre les façades. Des cadavres dépouillés, souvent nus, s'entassaient aux carrefours. Les gens de la voirie avaient refusé de les charger sur des charrettes, le prévôt avait dû faire appel aux condamnés à mort à qui il promettait la grâce, mais souvent, ceux-ci préféraient être pendus plutôt que de risquer les souffrances de la maladie infernale.

Les troupes municipales avaient beaucoup de difficultés à faire régner le calme et contenir les groupes de pillards qui s'infiltraient dans les maisons. Ils pendaient beaucoup et sans formalité, mais cela ne suffisait pas. La peste omniprésente exacerbait les cupidités et le goût du plaisir. Du haut de leur chaire, les prêtres avaient beau menacer leurs paroissiens des pires châtiments, les bordels ne désemplissaient pas, les bons bourgeois devenaient mécréants, les femmes les plus chastes découvraient la luxure. À l'inverse, d'autres groupes faisaient pénitence. À genoux dans la boue froide, ils s'administraient mutuellement le fouet, se lacéraient le visage avec des griffes de fer. C'était souvent peine perdue : les jouisseurs comme les repentants périssaient sans discernement.

Renaud et Eugénie virent des gens qui frappaient avec de gros bâtons un groupe de malheureux en chemise, hommes, femmes et enfants mêlés qui se serraient les uns contre les autres, se protégeant la tête comme ils pouvaient. Le bon peuple chrétien montrait ainsi sa foi. Dieu voulait la mort des infidèles, il l'aurait !

Les Juifs étaient poussés par une foule hystérique jusqu'à la place où des hommes armés de lances les obligeaient à se tasser sur le bûcher. Ceux qui refusaient étaient transpercés. Comme il n'y avait pas assez de poteaux, des hommes robustes les attachèrent ensemble, avec une longue corde à foin. Déjà, les fagots crépitaient. Les flammes montaient dans le jour gris de l'hiver. La foule hurla sa joie lorsque les premiers cris stridents s'élevèrent du tas informe de malheureux. Une odeur de chair grillée surpassa celle de la pourriture. On amena un groupe de retardataires, qui hurlaient leur terreur face aux flammes, mais les bons citoyens, savetiers, tisserands, pelletiers, forgerons, d'ordinaire gens vertueux, poussaient ces pauvres bougres dans le brasier où des torches vivantes s'agitaient avant de s'effondrer.

Eugénie n'en pouvait plus. L'odeur lui retournait l'estomac. Elle titubait, pendue au bras de son père.

– Partons ! le supplia-t-elle.

Ils se réfugièrent à l'écurie, près de leurs chevaux, jusqu'à ce qu'on leur annonce que les portes de la ville étaient enfin ouvertes.

– Il n'y a plus un seul Juif céans, dit l'homme à la poitrine creuse. Dieu peut être content !

6.

Geoffroi d'Eauze, son demi-frère Roger Mallois, Pirénin et Bessonac arrivèrent en Navarre un mois après la prise du château d'Eauze par le chevalier Guy de Rincourt. Ils avaient traversé la Gascogne ravagée par la peste, mais à mesure que le froid s'installait, qu'ils progressaient vers les montagnes, les malades étaient moins nombreux. Ils entrèrent dans Pampelune qui avait été épargnée.

La ville était en pleine effervescence. Des centaines d'ouvriers s'activaient au centre de l'agglomération où d'anciennes maisons de bois avaient été rasées. La reine de Navarre avait décidé de construire une cathédrale digne d'une capitale. Tailleurs de pierre, charpentiers maîtres maçons, architectes étaient venus de Bordeaux, Toulouse, Madrid et Milan. D'énormes échafaudages de bois se dressaient autour des murs de six pieds de large ; des poutres, des cordes, des poulies, toute une machinerie de grues et de leviers acheminaient chaque pierre taillée au sol. Dans un coin du chantier, abrités sous des bâches de toile grossière, les sculpteurs bénéficiaient d'un régime particulier. L'indispensable précision de leurs gestes les autorisait à entretenir un feu de copeaux sur lequel ils présentaient régulièrement leurs mains. Ils ne dépendaient de personne et n'avaient de comptes à rendre que sur la qualité de leur travail, sur la beauté des statues qu'ils faisaient surgir des blocs de calcaire blanc, d'albâtre et de marbre.

Geoffroi d'Eauze et Roger Mallois ne passaient pas inaperçus. Montés sur leurs énormes chevaux de trait, les deux colosses suscitaient la curiosité et l'envie. On ne parlait dans la ville que des jeux d'hiver qui se déroulaient chaque année sur la grande place où s'affrontaient les meilleurs lutteurs, nobles ou manants, sans distinction d'âge, de pays ni d'origine. Ces deux hommes au visage couvert d'une abondante barbe noire étaient-ils des champions arrivés de Barbarie ? Pirénin, dont la peur perpétuelle était la première conseillère, savait que son maître et Roger Mallois, toujours prêts à fanfaronner, étaient flattés des regards curieux qui les reluquaient. Monté sur son cheval maigre et cagnard, il attirait des rires amusés, avec sa large figure rouge, sa bedaine sous sa soutane de bure. Ici, comme dans tout le Midi, on n'hésitait pas à se moquer des clercs, des moines et gens de prière qui appelaient à la modération tout en affichant leurs excès par trois mentons et un estomac qui leur tombait sur les genoux.

– Tout doux ! cria-t-il à la foule. Nous sommes les cousins de monseigneur d'Albret. Qu'on nous conduise en sa demeure.

L'évocation d'une des familles les plus puissantes de la Navarre imposa un peu de retenue aux badauds. Les bras se levèrent tous dans la même direction : une imposante demeure à quatre tours sur un promontoire, près de la porte sud qui donnait sur la montagne. Les seigneurs d'Albret ne plaisantaient pas avec la populace. Ils pendaient volontiers les fortes têtes, mais on ne les haïssait point : Henri d'Albret, le « père Henri » comme on l'appelait couramment les jours de marché où il se montrait avec son épouse Marguerite de Florence, s'était taillé la réputation d'un lutteur capable de vaincre un ours à mains nues. Il ne serait pas déçu en découvrant deux rejetons de la lointaine branche qui avait fait souche à Eauze, en Gascogne.

Bessonac, qui haïssait la foule et les rassemblements, n'avait rien dit pendant toute la traversée de la ville. Il retrouva ses esprits en arrivant à la porte du palais d'Albret qui resplendissait au soleil d'hiver, le fronton dressé face à la montagne enneigée.

– Messire, dit-il à Geoffroi, nous ne savons pas comment votre cousin va nous accueillir. Je vous propose de passer cette première nuit à l'auberge et de faire parler les gens.

– Et avec quoi la paierons-nous, l'auberge ? demanda Geoffroi. L'hospitalité est un devoir de noblesse.

En réalité, Geoffroi était las de son errance à travers un pays pourri par la peste, la famine et le froid. Il rêvait d'un bon dîner, d'une couche enfin propre et d'une soubrette pour apaiser son tempérament. Il espérait que son cousin, par solidarité familiale, lui donnerait les hommes et les moyens de reconquérir son fief et surtout de retrouver sa femme. Rincourt l'avait-il contrainte ? Et ses fils, qu'étaient-ils devenus ? Avaient-ils survécu à la mal-mort ? Le chevalier d'Eauze voulait en finir au plus vite. Sa défaite pitoyable, sans même combattre, appelait une reconquête glorieuse.

Il frappa plusieurs fois à la porte de chêne avant que le battant ne pivote. Plusieurs serviteurs en livrée rouge à lisérés blancs se présentèrent et furent étonnés de se trouver nez à nez avec deux géants. Pirénin profita de leur surprise pour glisser au bas de son cheval et se frayer un chemin jusqu'à eux.

– Nous sommes gascons. Mon maître, ici présent, est le chevalier d'Eauze, un cousin du seigneur d'Albret. Il vient lui demander audience et conseil.

Un des hommes en livrée s'éloigna et revint quelques instants plus tard.

– Notre maître s'excuse de ne pouvoir vous parler ce jour d'hui, car il se prépare à recevoir pour un grand banquet la reine qui visite ses États. Pourquoi ne lui avez-vous pas envoyé un messager, il aurait pu prendre ses dispositions ! Il vous prie de repasser demain avant vêpres.

C'était dit avec beaucoup de délicatesse, mais ce refus irrita Geoffroi d'Eauze.

– Dites à mon cousin…

– Dites-lui que nous reviendrons demain ! l'interrompit Pirénin.

Les portes se refermèrent. Geoffroi eut un mouvement de mauvaise humeur. Bessonac l'arrêta :

– Le moine a eu raison.

Les deux hommes ne s'entendaient pas, ce qui donnait aux paroles de Bessonac une force qui retint Eauze. Leur nature même les opposait, l'un gras et onctueux, priant comme il mangeait, avec gourmandise, l'autre maigre et retors, se contentant d'un quignon de pain. Bessonac était peu respectueux de la religion et quand il avait bu, il ouvrait son âme, se disait sans foi, sans Dieu, ce qui, s'il n'avait bénéficié de la protection de Geoffroi d'Eauze, lui aurait valu la corde ou le bûcher. Il expliquait longuement que le monde n'avait ni début ni fin, et par conséquent ni créateur, ni paradis, ni enfer. Son âme ? Elle restait un mystère, une forme de l'univers que les Anciens avaient parfaitement analysée : elle ne mourait pas, elle allait de corps en corps, s'usant aux événements de l'Histoire, se polissant comme un galet dans les torrents, se perfectionnant dans la sagesse. Il fallait le faire taire, car cet homme peu loquace n'avait, dans ces moments-là, plus de limites et ne craignait personne. Ses mots très durs contre les clercs qui s'engraissaient sur la crédulité des miséreux lui valaient d'irréductibles ennemis. Malgré cela, ses avis étaient toujours judicieux ; Eauze le consultait en tout, ce qui ne plaisait pas à Pirénin.

– Il a raison. Nous devons attendre.

– Attendre ? s'emporta Eauze, mais où allons-nous passer la nuit ? Nous n'avons pas une seule pièce, rien... Jusqu'à présent nous avons vécu sur le pays, et il faut bien le dire grâce à la peste, mais ici personne n'est malade, il n'y a pas de maison vide pour nous.

Roger Mallois, aussi imposant que son demi-frère, parlait peu, ce qui faisait penser que le fils de la lingère s'effaçait devant le seigneur. Ce n'était pas vrai ; le bâtard, en peu de mots, donnait des conseils toujours réfléchis et se rangeait souvent du côté de Bessonac.

– Nous allons chercher une bonne auberge, pas trop loin du palais de la reine, c'est là qu'on entend les meilleures confidences. Nous nous ferons servir un dîner comme nous en rêvons depuis longtemps, puis nous irons dormir dans une bonne chambre avec de vrais lits.

– Mais enfin, tonna Geoffroi, avec quoi paierons-nous ?

– Avec mon cheval. Tout comme le vôtre, il ne pèse pas moins de deux mille livres et vaut largement une nuit à l'auberge et un dîner.

– Mais que ferons-nous sans nos montures ?

– J'aurai tôt fait de le reprendre !

Une lueur de malice éclaira ses petits yeux noirs. Roger Mallois avait évolué dans deux milieux bien différents, celui des nobles qui passaient leurs journées à la chasse et celui des manants qui prenaient le plaisir là où il se trouvait. Il avait ainsi appris à manier les dés et les cartes et surtout à les faire gagner. Bessonac avait compris :

– Cela peut se faire. Nous aviserons. Espérons que le cousin d'Albret pensera à nous avant que nous ayons besoin de nous présenter de nouveau à sa porte.

Eauze n'était pas homme de finasseries, bien qu'il sût se montrer retors quand cela l'arrangeait, et comme il se moquait de l'endroit où il passerait la nuit pourvu que ce fût dans un bon lit, il laissa Bessonac s'en occuper. Il avait faim et était las de chevaucher.

Bessonac et Pirénin furent d'accord pour s'installer à l'auberge Le Cheval qui danse. Cette image du gros destrier d'Eauze piétinant au son d'un fifre leur convenait : leur maître, qui n'avait jamais su faire un pas en cadence, se moquait des freluquets qui sortaient les fesses et bombaient le torse devant les dames. Lui savait briller sur d'autres terrains, autrement glorieux.

Les deux hommes négocièrent le prix de leur séjour avec le patron, qui avait un sens aiguisé des affaires. Il offrit une chambre aux voyageurs ainsi que sa meilleure table moyennant quelques compensations. Pirénin, dans sa naïveté de clerc, crut que c'était grâce à sa persuasion. Bessonac frotta ses joues creuses et imberbes et se montra satisfait, mais pas pour les mêmes raisons.

– Ce cabaretier sait ce qu'il veut, mais je pense qu'en y mettant un peu du nôtre, on obtiendra tout de lui.

Le dîner fut joyeux et bien arrosé. La salle était pleine de gens venus boire une cruche de vin ou de bière. Tous les regards se tournaient vers Geoffroi d'Eauze et Roger Mallois qui dominaient la table. Eauze était surtout préoccupé par une servante au gentil minois, à la poitrine avantageuse, qui répondait à ses œillades peu discrètes.

La nuit s'avançait, froide au-dehors, torride à l'intérieur. Les carafes se vidaient et le patron souriait : les affaires étaient meilleures qu'il ne l'avait espéré. Les colosses, dont il avait fait annoncer la présence dans la ville, attiraient toujours plus de badauds. Beaucoup s'approchaient de la table, venaient trinquer avec eux, mesurant la largeur de leurs épaules, l'épaisseur de leur cou et de leurs bras.

Le rusé aubergiste avait une autre idée en tête qu'il faisait circuler entre les tables. Ceux qui souhaitaient se mesurer aux deux colosses étaient invités à boire gratuitement. Les paris étaient ouverts au fond de la salle.

Enfin, pendant qu'Eauze laissait s'égarer son énorme main sur la croupe de la servante, le patron déclara en les désignant :

– Mes seigneurs, voici les deux hommes les plus forts de Gascogne. Ils acceptent de se mesurer en combat loyal à qui le souhaite.

Bessonac s'attendait à cette proposition. Pirénin posa sa petite main potelée sur le bras de son maître pour l'inciter à refuser. Roger Mallois, qui était resté en retrait, précisa :

– Ce n'est pas bon pour nous. Ça va se terminer en bagarre. Et nous nous retrouverons enfermés par les gardes du prévôt. Il faut refuser. Je vais jouer, c'est plus sûr !

Geoffroi n'était pas de cet avis. Bessonac précisa :

– Il faut accepter.

Eauze n'avait pas attendu. Un peu éméché, désireux surtout de briller devant la fille qui lui envoyait des sourires riches en promesses, il s'était dressé. Un murmure d'admiration accompagna son geste. Il était vraiment imposant, sa hure touchant presque les solives. Ses bras étaient si gros qu'ils semblaient capables de broyer un ours. Un homme se présenta cependant et releva le défi :

– Je suis Pierrot le Fort. Je suis forgeron et ceux qui me connaissent savent que je soulève les essieux les plus lourds comme une branche sèche. Ils savent aussi que je suis capable de tenir un étalon ou un taureau, de leur briser les reins d'un seul coup de bras. Je suis prêt à t'affronter à la loyale.

Un cercle s'était formé autour des deux hommes qui se mesuraient du regard. On poussa les tables, le silence se fit. Geoffroi d'Eauze, pressé d'en finir, fonça sur son adversaire.

Le choc fut brutal. Les lutteurs s'étreignirent et, grimaçant, tentèrent de se renverser. Mais l'un comme l'autre étaient solidement plantés sur le sol. L'incertitude dura un bon moment, ce qui était très favorable aux paris qui continuaient à affluer. Très vite, on comprit qu'Eauze, qui tournait de temps en temps un regard souriant et détendu vers les spectateurs, ne donnait pas sa pleine mesure.

– On a assez joué! dit-il enfin de sa voix tonitruante et, d'un revers de bras, il terrassa son adversaire.

Les applaudissements fusèrent. Derrière, l'aubergiste comptait les pièces qui lui restaient. Les nombreux spectateurs ayant parié sur le forgeron avaient perdu. Quelques gagnants, heureux du pactole, offrirent des tournées générales.

Tout à coup, il y eut un grand remous à l'entrée. Des laquais en livrée poussaient les gens pour dégager la porte.

– Laissez entrer le prince de Navarre et sa suite! cria l'un d'eux. Qu'on aille chercher le meilleur vin pour notre maître!

Eauze eut juste le temps d'ajuster ses vêtements et de reprendre sa place. Il vit entrer plusieurs gardes richement vêtus. Le prince était un adolescent. La barbe ne lui avait pas poussé au menton et il était si petit, si menu qu'on aurait dit un communiant. Ses cheveux blonds soigneusement coiffés rehaussaient l'éclat de ses yeux bleus. Il était très beau; Bessonac remarqua beaucoup de ruse dans son sourire encore juvénile, une vive intelligence mêlée d'une nervosité excessive.

– Mes bons sujets! dit le garçon, adoptant une attitude royale. Je suis Charles, votre prince, le fils de Jeanne d'Évreux, votre reine. Si Dieu le veut et la mal-mort m'épargne, je serai un jour roi de Navarre. Mais je crois qu'on s'amusait beaucoup avant que je n'entre, continuez, cela me convient.

– Sire, dit le cabaretier embarrassé par cet hôte royal, ce ne sont que des jeux de manants, des luttes pour se distraire.

– Profitez-en tant que je ne suis pas le roi, répliqua Charles de Navarre. Je ferai taxer les jeux et tous les divertissements. Le peuple préfère les amusements au travail, c'est donc ainsi que je pourrai approvisionner convenablement le trésor de Navarre. Allons, qu'on reprenne les luttes.

La présence du prince avait jeté un froid et beaucoup de ceux qui avaient manifesté leur intention de se mesurer à Eauze se rétractèrent. Charles, vraiment minuscule mais bien proportionné, s'approcha de la tablée d'Eauze.

– C'est donc toi qui fais le spectacle. Tu viens de battre ce forgeron, j'ai vu de la fenêtre que tu l'as mis à terre avec facilité. Tu es vraiment costaud. Comment t'appelles-tu ?

– Geoffroi, seigneur d'Eauze. Je suis venu rendre visite à mon parent d'Albret.

Le prince continuait d'observer Eauze en prenant un air entendu. Il précisa, poursuivant le tutoiement :

– Tu es d'excellente lignée. Les Albret sont aussi nos parents. Nous voici donc cousins.

Puis se tournant vers la foule, il demanda :

– Que le prochain candidat s'approche pour vaincre mon cousin. Une prime du prince de Navarre s'il réussit.

– Et s'il est vaincu ? demanda quelqu'un.

Le sourire qui éclaira le visage angélique de Charles de Navarre n'échappa pas à Bessonac qui comprit que, sous l'aspect bon enfant, se cachait un fauve prêt à déchirer pour son bon plaisir. De tout temps, les jeux des princes avaient fait fort peu de cas de la vie des manants !

– Mon cousin, à vous de jouer.

Personne n'osait sortir dans le cercle qui s'était de nouveau formé. Les candidats, si forts en gueule quelques instants plus tôt, se dirigeaient vers la porte. Le cabaretier en empoigna un au moment où il allait s'éclipser.

– Bernard, tu dois affronter messire d'Eauze.

L'autre voulut se défiler, mais Charles de Navarre, qui avait entendu, se fraya un chemin jusqu'à lui. Ses gardes avaient pris position devant la porte ouverte.

– Tu ne peux pas te dérober ! s'écria le prince d'une voix habituée à commander et à être obéie.

À la manière dont Bernard s'avança, poussé par les gardes, l'issue du combat ne laissait aucun doute. Eauze eut le mot qui détendit le prince :

– Vous pouvez m'en mettre deux comme celui-là, sinon, je ne me dérange pas.

Un deuxième lutteur qui n'avait pas eu le temps de s'enfuir fut poussé à son tour à l'intérieur du cercle. Obligé par les visages curieux qui le regardaient, il fit bonne figure et joua les fiers-à-bras, mais il tremblait.

Eauze prit le temps de vider sa cruche de vin, de caresser une nouvelle fois la croupe de la servante, et se leva. Il s'essuya les lèvres et la barbe avec la nappe d'une table voisine, s'approcha lentement. Les deux adversaires contraints au combat s'engagèrent en même temps. Un instinct de survie leur soufflait qu'ils devaient unir leurs efforts et surtout ne pas chercher à se faire valoir l'un par rapport à l'autre.

Eauze sentait le regard de son « cousin » posé sur lui, un regard curieux et intéressé. L'opportunité ne se représenterait pas de sitôt ! Aussi, poussant un rugissement de lion, il fonça sur les deux hommes qui, ne pouvant esquiver sa charge, roulèrent au sol. Debout, près d'eux, il attendit qu'ils se relèvent, mais ils refusèrent le combat. Le prince de Navarre s'approcha du vainqueur, auprès de qui il paraissait encore plus minuscule. Il avait pourtant la force des princes et personne n'osait soutenir son regard plein de hauteur. Sa voix tranchait, ses ordres n'acceptaient pas de réplique. Ses gardes ne le quittaient pas, prêts à intervenir si quelqu'un osait lever la main sur ce gamin arrogant.

– Qu'ils soient chassés à coups de pied au cul ! ordonna Charles.

Les vaincus ne demandèrent pas leur reste et s'enfuirent, heureux d'avoir échappé à un jeu qui aurait pu leur être fatal par un simple caprice d'adolescent.

Le prince demanda qu'on mette un tonneau de vin en perce, qu'on fasse rôtir de la viande et qu'on aille chercher des filles. Pirénin se signa et voulut rejoindre sa chambre. Charles de Navarre se moqua :

– Voilà le clerc qui prend peur ! Mon père, sachez que la peste qui nous a épargnés arrive, que vous serez peut-être la première victime !

– Cela m'importe peu, Majesté. Je veux seulement sauver mon âme.

Charles éclata d'un grand rire, imité par les autres. Pirénin s'éloigna sous les huées. Seul Bessonac restait sérieux. La soirée prenait un tour qui ne lui plaisait pas : le vin aidant, des rixes se produiraient et si le petit prince était intouchable, Eauze dans sa naïve démesure risquait de se trouver mêlé à une sombre histoire dont il devrait répondre. Roger Mallois était de cet avis et voulut avertir son frère qu'il était temps d'aller dormir. Celui-ci le rabroua vertement.

Le tonneau était débondé et les servantes apportaient les cruches pleines. Charles de Navarre, minuscule et pétillant de verbe, montrait à sa manière de vider son hanap et de promener ses mains dans le corsage des filles que, malgré son très jeune âge, il avait une grande habitude du vin et des amusements délicats. Assis à côté de la montagne qu'était Eauze, il n'en était pas moins visible. Son surcot bleu aux lisérés dorés tranchait sur les vêtements ternes des autres convives. L'énergie débordait de son petit corps et il ne cessait de parler avec une facilité de marchand, de complimenter les uns et les autres. C'était un agréable compagnon de beuverie, gai, plein d'esprit et surtout tenant la boisson comme le plus habitué des hommes mûrs. Ses gardes postés à l'entrée ne bougeaient pas, mais lorgnaient d'un air envieux les pâtés en croûte et les tourtes de pain qui encombraient la table.

La soirée se passait comme prévu. Les servantes peu farouches acceptaient de boire et, comme il y avait peu de place, s'asseyaient sur les genoux des convives. Charles avait jeté son dévolu sur deux jeunes blondes à la poitrine avantageuse. Eauze mangeait et buvait, racontait à son royal voisin ses chasses au loup et l'attaque de Rincourt qui l'avait chassé de son fief. Charles écouta, sérieux pour un instant. Quand Eauze eut fini, qu'il parla de sa femme, le jeune homme frappa la table de son minuscule poing :

– Oyez-moi. Je fais serment ici, devant vous qui êtes témoins, d'armer cinq cents chevaliers de Navarre pour rendre à mon ami ici présent son fief et tous ses droits. Que je sois damné si je me dédis !

À la porte, les gardes se regardèrent en souriant. Le maître parlait si bien et avait la promesse si facile ! Il jurait au moins dix fois par jour d'être damné s'il se dédisait. Privilège des puissants, les engagements non tenus ne pouvaient toucher qu'un naïf comme Geoffroi d'Eauze. Celui-ci s'aperçut tout à coup que la belle servante qui avait répondu à ses avances au début de la soirée était absente. Aussitôt, prenant son nouvel ami à témoin, il s'en offusqua, considérant que c'était la pire des trahisons. Charles de Navarre le poussa à protester.

– Holà, cabaretier, cria Eauze, qu'est devenue la belle jeune personne qui n'avait d'yeux que pour moi ? Voilà que tu me l'as enlevée ?

L'aubergiste s'approcha de la table, où il posa une nouvelle cruche de vin. Un sourire entendu en coin, il dit :

– Cette jeune personne avait un rendez-vous !

– Un rendez-vous ? tonna Eauze. Que dis-tu ? Qu'on aille la chercher !

– Je ne peux pas ! Vous comprenez, les servantes doivent satisfaire tous les désirs de nos aimables clients. Vous pouvez choisir une autre belle qui sera tout aussi aimable avec vous !

– Dites-moi : serait-ce que cette jeune personne est une catin ?

– Non, monseigneur, certainement pas. C'est une fille qui sait faire profiter les hommes des magnifiques avantages que la nature lui a donnés.

– Eh bien, je vais aller la chercher moi-même. Comment s'appelle-t-elle ?

L'homme chauve eut un regard complice en direction de Charles de Navarre, qui se taisait pour une fois.

– Eugénie, monseigneur. Elle s'appelle Eugénie. Vous savez bien ce qu'on dit des Eugénie…

Eauze pâlit. Le sang se retirait de son visage, il se recula comme pour mieux voir son interlocuteur.

– Et qu'est-ce qu'on dit des Eugénie ?

– Ce sont femmes généreuses avec les hommes. Un brasier brûle à leur endroit le plus caché !

– Qu'est-ce que tu racontes là ?

Eauze se dressa, renversant la table sur les convives. Le taureau touché par la pique se déchaînait. D'un geste vif, il bouscula rudement l'aubergiste, puis renversa les tables dans une fureur que rien ne semblait contenir. Poussant des rugissements de fauve, il frappait ceux qui s'approchaient et ne reconnut pas Bessonac, venu l'implorer de se calmer. Celui-ci roula au sol, le nez fracturé. Les filles poussaient des cris en regardant l'ours furieux mettre l'auberge à sac, casser les cruches, jeter les plats par la fenêtre. Il souleva le tonneau à bout de bras et le fracassa contre le mur. Le vin gicla, éclaboussa les clients qui se tassaient dans un coin en poussant des cris de proies livrées. Charles de Navarre se faufila jusqu'à ses gardes et leur demanda de ne pas intervenir. Il prenait visiblement un grand plaisir à voir le colosse renverser le lourd comptoir de chêne sur les piles de vaisselle qui s'entassaient derrière. Roger Mallois, aussi puissant que son frère, ne pouvait rien. Il s'accrochait à lui, le freinait dans sa colère, mais ne parvenait pas à le maîtriser. Le fils de la lavandière avait acquis au cours de son enfance le respect des nobles et cela suffisait à en faire un être inférieur à qui les forces manquaient quand il devait contrer un chevalier.

Enfin, après avoir bien rugi, Eauze se calma, debout au milieu de la pièce où il n'y avait plus rien à casser. Le tenancier gémissait dans son coin, murmurant qu'il était ruiné, mais n'osait pas appeler les gardes de la prévôté. La présence de Charles de Navarre plaçait Eauze au-dessus des lois ordinaires.

– Voilà qui est bien ! s'écria Charles en s'avançant vers Geoffroi d'Eauze. Ce gueux n'avait qu'à ne point prononcer des atrocités sur les Eugénie. Mon ami, tu as défendu l'honneur des dames !

Eauze baissait la tête. Sa colère était la partie visible de son chagrin. Il avait tout cassé sans réussir à chasser la terrible douleur qui le rongeait depuis son départ du château. Eugénie, son Eugénie était-elle semblable à celles que le cabaretier avait décrites ? Il voulait se persuader du contraire, pourtant des signes, des détails du quotidien affluaient à son esprit, montrant qu'elle s'ennuyait près de lui, qu'il était absent de ses envies les plus secrètes. Il avait fallu cette fureur pour mettre à nu son âme, bien vulnérable dans son corps de pierre. Il pensa à ses enfants et eut honte.

– Tu me pardonneras ce petit écart ! dit-il, vide de force. Je te laisserai les deux chevaux de prix qui sont dans ton écurie pour te dédommager.

– Voyons, reprends-toi, mon ami ! intervint Charles de Navarre qui découvrait un autre aspect de Geoffroi d'Eauze, une faiblesse qui donnait au beau parleur tout pouvoir sur le géant. Suis-moi au palais de la reine. Je trouverai de quoi vous loger, toi et ta suite ; demain, nous reviendrons ici pour régler cette affaire.

Geoffroi, entre Roger Mallois et Bessonac, se laissa conduire dans les rues de Pampelune. Deux gardes marchaient devant avec des torches allumées, les autres encadraient le petit prince qui titubait et dont ils devaient assurer la sécurité au prix de leur propre vie.

Eugénie et Renaud d'Aignan arrivèrent en Avignon au milieu du mois de mars 1349. La plus grande confusion régnait en Europe sur le début de l'année nouvelle. Les uns le plaçaient à Noël, les autres à Pâques, fête mobile qui faisait que certaines années avaient deux mois de mars et d'autres aucun. Ainsi, les chroniqueurs n'étaient jamais d'accord sur les dates des événements importants survenus durant les trois mois qui suivirent la naissance du Christ, mais tous avaient de bonnes raisons de garder leur manière de compter et ne voulaient pas s'en défaire.

Avec quiconque autre que Renaud d'Aignan, ce voyage en plein hiver aurait été une dure épreuve, le froid ayant été particulièrement vif dans le Midi. Sur certaines collines, le tronc des oliviers s'était fendu, il avait neigé en Arles et le Rhône avait gelé jusqu'à Pont-Saint-Esprit. En Avignon, la voie était restée libre pour les nombreux bateaux qui transportaient les matériaux nécessaires à la construction du nouveau palais du pape, mais les gabarriers devaient être très prudents : le courant charriait de gros blocs de glace qui pouvaient mettre à mal les coques surchargées de pierres de Valence et de Vienne, des chênes de Bourgogne, des marbres verts de Grèce.

Renaud d'Aignan avait l'art de faire ouvrir les portes, de s'inviter aux meilleures tables. Le séduisant troubadour comptait des amis partout. Les femmes, surtout, l'accueillaient avec ravissement. Depuis le début des grands froids, la maladie s'était calmée ; les gens retrouvaient un peu d'espoir et se laissaient aller à la douceur de vivre quand ils en avaient les moyens. L'arrivée de Renaud avec sa vielle, sa mandore, ses chansons, ses histoires permettait de passer agréablement les longues soirées d'hiver.

Ils arrivèrent en Avignon par une très belle journée qui sentait déjà les premières fleurs. Le vent du sud égayait les pastoureaux qui jouaient des musiques entraînantes sur de petites flûtes de sureau. Les laboureurs poussaient la charrue en fredonnant un air joyeux. C'était la fin des privations. Les abeilles butinaient les fleurs des pruniers et les premières récoltes de miel ne tarderaient pas. Même si la chasse était privilège de nobles, chacun savait disposer un collet dans le passage du lièvre ou du lapin, dénicher les palombes, récolter les premières morilles. Avec le redoux et les jours qui s'allongeaient, jeunes et vieux éprouvaient le besoin d'exulter. Pourvu que la peste les oublie ! Les victimes de l'automne et du début de l'hiver laissaient tant de places vides !

Un grand désordre régnait en Avignon. Le cœur de la ville était envahi par une armée de maçons, de tailleurs de pierre, de charpentiers qui construisaient le nouveau palais. Clément VI, qui aimait le luxe et les plaisirs, voulait faire de cette petite ville la capitale de la chrétienté, la nouvelle Rome au service des rois de France. Né en bas Limousin, sur les bords de l'Aquitaine, le pape, que l'on disait nonchalant, n'avait rien à envier à ses prédécesseurs. Comme il était conscient d'être investi d'une mission divine, rien n'était trop beau ni trop riche pour sa personne. Ce n'était pas un dévot, mais un bon administrateur qui savait s'appuyer sur les dogmes pour faire triompher sa politique. Ainsi, l'année précédente, Clément VI avait-il acheté la ville d'Avignon à Jeanne de Provence, ce qui faisait de lui, en plus de sa mission spirituelle, un seigneur temporel entièrement impliqué dans la vie de ses concitoyens. Il se préoccupait du commerce et faisait renforcer les assises du pont Saint-Bénezet pour faciliter le trafic des marchandises vers Villeneuve, de l'autre côté du Rhône.

En Avignon, comme partout ailleurs, Renaud d'Aignan ne manquait pas d'amis. Il se rendit chez un marchand de drap qui avait constitué une énorme fortune en habillant les prélats, cardinaux et secrétaires du pape. Robert Maltorini menait grand train dans son hôtel au centre d'un magnifique parc entouré de hautes murailles destinées à le protéger du petit peuple sale et grossier. Le père de Maltorini était venu en Avignon avec le premier pape dans les années 1320. Ce Napolitain, petit marchand itinérant, avait tout de suite compris le parti qu'il pouvait tirer de la présence des princes de l'Église et fut le premier à importer les riches étoffes de Flandre, les parfums et les épices d'Orient, les vaisselles d'or de Florence, les émaux de Limoges et tout ce luxe dont les prélats aimaient s'entourer et orner leurs maîtresses. En moins de vingt années, la famille avait bâti une fortune considérable sur la vanité de ceux qui avaient fait vœu d'humilité.

Renaud d'Aignan alla frapper aux immenses portes qui donnaient sur le parc et les luxueux jardins de Maltorini. Il fut presque aussitôt reçu par le maître de maison. C'était un homme d'une quarantaine d'années, le visage sombre, les yeux pétillants et les cheveux frisés des Napolitains. Sa large bouche laissait voir des dents plates et jaunies par les excès d'épices. Il était vêtu à la dernière mode de la cour qui délaissait les longues robes fourrées de martre ou de loutre pour des surcots courts de couleurs très vives. L'Église et la bienséance avaient condamné ces vêtements tant appréciés par les jeunes et s'étaient inclinées lorsque le roi, Philippe VI, les adopta.

Robert Maltorini accueillit Renaud à bras ouverts. Eugénie fut étonnée de cette familiarité entre ce grand bourgeois qui n'était pas noble, mais avait suffisamment de fortune pour se placer aux premiers rangs, et le troubadour qui n'était rien de plus qu'un saltimbanque, un coureur de chemins riche de sa liberté, mais sans toit. La manière dont ils se regardaient prouvait qu'ils étaient complices au-delà de la musique et de la poésie.

– Te voilà, mon ami ! dit Maltorini. C'est une grande joie de t'accueillir en ces temps difficiles. *Pestis* a fait beaucoup de ravages l'automne dernier et cet hiver avant que le grand froid ne la chasse. Nous prions pour qu'elle ne reprenne pas avec le printemps.

– Pestis ?

– C'est ainsi que Guy de Chauliac, le médecin de Sa Sainteté, appelle la peste.

– Mon cher Robert, je te présente ma fille, Eugénie, dont je t'ai souvent parlé.

Robert s'inclina devant Eugénie. Il connaissait l'histoire de Renaud d'Aignan et son engagement aux côtés de la conjuration des Lys. Le commerçant avisé n'ignorait rien de ce qui se passait dans les différentes cours où il comptait de nombreux clients.

– Tu verras le pape dans les prochains jours.

– Je crois savoir qu'il est tout acquis à notre cause ! L'heure de la justice a enfin sonné ! dit Renaud.

– Espérons, mon ami, espérons !

Eugénie et son père passèrent plusieurs jours dans le palais de Maltorini. Rien ne leur manquait, ils avaient des appartements à leur disposition, des domestiques, des chevaux. Chaque fois que son commerce lui en laissait le temps, Maltorini leur rendait visite ou les invitait à sa table. Ils firent la connaissance de Rosa, la femme de Robert, de ses deux filles, Manuella et Victoria, qui attendaient que leur père leur choisisse un époux.

Ils se promenaient dans l'immense parc, ravis de se donner au printemps. Les oiseaux construisaient leurs nids. Eugénie découvrait la Provence avec ses sols secs, ses couleurs vives, son ciel immense et toujours pur, ses gens qui aimaient par-dessus tout la musique et la poésie.

Le pape avait promis de les recevoir, mais son invitation tardait. Le saint homme avait beaucoup à faire avec le chantier du palais et la politique dont il se mêlait activement. Maltorini se montrait prudent :

– Le pape est persuadé de votre bon droit, mais le retour de Jean Ier peut remettre en cause des équilibres vitaux.

Renaud ne comprenait pas une telle réticence qu'il n'avait pas prévue.

– Seule la justice peut être bénéfique ! répliqua-t-il. Il s'agit pour nous de rétablir le droit. Le reste revient à Dieu !

– Certes, rétorqua Robert Maltorini, peu convaincu.

Le soir tombait. Les oiseaux chantaient sur les peupliers, il faisait très doux. Eugénie, Renaud et Maltorini marchaient le long d'une allée, quand, surgis d'une touffe de buissons, plusieurs rats noirs se mirent à courir devant eux. Le Napolitain se troubla.

– Dieu du ciel, ils sont encore là ! J'en ai fait tuer des centaines par mes gens et voilà qu'ils reviennent !

Les animaux couraient dans l'herbe, s'approchant des hommes, sans marquer la moindre crainte. Des domestiques accoururent avec des bâtons et se mirent à frapper le sol. Maltorini comprenait ce que cela signifiait :

– La peste est encore en Avignon ! dit-il d'une voix blanche.

Eugénie eut un haut-le-cœur et courut dans sa chambre. L'envie de vomir lui retournait l'estomac.

7.

Deux jours plus tard, la ville avait de nouveau sombré dans le cauchemar qu'elle redoutait : la peste avait tué plusieurs centaines de personnes en une matinée. Le soleil montait au-dessus d'une ville silencieuse. Seuls des chiens erraient à la recherche d'os ou de quignons de pain. Les hommes se terraient. Les forges restaient froides, les enclumes ne sonnaient plus. Le chantier du palais, d'ordinaire grouillant, était paralysé. Près des gabarres chargées de pierres, de bois et de marbre, peu d'hommes s'activaient. Les rares marteaux des sculpteurs sonnaient comme un tocsin.

Clément VI fulminait. Debout de très bonne heure, ce pape au corps puissant, aux grosses mains de laboureur, aux épaules de débardeur était un travailleur infatigable. Chaque matin, il s'offrait deux heures de lecture et d'écriture avant de se consacrer à l'administration de l'Église. À sept heures, pendant son premier repas, il recevait ses conseillers et ses informateurs. Rien de ce qui se passait dans la chrétienté ne lui échappait. Il entretenait un réseau d'espions d'une grande efficacité qui lui valait souvent d'être informé avant les princes concernés. Depuis qu'il avait été élu à la tête de l'Église, en 1342, il prenait pour modèle l'un de ses prédécesseurs et parent, Jean XXII, s'efforçant d'asseoir sa suprématie en étant présent sur tous les fronts. Cet ancien archevêque de Rouen laissait à ses ministres l'administration courante. Seules les questions internationales l'intéressaient. Il ne décidait rien sans l'avis de ses deux principaux conseillers, Jean de Moustier, moine bénédictin né à Uzerche, petit homme tout en rondeur, onctueux, la tête large et le crâne plat, et Paul Ressy, dit Paul le bien Tonsuré car il était totalement chauve. Clément VI aimait plus que tout les objets d'art que ses rabatteurs dénichaient pour lui. Les revenus de la ville d'Avignon lui permettaient de mener grand train sans avoir à toucher au trésor de l'Église.

Ce matin, il tempêtait contre les ouvriers qui tardaient à se mettre au travail. S'il avait pu éclairer le chantier, le pape aurait ordonné qu'on travaillât la nuit tant il était pressé d'emménager dans un palais enfin digne de sa magnificence. Mais la peste contrecarrait ses projets.

Lors de la première épidémie, à l'automne dernier, les riches bourgeois avaient quitté la ville pour se réfugier dans quelque lointaine maison, espérant que la maladie ne les trouverait pas. Ce fut peine perdue et le pape, qui avait refusé de partir, en était satisfait : Dieu lui donnait raison en n'accordant aucune indulgence aux poltrons.

– Le fléau de Dieu, le mal de l'enfer, ils n'ont que ces mots à la bouche ! tonnait Clément VI à Jean de Moustier. Combien de morts cette nuit ?

– On ne sait pas. Les rumeurs les plus folles courent de porte en porte depuis qu'on a trouvé, ce matin, plus de dix cadavres dans la rue des marchands.

– Voilà que recommence cette détestable habitude de jeter les malades encore vivants à la voirie en espérant que les chiens viendront les dévorer ! Faites creuser des fosses en dehors de la ville, au bord du fleuve. Et qu'on recrute dans les prisons pour ramasser les morts.

Moustier était assez grotesque avec ses gros yeux et sa bedaine. Clément ne faisait pourtant rien sans prendre son avis, car sous cet aspect de petit moine un peu rustre se cachait un redoutable politique, un esprit capable de faire la synthèse des affaires les plus compliquées. Vif, ayant l'œil sur tout, le pape le gâtait. Dans toutes les conversations, il jouait à merveille le benêt qui répond de travers pour mettre à nu les secrets les mieux gardés. Peu regardant sur les questions de religion, il considérait que le maître de l'Église avait des privilèges interdits aux autres et il fermait les yeux sur les soirées du Saint-Père, dans son cabinet doré, en compagnie des plus belles femmes.

– Bon, tu vas faire crier dans la ville que je reste, que je ne plie pas le genou devant la maladie et que j'invite les Avignonnais à en faire autant. Que tout le monde vaque à ses occupations comme d'habitude, qu'on ignore la menace, c'est la meilleure manière de vaincre la peste !

Moustier constata que la réserve de chandelles dans le placard du cabinet avait considérablement baissé, preuve que le pape passait une partie de ses nuits à travailler – il écrivait un traité de théologie qui aurait valu le fagot à tout autre que lui. Car Clément VI était un bien curieux croyant : il niait, comme Jean XXII, l'existence du paradis et de l'enfer qui ne pourraient être créés qu'après le jugement dernier. Ainsi les saints n'existaient-ils pas et les reliques qui faisaient l'objet d'un grand commerce n'étaient que de quelconques ossements ! Une autre question taraudait le prélat suprême : la résurrection des corps ! Il avait beau tourner cela dans son esprit, passer des nuits à y réfléchir, il n'arrivait pas à se convaincre de cette affirmation des Écritures. Les corps redevenaient poussière et le restaient, pensait-il, seule l'âme pouvait être éternelle parce qu'elle était d'une autre nature.

Moustier tardait à sortir ; il faisait quelques pas vers la porte, rebroussait chemin, repartait, s'arrêtait. Agacé, le pape finit par lui demander :

– Que se passe-t-il encore ? Voilà que tu tournes comme un mouton qui a avalé un clou.

– Sa Sainteté me pardonnera…

– Pas de ça entre nous. C'est bon devant la curie…

– J'ai reçu hier encore notre ami Robert Maltorini, grand fournisseur d'étoffes rares, de soieries et autres frivolités. Il m'a rappelé que Renaud d'Aignan, l'époux secret de la reine Clémence, et sa fille Eugénie attendent une entrevue.

Le pape fronça ses épais sourcils noirs. Son nez, proéminent, formait un arc de cercle, comme une faucille au-dessus de lèvres fines et d'un menton carré assez fort. Ses larges narines frémissaient constamment.

– La sœur de Giannino ! Tout cela est bien ennuyeux. Jean XXII a tout fait pour arrêter la conjuration des Lys et voilà qu'elle reparaît ! Comme l'Hydre, ses têtes repoussent à mesure qu'on les coupe ! N'en finira-t-on jamais ?

– A-t-on des nouvelles de notre envoyé à Sienne ?

– Oui. Il a rencontré Giannino di Guccio qui ignore tout de ses origines royales. C'est un marchand qui conduit très bien ses affaires. Il serait dommage de lui mettre d'autres idées en tête ! D'ailleurs, d'après notre espion, il ne présente aucun danger.

– Mouais ! marmonna le pape, pensif. Cet homme est heureux dans sa boutique. Je ne vois pas pourquoi on lui donnerait un trône ! La conjuration des Lys remue toute une boue quand il faudrait la laisser reposer sur le fond !

Le pape sourit encore. Les conjurés, tous de solides chevaliers forts en gueule et habiles à manier l'épée, n'étaient pas de taille à se mesurer à lui.

– Je suis d'avis qu'on laisse faire la peste ! précisa Moustier. Elle peut travailler pour nous en éclaircissant l'échiquier.

– Tu n'as pas tort. Dieu montrera sa volonté à travers la mal-mort.

– Sachez cependant qu'Eugénie d'Aignan est la plus belle femme qu'il m'ait été donné de voir.

– Dans ce cas, fixe un rendez-vous à notre ami Maltorini avant vêpres. As-tu pensé aux boucs ?

– J'ai fait tout ce que m'a demandé M. de Chauliac, dès qu'on m'a signalé la présence de ces maudits rats noirs dans les rues. Les boucs vont arriver dans la matinée.

– Y en aura-t-il suffisamment pour en disposer un dans chaque pièce ? Souviens-toi, lors de la précédente épidémie, il fallait les déplacer d'une chambre à l'autre et Chauliac est formel : cela nuit à leur efficacité !

– J'en ai fait acheter cet hiver en prévision du pire. Ils passeront le pont Saint-Bénezet avant midi.

Le pape ajusta son bonnet blanc qui lui enserrait le crâne et ses oreilles au lobe gras, se leva pour rejoindre son cabinet vert où il travaillait. Ses narines s'arrêtèrent de frémir.

– Tu dis qu'Eugénie d'Aignan est très belle femme ?

– Assurément très belle.

Moustier savait ce que signifiait l'éclat vif dans les yeux du pape.

Le retour de la peste replongeait Avignon dans le cauchemar de l'automne précédent. Chacun retrouvait des réflexes un instant oubliés dans l'euphorie de la délivrance. La moindre douleur terrorisait. On se tâtait sous les bras, on cherchait en soi le petit signe qui annonçait la fin tragique.

Les prêcheurs retrouvaient leur place dans les rues, se plantaient sur un billot devant les églises et n'en finissaient pas de conspuer la foule. L'un d'eux, vêtu de blanc, haranguait les rares passants de sa voix qui portait loin :

– Dieu vous a donné un avertissement. Pendant la première épidémie, vous étiez tous de bons chrétiens, vous alliez tous à confesse et vous cassiez votre bourse pour donner aux pauvres. Et la malmort s'en est allée, alors vous avez repris vos mauvaises habitudes, vous avez fréquenté les tripots et les bordels, vous avez dépensé pour des frivolités, vous avez oublié vos prières. Résultat : la colère de Dieu ouvre une nouvelle fois les portes de l'enfer.

La file des chariots encombrait le pont Saint-Bénezet. Malgré les recommandations du pape, les riches qui avaient un domaine dans la campagne et même les pauvres qui n'avaient rien que leur vie à défendre quittaient la ville infestée. La panique les poussait loin de ces murs et ils se pressaient, se bousculaient à l'entrée du pont ou aux portes de Villeneuve. La cathédrale et les trois églises ne désemplissaient pas. Chacun voulait se confesser, reconnaître ses torts et supplier Dieu de le garder en vie. Des processions se formaient spontanément. Les gens, le torse nu, se frappant avec les lanières d'un fouet à clous, se dirigeaient à genoux vers la Vierge qui surplombait les quartiers hauts sur son rocher entouré d'oliviers.

Robert Maltorini restait dans son parc bien fermé. Comme le pape, il n'avait pas l'intention de laisser son hôtel aux pillards qui se multipliaient aussi vite que les flagellants. Il s'était protégé de la maladie en faisant venir de sa ferme une dizaine de boucs achetés pendant l'hiver.

– Les médecins sont formels, dit-il à Renaud d'Aignan. Ces bêtes absorbent la maladie et parfois en crèvent, mais ils nous protègent. Avec ces animaux du diable, nous ne risquons rien !

Pendant les deux jours qui suivirent, la peste emporta quand même trois valets et une lingère. Maltorini constata que ces morts s'étaient produites là où les boucs étaient absents, ce qui le conforta dans sa conviction. Il ordonna que l'on enterre les cadavres dans un coin retiré du parc, près d'une petite rivière, et que personne n'en parle. Des fournisseurs qui évitaient les maisons contaminées devaient lui rendre visite, car, malgré la menace, les affaires continuaient.

En quelques jours, l'épidémie frappa toute la Provence. Le nombre des morts ne cessa d'augmenter. Une odeur de pourriture avait remplacé celle du printemps ; les gens ne se déplaçaient qu'en portant des masques sur le visage et respiraient des herbes odorantes censées arrêter les miasmes de l'air.

Clément VI ordonna de barricader les maisons des pestiférés. Ceux qui avaient approché les morts furent isolés. Les gardes de la prévôté apportaient des provisions qu'ils leur faisaient payer très cher, car les vivres manquaient. La famine s'installa dans les bas quartiers de la ville.

Le pape, soucieux de maintenir l'ordre, décréta qu'on pendrait sur-le-champ toute personne surprise en train de voler. Il ordonna la fermeture des tavernes par où passait la contagion et contraignit les médecins à assister les malades sous peine de lourdes amendes que beaucoup préféraient payer. Équipés d'amples vêtements noirs, une couleur que n'aimait pas la peste, le visage couvert d'un masque blanc prolongé à la hauteur du nez et de la bouche d'un cône rempli de sels et d'herbes odorantes, ceux qui ne pouvaient se soustraire aux ordres du maître de la ville se rendaient chez les malades ou assistaient ceux qui agonisaient dans la rue. Gantés, ils maniaient leurs patients à l'aide d'un long bâton muni d'un crochet de fer.

Les prisons se vidaient. Les condamnés les plus résistants creusaient de nouvelles fosses en dehors des murs et transportaient les morts. Les survivants vivaient dans la terreur. Un enfant se plaignait-il de douleurs, montrait-il une fièvre, il était aussitôt jeté à la rue par une fenêtre. Les charretiers le lançaient sur le tas de cadavres où il cessait rapidement de crier.

Clément VI se croyait protégé par ses boucs qui répandaient une effroyable odeur dans son palais. Moustier lui fit remarquer que le chef de l'Église devait se prémunir plus efficacement encore et le convainquit de faire brûler en permanence une enceinte de feu autour de son castel. Plus de cent valets furent dévolus à cette tâche rendue difficile par le manque de bois.

Pourtant, la vie continuait. Le pape recevait les courriers de ses nombreux observateurs répartis dans toutes les cours d'Europe. Le printemps avançait à grands pas. Les oliviers étaient fleuris, mais les bonnes odeurs des jardins pontificaux étaient chassées par la puanteur de la peste.

Le pape reçut ensemble Robert Maltorini, Renaud d'Aignan et Eugénie. Le premier regard que Clément posa sur la jeune femme n'échappa pas à Renaud qui s'y connaissait en séduction. La corpulence de bûcheron du Saint-Père, son visage sanguin, ses yeux brillants sous d'épais sourcils, ses narines frémissantes, lui indiquaient un jouisseur qui ne laissait à personne sa part des plaisirs terrestres. Moustier fit asseoir les visiteurs sur des fauteuils en velours rouge des Flandres et se plaça à l'arrière, debout près de la croisée, ne perdant rien des attitudes, de ces gestes infimes souvent révélateurs. Maltorini commença à se plaindre des bateaux qui n'arrivaient pas, des caravanes de marchandises détroussées par des routards, de la maladie qui ne relâchait pas son étreinte. Le pape acquiesçait d'un mouvement de la tête. De temps en temps, il levait les yeux sous ses sourcils en paravent vers Eugénie qui se tenait près de son père.

– Venons-en aux faits, intervint tout à coup Clément VI. Giannino di Guccio, le fils de Louis le Dixième, fait commerce d'étoffes et ne demande rien à personne. Pourquoi le tirer de sa boutique ?

Renaud d'Aignan se tourna vers Eugénie. La brusquerie du pape lui semblait de très mauvais augure.

– Votre Sainteté, voici une femme de sang royal, qui ne possède rien, pas le moindre castel pour y loger ses deux enfants. Des preuves existent que j'ai bien épousé Clémence de Hongrie. Des preuves aussi que Giannino Guccio est bien Jean Ier.

– Je sais tout cela ! fit le pape. Je suis d'accord pour qu'on établisse cette jeune personne dans le rang qui est le sien et j'agirai dans ce sens. Mais n'oubliez pas que le royaume est au bord du gouffre avec la guerre contre l'Anglais et la peste dont on ne sait qui elle va frapper. Même Philippe VI de Valois n'est pas à l'abri. La maladie peut aussi servir la justice. Dans ce cas, Dieu montrerait son intention comme il l'a toujours fait dans cette affaire.

Le pape n'ignorait pas comment Charles de Valois, aidé par Jean XXII, avait su diviser les membres de la conjuration des Lys en excitant leurs rivalités pendant que son fils s'emparait de la couronne de Charles IV et se faisait sacrer à Reims. L'organisation n'aurait pas dû survivre aux débuts des Valois si le cardinal de Varonne, ce doux rêveur, n'avait donné des arguments aux barons normands pour réclamer le retour à leurs anciens privilèges mis à mal par Philippe le Bel.

– Sa Sainteté me pardonnera d'insister, poursuivit Renaud. Mais la guerre avec l'Angleterre pourrait cesser si Jean Ier était rétabli dans ses droits. Il est le seul petit-fils par les mâles de Philippe le Bel. Édouard d'Angleterre ne l'est que par sa mère, Isabelle.

Le pape avait aussi pensé à cela.

– Je vous l'accorde, messire d'Aignan. Mais je vous le répète, il faut attendre que la peste ait fait son travail, elle est de commandement divin, ne l'oublions pas !

Renaud était déçu. Maltorini l'avait assuré que le Saint-Père était partisan de la conjuration des Lys et il trouvait un Clément VI réticent, pesant le pour et le contre, extrêmement méfiant et se retranchant derrière le jugement de Dieu.

Tout à coup, oubliant les convenances, Eugénie se leva de son fauteuil, marcha la tête haute vers le pape. Renaud tendit la main, comme pour l'arrêter.

– Sa Sainteté me pardonnera de lui rappeler qu'à sa mort, les biens de ma mère ont été accaparés par le Valois. Mes fils vivent actuellement comme des vachers, dans une ferme de Gascogne. Mon frère, héritier du trône de France, passe ses journées dans une obscure boutique de Sienne. Pendant ce temps, le Valois parade sur le trône le plus prestigieux alors qu'il mérite le billot. Le représentant de Dieu ne peut pas accepter une telle injustice !

Clément VI passa l'index de sa main droite sur son large menton. Ses sourcils s'abaissèrent. Le silence était suspendu à ses lèvres grasses. Il fit un signe à Moustier.

– Nous verrons cela, madame. L'audience est terminée ! dit-il d'une voix sèche. Moustier, reconduisez ces personnes, je vous prie.

Une fois en dehors du palais, Maltorini laissa éclater sa colère :

– Vous rendez-vous compte de ce que vous avez fait ? dit-il à Eugénie. On ne parle pas au pape comme à une personne ordinaire. Comment vais-je faire, moi, pour rattraper le coup ? Je suis son fournisseur exclusif d'étoffes de velours et de soie, vous comprenez ce que cela veut dire ?

– Je comprends que Pierre Roger de Beaufort a été acheté par le Valois et qu'il faut désormais le considérer comme un ennemi !

Maltorini se planta devant Eugénie et brandit son poing sous sa figure.

– Monsieur, je vous prie de vous modérer ! s'exclama-t-elle la tête haute. Ceci est mon affaire et j'en assumerai les conséquences.

– Mais c'est vous qui devez vous modérer. Par Dieu, ne comprenez-vous pas que tout Avignon appartient au pape et qu'il a le droit de vie et de mort sur chacun de nous ?

– Que m'importe ! Désormais, nous savons à quoi nous en tenir. Et si vous redoutez les représailles du maître absolu, nous pouvons quitter votre maison sur-le-champ.

– Je n'ai jamais dit cela, cependant…

Renaud, qui était resté en retrait, vint se placer à côté de sa fille.

– Eugénie a raison. Notre présence peut nuire à tes affaires. D'ailleurs, nous n'avons plus rien à faire en Avignon maintenant que le pape nous a refusé son soutien.

Maltorini, qui savait qu'un mot du Saint-Père pouvait le ruiner, n'eut pas le courage de retenir Renaud et Eugénie, qui s'installèrent dans une auberge proche du palais en construction. La peste avait vidé la ville de ses voyageurs et la place ne manquait pas. Renaud redoutait que Moustier n'eût soudoyé des malfrats pour les égorger dans leur chambre. Aussi barricadait-il les ouvertures et dormait-il près d'Eugénie, sa dague à portée de main.

Il cherchait à fuir, mais les portes de la ville étaient bien gardées et l'administration souveraine du pontife ne laissait sortir que les voyageurs munis d'un sauf-conduit.

– Nous voilà prisonniers ! bougonnait le poète. Quelle mauvaise idée j'ai eue de croire que ce lointain cousin était de notre côté !

Deux jours plus tard, des envoyés du Saint-Siège arrivaient à l'auberge pour inviter Eugénie à partager son souper avec Sa Sainteté.

– Prends garde à toi ! recommanda Renaud qui n'attendait rien de bon de cette invitation.

Un char à bancs couvert aux couleurs pontificales et six laquais vinrent chercher Eugénie à complies. Renaud donna un dernier conseil à sa fille :

– Nous sommes prisonniers comme des poissons dans la nasse. Tu dois demander pardon au pape et lui faire bonne figure. Tu n'obtiendras rien en lui tenant tête !

– Ça jamais ! trancha Eugénie.

Vêtue d'une robe en velours grenat, elle monta sur le char aux roues dorées. Sa nouvelle assurance de fille de reine ne redoutait pas l'affrontement avec Pierre Roger de Beaufort qui, bien que pape, n'était pas de race princière.

Le soir tombait. Il avait fait très beau, les premiers insectes volaient dans la lumière rasante du soleil. La ville était toujours aussi silencieuse. La faim tenaillait les estomacs. Dans les bas quartiers, on mangeait les chiens et les chats, mais personne n'avait osé toucher aux gros rats noirs que l'on tuait par dizaines. De quoi se nourrissaient-ils ? De cadavres ? On avait, en effet, trouvé plusieurs corps d'enfants à moitié dévorés, mais personne n'avait vu les rats s'acharner sur eux.

Le char dut s'arrêter devant la cathédrale où une foule dense était rassemblée autour d'un prêcheur vêtu d'une aube de bure grossière.

– Dieu nous punit parce que nous ne sommes pas capables d'éliminer ses ennemis, les Juifs ! Ils prolifèrent dans notre ville, ils font de grosses fortunes sur le dos des pauvres chrétiens. Dieu les montre du doigt ! Et qui les défend ? Qui, je vous le demande ?

Il se tourna vers le palais en construction entre ses échafaudages : Clément VI, qui défendait les Juifs, aurait dû être leur principal accusateur ! Le pape ne cessait de répéter que la peste s'en prenait à tous et que Dieu ne demandait le sacrifice de personne.

Eugénie, brinquebalée dans le char couvert, passa à côté du chantier où peu d'ouvriers s'activaient. L'agitation frénétique qu'elle avait vue lors de son arrivée était bien terminée. Clément VI avait voulu se servir des condamnés, mais il avait vite déchanté : les prisonniers travaillaient peu et mal. Les coups de fouet ne leur faisaient aucun effet et beaucoup profitaient de l'agitation pour s'échapper. Quand on les retrouvait pour les pendre, ils avaient eu le temps de piller et d'assassiner de bons bourgeois.

Le char arriva au castel qu'occupait le pape, ancienne résidence d'été des comtes de Provence ayant appartenu à la république de Naples. C'était un palais de petite taille, gris, austère, indigne de la magnificence du chef de l'Église. Clément VI, qui aimait le luxe, y avait ordonné de nombreux travaux, des aménagements, mais il s'y sentait à l'étroit.

Eugénie fut conduite jusqu'aux appartements privés du pape qui l'accueillit avec un grand sourire et tendit les mains pour l'obliger à se redresser lorsqu'elle se prosterna. Il était vêtu d'une robe blanche, d'une tiare de la même couleur qui faisait ressortir la rougeur de son ample visage. La vue d'une belle femme le remplissait de bonheur et de reconnaissance envers le Créateur. Pierre Roger de Beaufort était entré dans les ordres comme d'autres entrent en apprentissage. Sa famille était assez puissante pour le pousser aux sommets de l'édifice, elle y voyait une manière d'asseoir sa suprématie, la dévotion affichée n'était qu'une manière d'arriver à ses fins.

Il avait compris qu'Eugénie n'était pas une femme ordinaire. Son enfance misérable puis son éducation à Saint-Jal avaient fait d'elle une combattante. Il ne voulait pas se débarrasser d'elle comme il l'aurait fait d'un quelconque semeur de troubles. Sa beauté, sa dignité méritaient mieux que cela.

– Madame, je vous remercie d'avoir accepté mon invitation.

Eugénie s'inclina de nouveau. Le corps massif du Saint-Père, visiblement à l'étroit dans sa tenue ecclésiastique, était taillé pour chevaucher, pour guerroyer et banqueter avec ses chevaliers. C'était pourtant un homme tout en nuances, un fin diplomate ; Eugénie restait sur ses gardes.

Des valets de bouche en livrée rouge à lisérés blancs se tenaient près de la table, attendant que le maître les invite à commencer le service. Des bruits, des cris venaient de la fenêtre ouverte. Clément VI s'approcha de la croisée et invita Eugénie à le rejoindre. Dans la rue qui remontait en pente douce jusqu'à la place de la cathédrale, la foule braillarde poussait devant elle des Juifs, le torse nu, hommes et femmes mêlés. Les fouets claquaient au milieu des cris, des pleurs, des supplications. Un bûcher avait été dressé en quelques instants. Le prêcheur à la barbe blanche se tenait devant et encourageait la foule à frapper les malheureux dont les plus faibles s'écroulaient. Des vilains plantaient leurs fourches en fer dans les corps dénudés, comme dans des ballots de foin.

Le pape contempla un instant la scène.

– Que cela est misérable ! dit-il entre ses dents, puis entrouvrant la porte : Moustier !

Le moine entra, essoufflé, comme d'habitude. Il salua Eugénie en esquissant une révérence.

– Dès demain, vous faites publier dans mes États l'interdiction de s'en prendre aux Juifs, ordonna Clément VI. Je veux qu'ils soient protégés en Avignon, qu'on cesse cette tuerie stupide. Je veux aussi que tous les Juifs qui se sentiront menacés, où qu'ils soient, puissent venir en nos États pontificaux pour y trouver refuge et assistance.

Moustier connaissait son pape depuis si longtemps qu'il prenait parfois des décisions en son nom sans lui en parler. Clément l'acceptait, cela lui laissait plus de temps à consacrer à l'étude des philosophes anciens, à l'art et à ses travaux de théologie. Ce soir pourtant, le moine resta un instant bouche bée, puis il manifesta son étonnement, ce que lui seul pouvait se permettre en face de l'autorité suprême.

– Sa Sainteté me pardonnera, mais je ne vois pas ce que l'Église peut gagner en protégeant les Juifs. Cela risque de créer des dissensions avec certains de nos alliés et…

– La douleur des hommes m'est insupportable. Qu'ils soient juifs, barbares ou autres, ce sont des hommes, des fils de Dieu, même s'ils se trompent.

– Sa Sainteté se souvient-elle des bulles de son prédécesseur Benoît XII ?

– Assez bavardé pour rien. Benoît XII avait ses raisons, j'ai les miennes. Ainsi, je te demande de faire publier un arrêté interdisant le massacre des Juifs.

Clément réfléchit un instant avant de dévoiler le fond de sa pensée : la construction du nouveau palais coûtait cher. Benoît XII, qu'il considérait comme un imbécile, s'était acharné à vider le trésor pontifical par des actions charitables et en dotant certains couvents de pensions, autant de libéralités qui lui valaient une kyrielle de jaloux, donc d'ennemis.

– Tu préciseras qu'ils seront soumis à un impôt spécial, l'impôt des Juifs non résidents. Maintenant, laisse-nous !

Le pape invita Eugénie à s'asseoir en face de lui. C'était un « petit souper » qui, contrairement aux soupers ordinaires rassemblant plus de cinquante convives, se déroulait en tête à tête. Eugénie se contenterait d'un repas frugal, seulement cinq services comprenant chacun une dizaine de préparations de poisson, de volaille et de vénerie arrosées des puissants vins de Roquemaure.

– Point trop manger le soir assure une bonne nuit ! précisa le pape en plantant la pointe de son couteau dans un pâté de sanglier.

Eugénie goûta le vin tout en observant son hôte. Malgré sa mollesse de visage, ses yeux globuleux, un nez puissant, ses épais sourcils, ses larges narines en perpétuel mouvement, Clément n'était pas laid. Chaque détail de sa figure était grossier, pourtant l'ensemble se combinait harmonieusement. Sa voix profonde, d'une grande douceur qui n'enlevait rien à son autorité naturelle, enveloppait, séduisait. Il mangeait délicatement sans céder à son appétit. L'homme de plaisirs était raffiné dans ses moindres attitudes. Il décida de parler, d'évoquer des affaires n'ayant qu'un lointain rapport avec la couronne des Valois.

– Plusieurs de mes hommes qui se trouvent à Rome auprès du gouverneur Cola di Rienzo, le gouverneur de Rome, m'assurent que nous devons rester très vigilants sur ces gens qui s'agitent et sont prêts à s'allier avec n'importe qui pour nuire à la France. Un curieux personnage, ce Cola di Rienzo, puissant comme un bœuf, gourmand, bavard, souvent violent. Fils d'une lingère, il joue aux empereurs et s'entoure d'un faste considérable. C'est un bon allié de la papauté en Avignon, car il préfère que le Saint-Siège se trouve loin de ses États. Ce n'est pas l'avis de la majorité des Romains, mais son appui auprès des turbulents cardinaux italiens me permet de diriger en sous-main ces princes qui auraient souvent tendance à oublier leurs devoirs de réserve.

Eugénie leva sur le pontife ses yeux clairs, gris ou verts selon l'éclairage, frangés d'une fine ligne d'or. Ses cheveux noirs tranchaient avec la peau claire de son front, ses joues qu'aucun fard ne colorait. Clément sourit, suça le bout de ses doigts luisants de graisse.

– Ne croyez pas, madame, que je prenne votre affaire à la légère, bien au contraire. Les conjurés des Lys affirment que la peste est une punition de Dieu contre le vol de la couronne de France, je n'en crois rien !

Eugénie, qui ne comprenait pas où le pape voulait en venir, gardait le silence.

– Je crois que nous ne devons pas semer plus de misère qu'il n'y en a !

– Sa Sainteté ne redoute-t-elle pas que les conjurés des Lys, excédés, concluent des alliances contre nature, avec l'Anglais par exemple, qui livreraient le pays à l'ennemi et à toujours plus de misère ?

– J'y viens, ma chère, j'y viens.

Il frappa dans les mains pour que l'on fasse entrer les musiciens. Le pape vouait un véritable culte à la musique et s'entourait d'une multitude de chanteurs et de poètes.

– Ma famille a été apparentée aux Ventadour, poursuivit-il en langue d'oc. Vous comprenez que j'aime m'entourer de musiciens. Et sachez aussi que j'ai souvent entendu et apprécié votre père par le passé. C'est bien la raison de mon attachement à votre histoire.

Les musiciens se mirent à jouer et chanter. Clément les écoutait, ravi, mais ne quittait pas Eugénie du coin de l'œil. Au bout de quelques minutes, il les congédia.

– Madame, le sang bout dans vos veines, ce sang royal qui s'y trouve à l'étroit, dit-il. Mais cela ne doit pas vous égarer. Je vous fais comtesse d'Anjou, titre qui appartenait à votre mère et que la papauté a acheté à Philippe VI. La maison de Sainduc se trouve près du pont Saint-Bénezet. Personne n'a jamais pu m'expliquer pourquoi on l'appelle ainsi. C'est en tout cas une belle demeure avec des écuries, des jardins, et d'une grande ancienneté. Elle fait partie du douaire des Anjou et vous revient avec les revenus de son domaine. Vous pourrez y loger, car vous ne pouvez quitter Avignon pour l'instant. Une somme de six cents pièces d'or vous sera versée pour vos premières dépenses. Ensuite, je vous allouerai mille pièces pour votre train de vie en plus de vos revenus ordinaires.

Eugénie osa soutenir le regard du pape qui lui souriait. Ne venait-il pas de lui signifier son assignation à résidence ?

– Sa Sainteté est trop bonne.

Clément VI comprenait qu'Eugénie n'était pas de ces femmes que l'éclat du pouvoir séduisait. Le comté d'Anjou n'était pas suffisant pour la faire changer de camp.

– Madame, mon désir est de vous garder en Avignon, dans la maison que je vous ai donnée pour assurer votre sécurité. Je souhaite passer chaque jour un peu de temps en votre compagnie. Votre présence m'éclaire sur les volontés de Dieu.

– J'en suis très honorée ! répondit-elle.

Clément VI parla ensuite de poésie, de musique, compara en connaisseur les mérites de la vielle et de la mandore, évoqua un nouvel instrument qu'un troubadour de Milan lui avait montré :

– Une vielle avec une manivelle qui fait tourner une roue. Cette roue fait chanter une corde que pincent des taquets pour la raccourcir ou l'allonger selon le son que l'on veut obtenir…

Eugénie lui donna la réplique sur les mérites respectifs des poètes occitans. L'un et l'autre étaient de la même trempe. La poésie et la musique leur fournissaient l'occasion d'échanger des idées d'apparence anodine qui les forçaient à se dévoiler un peu. Le pape pensa que le moment était venu de lui faire entrevoir un autre cadeau :

– Je vais demander à Philippe VI de me donner l'état de la fortune de votre mère à sa mort et je vous promets de faire justice.

Il avait touché le point sensible. Eugénie se cabra :

– Une partie de cette fortune revient à mon frère de Sienne ! répondit-elle sans se démonter. Tout comme la couronne de France !

– Laissez votre frère à ses étoffes qui le rendent heureux.

– Mon père, ce serait aller à l'encontre de la justice, donc de la volonté de Dieu ! Je ne puis renoncer !

La fin du repas fut glaciale. Le pape expédia les pâtisseries aux oranges et les crèmes au miel. Il demanda qu'on reconduise madame la comtesse.

Elle quittait le palais avec un sentiment d'échec et laissa éclater sa colère auprès de son père :

– Il me donne des titres, des rentes, mais me retient prisonnière ! s'exclama-t-elle. Nous partons demain, au lever du jour.

– Mais enfin, Eugénie, comment veux-tu échapper aux gardes pontificaux ? Nous n'avons aucune chance de quitter Avignon. Nous sommes ses prisonniers, voilà ce qu'il t'a dit avec beaucoup d'élégance !

– Alors, il faut trouver le moyen de s'évader de cette maudite ville !

8.

Un sinistre jour de printemps sur Avignon. À l'horrible odeur des cadavres s'ajoutait celle du bûcher qui avait grésillé toute la nuit. Comme chaque matin, les chariots ramassaient les morts. Les Juifs exterminés, la peste continuait de frapper, alors les prêcheurs trouvèrent de nouveaux coupables. Il fallait tuer encore, plus vite et mieux que la maladie.

L'interdit de s'en prendre aux Juifs n'eut qu'un effet limité : les bûchers s'allumaient toujours dans les campagnes et les villes voisines. Les flagellants, érigés en justiciers de Dieu, multipliaient les massacres.

De sa fenêtre, Eugénie regardait ces centaines de personnes à genoux, le torse nu, se frappant les uns les autres avec des bâtons ou des fouets et chantant des psaumes de repentir. Hommes et femmes mêlés ne montraient aucune marque de douleur quand les lanières hérissées de clous lacéraient leur dos sanglant.

Dans la matinée, Moustier vint la chercher pour la conduire à sa nouvelle résidence, la maison de Sainduc, au bord du Rhône, à quelques pas du pont

Saint-Bénezet. Les murs de la ville, hauts de huit pieds, se dressaient au-dessus du fleuve qui servait de défense naturelle. Le port, un peu en amont du pont dont l'entrée était gardée par deux tours, disparaissait, côté ville, derrière une muraille épaisse percée de trois ouvertures devant lesquelles stationnaient deux garnisons du Saint-Siège. La maison donnait sur un jardin qui descendait en pente douce vers le fleuve et s'arrêtait sur un chemin de ronde qui suivait la berge. De très anciens oliviers aux troncs crevassés occupaient cet espace où chantaient les premières cigales. Une dizaine de moutons broutaient l'herbe nouvelle entre les massifs fleuris, les arbres et les bancs disposés sous d'immenses tilleuls. Le bâtiment, fraîchement restauré, comportait un corps principal, le plus ancien entre deux tours rondes ouvertes sur le fleuve, une dépendance attenante à la façade droite qui servait de cuisines, de réserve et de logement pour les domestiques. Enfin, sur la gauche, à l'équerre, les écuries étaient suffisamment grandes pour abriter une dizaine de chevaux et leur fourrage. Un four à pain orné d'une magnifique façade de pierres sculptées se détachait de l'ensemble à côté d'un pigeonnier en briques et d'une ancienne chapelle dont la toiture avait été refaite récemment.

Eugénie et son père furent étonnés de la beauté sobre et solide de ce petit domaine. Moustier se démenait, ouvrait des portes, demandait qu'on allume une torche pour montrer la taille d'une pièce, la richesse du mobilier dont d'immenses buffets et vaisseliers en bois de Barbarie fabriqués par les excellents ébénistes milanais.

– Sa Sainteté espère que vous serez très à votre aise dans cette magnifique demeure.

Au moment de partir, Moustier précisa :

– Madame, des hommes de la garde pontificale patrouilleront nuit et jour autour du domaine pour assurer votre sécurité. Si vous avez besoin de quoi que ce soit, envoyez-moi un coursier.

Il s'éloigna. Il marchait très cambré, comme pour faire contrepoids à sa bedaine. Eugénie avait bien compris qu'il avait toute la confiance du pape et qu'elle ne devait pas compter sur lui. La manière dont il posait sur elle et surtout sur Renaud son regard faussement naïf ne lui laissait aucun espoir de ce côté.

– Nous voici en prison ! dit Eugénie à son père. Voilà que le représentant de Jésus, l'homme infaillible, se place du côté des voleurs et des brigands !

Si Renaud avait mis très longtemps à admettre ce point de vue défaitiste, l'attitude de Moustier l'avait convaincu. Il fallait donc partir, fuir par n'importe quel moyen, mais la place était bien gardée par le Rhône aux eaux gonflées des neiges des Alpes, et les remparts de la ville.

– Nous aurions dû nous enfuir ce matin, à l'ouverture des portes ! dit Eugénie. J'ai eu envie de me mêler aux flagellants et de sortir ainsi au nez de tous, mais je n'en ai pas eu le courage. Peut-être que moi aussi, je n'étais pas assez convaincue.

Le soir même, le char à bancs aux roues dorées entra dans la cour de Sainduc. Le pape priait de nouveau Eugénie à souper. Renaud eut un mouvement de mauvaise humeur vite réprimé :

– Et moi, qu'est-ce que je deviens dans tout ça ?

Eugénie lui sourit. Cette invitation n'indiquait-elle pas que le pape était moins obstiné qu'elle ne l'avait cru ?

– Mon petit papa, profite de ta soirée pour composer une de ces chansons dont toi seul as le secret ! répondit-elle avec désinvolture.

– Fais bien attention à ce que tu feras !

Elle éclata de rire comme si, tout d'un coup, elle avait oublié son désir de fuite.

Clément, toujours vêtu de blanc, reçut la jeune femme dans son petit cabinet. Ils bavardèrent encore de poésie, de musique, et tombèrent d'accord sur la supériorité incontestable de la langue d'oc pour exprimer l'amour courtois. Le pape savait faire oublier sa fonction pour n'être qu'un agréable compagnon. Cet homme au corps fait pour les champs de bataille récitait les poètes latins, parlait le grec ancien. Il n'ignorait rien de la nature humaine et pensait avoir trouvé le moyen de faire flancher Eugénie :

– J'ai pensé à vos fils que je souhaite établir. L'aîné, Matthieu, épousera Marie d'Angoulême, la dernière des filles de Philippe VI, et à Benoît, nous donnerons Isabelle, la seconde fille du duc de Normandie qui régnera à la mort de son père. Ces mariages princiers les élèveront à la pairie. Je vais prendre à ma charge leur éducation qui doit être celle de jeunes princes.

Eugénie baissa les yeux pour ne pas montrer combien cette proposition mettait à mal sa volonté. Ses deux fils grands seigneurs du royaume, membres de la famille royale régnante, que pouvait-elle espérer de plus avec son demi-frère de Sienne ?

Le pape comprit qu'il avait fait mouche. Il laissa passer quelques secondes avant de préciser :

– Ainsi, ils seront dignes de leur sang royal !

Eugénie hésitait : sa mère morte seule dans son petit castelet de Vincennes considérée comme une folle lui soufflait que c'était encore un marché de dupes. Le pape lui proposait de renier son frère de Sienne pour assurer l'avenir de ses enfants, de trahir la mémoire de Clémence dont elle se sentait désormais si proche.

– Je vous laisse à votre réflexion ! précisa le pape. Il se fait tard ! Je me sens tout à coup très las. Nous reparlerons de tout cela un autre soir.

– C'est tout réfléchi. Je refuse.

Clément VI lui lança un regard où la curiosité était aussi forte que le dépit.

– Ne prenez pas ainsi une décision aussi importante. Demain, je reçois les ambassadeurs d'Édouard III, après-demain, ce sera le tour du prince de Constantinople. Ainsi, je vais être privé de votre présence pendant plusieurs jours, cela vous laissera le temps de la réflexion.

Eugénie s'inclina devant le pape, qui lui souhaita une bonne nuit.

Renaud l'attendait. Le troubadour comprit au regard de sa fille que le souper ne s'était pas mieux passé que celui de la veille. Eugénie lui confia la dernière proposition du Saint-Père. Renaud prit un air grave.

– J'ai refusé ! précisa-t-elle. Il m'a demandé de réfléchir encore.

– C'est peut-être une occasion à saisir…

– Comment ? s'emporta Eugénie. Toi, tu oses me parler ainsi ?

– Ton frère de Sienne ne pourra pas offrir la même situation à tes fils : il n'a pas de parenté aussi proche et ils ne peuvent épouser ses filles.

Eugénie se retira dans sa chambre sans rien ajouter. Ce que venait de lui dire son père était vrai : seul Philippe VI qu'elle considérait comme son ennemi pouvait offrir la position la plus élevée à Benoît et Matthieu. Cette évidence l'empêcha de fermer l'œil de la nuit.

Renaud tournait en rond. L'homme libre comme le vent, le troubadour qui avait passé sa vie à aller d'un château à l'autre ne supportait pas de se savoir retenu dans ce domaine dont il appréciait pourtant la beauté. Il passa ses premières journées à errer dans le parc, à regarder les eaux scintillantes du fleuve et les rares bateaux qui remontaient son cours tumultueux. Il échafaudait les plans les plus audacieux, mais la vue des gardes qui marchaient par deux le long des murailles le ramenait à la réalité. Une torche à la main, il descendit explorer les caves, chercha des entrées de souterrains qu'il trouva, mais des éboulements l'arrêtèrent très vite.

Il s'attardait des heures à regarder les pigeons au-dessus du Rhône. Des ailes, voilà ce qu'il lui aurait fallu pour quitter cette maison et son promontoire ensoleillé, mais voler était impossible, comme nager pendant des heures sous la surface de l'eau. Les poissons et les oiseaux habitaient des domaines interdits aux hommes.

Depuis trois jours, Eugénie n'avait aucune nouvelle du pape. Le Saint-Père lui laissait le temps de réfléchir, ce qui était inutile :

– Jamais je n'accepterai une telle chose ! dit-elle à son père. Ce serait renier Clémence de Hongrie, ma mère, qui a été privée de ses enfants et de sa place à la cour. Mes fils gagneront le rang qui leur revient autrement.

Renaud serra sa fille dans ses bras.

– Je n'en attendais pas moins de toi. L'autre soir, je t'ai dit que c'était une occasion à saisir pour que tu te décides seule.

Vêtue d'une robe bleue très légère, Eugénie portait un hennin qui, en retenant les cheveux au-dessus du front, mettait en valeur la parfaite harmonie des traits de son visage.

Renaud frissonna. Depuis quelque temps, il se sentait fébrile. La peau de son front avait perdu toute sa clarté. Son regard s'était terni, un léger tremblement agitait le bout de ses doigts. Eugénie marchait à côté de lui. Comme ils passaient près d'un buisson fleuri, des rats noirs se mirent à courir devant eux en poussant leurs habituels petits cris.

– Maudites bêtes ! s'écria le poète.

– Rentrons ! souffla Eugénie qui eut soudainement envie de vomir.

Elle ne quitta pas son père jusqu'au souper. Claquant des dents, Renaud s'allongea sur son lit. Sa peau se couvrait de marbrures sombres, comme des taches de cendre. Eugénie, qui voulait croire au miracle, fit appeler Guy de Chauliac, le médecin particulier du pape. L'homme, qui arriva quelques instants plus tard, entra dans la maison de Sainduc entouré d'une foule d'étudiants à l'affût de chacune de ses paroles. Fardé, poudré, couvert de rubans et de soieries, Chauliac, astrologue, médecin, théologien, était d'une grande culture. Il se vantait d'avoir sauvé plusieurs personnes de la peste pendant la première épidémie. Clément VI lui accordait toute sa confiance et le consultait souvent avant de prendre des décisions importantes. Chauliac lisait l'avenir dans les étoiles comme dans un livre ouvert. Il entra, paradant devant ses étudiants qui voletaient autour de lui, huma l'air, qu'il trouva corrompu, et examina enfin le malade tout en restant à une distance convenable. Tout à coup, il se tourna vers Eugénie.

– Mais où sont les boucs ?

– Les boucs ?

Elle se souvint de l'infecte odeur que répandaient ces animaux dans la demeure du pape.

– Les boucs ! répéta le médecin en sortant de la pièce. Qu'on amène ici des boucs, sinon, je ne réponds de rien !

Il sortit comme il était entré, magnifique dans ses vêtements chamarrés, déclamant en latin des principes de santé. Sur son lit, Renaud grelottait. Quelques instants plus tard, deux hommes arrivèrent, traînant un bouc noir aux solides cornes qu'ils attachèrent dans un coin au pied d'un énorme buffet. L'animal tirait sur sa longe en poussant des bêlements sourds. Son odeur se répandit très vite, couvrant celle de la peste.

– Tout va s'arranger ! dit Eugénie en prenant la main gelée du malade.

Renaud secoua la tête et tourna vers sa fille un regard résigné, déjà ailleurs.

– Non. Le mal me tient au cœur et m'emporte. Mon errance s'arrêtera là. Apporte-moi ma mandore et ma vielle. Je veux les serrer contre moi, je veux jouer pour les anges.

– Qu'est-ce que tu racontes ? Je te dis que le bouc va te guérir et rien ne prouve que tu aies cette horrible peste !

– Je t'en conjure, n'oublie pas la mission que ta naissance t'impose. Pense à ta mère morte comme une misérable, pense un peu à moi qui ai porté toute ma vie le désespoir de cet amour impossible ! Pour elle, pour moi, jure-moi que tu te battras pour que justice soit faite !

– Je te le jure.

La douleur envahit le corps du troubadour, si violente qu'il se mit à pousser des cris. Son visage aux yeux exorbités s'animait en horribles grimaces pour devenir un visage de pestiféré, semblable à tous les autres. Riches et manants se rejoignaient ainsi dans l'horreur. Eugénie voulut le serrer contre elle, mais il la repoussa.

Il sombra dans un délire qui dura une partie de la nuit. Des noms de femmes revenaient fréquemment dans ses propos débridés. Il mourut au petit matin, après avoir vomi du sang corrompu, terrassé par cette forme violente de la peste qui tuait en quelques heures les hommes les plus solides. Eugénie, allongée près du cadavre, priait. Les domestiques qui allaient et venaient dans le couloir n'osaient pas la déranger.

Elle passa ainsi la journée recueillie près de la dépouille de son père. Le lendemain, le soleil était déjà chaud quand un domestique vint lui annoncer une visite. Dans la pièce centrale qui donnait sur le fleuve, un valet faisait entrer trois cavaliers qui avaient laissé leurs chevaux dans la cour en contrebas. L'un d'eux, le plus grand et le plus massif, demanda d'un geste aux deux autres de l'attendre devant la porte. Il ôta son heaume et son vaste manteau qu'il tendit à un domestique. Eugénie reconnut les épais sourcils noirs, les gros yeux globuleux, le nez en arc de cercle, le menton large et la barbe bleue soigneusement rasée. Elle avait vu son visiteur vêtu d'une robe blanche et portant son bonnet ou la tiare pontificale, il lui apparaissait dans cette tenue guerrière avec son vrai visage, celui d'un prince séculier.

Il s'inclina devant la jeune femme.

– Madame, je viens d'apprendre le malheur qui vous frappe.

Elle s'essuya les yeux avec son mouchoir blanc.

– Cela vous semble étrange, n'est-ce pas, de me voir ainsi, en tenue de guerre ! C'est la meilleure manière que j'ai trouvée pour aller par les rues sans être reconnu. J'avoue que cela ne me déplaît pas. Dieu m'a donné la corpulence d'un homme d'action et j'ai beaucoup de bonheur à courir le cerf ou le sanglier…

Eugénie ne pouvait éloigner ses pensées de la promesse faite à son père. Le pape ajouta :

– Le malheur qui vous frappe me révolte. Le troubadour si heureux de vivre et de chanter, le poète qui n'a cessé de donner de la joie, du plaisir ne méritait pas de s'en aller ainsi ! Mais consolez-vous, Dieu, dans son immense miséricorde, a sûrement voulu lui réserver une des meilleures places près de lui.

Clément VI s'approcha d'Eugénie et ajouta sur le ton de la confidence :

– Je sais, il y a cette loi qui oblige d'enterrer les morts dans des fosses en dehors de la ville. Je vais vous faire établir une dérogation. Votre père reposera dans la chapelle qui se trouve en dessous du pigeonnier. Ce domaine vous appartient. Il sera ici chez lui.

Il frappa dans les mains. Les deux écuyers qui l'accompagnaient vinrent l'aider à enfiler son heaume et son chapeau de fer.

– Je prierai pour Renaud d'Aignan ! dit-il en se dirigeant vers la porte.

Il s'arrêta sur le perron.

– Vous n'oubliez pas ma proposition ? Mais ce n'est pas le moment d'en parler !

Eugénie écouta le pas des chevaux décroître dans la cour.

Le soir même, Moustier arrivait, monté sur un cheval harnaché aux couleurs de Clément VI, précédant un gros char à bancs couvert et quatre cavaliers. Il se fit conduire auprès d'Eugénie.

– Madame, par ordre de Sa Sainteté, je viens procéder à l'inhumation de feu votre père. Vous savez que la loi interdit de garder les « pesteux » chez soi.

Eugénie s'était enfermée dans la pièce où reposait son père, insensible à l'odeur mêlée de la mort et du bouc. Une terrible question tournait dans son esprit : était-elle une de ces femmes que le maître de l'enfer volait à Dieu dès leur naissance et marquait d'un signe particulier ? Elle était gauchère et n'avait jamais pu, malgré les punitions répétées des sœurs de Saint-Jal, corriger cette domination de la mauvaise main sur la bonne. Cette particularité suffisait-elle à faire d'elle la femme à la faux dénoncée par Herblin au moment de sa mort ?

Quatre hommes surveillés par des cavaliers en habit de guerre déchargèrent le cercueil en épaisses planches de chêne ouvragées et vernies à la laque d'Orient. Leurs vêtements grossiers et sales, leurs visages barbus, leurs cheveux en épis, indiquaient qu'ils étaient des condamnés à mort tirés des cachots pour accomplir un travail insalubre. Un prêtre et deux assistants récitèrent l'oraison funèbre. Les condamnés soulevèrent le cadavre et le posèrent dans le cercueil qu'ils fermèrent sans un mot. Ils sortirent, suivis par l'homme d'Église et les sergents qui gardaient l'épée au clair et le fouet dressé. Les domestiques s'étaient rassemblés à la porte de la maison et marchèrent derrière Eugénie, droite et fière, qui ne pleurait plus. Moustier se tenait près d'elle, les mains jointes, tout à sa prière.

Le convoi arriva à la petite chapelle dont la porte n'avait pas été ouverte depuis longtemps. Des ronces, des genévriers en empêchaient l'accès qu'il fallut dégager à la serpe. Quand ce fut fait, les soldats durent donner un coup de main aux condamnés pour enfoncer la porte aux gonds rouillés. Des dizaines de rats noirs s'échappèrent dans les massifs voisins.

La chapelle était divisée en deux parties. D'un côté, un petit autel disparaissant sous les toiles d'araignées, de l'autre, un caveau dont l'ouverture constituée d'une lourde pierre carrée refusa de s'ouvrir sous les coups de burin. Il fallut la casser au bélier. Un soldat alluma une torche qui révéla plusieurs sarcophages en contrebas dont un complètement défoncé. Des ossements en sortaient, couverts de lambeaux de tissu d'un autre temps. Eugénie regardait avec horreur cet endroit où son père allait reposer. Le prêtre bénit les lieux. Les hommes à genoux poussèrent le cercueil dans la crypte et le laissèrent tomber sur les sarcophages, soulevant un nuage de poussière. Eugénie s'agenouilla devant l'ouverture et posa sur le couvercle la vielle et la mandore dont les cordes émirent un son léger et délicat, comme une plainte. Ainsi se terminait le voyage du poète errant, dans un caveau avec des inconnus. Eugénie s'éloigna de la chapelle en pensant aux dernières paroles de son père, à sa promesse. Son regard exprimait une détermination qui n'échappa nullement à Moustier. Le moine, soufflant et suant, peinait à la suivre.

– Sa Sainteté, malgré le désir qu'elle a de vous voir, souhaite vous laisser faire votre deuil et attendra un signe pour vous recevoir de nouveau ! dit-il.

Elle comprit le sens de cette phrase anodine.

Près de Paris, le printemps était particulièrement précoce en cette année 1349. Après les grands froids de janvier, le vent tiède du sud invitait les laboureurs aux champs, les bergères aux pâturages. La vie reprenait son cours et, à chaque office, les chants pleins de ferveur montaient dans les églises. On savait que la mal-mort avait repris dans le Midi, qu'elle ravageait une nouvelle fois la cité des papes, mais elle épargnait encore les régions du Nord. Quelques cas avaient été signalés en début d'hiver dans le Berry, puis dans l'Orléanais, mais pas un au-dessus de la Loire. Les médecins s'accordaient pour dire que la peste ne passerait pas le grand fleuve.

Depuis douze jours, Guy de Rincourt, son écuyer Branson et une petite escorte forçaient les étapes, chevauchaient du matin jusqu'à la nuit tombée. Rincourt avait dû quitter précipitamment son château de Valence et sa vie entièrement consacrée à la chasse et à l'entraînement aux armes pour répondre à une lettre du roi de France, Philippe VI de Valois. Le temps doux facilitait un voyage rendu pénible par l'état des routes et les risques continuels de se faire attaquer au bord d'une forêt ou dépouiller dans une auberge. Une fois passé la Loire sur le pont à Jargeau, il sembla aux Gascons que le pays était plus sûr. Les loups hurlaient moins fort la nuit et les routes semblaient mieux fréquentées.

Ils arrivèrent à Paris au début du mois d'avril. L'encombrement de l'immense ville les stupéfia. Les rues étroites étaient encaissées entre des immeubles hauts et souvent délabrés en torchis ou en mauvaises pierres des champs. On pataugeait dans plusieurs pouces d'eau et de boue ; les tas de détritus attiraient rats et insectes. Une terrible odeur de pourriture alourdissait l'air. Les artisans travaillaient devant leur échoppe, cordonniers, tisserands qui faisaient la conversation avec les passants sans lever les yeux de leur ouvrage. Les bouchers saignaient les porcs entourés d'une multitude de chiens. Près de la Seine, des tâcherons chargeaient et déchargeaient les larges barques plates tirées par des chevaux. La ville s'approvisionnait par l'eau, les routes étant trop mauvaises et peu sûres.

Guy de Rincourt parlait la langue d'oïl, mais ses compagnons, qui ne comprenaient que la langue du Midi, étaient totalement désorientés. Ils errèrent une journée entière dans cette grande ville, admirant les églises, les monuments, s'arrêtant sur le passage d'un char à bancs couvert précédé par des laquais en livrée, ou cédant la place à la chaise à porteurs d'un personnage important. Ils mangèrent dans des auberges aussi grandes que des salles d'armes, goûtèrent les spécialités locales, les esturgeons de la Seine, les asperges d'Argenteuil, et burent le vin de Chanteloup qu'ils trouvèrent léger, puis après une bonne nuit dans de véritables lits, se rendirent au palais. Avec la pluie, les rues étaient si glissantes que Branson proposa de laisser les chevaux à l'écurie.

Au palais royal, Guy de Rincourt dut passer un grand nombre de barrages, montrer plusieurs fois la lettre munie du sceau personnel de Philippe VI pour être enfin introduit dans une petite cour de l'ancien castel où vivaient le roi et sa famille. Pendant les heures d'attente, il put s'étonner des tenues des courtisans. Les plus jeunes hommes portaient le surcot de deux couleurs, rouge à droite, bleu à gauche, tellement court sur l'arrière qu'on leur voyait les fesses. Leurs jambes couvertes d'un haut-de-chausses assorti, ils peinaient à marcher tellement leurs poulaines étaient longues et pointues. Le chevalier gascon se plut à imaginer ces jeunots en train de courir le sanglier ou le loup dans de telles tenues.

Enfin, un homme d'un âge mûr se présenta :

– Je suis Jean de Cambrai, très proche de Sa Majesté qui m'honore de sa confiance. Je vais vous conduire auprès d'elle.

L'homme, au visage poudré, portait une robe grenat ourlée d'hermine, un chaperon bouffant d'où pendaient des rubans si légers qu'ils s'envolaient au moindre mouvement. Il se pinça les narines en humant l'odeur du voyageur et s'étonna de sa tenue, qu'on ne portait plus à la cour depuis deux générations. Le surcot blanc le surprit :

– Est-ce une coutume de votre pays, ce blanc cassé ?

– Non, messire, c'est un vœu.

– Sa Majesté souhaite s'entretenir avec vous d'un sujet très grave et secret.

M. de Cambrai, se pliant à la dernière mode, marchait très cambré en soulevant exagérément les pieds à cause de ses poulaines trop longues. Lorsqu'il croisait des domestiques, des femmes occupées à balayer, il ne répondait pas à leur salut ; ses talons ferrés sonnaient sur les dalles avec détermination et autorité.

Ils arrivèrent à un salon occupé par des chaises en ligne le long d'une tenture ocre. M. de Cambrai indiqua à Rincourt de s'asseoir et de l'attendre quelques instants.

– Sa Majesté va vous recevoir.

Rincourt resta debout près de la porte cachée par un épais tissu de velours vert. Lui qui était habitué aux murs nus de sa forteresse de Valence, aux pièces froides et inconfortables, découvrait un luxe qui lui semblait bien superflu. Pourquoi autant de bon tissu perdu à masquer une porte fort jolie d'ailleurs ? Dans la cheminée, un feu consumait de bonnes bûches, une dépense inutile puisqu'il faisait doux.

Enfin, des pas se rapprochèrent, M. de Cambrai poussa la tenture.

– Sa Majesté vous attend.

Guy de Rincourt se sentait un peu ridicule dans sa tenue de voyage en face de gens vêtus aussi richement. Il était surtout préoccupé par la question qui tournait dans son esprit depuis son départ : que lui voulait le roi de France ? Généralement, le Valois, qui était apparenté à une grande partie de la noblesse, ne s'embarrassait pas de ses lointains vassaux, oubliant souvent de répondre à leurs requêtes.

Rincourt fut introduit dans un petit cabinet. Philippe VI était assis à sa table de travail dont les moulures dorées dessinaient de ravissantes arabesques. C'était un homme de forte taille, la tête haute, les épaules sûres. Pourtant, les traits de son visage manquaient de fermeté. Une profusion de rubans ornait sa robe, de nombreuses bagues brillaient à ses doigts, des diamants aux lobes de ses oreilles. Le Gascon qui n'avait jamais été reçu à la cour s'inclina maladroitement. Le léger sourire de Cambrai lui indiqua qu'il n'avait pas fait exactement ce qu'il fallait.

– Mon cher cousin ! dit le roi en se levant et faisant signe à Cambrai de sortir. Je vous prie de prendre un siège. Entre nous, les simagrées n'ont point de place. Comment va votre seigneurie ? Cette maladie dont on dit qu'elle a ravagé le Midi ne vous a-t-elle point fait trop de dégâts ?

Le roi avait largement passé la cinquantaine, mais il se tenait fort bien. Son léger embonpoint conférait à sa silhouette un côté bonhomme d'un abord aisé dont il savait se servir à l'occasion, car sous cet aspect un peu mou, Philippe VI ne manquait pas de jugement.

– La peste, comme on l'appelle là-bas, a fait beaucoup de ravages, Sire, elle a vidé des villages entiers, détruit des villes. Elle a repris depuis que le temps s'est réchauffé.

– Je sais, Avignon est particulièrement visé par ce mal démoniaque. Il faut dire que Sa Sainteté est entourée de grands pécheurs.

Il se signa, imité par Rincourt qui comprenait par ces préambules que la révélation du roi était de la plus haute importance.

– Le mauvais nous a épargné cela à Paris, mais nous a envoyé d'autres maux, plus sournois et tout aussi nocifs. Je sais bien qu'en Gascogne, vous êtes au fait des querelles qui m'opposent à mon cousin d'Angleterre, le roi Édouard…

– Une terrible tragédie, enchaîna Rincourt : d'un côté les Anglais et les brigands, de l'autre, les pauvres malheureux. Ceux qui survivent à l'épidémie sont massacrés par les uns ou les autres. Les pillards brûlent les manses, les Anglais brûlent les blés dans les champs. Il y a eu grande famine cet hiver…

– En effet ! fit le roi qui voulut ramener la conversation sur le sujet qui le préoccupait. Donc Édouard refuse de nous rendre l'hommage pour ses possessions en Aquitaine, mais sa félonie ne s'arrête pas là : il réclame le trône de France parce qu'il est le fils d'Isabelle, elle-même fille de Philippe le Bel.

Philippe VI s'arrêta de parler, guettant les réactions de Rincourt qui resta impassible, car il savait bien que trop montrer ses pensées était la plus grande faiblesse, surtout en face d'un puissant.

– Et ce n'est pas tout ! Il y a pire.

Philippe VI s'arrêta de nouveau. Rincourt était toujours aussi impassible. Le roi regardait cet homme et son jugement changeait au fil des secondes. Il avait cru accueillir un paysan, un de ces nobles campagnards sans éducation et plus proches des vilains que des gens de qualité, il découvrait une réelle volonté sur son long visage taillé à coups de serpe, son regard droit, son nez tranchant, et se félicitait de l'avoir fait venir du lointain nid d'aigle de Valence.

– Vous savez comme moi que la succession, à la mort de mon cousin Charles IV, le dernier fils de Philippe le Bel, n'a pas été facile. Mon père, Charles de Valois, a gouverné pendant de nombreuses années à la place de mon cousin qui portait la couronne. C'était donc justice que je lui succède, vous en convenez ?

Philippe regretta cette dernière parole au moment où elle sortait de ses lèvres. Il avait la faiblesse d'être bavard, ce qui lui faisait redouter les gens silencieux. S'il parlait ainsi, c'était pour se rapprocher des autres, pour éviter leur rejet ; cette dépendance que les atours royaux n'avaient pas effacée lui venait de son enfance écrasée par son père, le flamboyant Charles de Valois.

– La conjuration des Lys renaît de ses cendres et a trouvé des appuis dans les cours étrangères.

Guy de Rincourt était toujours aussi silencieux. Le roi l'avait-il fait venir d'aussi loin pour lui raconter cela ?

– Mais ce n'est pas tout ! poursuivit Philippe. J'ai appris que la fille de la reine Clémence de Hongrie qu'elle a eue avec un troubadour est vivante. Sa naissance au castelet de Vincennes avait fait beaucoup de bruit en 1324. On avait tout fait pour la cacher, car la reine, veuve depuis huit ans, passait pour une sainte, mais tout le monde en parlait. Quelque temps après – c'était en octobre –, on annonça que le bébé était mort comme son demi-frère, Jean. Or, je viens d'apprendre par un de mes espions auprès du pape que cette femme, une certaine Eugénie d'Aignan, a été reçue en Avignon par Clément VI !

Cette fois, le long visage de Guy de Rincourt avait perdu son impassibilité. Il contracta ses lèvres, abaissa ses sourcils sur ses yeux de faucon. Le roi vit qu'il avait enfin touché son but et sourit, sa lèvre supérieure se releva, montrant le trou de ses incisives.

– Il se trouve que Mme d'Aignan est l'épouse d'un de vos voisins, vassal de l'Anglais, un certain Geoffroi d'Eauze. Vous voyez que nous sommes bien renseignés.

– En effet ! dit Guy de Rincourt qui n'en revenait pas : Eugénie, la dame de son cœur, était fille de la reine de France !

Il décida de jouer franc jeu :

– Geoffroi d'Eauze refusait de se conformer à un jugement du tribunal de Bordeaux. J'ai dû le contraindre !

Le roi éclata d'un rire qui montrait parfois un manque de retenue indispensable à sa fonction.

– Comme notre cousin Édouard ! C'est donc une manie !

– Eauze devait aussi me restituer les reliques de sainte Jésabelle. Il a toujours refusé ! Alors j'ai mis son château à sac !

– Tout cela est fort bien ! dit Philippe VI, retrouvant son sérieux. Je me moque de votre chevalier d'Eauze que vous pouvez pendre haut et court si le cœur vous en dit. Sa femme, que le pape a faite comtesse d'Anjou, se trouve en Avignon. Vous seul la connaissez ! C'est une arme redoutable dans les mains du Saint-Père. Je souhaite donc que vous la capturiez discrètement et que vous la rameniez à Paris. Si pendant le voyage ou à tout autre moment, elle risque de vous échapper, vous devrez la tuer.

Rincourt resta un moment songeur. Philippe VI lui montrait la partie sombre de sa personne, celle qui se cachait sous son aspect bon enfant, un peu simplet : soupçonneux, ne faisant confiance à personne, ce roi se voyait des ennemis partout.

– Mon cousin, reprit-il en appuyant sur ce mot flatteur pour son interlocuteur, il s'agit là d'une opération délicate qu'il faut mener rapidement avant que cette comtesse ne rejoigne la conjuration des Lys. Le pape ne doit rien savoir : il cherche à me rouler ! Ainsi, vous allez servir la couronne de France. Personne ne saura que vous êtes mon envoyé. Vous aurez les mains libres…

Rincourt leva lentement les yeux. Ce que lui demandait Philippe VI n'était pas sans risques, mais il ne pouvait pas refuser.

– Cela signifie-t-il, Sire, que je serai sans aucune protection dans le cas où les choses tourneraient mal ?

Le roi tendit ses petites mains potelées comme pour protester, mais son propos fut sans ambiguïté :

– Ce que je vous demande est de la plus haute importance. C'est une mission de confiance que je ne pouvais laisser à personne de mon entourage. Les comploteurs sont partout et vous leur êtes totalement étranger. L'avenir de la couronne de France est entre vos mains.

Il y eut un silence entre eux. Le roi continuait d'observer cet homme qu'il commençait à apprécier, Rincourt pensait aux conséquences de son acceptation : tuer Eugénie, la femme pour qui il s'habillait de blanc !

– Si les choses tournent mal pour vous, poursuivit le roi, vous ne devrez jamais prononcer mon nom. Vous aurez agi de votre propre initiative.

– Je serai seul ?

– Avec une escorte de bons soudards payés pour combattre sans poser de questions, vous ne serez pas complètement seul. Vous êtes de taille à réussir. Je sais que vous êtes une des meilleures lames de Gascogne. Enfin, sachez que vous aurez contre vous le pape qui veut m'imposer ses volontés et les conjurés qui cherchent à me chasser du trône !

Le mois d'avril passa. Les premières hirondelles volaient entre les toits d'Avignon. La peste reculait enfin. Eugénie souffrait d'une dent de sagesse. Toute sa mâchoire était rongée par un feu persistant qui l'empêchait de dormir. Le pape ne s'était pas manifesté, ce qui arrangeait la jeune femme, mais comment s'enfuir, comment rejoindre les conjurés des Lys maintenant que son père n'était plus là ?

Elle se rendait chaque jour à la chapelle. On avait remplacé la dalle de pierre et fermé le caveau. La porte avait été réparée. Elle entrait dans ce petit espace frais, s'agenouillait devant l'autel toujours aussi poussiéreux et restait ainsi très longtemps, parfois plusieurs heures. Elle priait, mais Dieu était sorti de son âme. Chaque fois qu'elle prononçait des phrases sacrées, l'image des rats courant autour d'elle s'imposait à son esprit.

Elle pensait souvent à ses enfants, à tante Éliabelle, si loin dans une Gascogne où les pillards faisaient la loi, où les égorgeurs étaient partout. Comment les protéger? Que faisait Geoffroi d'Eauze? Pourquoi le lion ne s'était-il pas manifesté?

Un soir, alors que les valets allaient fermer la grande porte du parc, un mendiant se présenta, vêtu de haillons, très sale, le visage couvert d'une épaisse barbe. Il demanda à parler à Mme Eugénie d'Aignan. Les valets connaissaient leur maîtresse sous le nom que lui donnaient Moustier et les hommes du pape : la comtesse d'Anjou. Le mendiant leur dit que c'était la même personne. Ils le fouillèrent afin de s'assurer qu'il ne dissimulait pas une arme sous ses hardes et le conduisirent auprès de la jeune femme.

– Madame d'Aignan, j'ai bien connu votre père. J'ai appris la terrible nouvelle!

L'homme, la tête couverte d'un épais bonnet, darda sur Eugénie ses yeux gris et lui fit un signe qui échappa aux domestiques. Curieuse, elle demanda qu'on fasse chauffer un bain pour le malheureux et qu'on lui prépare à manger. Le mendiant se prosterna et la remercia à plusieurs reprises. Enfin, quand la porte fut fermée, il se dressa, montrant qu'il n'était pas bossu et beaucoup plus jeune que son accoutrement le laissait paraître.

– Monsieur?

– N'ayez crainte. Je suis Pierre de Verneuil, membre de la conjuration des Lys. Nos espions au palais du pape nous ont alertés et je viens vous délivrer.

– La conjuration des Lys? Quels en sont les chefs?

Le jeune homme ôta son bonnet de laine grossière et passa une main rapide dans ses cheveux châtains.

– Rien que de très hauts personnages, pairs de France. Le connétable de Brienne, le cardinal de Varonne, Étienne Pleisson, Jean d'Harcourt, Itteville, Mainemarres, Tancarville et beaucoup d'autres vous attendent.

Une lingère frappa et annonça que le bain était prêt. Son regard curieux s'attarda sur le mendiant qui s'était redressé et semblait bien plus jeune qu'à son arrivée.

– Il va vous rejoindre dans un instant ! dit Eugénie en indiquant à la lingère de sortir et de fermer la porte.

L'incrédulité se marqua dans le regard de la servante, Pierre de Verneuil ne devait pas prendre de risques.

– Tant pis pour le bain, tant pis pour la bonne table ! murmura Eugénie. Je vais vous chasser comme si vous aviez eu des propos ou des gestes inconvenants à mon égard. Avez-vous un plan pour me faire quitter cette prison ?

– Maintenant que la maladie s'éloigne, la surveillance aux portes de la ville est moins stricte. Et puis, il y a les Juifs qui viennent d'un peu partout pour se mettre sous la protection de ce bon pape. La confusion qui règne nous est favorable. Tenez-vous prête, je vous ferai signe.

Alors, Eugénie poussa des cris, appela au secours. Des valets entrèrent précipitamment dans la pièce.

– Jetez-moi cet homme à la rue et que je ne le revoie jamais ! cria Eugénie.

Le lendemain, alors qu'elle ne l'attendait plus, un char à bancs couvert aux roues dorées entra dans la cour. Des gardes en tenue pontificale vinrent lui annoncer que Sa Sainteté l'attendait pour dîner. Eugénie eut la tentation de refuser.

– Sa Sainteté a appris que vous souffriez d'une dent. Son barbier va vous examiner.

Le pape l'attendait dans son petit salon où il recevait en tête à tête les invités de marque. Il bougeait beaucoup, ses gestes amples faisaient voler le tissu blanc de sa robe autour de son corps robuste. Quel âge avait-il ? Cinquante ans ? Comme Renaud d'Aignan, il avait le privilège de ne pas subir l'outrage du temps.

– Madame la comtesse, soyez la bienvenue dans ce petit château aussi sombre qu'une prison ! J'ai hâte d'emménager dans mon nouveau palais, mais les travaux n'avancent pas ! Comment va votre mâchoire ?

– Beaucoup mieux !

– Ce printemps est un ravissement sur les bords du fleuve. Avez-vous remarqué que les cigales chantent ici un mois plus tôt qu'en Gascogne ?

– Cela se peut ! fit Eugénie. Je ne suis pas très attentive à ces signes de la nature.

Il avait demandé à Guy de Chauliac d'étudier le ciel d'Eugénie. Le plus difficile avait été de trouver sa date de naissance exacte. Les domestiques avaient questionné adroitement la jeune femme et avaient pu en tirer des indications assez précises pour délimiter les grandes lignes de son avenir, mais trop vagues pour en cerner les détails. Et c'était ce qui intriguait le pape. L'astrologue avait parfaitement découvert les origines royales de la jeune femme et sa volonté inflexible de faire éclater la vérité.

– J'aime tous les poètes de langue d'oc et italiens ! dit-il. Sauf un : cet odieux Pétrarque qui ne cesse de baver contre la papauté et réclamer son retour à Rome.

– Je connais ses Odes en latin. C'est sûrement un des poètes les plus profonds de notre époque ! rétorqua Eugénie.

– Certes, ma chère, mais comme tous les génies, il se croit autorisé à dicter leur conduite aux grands de ce monde ! Je goûte tout autant la poésie légère de votre père et des troubadours qui n'ont d'autre ambition que de nous divertir. Mais revenons aux choses sérieuses. La peste progresse vers le nord. Certains pensent que la Loire l'arrêtera, mes astrologues savent qu'il n'en est rien, qu'elle sera à Paris cet été.

Eugénie soupira, abaissa ses paupières aux longs cils que le pape détailla avant de regarder sa bouche charnue, si bien faite, puis sa poitrine…

– La chaleur favorise le mal ! ajouta-t-il. Elle va laisser un pays privé de ses forces vives. Quelques têtes importantes disparaîtront. Cela me préoccupe au plus haut point. Le roi de France n'est pas plus à l'abri qu'un bûcheron. Cela tomberait très mal, pendant cette guerre avec l'Anglais.

Clément VI restait perplexe. Malgré ses espions dans la maison de Sainduc et dans chaque rue d'Avignon, le pape n'avait pu savoir qui était le mendiant qu'Eugénie avait chassé. Des noms défilaient dans ses pensées, mais il n'en retenait aucun.

Elle eut un rapide battement des cils, une légère crispation des lèvres.

– Avez-vous pensé à ma proposition ? demanda tout à coup le souverain pontife. La peste nous presse à agir. Il va falloir vous décider.

Les yeux de Clément brillaient sous ses sourcils. Comme d'habitude, il ne disait pas tout ce qu'il savait. Ses gardes l'avaient averti qu'une escouade d'une dizaine d'hommes conduits par un certain Guy de Rincourt venait d'arriver dans le pays d'Avignon. Il faisait surveiller ces hommes d'armes, car il se doutait que leur mission touchait Eugénie. Le roi cherchait à le prendre de vitesse, il ne lui donnerait pas cette satisfaction.

– Votre présence m'éclaire, je vous l'ai déjà dit. Je vais demander qu'on prépare un appartement pour vous, pas trop loin du mien pour que je puisse vous faire appeler chaque fois que j'aurai besoin de votre avis.

Le repas se poursuivit en musique. Le pape faisait venir des troubadours de sa province, car il aimait leurs chants dans la langue de son enfance. Au moment de se séparer, Pierre Roger de Beaufort prit la main d'Eugénie et la porta à ses lèvres.

– Nous nous reverrons demain ! dit-il en s'éloignant.

Les travaux avaient repris autour du palais. Le port retrouvait son agitation avec les bateaux remontés d'Arles et de Port-Saint-Louis. En Avignon, l'arrivée d'un grand nombre de Juifs chassés du royaume fournissait la main-d'œuvre indispensable. Le pape, en les protégeant, avait évité à sa ville la grosse pénurie d'ouvriers qui touchait le Midi. Marseille était paralysé par l'augmentation des salaires qui entraînait une flambée du pain.

Eugénie avait passé une très mauvaise nuit. Au petit matin, elle se rendit à la chapelle et se recueillait devant le tombeau de son père quand elle entendit un bruit à l'extérieur qui l'intrigua, car elle avait demandé aux domestiques de la laisser seule. Le bruit s'intensifia ; elle sortit de la chapelle et aperçut un homme caché dans le massif de genévriers. C'était Pierre de Verneuil.

– J'ai pu passer par-dessus le mur, entre les pins. Personne ne m'a vu. Un chariot rempli de fourrage va arriver. Les domestiques seront occupés. À la fin du déchargement, les chevaux vont s'énerver, et se détacher de l'attelage. Ils vont courir dans tous les sens. Pendant ce temps, vous resterez dans la chapelle. Quand vous entendrez les chevaux hennir et les gens crier après eux, personne ne fera attention à vous. Alors, vous vous approcherez des pins où je vous attendrai.

– Où irons-nous ? Les espions du pape sont partout ! Nous n'avons aucune chance…

– Faites ce que je vous dis ! C'est la seule occasion de quitter cette ville.

Eugénie, sans montrer la moindre marque d'agitation, alla de nouveau se recueillir sur le tombeau de son père et attendit. Elle vit, par la porte restée ouverte, le chariot de fourrage entrer dans le domaine, s'approcher des écuries. Les valets se mirent à décharger le foin en échangeant des plaisanteries. Quand leur tâche fut achevée, les chevaux, que quelqu'un devait avoir piqués, se mirent à hennir, trépigner et secouer les brancards. Les timons de bois finirent par céder et les animaux libérés s'éloignèrent en ruant des quatre fers.

Les valets armés de fourches couraient après l'attelage ; d'autres sortirent de la maison pour leur prêter main-forte. Eugénie, sans montrer la moindre agitation, se dirigea vers les pins en touffe près du mur.

– Faites vite !

Sans la moindre hésitation, Verneuil la prit à bras-le-corps et l'emporta sur les hautes branches qui dépassaient du mur. À l'extérieur, trois hommes se détachèrent de l'ombre et levèrent la tête vers lui.

Verneuil dit à Eugénie de se laisser glisser jusqu'au sol. Comme elle hésitait, il l'entraîna dans le vide. Une charrette se trouvait au fond de l'impasse peu fréquentée. La jeune femme, qui avait compris, monta dessus parmi les balles de paille.

– Cachez-vous. Nous allons vous emmener en lieu sûr.

Un peu plus tard, quand les chevaux furent maîtrisés, les domestiques de la maison de Sainduc découvrirent que leur maîtresse avait disparu. Ils la cherchèrent dans la chapelle dont la porte était restée ouverte, fouillèrent le parc qui donnait sur le versant est de la ville. Ils explorèrent les massifs, le petit bosquet, les abords de l'étang. À la tombée de la nuit, ils durent admettre qu'elle s'était échappée.

Clément VI entra dans une violente colère, un de ces rares moments où le prélat perdait tout contrôle de lui-même et montrait sa véritable nature d'homme violent. Il s'en prit à Moustier, lui promettant la corde si la jeune femme n'était pas retrouvée dans l'instant. Enfin, au bout d'une heure de menaces et de cris, Pierre Roger de Beaufort se calma et recommença à réfléchir. Il n'avait pas cru l'un de ses espions qui assurait avoir vu les hommes de Brienne en ville. Maintenant, il mesurait son erreur.

Moustier réunit des gardes en qui il avait particulièrement confiance :

– N'hésitez pas à employer vos lames. Vous devez absolument la capturer et la ramener ici, vive ou morte, cela n'a pas d'importance !

9.

La neige avait fondu sur les monts pyrénéens, seuls les plus élevés conservaient une parure blanche, resplendissante au soleil du printemps. La Navarre avait été pratiquement épargnée par la peste qui avait pourtant ravagé le Béarn et l'Aquitaine, la Provence, et poursuivait sa route vers le nord. À Pampelune, devant le palais, une nuée de domestiques chargeaient les chariots alignés. Meubles, vaisselle, draps, vêtements, les princes se déplaçaient avec leur maison. Jeanne d'Évreux, reine de Navarre, avait cédé pendant trop longtemps aux désirs de son fils aîné, le minuscule Charles dont elle subissait le charme comme tout le monde à la cour de Navarre. Ils étaient arrivés au début de l'hiver pour un séjour de deux à trois semaines et voilà que cinq mois s'étaient écoulés. Charles se plaisait dans cette ville où il était prince. Il aimait surtout ses tripots, ses filles et l'impunité totale dont il jouissait.

Sa mère ne céda pas à sa nouvelle demande. La reine avait hâte de retrouver son comté d'Évreux et la Normandie. Pendant tout son séjour, elle s'était tenue au courant des affaires de France qui la touchaient plus qu'une comtesse ordinaire. Elle avait été écartée de la couronne à la mort du dernier fils de Philippe le Bel, Charles IV. Le Valois qui usurpait le trône partagea l'héritage capétien en deux : la grosse part pour lui, la France, et la petite pour Jeanne qui devenait reine de Navarre. Le *roi trouvé* croyait s'en tirer à bon compte par ce petit cadeau qui démontrait sa forfaiture, car si la couronne de France n'avait pu être donnée à une femme, pourquoi en serait-il autrement de la couronne de Navarre ?

Jeanne avait le corps puissant de son grand-père, Philippe le Bel. La comparaison s'arrêtait là, car elle était plutôt laide. Son visage était ingrat, hommasse. Des poils disgracieux salissaient son menton. Autoritaire, les gens de sa maison la redoutaient. Contrairement à son père, Louis X, qui ne savait s'entêter que lorsqu'il avait tort, elle avait la vertu d'écouter les autres et ne prenait jamais une décision à la légère ou sous un coup d'humeur. Avec elle, la Navarre prospérait et beaucoup de ses proches regrettaient qu'elle n'ait eu à administrer la France. Mais Jeanne ne s'occupait de politique que dans l'intérêt de son petit royaume et celui du comté d'Évreux que lui avait laissé son époux, mort quelques années auparavant.

Au matin du 20 avril, le cortège long d'une lieue et demie se mit en branle à la vitesse des bœufs qui tiraient les lourds chariots. La viande que l'on mangerait en route suivait sous forme de moutons, de porcs, de veaux, de volailles diverses que les bouchers abattaient en fonction des besoins. Plus de cinq cents personnes composaient la suite de la reine de Navarre, cavaliers destinés à sa sécurité, cuisiniers, suivantes, femmes de chambre, domestiques, conseillers et toute une cour de familiers dont la seule fonction se réduisait à être auprès d'elle. Les cavaliers ouvraient la voie, faisaient fuir les brigands et les loups, partaient en éclaireurs pour explorer et sécuriser les meilleurs endroits où passer la nuit. Les vilains levaient la tête, s'inclinaient devant ces seigneurs, ces dames de haute lignée qui ne les regardaient pas. Ils restaient ébahis par la multitude de chars couverts de tentures colorées dont le prix du plus modeste aurait préservé de la faim tout un hameau pendant une année. Ces visages d'un autre monde surpris dans leur quotidien, ces femmes toujours jeunes, ces hommes aux tenues chatoyantes montés sur de superbes chevaux constituaient un spectacle qui ne leur était pas souvent donné, alors ils en profitaient, souriaient de leurs bouches édentées ; ils portaient la main à leur estomac creux, mais en recoiffant leur chapeau ou leur bonnet, ils avaient emmagasiné tant de couleurs, tant de rêves que la tâche leur semblait plus légère.

L'Aquitaine était en cendres. Les Navarrais rencontraient des villages fumant d'un récent incendie ; l'odeur de chair grillée soulevait le cœur des dames. Ici, les routiers s'étaient emparés de tout ce qui avait un peu de valeur, enfermant les habitants dans une maison qu'ils avaient incendiée. Là, la peste exposait ses morts. Les habitations étaient intactes, évitées par les pilleurs, les portes ouvertes laissaient voir des cadavres pourrissants, souvent à moitié dévorés. Le convoi faisait un détour, mais ce n'était pas toujours possible, alors les belles dames, les coquets chevaliers se bouchaient le nez et poussaient les animaux pour qu'ils accélèrent le pas.

Des groupes de mendiants occupaient souvent les routes étroites, les éclaireurs les chassaient à coups de bâton. Jeanne, qui ne doutait pas de la justice de Dieu, pensait que ces miséreux étaient nécessaires. Aussi ne levait-elle pas la tête pour encourager, ne serait-ce que d'un regard ou d'un sourire, ces faces hirsutes aux tignasses couvertes de croûtes qui se dressaient parfois à la fenêtre de son char.

– Laissez passer la reine de Navarre ! criaient les cavaliers, et les coups pleuvaient sur ceux qui, boiteux ou bossus, ne déguerpissaient pas assez vite.

Bientôt, la lenteur du cortège ennuya Charles de Navarre. L'adolescent avait besoin d'exercice et surtout d'être loin de sa mère et des conseillers du royaume pour donner toute sa folle mesure. Il s'impatientait du train trop lent, des chariots qui se traînaient. Comme la reine ne pouvait rien lui refuser, il décida :

– Mes amis et moi sommes pressés. Nous allons partir devant. Nous vous attendrons à Évreux.

Jeanne porta sa large main à son menton viril. Elle comprenait que son impétueux garçon s'ennuyait à parcourir quatre lieues par jour, mais elle redoutait qu'il ne fasse de mauvaises rencontres.

– Si vous vous faites capturer par des brigands, ils chercheront à me ruiner en rançon.

– Des brigands ! fanfaronna Charles en prenant son air le plus gracieux. Croyez-vous qu'avec Geoffroi d'Eauze et son demi-frère, ils oseront me chercher noise ?

C'était un argument. Geoffroi d'Eauze et Roger Mallois avaient montré leur force lors des joutes d'hiver. Personne n'avait pu leur faire mettre genou à terre. Après tant d'exploits, le minuscule Charles de Navarre n'avait pas eu de mal à convaincre sa mère de prendre les deux géants à son service.

– Soyez prudent ! céda la mère. Envoyez-moi un cavalier dès votre arrivée.

– Je n'y manquerai pas, mère.

Aussitôt, un groupe composé d'une vingtaine de jeunes hommes impatients de faire courir leurs chevaux se porta à l'avant du convoi. Le futur roi de Navarre chevauchait à côté de celui qui était devenu son ami inséparable depuis leur rencontre à l'auberge de Pampelune. Il avait su le séduire par son bagout, sa légèreté et surtout par des promesses. « Mon ami, vous retrouverez votre fief, je vous en fais serment ! Et quand je serai roi, vous serez un grand dignitaire de mon royaume. Nous occirons de la pire manière M. de Rincourt. Vous retrouverez votre femme et vos enfants. Tout cela se fera très vite quand Dieu aura décidé de rappeler ma mère ! »

Eauze était certes une montagne de muscles, mais son jugement perspicace ne le trompait pas sur la personnalité de son jeune ami. Charles avait le goût de l'excès et aucun sens moral. Sa tendance naturelle à la cruauté ne demandait qu'à s'exprimer. Il savait tourner à son avantage toute situation, même s'il devait se contredire. Il n'avait d'amis que ceux qui pouvaient le servir, et pourtant, ce futur roi avait un grand besoin d'être aimé, rassuré, conforté. La force du chevalier gascon comblait la faiblesse apparente du jeune homme. Ils se complétaient et se retrouvaient au même niveau lorsqu'il fallait vider des cruches et passer la nuit dans quelque lupanar. Car le minuscule Charles de Navarre supportait sans trébucher des quantités considérables de vin et montrait un appétit pour les femmes qui faisait l'admiration des hommes mûrs de son entourage.

Les chevaliers, tous coureurs d'aventures car Charles savait choisir ses amis, s'échappèrent du convoi à bride abattue, heureux d'aller au-devant d'une liberté qui leur manquait dans cette cour ambulante. Il faisait très beau, presque chaud. Pourtant, les campagnes restaient silencieuses. Dans les champs vides de laboureurs, les mauvaises herbes poussaient sans qu'aucun outil vienne les arracher. Les blés étaient saccagés par des hardes de sangliers et personne ne pensait à les faire fuir, la faucheuse avait engrangé les âmes en enfer.

À la nuit tombée, les cavaliers s'arrêtèrent aux portes d'une ville d'où venait une puissante odeur de pourriture. Malgré son audace habituelle, Charles de Navarre hésita avant de franchir le pont abaissé, désert comme la route, comme le chemin de ronde où n'apparaissait aucune tête de garde. Le silence était total, cassé seulement par des croassements de corbeaux et des aboiements de chiens.

– Passons ! proposa Bessonac. Ici l'air est malsain. La mal-mort a beaucoup travaillé !

– Savez-vous qu'elle se plaît en Avignon, qu'elle s'en prend surtout à l'entourage du pape ? C'est justice, car il n'y a pas plus grands ribauds que les clercs ! dit Charles de Navarre.

Il suffisait que quelqu'un émette un avis sage pour qu'il décide le contraire. Ses yeux se mirent à briller. Il ne craignait pas l'épidémie qui ne pouvait s'attaquer à une personne de son importance ; il imaginait des caves bien remplies de bons vins, des filles abandonnées, des trésors à piller, car ce prince, tout comme sa mère, dépensait volontiers l'or des autres.

– Je propose que nous allions faire un tour dans cette ville. Qui a peur du mal de l'enfer ? demanda-t-il en regardant autour de lui. Que les poltrons rejoignent le cortège de ma mère. Que les autres m'accompagnent !

Tout le monde suivit. Ils passèrent le pont sans voir personne ; les herses levées donnaient sur une rue déserte. Des cadavres jonchaient un empierrement probablement destiné à une nouvelle construction. Au milieu d'une place devant une église, une masse noire et grouillante se dispersa en claquements d'ailes : les corbeaux qui s'envolèrent d'un amas de corps dont les visages étaient en partie dévorés indiquaient que la mal-mort n'avait pas été la seule cause du désastre.

– Les brigands ont fini le travail commencé par la faucheuse ! dit Charles de Navarre. Nous ne trouverons rien ici. Tout a été pillé de la moindre cave au plus modeste grenier.

Il n'y avait pas de survivants. D'ordinaire, les routiers, pour ne laisser aucun témoin derrière eux, incendiaient les villes et les fermes. Quelque chose les en avait empêchés, la peur de la maladie, probablement.

Navarre et ses hommes étaient prêts à partir, quand un pauvre bougre se traîna devant eux. Il dardait sur Charles de Navarre son regard intense et fiévreux.

– Mes seigneurs, pitié…

Il tendait vers le cavalier impassible son unique main, car un bras lui manquait.

– Pitié. Pas pour moi, mais pour ma fille, ma petite fille qui va mourir si personne ne lui donne à manger.

Il s'était mis à genoux devant le cheval qui s'ébroua. L'odeur de pourriture était insupportable.

– Que s'est-il passé ?

– La maladie, monseigneur. Et puis les brigands qui ont tué tous les survivants. Moi, j'ai pu leur échapper en me cachant dans mon puits, avec ma petite fille. Je vous en supplie, donnez-moi quelque chose à manger, pas pour moi, pour elle…

Le prince de Navarre regarda ses compagnons, comme pour leur demander conseil. À la fin, il se tourna vers Geoffroi d'Eauze.

– Qu'est-ce que tu en penses ?

– J'en pense que la misère de cet homme me fait pitié. J'en pense que Dieu s'est associé aux brigands.

Navarre connaissait les croyances religieuses de son ami et les partageait en partie. Ce caractériel n'était pas un imbécile, mais tant de contradictions rivalisaient en lui que personne ne pouvait prévoir ses réactions.

– Nous n'avons rien ! dit le prince, d'ailleurs nous allons quitter cette ville maudite. Le mieux serait que je te tue, mais je n'en ai pas envie, car je sens que tu as encore besoin de souffrir pour le pardon de tes péchés.

– Quels péchés, monseigneur ? Est-ce pécher que d'avoir faim et de voler des pigeons dans le pigeonnier du maître ? Est-ce pécher que de lancer un filet, la nuit, dans les pêcheries du baron de Monceau quand il faut nourrir ses six enfants ? C'est sûrement voler, mais pourquoi certains gaspillent en interdisant aux autres de ramasser les miettes ? Pourquoi le baron de Monceau préférait-il donner les restes de ses banquets à ses chiens et à ses porcs plutôt qu'aux misérables de cette ville ? La peste l'a emporté et c'est justice !

L'homme avait parlé en agitant le moignon de son bras droit. Il ne redoutait plus de mourir et pouvait vider le fond de son cœur sans la moindre retenue. Navarre, qui avait l'habitude de spectacles de soumission, en fut surpris.

– Voilà que tu parles comme un clerc. Les brigands auraient dû t'arracher la langue.

– Ce que je dis, monseigneur, n'est que vérité. La peste a montré qu'elle se moque des puissants, même si elle tue aussi les manants. C'est chose agréable de savoir qu'elle entre dans les belles demeures où vivre est plaisant. Mourir pour ces gens-là, c'est plus grave que pour nous, même si on n'y tient pas. Eux, ils regrettent le bon temps, nous on est libérés. Car, monseigneur, ceux qui nous gouvernent devraient savoir ce qu'est la misère.

– Dis-moi, poursuivit Navarre, qui es-tu ?

– Mon histoire est trop longue pour intéresser des personnes de votre qualité. J'ai étudié la médecine à Montpellier et puis j'ai eu le tort de dire tout haut ce que beaucoup pensent tout bas. On ne m'a pas brûlé pour hérésie, parce que le bois manquait. On ne m'a pas pendu, par faute de corde. Mes juges savaient que la mort est un piètre châtiment. Ils m'ont coupé le bras droit, ils m'ont marqué aux fers et depuis, je vais d'un endroit à l'autre. Je rends des services pour un quignon de pain…

– Et ta fille dont tu nous as parlé ?

Il secoua la tête, agita son moignon.

– Généralement cela apitoie de parler d'un enfant qui va mourir de faim. Je n'ai jamais eu de fille, ni de femme. J'ai appris à mendier. Il m'arrive de menacer de la mal-mort ceux qui refusent de m'aider.

Navarre regarda encore ses amis, puis décida :

– Tu me plais. Tu ne sembles pas t'arrêter aux grands principes de notre mère l'Église. Tu peux nous suivre. As-tu un cheval ?

L'homme secoua la tête et ne cacha pas son étonnement.

– Il faut être riche, monseigneur, pour posséder un cheval.

Tout à coup, Roger Mallois, qui se tenait en retrait de son frère, vacilla de sa monture. Il eut un râle rauque. Eauze, qui s'impatientait à écouter le mendiant, eut juste le temps de retenir son demi-frère qui tanguait et allait tomber.

– Qu'est-ce qui te prend ?

Roger Mallois tourna vers lui son énorme tête qui dodelinait. Ses yeux vitreux pleins d'épouvante imploraient Eauze qui refusait de comprendre.

– C'est rien ! dit Geoffroi. Un coup de fatigue. Nous chevauchons depuis ce matin. Descends, je vais te chercher quelque chose à boire et à manger. Je vais même te trouver un bon lit !

Pour une fois silencieux, Navarre regarda Eauze aider son demi-frère à mettre pied à terre. Mallois ne réussit pas à tenir sur ses jambes. On le coucha sur les cailloux de la rue. Il faisait chaud et pourtant, il tremblait de froid.

– La faucheuse, disait-il entre sa barbe, elle est sur moi, je la vois qui prend son élan. Sa faux brille au soleil. Elle a beaucoup fauché, mais elle sait aiguiser son outil. Elle me tient et je ne peux pas courir pour lui échapper !

– Roger, reprends-toi ! cria Eauze penché sur le malade qui claquait des dents. La mal-mort, c'est pour les autres, pas pour nous qui sommes les chevaliers du prince de Navarre.

– Et qu'on éloigne cet homme marqué de l'hérésie ! cria Mallois. Il nous maudit tous et la faucheuse l'écoute.

Charles de Navarre regarda tour à tour Roger Mallois étendu sur le pavé et l'homme qui tournait la tête autour de lui comme pour trouver une échappatoire, car il avait bien compris que le minuscule prince aux gestes vifs perdait patience.

– Tu as étudié la médecine à Montpellier ! dit enfin Charles de Navarre. Tu vas donc soigner cet homme.

– Non, monseigneur, je ne peux rien pour lui. La peste n'est pas maladie ordinaire. Elle est voulue par Dieu lui-même.

La nuit était presque tombée. Les cavaliers ne voulaient pas rester dans ce lieu sinistre où la mort était partout. Ils avaient hâte de reprendre la route pour trouver une auberge avec des servantes bien vivantes et de bonnes paillasses pour dormir. Eauze fit avaler à son frère le contenu d'une gourde de gnôle. Cela le requinqua au point qu'il put se mettre debout et remonter à cheval, mais son regard n'avait pas perdu cette lueur particulière que la peste allumait dans les yeux de ses victimes.

– J'ai mal sous les bras ! dit Mallois en grimaçant. Une lame me taille le corps !

– Allons, trancha Charles de Navarre en faisant virer son cheval, pressons !

Le groupe s'éloigna puis, tout à coup, le prince fit demi-tour et, sortant son épée, s'arrêta devant le misérable qui voulut s'échapper, mais il n'en eut pas le temps. La lame traversa sa poitrine ; il poussa un cri et s'écroula sur les pavés à côté d'un tas de cadavres.

– C'est tout ce que tu méritais, ordure ! fit Navarre en nettoyant sa lame sur les vêtements de sa victime.

Personne ne fit aucune remarque au prince, même si tous voyaient ses yeux briller de cette lueur cruelle qu'ils connaissaient. Charles aimait tuer, mais qui pouvait le lui reprocher ? Eauze le premier, soutenant son frère, pensait que ce misérable ne méritait pas autre chose. Pourtant, ce geste gratuit lui indiquait combien il devait se méfier de son jeune ami.

Ils trouvèrent une auberge dans une petite ville qui avait échappé à la maladie et aux pillards. Bien défendue sur un promontoire naturel, elle prospérait à l'écart des malheurs du temps. Les cavaliers purent se loger, festoyer et trouver des filles. Eauze resta auprès de son frère qui n'allait pas mieux. L'effet de la gnôle s'était estompé, il grelottait sur sa couche, prononçait des mots sans suite, des phrases débridées. En milieu de nuit, il demanda l'assistance d'un prêtre.

– Je ne peux pas me présenter à Dieu avec tout ce que j'ai sur la conscience ! dit-il dans un instant de lucidité.

Dans la grande salle du bas, le prince de Navarre et ses amis vidaient les cruches de vin et lutinaient les servantes entre les tables. Le cabaretier avait rarement vu d'aussi francs buveurs et commençait à s'inquiéter, mais que pouvait-il dire à Charles de Navarre qui savait toujours rappeler son lignage :

– Si ma grand-mère n'avait pas été aussi grande putain, si ma mère avait été un homme, je serais roi de France ! criait-il à qui voulait l'entendre.

Cela faisait autant de bonnes raisons pour ne pas payer. L'hôtelier périgourdin savait ce qu'il en coûtait de réclamer son dû aux puissants. Les troupes anglaises et les grands seigneurs français ne l'avaient pas épargné. Finalement, il préférait encore subir le Navarrais, ses belles paroles et ses histoires drôles qui faisaient rire toute l'assistance.

Eauze, une fois de plus, impressionna tout le monde lorsqu'il arriva au bas du petit escalier. On avait beau le voir tous les jours, on ne s'habituait pas à sa carrure, à sa puissance, au bruit lourd de ses pas qui faisaient trembler les cloisons et à sa tête d'ours à l'apparence bonasse. Charles quitta son siège et l'aubergiste fut étonné de voir que ce jeune gringalet tenait encore debout après ce qu'il avait ingurgité.

– Voilà que tu te décides à venir dîner ! Une sage résolution ! Qu'on apporte à Geoffroi d'Eauze quelques volailles pour se mettre en bouche et la moitié d'un sanglier. Et puis du vin, de pleins seaux de vin.

Geoffroi secoua la tête :

– Mon frère veut un prêtre pour se confesser !

– Un prêtre ! s'esclaffa Navarre. En voilà une idée ! Apporte-lui une carafe et il sera sur pied demain à la première heure.

– Non, il veut un prêtre. Cabaretier ! tonna Eauze, fais appeler un prêtre, et vite.

Charles n'aimait pas qu'on lui résiste, surtout lorsqu'il s'agissait de choses importantes. Minuscule, droit sur ses jarrets comme un petit coq, il ordonna :

– Apporte à manger à mon ami, tu iras chercher le prêtre ensuite.

Eauze se plia à l'ordre du jeune prince. Il avait faim, très faim, et convint que l'homme d'Église pouvait attendre quand l'odeur appétissante de viande rôtie venait des cuisines. Il s'assit à table et se mit à manger, mais au bout de quelques gorgées, son estomac se noua. Il se leva.

– Je retourne avec mon malade, qu'on fasse monter le prêtre dès qu'il sera là.

Ce ne fut pas utile. Lorsque Eauze entra dans la chambre éclairée par une petite lampe à huile, il trouva son frère en train de râler. Il avait vomi du sang, un épais liquide gris et vert coulait de sa bouche, se répandait avec une atroce odeur putride sur l'oreiller. Eauze se pencha sur lui, Roger Mallois ouvrit des yeux pleins de terreur, poussa un cri terrible et s'immobilisa.

Alors Eauze mesura combien ce frère né d'une lingère lui ressemblait. Il venait d'assister à sa propre mort. Que faisait-il dans cette auberge, en compagnie de ce prince impétueux et détestable, au lieu de chercher sa femme, de retrouver ses enfants et son fief ? Où allait-il ? Comme Roger Mallois, il finirait son errance dans un lieu sans nom, seul pendant que les autres se goinfreraient, il mourrait oublié de tous et surtout d'Eugénie qui, à cet instant, occupait ses pensées.

L'aubergiste, un homme de petite taille, chauve, qui boitait à cause d'une jambe raide, poussa de grands cris quand il apprit que Mallois était mort dans sa maison.

– Je ne veux pas d'histoires, expliqua-t-il. Il faut débarrasser le mort cette nuit pour que personne n'en sache rien. Vous allez m'aider à creuser un trou au fond de la cour, derrière les écuries. Personne n'y passe jamais ! dit-il à Eauze.

Geoffroi était contraint d'abandonner son frère. Il jura qu'il reviendrait le chercher plus tard pour lui donner une sépulture décente, à Eauze, dans la chapelle de famille. Le lendemain à l'aube, quand Charles de Navarre se leva, frais et guilleret, Roger Mallois était sous deux pieds de terre. Eauze, sombre, monta sur son cheval sans un mot. Le prince respecta son silence. Il fit sonner à l'hôtelier quelques pièces d'or qui étaient loin de couvrir la dépense, mais l'homme considéra qu'il s'en tirait bien : personne ne saurait jamais que la peste avait frappé dans son honorable établissement et c'était l'essentiel.

Eauze chevauchait, la tête basse, ne riant pas aux boutades du maître. Avec son frère, il laissait une partie de lui-même dans cette terre inconnue, l'insouciance de son enfance et de sa jeunesse. Sa fuite en Navarre avec Mallois n'était qu'une aventure de plus, sans lui, il se découvrait faible et plus seul que jamais. L'avenir lui faisait peur.

Deux cavaliers rattrapèrent le groupe qui chevauchait en direction de la Normandie. Ils avaient éreinté leurs montures et se demandaient si cela valait bien la peine de risquer la santé de deux étalons de prix pour une aussi petite nouvelle. Ils se firent conduire au prince de Navarre qui décida une halte.

– Majesté, nous avons les informations que vous nous aviez demandées concernant le château d'Eauze et Mme Eugénie.

Geoffroi dressa la tête. Le petit prince de Navarre, qui l'avait assuré qu'il l'aiderait, avait donc tenu parole ! Ainsi Geoffroi apprit-il que ses enfants étaient bien vivants, au château d'Aignan.

– Dame Éliabelle est la meilleure personne que je connaisse ! dit-il en souriant. Ils sont donc en sécurité !

Il apprit ensuite qu'Eugénie avait fui le château de Valence où Rincourt la retenait prisonnière, qu'elle se trouvait en Avignon où son père venait de mourir de la peste.

– Que fait-elle en Avignon ?

– Elle a vu le pape plusieurs fois. C'est tout ce que l'on sait.

– Alors qu'est-ce que je fais là ? tonna Eauze. Je vais la rejoindre tout de suite !

– Écoute, dit Navarre, je t'ai promis de t'aider et je le ferai. Tu ne dois pas te précipiter. Si ta femme voit le pape, c'est sûrement pour une raison très importante que nous devons découvrir. Poursuivons jusqu'à Évreux. Nous serons proches du pouvoir, de ces ignobles Valois qui m'ont volé la couronne de France. Alors, nous déciderons ensemble. Sois patient et fais-moi confiance !

– Est-elle avec quelqu'un ? demanda Eauze. Avec un certain Rincourt, un chevalier fourbe et lâche ?

– Non, monseigneur, elle est seule, c'est certain.

– Je t'en conjure, insista Charles de Navarre. Poursuivons jusqu'à Évreux. Mes espions qui écoutent pour moi tout ce qui se dit à la cour de France, chez le pape et dans toutes les grandes maisons, nous en apprendront un peu plus !

Les événements allaient souvent plus vite que le galop des meilleurs chevaux. Ainsi, Eugénie n'était plus en Avignon au moment où le coursier donnait des nouvelles à Geoffroi d'Eauze. Cachée dans un chargement de fourrage, elle s'éloignait de la ville sainte.

Blottie entre les balles de paille, elle se laissait aller. La nuit tombait. Les quatre cavaliers qui escortaient le chariot étaient nerveux. Ils devaient traverser une petite forêt où ils devenaient des proies faciles.

– Où allons-nous ? demanda Eugénie à Verneuil.

– Bientôt, nous nous arrêterons pour la nuit. Ensuite nous gagnerons le monastère cistercien de Saint-Germain-en-Laye où se trouvent frère

Jourdan d'Espagne et le père Antoine de Mantes qui possèdent des preuves formelles de la survie de Jean Ier et de votre filiation, l'acte de mariage de votre père et de la reine Clémence, l'acte de votre naissance…

Le chariot traversa la forêt sans incident. Il cahotait sur une route dévastée par les pluies de la fin d'hiver. La nuit était tombée. Tout à coup, une clameur vint d'un bosquet qu'ils longeaient. Une quinzaine de cavaliers en tenue de guerre couraient vers eux. Les gardes et Verneuil les attendirent courageusement, l'épée dressée devant eux. Le combat inégal tourna vite à l'avantage des assaillants ; Verneuil voulut se battre jusqu'au bout, une lame habilement maniée le renversa de sa monture. Les bœufs affolés tiraient sur les brancards en ouvrant de gros yeux blancs.

– Ne laissez aucun témoin ! dit un homme. Poursuivez les fugitifs.

Eugénie, assise à l'avant, s'écria en langue d'oc :

– En voilà des manières ! Qui êtes-vous ?

L'homme qui se tenait devant elle souleva la ventaille de son heaume. Un frémissement parcourut la jeune femme. Les yeux qui la regardaient n'étaient pas ordinaires. Elle les aurait reconnus entre tous, ces yeux de faucon pleins d'une force impérieuse. Sur les bords de la cotte de mailles, dépassait l'étoffe blanche du surcot. Eugénie ne trouvait pas les mots pour protester. Un profond tumulte l'animait et elle ne voulait surtout rien en montrer.

Rincourt ôta son heaume. Eugénie voyait avec appréhension son long visage dont elle n'avait oublié aucun détail, son front haut, ses lèvres fines, ses sourcils noirs.

– Madame ! dit-il après l'avoir longuement regardée, nous nous retrouvons et vous êtes encore ma prisonnière.

– Monsieur, je m'étonne de votre présence ici. Mais vos manières de malfrat ne me surprennent plus.

Il avait assez de maîtrise pour cacher la tempête qui grondait en lui. Il regardait Eugénie à la lumière des révélations du roi. Il s'enivrait de sa présence, oubliait qu'il était l'envoyé de Philippe VI, qu'il accomplissait une mission secrète. Les cheveux défaits, la jeune femme était accoutrée comme une servante, mais quelle noblesse ! La fille de Clémence de Hongrie gardait un port royal, même au milieu des ballots de paille sur ce chariot tiré par des bœufs. Ses cavaliers, mercenaires payés pour obéir sans poser de questions, attendaient des ordres.

– Madame, je vous prie de descendre et de me suivre.

– Depuis quand me parlez-vous de la sorte ? Je suis encore sur les terres du pape Clément le Sixième et j'ai le pouvoir de vous faire pendre.

On approcha un cheval pour Eugénie. Rincourt mit pied à terre et l'obligea à monter en selle. Enfin, tandis que le groupe s'éloignait en poussant les bœufs devant lui, un retardataire mit le feu au chariot qui s'embrasa.

Ils chevauchèrent ainsi pendant plusieurs heures. La nuit n'était pas très sombre ; les étoiles scintillaient, l'air frais laissait prévoir un peu de gelée blanche au lever du soleil. Ils croisèrent plusieurs villes, des hameaux silencieux, repliés sur eux-mêmes, des landes où la lune faisait scintiller les mares, des bosquets si propices à l'embuscade que les cavaliers pointaient leur épée devant eux pour intimider les maraudeurs.

Ils arrivèrent enfin à une ferme fortifiée au milieu des champs. Des gardes se trouvaient devant la porte ouverte où le groupe s'engouffra. Des torches éclairaient une cour assez grande où les pavés avaient été nettoyés. Plusieurs chariots étaient alignés près de l'écurie, ainsi qu'un moulin à grain sur roues. La présence d'une machine aussi coûteuse indiquait l'opulence de l'endroit.

Les cavaliers mirent pied à terre, les chevaux furent pris en charge par des garçons d'écurie qui devaient les attendre depuis longtemps. Les hommes se dirigèrent vers une vaste salle aux portes ouvertes, bien éclairée. La table avait été dressée ; on les attendait puisque les servantes apportaient les cruches de vin.

Le chevalier de Rincourt pria Eugénie de le suivre à l'étage dans une pièce où flambait une grande cheminée. Il y faisait bon ; une odeur de fumée flottait dans l'air, cette odeur du crépuscule qu'Eugénie aimait tant lorsqu'elle était enfant, à l'heure de manger la soupe, de grignoter des fruits de saison, de faire rôtir des raves ou des châtaignes dans la cendre. Le château d'Aignan sombrait lentement dans la paix nocturne, elle s'endormait avec les chiens, sur les dalles chaudes de l'âtre. Plus tard, au pensionnat de Saint-Jal, c'était l'heure de réviser les travaux de la journée, de faire son examen de conscience avec des religieuses qui savaient manier le fouet. Les punitions étaient inégales : Marie de Toulouse, petite-fille du comte Raymond, recevait seulement quelques réprimandes, pour Eugénie et les filles de petite noblesse, coups et corvées humiliantes pleuvaient.

– Madame, vous passerez la nuit ici ! Nous repartirons demain à l'aube.

Ils étaient seuls. Les servantes devaient préparer les plats pour le souper qui allait être servi sur une petite table couverte d'une toile blanche et près de laquelle on avait approché deux chaises.

– Où m'emmenez-vous ?

– Je ne puis vous le dire.

Une servante entra, portant une cruche de vin et du pâté en croûte. Rincourt sortit sans rien ajouter. Eugénie se tourna vers la table. Elle avait faim, mais en mangeant, ne donnait-elle pas raison à celui qui l'avait enlevée ?

– Remportez tout cela ! cria-t-elle à la servante. Je ne saurais manger ce qui vient de mon ennemi.

Un lit avait été dressé dans un coin de la pièce. Elle s'y assit, attentive aux bruits de la maison, aux éclats de voix des convives qui soupaient en dessous, aux aboiements des chiens dans la cour, aux domestiques qui s'interpellaient. Des pas dans l'escalier l'avertirent d'une visite. Rincourt entra, Eugénie se dressa, prête à faire face.

– Monsieur, je vous prie de me dire ce que cela signifie.

– Je ne puis. Sachez que je n'ai pas pu me soustraire à cette mission et que je m'en réjouis, car je vais pouvoir assurer votre sécurité.

– Sachez aussi que je suis la fille de la reine Clémence, la sœur du véritable roi de France, Jean Ier.

Le pape m'a donné le titre de comtesse d'Anjou qui me revenait par héritage. Vous devez ployer le genou devant moi.

– Je sais tout cela aussi !

– Alors, retirez-vous.

– Non, madame !

Il s'approcha de la jeune femme. Son regard plein de feu ne la quittait pas. Son visage éclairé d'un côté n'était plus celui qu'Eugénie connaissait.

– Monsieur, je vous ai donné l'ordre de vous retirer.

Rincourt n'avait pas entendu. Une force brutale et soudaine montait en lui, noyait son regard. Elle était là, la femme tant convoitée, à sa portée. L'homme policé et retenu cédait la place à l'amoureux éperdu, aveuglé par son désir.

– Je vous aime, madame, et pourtant, je devrais vous tuer ! s'entendit-il dire.

Il la prit dans ses bras, la serra de toutes ses forces et la renversa sur le lit. Eugénie poussa un cri, il plaqua ses lèvres sur sa bouche.

Avec des gestes brusques et maladroits, il retroussait le long tissu de sa robe, arrachait les boutons qui protégeaient sa gorge. Elle se débattait, tentait de griffer son agresseur, mais la force lui manquait.

– Je vous aime, répétait Rincourt sans arrêt.

Ses mains couraient sur les cuisses dénudées d'Eugénie, remontaient sur son ventre, se refermaient sur ses seins. Vaincue, elle ne put résister longtemps à son agresseur et pensa mourir.

Enfin Rincourt, conscient de ce qu'il faisait, lâcha son emprise, roula sur le côté. Eugénie se dressa, sauta du lit et, pleurant, prit un couteau resté sur la table. Elle se précipita sur l'homme, qui eut juste le temps d'éviter le coup mortel.

– Je vous tuerai ! hurla Eugénie en sanglotant.

Rincourt était atterré. Il ajusta sa cotte, ses chausses, constata que son surcot était déchiré.

– Pourrez-vous un jour me pardonner cet écart ?

– Jamais, entendez-vous, jamais ! Je vous ferai pendre, j'en fais le serment !

Il s'en alla sans rien ajouter, c'était lui le vaincu.

10.

Le lendemain, au lever du soleil, des servantes entrèrent dans la chambre d'Eugénie, portant des seaux d'eau chaude, des bougies allumées et du linge.

– Madame, dit l'une d'elles, il est temps de vous préparer. Le chevalier de Rincourt et ses hommes vous attendent dans la cour.

Eugénie se dressa sur les coudes, regarda les femmes préparer l'eau de son bain. L'orgueilleuse comtesse d'Anjou qui avait promis la corde à son agresseur avait passé la nuit à pleurer comme une femme ordinaire. Elle se sentait lasse, terriblement fatiguée. Elle se griffa le ventre d'une main crispée et rapide; l'eau fumante l'appelait : se laver, faire peau neuve pour échapper à la terrible souillure de Rincourt.

Les ablutions furent rapides, elle se vêtit; une femme se mit à démêler ses cheveux, à les enrouler sur eux-mêmes en un gros chignon. On lui apporta un bol de soupe à la ciboulette qui la raccrocha aux gestes simples de chaque jour. Elle se força à manger malgré la lourdeur de son estomac. Dans la cour, les chevaux s'ébrouaient, les hommes parlaient.

Elle endossa son manteau et descendit l'escalier derrière une servante qui l'éclairait. Rincourt l'attendait à la porte, impassible.

– Madame, vous allez voyager en char couvert. La journée sera longue et éprouvante. Nous allons traverser des contrées ravagées par la guerre. Je ne dois prendre aucun risque pour votre sécurité.

Elle s'étonna de ne pas avoir de mots pour répondre. Elle, d'ordinaire si habile à riposter, à trouver la juste repartie, était sans voix. Aussi monta-t-elle dans le char couvert qui l'attendait au milieu de la cour. Les cavaliers l'entourèrent et le cortège s'éloigna dans la campagne où le jour se levait, étrangement silencieux.

– Un jour d'enfer ! dit quelqu'un à côté du char à bancs.

Le voyage commença sur des routes défoncées. C'était partout la même désolation, maisons vides aux portes ouvertes, granges brûlées, groupes de misérables hagards qui ne prenaient même plus la peine de se cacher à l'arrivée des cavaliers.

Les heures passaient, le soleil montait dans le ciel. Rincourt chevauchait en tête. Pas une fois, il ne vint soulever le rideau du char pour s'inquiéter de sa prisonnière. Eugénie, brinquebalée comme un paquet, n'arrivait pas à extirper de son esprit cette phrase prononcée la veille : « Je vous aime et pourtant je devrais vous tuer ! » La menace pesait sur la jeune femme qui redoutait le terme de ce voyage. L'évasion montée par Pierre de Verneuil avait été éventée, mais qui d'autre que Clément VI pouvait la faire surveiller ? Pour qui agissait Guy de Rincourt qui conduisait le convoi vers le nord ?

Ils contournèrent des villes fermées aux remparts hérissés de lances. Parfois, roulant sur le sol comme un liquide noir, des troupeaux de rats s'effaçaient devant les pas des chevaux apeurés. Des moutons sans berger broutaient dans les champs de blé, des porcs retournaient la terre des potagers.

Le groupe chevaucha toute la journée, ne s'arrêtant que quelques instants auprès d'une rivière pour faire boire les bêtes. À la nuit, ils se présentèrent à l'entrée d'un château dressé sur une colline.

Ils furent reçus par le maître des lieux, un vieil homme à la barbe blanche, au dos voûté, à la voix sèche. Il salua Rincourt, puis donna des ordres pour qu'on s'occupe des chevaux. Eugénie fut invitée à descendre du char et conduite dans une pièce éclairée par plusieurs torches. On l'enferma sans un mot. Quelques instants plus tard, deux servantes lui apportèrent à souper.

Le lendemain, ils repartirent à l'aube. Le vieil homme qui assistait aux préparatifs du départ salua Rincourt. Eugénie fut priée de regagner son char couvert. Au moment de franchir le fossé, elle entendit le maître des lieux s'écrier :

– Monsieur l'envoyé du roi me pardonnera de l'avoir aussi mal reçu, mais les temps sont difficiles et la famine court dans le pays.

Rincourt était donc aux ordres du roi ! Si l'usurpateur avait jugé nécessaire de la faire escorter par vingt cavaliers à travers un pays infesté de brigands et terrassé par l'épidémie, c'était qu'il connaissait ses origines. Sa vie était donc en grand danger !

Les jours passaient, identiques. À mesure qu'ils progressaient vers le nord et surtout lorsqu'ils eurent franchi la Loire à Orléans, la campagne devint plus riche. De vastes étendues de blé remplaçaient les petits champs accrochés aux flancs des collines. La maladie épargnait ces terres grasses et généreuses. Les bandes de brigands étaient refoulées par un réseau de châteaux, de maisons fortes, et par des armées efficaces. Les blés en épis promettaient une abondante récolte. Près des rivières, des maraîchers cultivaient les légumes qui partaient chaque jour par chariots entiers vers les villes.

Ils entrèrent dans Paris au début du mois d'août. Le soleil resplendissait sur les toitures. Les jardins luxuriants, les vignes prospères impressionnaient les voyageurs venus du sud. Après avoir traversé tant de contrées dévastées, ils trouvaient une ville florissante qui sentait la vie, le crottin de cheval, le fumier et la vase des bords de Seine. Les matrones avaient encore la voix puissante et coléreuse, les enfants criaient dans les rues. Sur les berges du fleuve, on tannait les peaux de centaines de moutons, bœufs et veaux abattus devant les échoppes des bouchers. Les forgerons ferraient chevaux, ânes et mulets, forgeaient les socs et les épées, les tisserands fabriquaient des tissus grossiers qui habillaient le peuple, les menuisiers rabotaient les planches des chênes de Fontainebleau ou de Rambouillet. Les clochettes sonnaient dans les monastères, les grandes cloches de Notre-Dame rappelaient à chacun ses devoirs religieux. Paris vivait, Paris échappait à la mort omniprésente et aux peurs du temps. Bien enfermés dans les nouvelles murailles construites par Philippe le Bel, plus vastes que les anciens remparts de Philippe Auguste, les Parisiens regardaient l'avenir avec confiance.

Guy de Rincourt ayant placé Eugénie sous bonne surveillance dans une auberge près de la cathédrale, se fit conduire au palais. Philippe VI le reçut aussitôt dans son petit cabinet privé. Rincourt retrouva avec un certain plaisir ce roi jovial, à l'embonpoint avantageux, au visage sanguin, à l'apparence bon enfant.

– Mon cher cousin, je constate que vous avez fait diligence. Où en sommes-nous ?

– Majesté, vous m'aviez ordonné de capturer Eugénie d'Aignan, ce fut chose faite très rapidement. Elle est en sûreté dans une auberge à quelques pas d'ici.

– Parfait, mon cousin, parfait.

Le regard du roi s'était allumé. Il réfléchissait en fronçant légèrement les sourcils, faisant une petite moue de ses lèvres grasses. La vivacité d'esprit lui manquait, les conseils des uns et des autres l'égaraient souvent au point qu'il devait réfléchir de longues journées. Comme il n'était ni obstiné ni idiot, ses erreurs lui apparaissaient, mais toujours trop tard, alors il déployait des trésors d'ingéniosité pour se reprendre.

– Dites-moi, on m'a parlé d'une dame de beauté… Quel est votre sentiment, mon cousin ?

Il insistait sur leur lointain lien de parenté, ce qui gênait Rincourt, car il y percevait que le roi avait encore besoin de lui.

– En effet, Majesté, elle est fort belle femme.

Rincourt s'était exprimé d'une voix retenue, les yeux baissés, ce qui n'échappa pas au roi qui imagina alors cette beauté issue du plus haut lignage, prisonnière dans une auberge crasseuse. Cela éveilla en cet homme de cinquante-six ans une curieuse convoitise. Marié depuis 1313, il s'était contenté de faire une multitude d'enfants à son épouse, Jeanne de Bourgogne, boiteuse et acariâtre, sans jamais prendre de maîtresse. Avec les ans, et surtout la méchanceté de sa femme redoublant au point qu'il devait la rosser de temps en temps,

Philippe VI sentait le démon lui souffler des désirs nouveaux.

– Vous dites qu'elle est très belle ? Je souhaite la voir.

Rincourt secoua la tête en gardant toujours les yeux baissés. Il avait bien compris ce que le roi envisageait et cela lui déplaisait.

– Majesté, prenez garde ! On dit que cette femme est le diable. En Avignon, Maltorini, le fournisseur du pape en soieries et étoffes de luxe, répète à qui veut l'entendre que les rats de la peste l'accompagnent.

– La peste n'est point une maladie parisienne ! affirma le roi en plissant ses petits yeux et portant une main aux gros doigts à son nez, seul élément qui rappelait en lui ses origines capétiennes.

– Majesté, ma mission étant accomplie, je vous demande la permission de retourner en mon fief.

– Pas question, mon cousin. Vous allez loger au palais. Je fais de vous l'intendant de mes armées. Vous devrez en dresser un état sans complaisance et proposer des améliorations.

Rincourt voulut se lever, le roi tendit la main :

– Nous rendrons une visite discrète à cette belle princesse. Je vous ferai quérir après complies.

Rincourt s'inclina et sortit. Un valet le conduisit dans les appartements que le roi avait fait préparer pour lui. L'envie de rejoindre Eugénie, de l'emmener loin des menaces qui pesaient sur elle, le tenaillait. Le roi souhaitait-il la voir en homme ou en tenant de la couronne de France désireux de tester un ennemi ? Peut-être les deux.

Le soir, à la nuit, un écuyer vint le chercher, lui demandant de s'habiller en guerre, cotte de mailles et bassinet. Quand il fut prêt, l'écuyer l'emmena dans la cour du Mai, près de la Sainte-Chapelle, qui donnait sur la rue de la Barillerie où plusieurs personnes attendaient à cheval. Une monture lui était destinée ; les portes s'ouvrirent, le groupe s'éloigna.

La nuit était tombée, les six cavaliers chevauchaient serrés dans les petites rues où il fallait toujours s'attendre à un traquenard. Ils arrivèrent cependant sans encombre à l'auberge située près du cloître Notre-Dame. Chacun mit pied à terre, ôta son chapeau. Rincourt reconnut le roi et s'étonna d'une si faible escorte.

– Personne ne pense qu'un roi peut se déplacer de nuit avec quelques amis. Ainsi on ne vient pas me chercher noise. Il faut dire que j'ai ici les meilleures lames de ma garde rapprochée. La vôtre s'y ajoutant, je ne crains rien. Allons voir cette princesse.

Le roi demanda à ses hommes de rester à l'extérieur. Il entra dans la maison devant Rincourt :

– Je vous prie de ne pas vous montrer trop cérémonieux. Vous devrez vous habituer à ces petites escapades en dehors du protocole, car j'en raffole. Dans ces cas, je suis le sieur de Miremont, un petit fief proche de Melun qui me vient de ma grand-mère.

Rincourt conduisit le sieur de Miremont à l'étage. Il avait loué la totalité de l'auberge dont Eugénie était la seule pensionnaire, surveillée par des hommes d'armes. Le roi se tenait derrière lui lorsqu'il frappa à la porte. Une torche à hauteur de visage permit à Philippe VI de voir, dans un halo de lumière, telle une apparition, celle qui dénonçait sa forfaiture. Il fut très impressionné. Rincourt annonça à Eugénie en langue d'oïl :

– Madame, je vous présente le sieur de Miremont qui souhaite faire votre connaissance.

Eugénie ne quittait pas des yeux le roi, qui recula d'un pas.

– Monsieur de Miremont, continua Rincourt, je vous présente la comtesse d'Anjou.

Eugénie se tenait toujours sur ses gardes. Ses yeux allaient de la large figure de M. de Miremont au long visage de Rincourt.

– Je vous prie de sortir ! ordonna-t-elle d'une voix cassante. Il suffit que l'on me retienne prisonnière sans m'en donner les raisons.

Philippe VI ne s'attendait pas à une telle rebuffade. Dépourvu de son autorité royale, il n'était pas de taille à affronter la comtesse d'Anjou et ne voulait pas être ridicule auprès de ses chevaliers. Il fit volte-face, descendit l'escalier d'un pas rapide et décidé.

– On rentre ! dit-il en montant sur son cheval avec une légèreté que son embonpoint ne laissait pas soupçonner.

Ils regagnèrent le palais sans un mot, l'esprit plein du pas des chevaux. Le roi, sans prendre le temps de se défaire de ses vêtements de guerre, pria Rincourt de le suivre dans son petit cabinet.

– J'ai vu le diable ! dit-il quand la porte fut fermée. J'en ai la certitude.

Il avait mesuré la détermination et les armes de son ennemie. Philippe VI n'était pas un grand spécialiste des femmes, mais il savait que leur apparente faiblesse était une force contre laquelle sa bonhomie n'avait pas de parade. Son premier élan avait été d'entrer dans cette chambre et de bavarder avec Eugénie, d'user de son pouvoir de roi qui, à défaut de lui ouvrir les cœurs, lui ouvrait les portes. Mais son bon sens lui avait indiqué qu'il devait agir avec prudence. Il régnait par la volonté de son père.

Pour le souvenir de ce perpétuel candidat à tous les trônes vacants d'Europe, qui, pendant le règne de Charles IV, dirigeait la France, ce guerrier qui savait transformer en triomphe des semi-échecs, à qui il voulait ressembler et dont il n'était qu'une pâle copie, Philippe VI n'avait pas envie de se dévoiler et surtout se montrer faible face à un symbole déterminant pour ceux qui avaient juré sa perte.

– Cette femme, dit-il. Cette femme…

Il n'allait pas plus loin dans sa réflexion, redoutant que Rincourt ne comprenne jusqu'où son embarras risquait de le conduire. Eugénie avait assez d'aplomb pour subjuguer une conjuration qui n'attendait qu'elle pour passer à l'action. Cela le mettait en face d'un choix dont il ne voulait pas parler.

– Je sais que vous êtes chevalier d'honneur. Je vous demande seulement de ne plus vous occuper de cette affaire.

Les incisives supérieures étaient réduites à de petits moignons noirs qui lui conféraient une voix entrecoupée de sifflements disgracieux. Rincourt s'inclina. Philippe VI poursuivit :

– Mon cousin, l'Anglais tient le siège de Niort depuis l'hiver dernier. Les habitants se défendent fort bien, mais mes espies m'ont rapporté que ce démon de Charles de Navarre, qui n'a que dix-sept ans et me hait, s'est allié à l'Angleterre pour faire céder la ville. J'ai longtemps hésité à envoyer une armée en Poitou, mais je ne peux pas laisser mourir de faim de loyaux sujets. Vous allez donc prendre le commandement de cinq cents cavaliers et mille hommes de pied. Il faut que la ville soit libérée à l'automne.

Rincourt s'inclina. Aller défendre Niort contre les Anglais quand son propre fief était probablement dévasté ! Il pensait à Grâce, à ses deux filles et à toute sa famille. Il avait dépêché Branson pour lui rapporter des nouvelles, mais son fidèle serviteur se faisait attendre.

– La garnison partira dans deux jours, le temps de vous préparer ! ordonna le roi.

Rincourt se rendit dans ses appartements où l'attendait le capitaine Lemercier, un homme au teint de pomme mûre, au menton presque imberbe, qui devait lui présenter ses prévisions en vivres, chevaux et armes. Il l'écouta, mais son esprit était ailleurs. Il ne voulait pas s'éloigner de Paris sans rendre une dernière visite à Eugénie, car il avait le sentiment qu'il ne la reverrait pas. Pour un roi, même bonasse comme l'était Philippe VI, la vie d'une femme, si belle fût-elle, ne comptait pas quand sa couronne était en jeu. Et la réaction du chevalier de Miremont ne lui laissait rien augurer de bon.

Il vérifia les prévisions de Lemercier, fit quelques remarques pour montrer qu'il s'y intéressait. Il demanda que l'on double les chariots de fourrage, car si la maladie n'était pas arrivée à Paris, elle avait fait de gros ravages dans les autres provinces et les bras avaient manqué pour couper le foin.

– C'est horreur de voir des champs de blé bien mûr sans le moindre vilain avec sa faucille ! dit-il pour ponctuer son propos. C'est horreur de trouver les bêtes sauvages se vautrant dans les épis lourds et dorés.

– Rendons grâce au Seigneur de nous avoir épargnés ! fit Lemercier.

Le lendemain, à la tombée de la nuit, Rincourt sortit seul, ce qui était d'une extrême imprudence dans un Paris livré aux coupe-gorge. Il se faufila à pied dans les ruelles voisines du palais et fut arrêté par des hommes décidés à le détrousser. L'épée levée, Rincourt sut leur montrer qu'il n'était pas une proie facile et les mit en fuite.

Il parcourut en marchant très vite le quart de lieue qui le séparait de l'auberge où se trouvait Eugénie. Les gardes postés à l'entrée l'arrêtèrent.

– Messire, personne n'entre ici, ordre du roi.

– Je suis Guy de Rincourt, l'envoyé de Sa Majesté. Je dois voir la comtesse d'Anjou.

Le garde avait en effet vu Rincourt conduire la prisonnière, mais cela ne changeait rien.

– Les ordres sont formels, personne ne doit approcher Mme d'Anjou avant son transfert demain au couvent des Carmes, cependant je veux vous être agréable…

– Qu'est-ce que tu dis ? Le couvent des Carmes ?

– Oui, le roi, dans son infinie bonté, a compris que c'était le souhait le plus cher de madame la comtesse et a fait en sorte de lui trouver une place…

Le couvent des Carmes ! C'était là que l'on enfermait les personnes gênantes en les faisant passer pour folles. Elles n'en ressortaient jamais.

– Suivez-moi.

Le garde entra dans la maison, s'arrêta au bas de l'escalier.

– Faites vite, messire, j'enfreins les ordres en vous laissant aller.

Rincourt sortit quelques pièces de sa poche et les tendit à l'homme, qui le remercia en se prosternant.

Il monta prestement l'escalier de bois et frappa à la porte. Son cœur battait très fort, il cherchait ses mots. Sa démarche lui paraissait tout à coup sans fondement.

La porte s'ouvrit, Eugénie eut un mouvement de surprise et fit face, la tête haute.

– Que voulez-vous ? Abuser de moi une nouvelle fois ? Je vous prie de partir.

– Madame, dit Rincourt en langue d'oc, si je suis venu seul jusqu'à vous, c'est pour vous avertir d'un grand danger qui vous menace. Parlez notre langue méridionale que personne ne comprend.

– Faites vite, votre vue m'est insupportable.

– Je pars dès demain dans le Poitou aider la ville de Niort à se sortir des griffes de l'Anglais, précisa Rincourt. Vous ne pouvez compter sur le soutien de personne.

– N'ayez crainte, je suis de taille à me défendre.

Il s'était approché, dominant la jeune femme. Ce corps qu'elle avait senti contre elle, ce corps qui l'avait possédée sous l'emprise d'une folie momentanée, l'attirait tout à coup. Une force émanait de ses épaules carrées pourtant moins robustes que celles de Geoffroi d'Eauze, de son buste, de la peau nue de son cou ; la fixité du regard posé sur elle pesait, la rendait malléable. Elle recula d'un pas, se dressa sur la défensive.

– Le roi veut vous enfermer au couvent des Carmes où des mains complaisantes sauront vous faire taire à jamais.

– On n'étrangle pas la sœur du roi comme une lingère !

Elle parlait ainsi, mais comprenait la réelle menace. Rincourt eut un geste évasif des mains, comme s'il voulait exprimer quelque chose qu'il ne pouvait formuler. Il soupira.

– Fuyez tant que c'est possible ! J'ai graissé la patte aux gardes. Pendant votre transfert au couvent, des hommes à moi mimeront une attaque et vous emmèneront.

– Dans quel but ? Pour que je reste votre prisonnière ?

– Je vous aime, madame. Dites un mot et je déserte, je mets mon épée à votre service. Votre cause sera la mienne, même si je n'y crois pas !

Le silence qui suivit fut troublé par les hommes qui bavardaient dans la cour. Eugénie avait baissé les yeux comme pour s'enfermer en elle-même. Ce que venait de lui dire Rincourt la touchait, mais elle ne voulait pas le montrer et opposa une piètre défense.

– Jamais je ne pourrai employer un autre ton que celui de la défiance envers vous !

Rincourt se dirigea vers la porte.

– Madame, vous êtes en grand danger parce que vous dérangez un ordre dont les uns et les autres ont appris à s'accommoder. Mon devoir m'appelle ailleurs, mais mes pensées resteront toujours auprès de vous.

Il faisait un nouveau pas vers le couloir quand, surgis de l'ombre, de gros rats noirs passèrent devant lui, coururent en tous sens dans la pièce, puis disparurent.

– La peste est donc à Paris ! constata-t-il.

Il dévala l'escalier comme s'il était poursuivi par une armée de brigands.

Le lendemain, de bonne heure, il s'habilla en guerre et convoqua son état-major. Les troupes attendaient au fort de Vincennes. Il les rejoignit avec ses proches et, comme tout était prêt, partit pour Niort. En quittant Paris, il avait l'impression d'échapper à l'enfer qui se préparait à engloutir la plus grande ville d'Europe. Les bateliers chargeaient leurs gabarres, les porteurs d'eau et les crieurs de vin marchaient dans les rues en chantant.

Rincourt pensait à Eugénie et avait le sentiment de la laisser seule face à la terrible menace, mais que pouvait-il ?

Le mois d'août répandait sur Paris une chaleur moite et désagréable. Les odeurs des rues et de la Seine s'étalaient par vagues lourdes. C'était l'époque de l'abondance. Les bateaux pleins des blés de la Beauce entraient dans la capitale ; les maraîchers apportaient leurs chariots de légumes frais ; les premiers fruits coloraient les étalages des marchands. La jeunesse se rassemblait sur les bords du fleuve pour danser au son d'une vielle ou d'un fifre. L'automne n'était pas loin, avec ses pluies froides, ses premières gelées, mais personne ne voulait y penser.

L'apparition des gros rats noirs inquiétait les Parisiens qui s'accrochaient à la certitude que la maladie des régions méridionales ne traverserait pas la Loire.

Et pourtant elle le fit. Hideuse. Dans la nuit qui suivit le départ de Rincourt, la faucheuse tua sa première victime, un cordonnier, maître Brun qui habitait près de l'auberge où Eugénie était séquestrée. Un homme de forte corpulence, doté d'un solide appétit, qui échappait toujours aux rhumes et autres indispositions de la mauvaise saison. Il ne craignait rien ni personne, pourtant, ce soir-là, il se sentit pris de frissons. Sa femme l'aida à se mettre au lit et ordonna à ses six enfants de ne pas faire de bruit. Le lendemain, Brun avait la peau grisâtre, des yeux déjà perdus dans le brouillard, du sang pourri coulait de sa bouche ; l'odeur était horrible. Il n'était pas riche, mais il vivait bien du commerce des bottes en bon cuir de veau, des pantoufles doublées de laine et des chaussures de fantaisie en peau de taupe pour les dames de noblesse. Sa femme alla chercher le médecin, car elle avait de quoi le payer. Le docteur Jarrisse arriva et fut aussitôt surpris par la terrible odeur. Le cordonnier délirait sous l'emprise d'une énorme fièvre que le médecin décida de combattre en plongeant le malade dans une bassine d'eau froide. Puis il sortit de son sac une petite fiole qui contenait un liquide brillant.

– Une décoction à base de vif-argent ! dit-il. Dans quelques heures il sera sur pied.

Il semblait sûr de lui en vidant le contenu de sa fiole dans la bouche du malade qui eut un sursaut étrange, comme pour repousser un agresseur.

– L'enfer, s'écria-t-il, l'enfer !

Le médecin, qui avait l'habitude des maladies ordinaires, commençait à comprendre. L'odeur surtout le renseignait sur le mal du cordonnier. Il recula quand il fut certain que les symptômes étaient les mêmes que ceux décrits par un de ses confrères de Marseille avec qui il était en relation épistolaire étroite. Alors, il se rétracta.

– Je ne peux rien pour votre époux !

– Mais enfin, vous m'avez dit qu'il serait sur pied dans moins de deux heures !

Les enfants s'étaient rassemblés derrière leur mère. Le médecin les regarda tour à tour en se disant qu'ils seraient tous morts dans moins d'une semaine. Il sortit vivement et courut chez lui.

Le cordonnier expira une heure plus tard en poussant des cris de douleur. Sa maladie n'avait pas duré deux journées. Sa veuve et les voisins mesurèrent l'étrangeté d'une telle affection et eurent peur.

Le lendemain, dans le même quartier, une jeune femme mourait de la deuxième forme de la peste, la plus facile à identifier. Julie, la fille d'un notaire de Saint-Julien-le-Pauvre, se plaignit un matin de douleurs sous les bras, au cou et à l'aisselle. D'énormes ganglions, extrêmement douloureux, s'étaient formés sous la peau. Des pustules rouges couvraient son visage. Le médecin pensa d'abord aux vers parasites, très répandus chez les jeunes gens à cause de leurs pensées de luxure, puis à la peste. Il ne voulut pas y croire, puisque Paris était en dehors de la zone infestée, mais quand il apprit les circonstances de la mort du cordonnier Brun, ses doutes s'estompèrent : c'était bien la mal-mort ! Il courut chez lui :

– Éloïse, ma mie, faites nos malles. Nous partons au plus vite. Nous allons dans notre maison de Triel ; ici, l'air est malsain.

– Mais enfin, que vous prend-il ?

– La peste, Éloïse. Fuyons, tant qu'elle ne nous tient pas par le bas des chausses et que les portes sont ouvertes !

En quelques jours, la maladie frappa simultanément tous les quartiers de Paris. Plusieurs valets du palais furent emportés en une journée. Philippe VI était abasourdi. Il avait cru que sa ville serait épargnée, que Dieu protégeait la capitale du monde, la perle de l'Occident. Il eut peur pour lui. Ses vertus le préservaient certainement, mais il préférait prendre des précautions. Ses médecins lui conseillèrent de respirer des sels : plusieurs de leurs collègues provençaux avaient ainsi échappé à l'épidémie. D'autres ne juraient que par la présence de vieux boucs qui sentaient très mauvais. Enfin, ses astrologues affichaient un mépris total pour de tels propos : la maladie était née de la conjonction de Mercure et de Saturne, les boucs et les sels ne pouvaient rien contre la position des étoiles. Il n'y avait qu'une seule manière d'échapper à la menace : faire établir son ciel astral. Certains ne risquaient rien, d'autres, au contraire, étaient très exposés et seuls les astrologues pouvaient par leurs incantations réduire la mauvaise influence des planètes.

En quelques jours, Paris sombra dans l'enfer. L'épidémie se répandit comme un feu de paille, entraînant un désordre considérable. Des milliers de personnes poussant des chariots chargés de meubles et de linge attendaient l'ouverture des portes bien avant le jour. Les passeurs de l'île de la Cité augmentèrent leurs prix et surchargeaient leurs barques au point que plusieurs coulèrent au milieu du fleuve.

À la cour, le roi avait ordonné à tous de rester calmes, mais le palais se vidait. Philippe VI et les membres de sa famille restèrent, persuadés que les boucs qu'on avait fait venir des campagnes voisines les protégeaient : ce qui avait été bon pour le pape l'était aussi pour le roi. Le prix de ces animaux grimpa en flèche; les marchands réalisèrent de confortables fortunes en quelques jours. Ainsi l'épidémie servait-elle les uns en faisant mourir les autres, il lui arrivait aussi de tuer ceux qu'elle avait enrichis.

Au bout de deux jours, Eugénie comprit qu'on l'avait oubliée. La puanteur de l'air la renseignait sur ce qui se passait en ville. La peste la sauvait ! Elle sortit de sa chambre dont la porte n'était plus gardée, trouva le propriétaire et sa famille dans la cuisine.

– Et les gardes du roi ? demanda Eugénie. Je m'étonne de ne plus les voir surveiller la cour.

Le cabaretier était de petite taille, les jambes arquées, la tête volumineuse. Ses cheveux hirsutes lui donnaient l'allure pathétique d'un pantin, d'une marionnette triste.

– Ils sont partis, dit-il. Et moi, je ne serai pas payé.

– Et quels sont les ordres me concernant ?

Il leva ses petits bras, écartant ses doigts tordus.

– Il n'y a plus d'ordres. Désormais, c'est la peste qui commande. Le roi lui-même lui obéit et se cache.

L'épidémie venait donc d'ouvrir la porte de sa cage mais, perdue dans un Paris qui puait la charogne, ne courrait-elle pas un risque plus grand qu'enfermée dans cette auberge que plus personne ne fréquentait par peur de la contagion ?

Eugénie devait absolument rejoindre les membres de la conjuration des Lys et pour cela se rendre à Saint-Germain-en-Laye où frère Jourdan d'Espagne, s'il était encore en vie, la renseignerait.

Les rues étaient désertes. Le même spectacle désolé qu'elle avait vu dans les villes du Midi s'offrait à elle : cadavres abandonnés sur les tas d'immondices, mourants qui imploraient les rares passants en tendant leurs mains glacées vers eux. Eugénie se dirigea vers le fleuve. Elle savait que le village de Saint-Germain-en-Laye se trouvait en aval, à moins de trois lieues. Elle décida de s'y rendre en se mêlant au flot des fugitifs. La Seine charriait des cadavres gonflés sur lesquels se posaient des oiseaux blancs qui arrachaient de leur bec jaune des lambeaux de chair putride. Elle croisa des groupes armés de fourches qui fouillaient les maisons et les ruelles. Un bûcher dressé sur une colline attendait sa fournée de victimes : des Juifs bien sûr, mais aussi des fous, des contrefaits. La peste libérait les instincts les plus bas, justifiait les pires cruautés et tous les écarts. Eugénie vit, pendus par les bras aux branches basses d'un chêne, des enfants égorgés, la langue pendante, les yeux exorbités. Quel avait été leur crime ?

Elle réussit sans trop de difficulté, en passant d'un groupe à l'autre, en se cachant la tête sous un épais châle, à atteindre Saint-Germain-en-Laye. Le soleil se couchait, rouge, sanguinolent, reflet d'une terre malade. Le ciel sans nuage annonçait pour le lendemain une belle journée d'été. Près de la ville, un champ d'avoine brûlait. Des paysans frappaient les flammes pour arrêter le sinistre en criant : « Mort aux Juifs. »

Elle entra dans la ville bien défendue d'un côté par le fleuve et de l'autre par des murailles épaisses que plus personne ne pensait à garder. Le monastère des Cordeliers se trouvait un peu en retrait, à l'intérieur des remparts, elle se présenta à la porte.

– Je voudrais voir frère Jourdan d'Espagne ! dit-elle au moine vêtu en guerrier qui montait la garde à la porte de la tour de surveillance.

Cela lui sembla tellement étonnant qu'il resta un moment sans voix. Qui pouvait demander le vieux Jourdan ? Venu autrefois d'un lointain pays par-delà les Pyrénées, le moine connaissait plusieurs langues, récitait les auteurs latins par cœur et surtout avait appris la médecine à Montpellier et à Padoue. Dans sa jeunesse, il avait servi le roi Philippe le Bel, puis ses fils, et enfin s'était attaché à la reine Clémence de Hongrie dont on disait qu'il avait été amoureux. Désormais, il passait ses journées à enluminer des manuscrits religieux.

– Vous dites bien frère Jourdan d'Espagne ? Vous le connaissez ?

– Non, mais lui me connaît. Dites-lui que je suis la fille de Renaud d'Aignan.

Le gardien ordonna à l'un de ses moinillons d'aller avertir frère Jourdan. Quelques instants plus tard, le jeune homme que la tonsure vieillissait demanda :

– Il ne vous croit pas. Pouvez-vous le prouver ?

– Je le peux ! affirma Eugénie en détachant la chaîne qu'elle portait au cou et sur laquelle était accrochée la médaille achetée à Naples par sa mère.

Le garçon prit le bijou et s'en alla, faisant voler autour de ses mollets nus la robe brune de tissu épais. Il revint presque aussitôt et demanda qu'on ouvre la porte.

– Frère Jourdan va vous recevoir. Votre médaille lui a fait un grand effet !

Eugénie poussa un long soupir de soulagement en se tournant vers la campagne où la mort rôdait. Cette fois, elle était en sécurité auprès de quelqu'un qui ne la trahirait pas.

Le jeune moine la conduisit dans une cellule assez grande, meublée d'une table, d'un petit lit, d'un prie-Dieu, d'un crucifix en bois pendu au mur. Un homme assis sur une chaise clignait des yeux en la regardant. Il était petit, plutôt gros, le visage rond. Sa large tonsure lui faisait un crâne plat. Ses oreilles décollées, son regard de myope, ses lèvres avancées au-dessus d'un menton en retrait donnaient à son visage l'aspect d'un de ces masques ridicules qu'on fabriquait en vieux chiffons pour Carnaval.

– Alors, c'est toi ?

Il tenait dans ses mains la médaille d'Eugénie. Il contempla longuement la jeune femme comme un marchand estime un bien qu'il veut acquérir. Le jeune moine s'était éloigné.

– Ma chère Clémence n'est donc pas morte ! La voilà devant moi, dans sa jeunesse, resplendissante ! Dieu soit loué d'avoir permis ce miracle.

– Mon père m'a souvent parlé de vous ! répliqua Eugénie. Vous avez été témoin de son mariage et vous avez les preuves de mes origines.

– Oui, ma fille, j'ai tout cela, mais il ne faut pas en parler. Ici, tu n'es pas en sécurité, contrairement à ce que tu crois.

Il frappa dans ses mains ; le jeune moine arriva.

– Fais préparer une cellule pour Mme Eugénie, à l'étage du bas, et fais préparer un char à bancs pour demain. Nous partirons à l'aube.

Le moine pria Eugénie de le suivre. Jourdan d'Espagne la poussa vers la porte.

– Fais-moi confiance ! dit-il. J'espère ce jour depuis longtemps ; je vais enfin accomplir mon devoir, le dernier avant de retourner vers Dieu.

Elle voulut poser une question, mais Jourdan avait déjà refermé la porte de sa cellule. Elle fut conduite dans une chambre minuscule qui se trouvait à l'étage des serviteurs dont la plupart n'étaient pas des clercs. On lui apporta de quoi manger, du bouillon chaud qui empestait l'ail, des carottes au poivre et des prunes.

Elle dormit d'une traite et se réveilla avec une certitude : l'absence de ses lunes, d'ordinaire si régulières, avait la même cause que ses écœurements sans raison, ses envies de vomir qui lui soulevaient l'estomac à la vue de certains mets.

– Je suis enceinte ! constata-t-elle avec une grimace de dégoût.

Elle aurait voulu se débarrasser de cette chose étrangère qui grossissait en elle, ce parasite de Rincourt, le fruit immonde d'un abus, se retourner comme un gant pour se nettoyer de l'intérieur.

Jourdan d'Espagne arriva de son petit pas discret. Le vieil homme laissait glisser ses pieds sur le sol, son aube trop longue traînait derrière lui. Il portait une cape noire, un bonnet qui cachait sa tonsure et ne laissait visible que son visage rond aux gros yeux naïfs.

– Nous partons. L'heure presse.

– Mais où m'emmenez-vous ?

– En Picardie, à Eu. Chez Raoul de Brienne, connétable de France et chef de la conjuration des Lys.

11.

Au mois de septembre, la peste avait gagné toutes les régions du nord du pays. À Niort, elle avait eu raison des assiégés et des assiégeants qui ne pensaient plus à faire la guerre, mais à sauver leur vie. Les portes de la ville s'ouvrirent sans combat ; les Anglais, rebutés par l'horrible puanteur, ne s'engouffrèrent pas dans la cité qui se livrait. Ils se perdirent dans la campagne, mettant à sac les fermes et les villages. Les paysans se défendaient comme ils pouvaient, avec des faux, des fourches, des fléaux. Ces batailles désordonnées faisaient autant de victimes que la peste.

Guy de Rincourt décida de lever le camp. Son armée se réduisait à quelques survivants. La peste frappait sans distinction les forts et les faibles. Quiconque s'endormait le soir bien portant pouvait se réveiller le matin le visage couvert de pustules, le corps parcouru d'atroces douleurs. Il n'avait alors que quelques heures à vivre, parfois deux à trois jours dans une souffrance insupportable. Certains préféraient se passer une lance à travers le corps.

Rincourt et la centaine de fidèles qui lui restaient se mirent en route vers Paris, le 11 septembre. Leur mission était accomplie : l'ennemi ne faisait plus le siège et la ville demeurait entre les mains des survivants.

Ils traversèrent des régions ravagées, des villages où les habitants avaient fui en laissant les morts dans les rues où chiens, corbeaux et loups se repaissaient. Des malades se traînaient, imploraient les cavaliers de les achever. Des pillards mettaient à sac les monastères, des flagellants s'en prenaient aux léproseries. L'odeur des bûchers surpassait souvent celle de la mal-mort.

Ils arrivèrent à Paris au bout de quinze jours de chevauchée. La plus grande ville d'Europe était à genoux. Étienne Marcel, le prévôt des marchands, avait pris en accord avec le roi une série de mesures qui devaient contenir le mal, mais elles étaient difficilement applicables. La place manquait dans les cimetières ; les menuisiers n'avaient plus de bois pour fabriquer des cercueils. Il fut interdit de jeter les cadavres dans la Seine, sous peine de graves sanctions qui allaient jusqu'à couper la main droite. Les maisons des pestiférés étaient marquées d'une croix rouge, les ouvertures murées avec leurs occupants à qui les services municipaux apportaient à manger quand ils avaient de quoi payer.

Des chariots tirés par des mules parcouraient les rues pour ramasser les morts. Les prisonniers qui faisaient ce travail étaient encadrés par des soldats en armes, d'autres creusaient des fosses derrière les murs, mais n'allaient pas assez vite : les cadavres s'entassaient sur des barges grouillantes de vers.

La tâche semblait sans fin. L'apocalypse montrait son visage le plus hideux. Chaque matin, le prévôt augmentait le nombre des chariots, mais tous les pestiférés ne pouvaient pas être évacués.

Beaucoup pourrissaient dans les arrière-cours, au fond des puits où on les jetait pour échapper aux mesures de la prévôté. L'odeur était insupportable. Des patrouilles arpentaient les rues et les ruelles, interpellant les suspects. Les médecins refusaient d'assister les malades ; un édit les obligea à le faire sous peine d'emprisonnement. On les voyait circuler dans la rue, vêtus d'une longue robe noire, d'un capuchon qui ne laissait que deux trous pour les yeux. Dans un cornet de cuir qui ressemblait à un énorme bec d'oiseau, ils entassaient les herbes et les sels censés les protéger. L'un d'eux, Pierre Roussel, administra à un malade une décoction de poudre de momie et de tisane de chiendent. Le malade guérit et Roussel se prit pour un génie. Il se mit à produire en grande quantité son remède miracle qu'il fit vendre par des enfants affamés à qui il donnait un quignon de pain. En une semaine, Roussel amassa une fortune considérable et mourut. Des astrologues, des rebouteux qui avaient « des secrets » monnayaient leur savoir. Certaines femmes connues pour pratiquer les avortements, pour soigner les petits maux de la vie écrivaient des billets pliés dans du cuir de veau et les vendaient le prix d'un tonneau de vin. L'acheteur devait le porter autour du cou et avait l'interdiction de regarder ce qui était écrit à l'intérieur.

Des prêcheurs ne cessaient de menacer la foule. Les badauds se rassemblaient devant Notre-Dame, se laissaient convaincre et parfois passaient aux actes contre une boutique de Juif ou des misérables qu'ils lapidaient. Les pendaisons aux poutres des maisons, les lynchages dans les rues sombres se multipliaient, les soldats chargés de faire respecter l'ordre n'intervenaient pas.

Avant de regagner le palais pour rendre compte au roi de sa mission, Guy de Rincourt passa à l'auberge où Eugénie avait été enfermée deux mois plus tôt. L'aubergiste avait transformé sa maison en bordel. Pendant que des illuminés menaçaient les populations des foudres célestes, d'autres éprouvaient le besoin de plaisirs violents et son établissement était très fréquenté. La visite de Rincourt l'inquiéta.

– La femme que j'ai amenée ici et que tu devais garder, où est-elle ?

L'homme souleva ses bras lourds comme les ailes d'un jars, secoua sa grosse tête :

– Elle est partie, monseigneur. Elle est partie quand la maladie a commencé. Les gardes avaient peur et la belle en a profité.

– Bien sûr, tu ne sais pas où elle est allée ?

Guy de Rincourt s'en voulait d'avoir abandonné Eugénie. Le roi n'avait-il pas voulu l'éloigner pour s'en débarrasser ? Il avait pourtant en lui la certitude qu'elle n'était pas morte, mais où aller la chercher ?

Il se rendit au palais. Sur le bord du fleuve, une procession de flagellants l'empêcha de passer. Hommes et femmes progressaient à genoux en frappant leur torse nu avec des fouets aux lanières cloutées. Ils scandaient des psaumes à la gloire de Dieu ; le sang coulait des dos meurtris, mais aucune douleur ne contractait leurs visages illuminés.

– Où vont-ils ? demanda Rincourt qui était descendu de cheval.

– À Saint-Sulpice, hors des portes. Il y a eu des miracles.

Le cortège progressait lentement. Guy de Rincourt, tenant son cheval par la bride, réussit à atteindre le pont aux Changeurs qu'il passa, et se présenta à la porte de la tour de l'Horloge. Un curieux silence régnait dans le palais.

– Que se passe-t-il ?

– Un grand malheur, répondit un garde presque gaiement. La reine Jeanne vient de mourir.

Rincourt savait que personne n'aimait la méchante reine, mais l'air jovial du garde lui sembla mal venu.

– Où est le roi ? Je dois lui rendre compte d'une mission qu'il m'a confiée.

– Le roi est dans son cabinet. On l'a entendu chantonner ce matin. La reine sera enterrée cet après-midi à Saint-Denis, mais le service sera réduit à cause de la maladie.

– Je comprends ! dit Rincourt en entrant dans le bâtiment que personne ne surveillait.

Il monta à l'étage et fut accueilli par des gardes. Quelques instants plus tard, le roi le recevait dans son petit cabinet aux tentures rouges.

– C'est ainsi ! dit Philippe en prenant un air faussement affecté. Vous avez donc délivré Niort. Je crois savoir que vous n'avez pas eu à combattre ?

– La faucheuse a fait le travail, Majesté. Assiégés et assiégeants se retrouvaient au même niveau.

– La peste ! fit le roi en frottant son large menton. Elle tue sans discernement, les puissants comme les faibles. Mais beaucoup en profitent pour s'enrichir. Savez-vous qu'il en coûte deux écus pour faire ferrer son cheval quand on arrive à trouver un maréchal-ferrant ? Je ne vous parle même pas des manouvriers, laboureurs ou vachers qui multiplient leurs prix par deux, par trois, par dix, et ils trouvent facilement de l'embauche ! C'est le monde à l'envers, bientôt les manants auront remplacé les gens de bonne famille.

Guy de Rincourt écoutait le roi d'une oreille distraite. Qu'était devenue Eugénie ?

– Me voilà veuf ! reprit le souverain. Je vous saurai gré de paraître à l'inhumation de cette pauvre Jeanne – que Dieu prenne en sa pitié. Elle fut une bonne épouse, je ne peux lui reprocher que ses accès de colère, ses folies dévastatrices… Oui, vous serez à l'inhumation avec les gens de ma suite. L'épidémie nous garde de faire grande cérémonie.

– Sire, avant de partir en campagne, j'ai ramené sur votre ordre une femme de sang royal, la comtesse d'Anjou.

Le roi sourit, de ce sourire un peu appuyé qui aurait pu faire croire à de la naïveté. Enfin, il dit de sa voix sifflante à cause des incisives cassées.

– Je ne sais pas ce qu'elle est devenue. Je l'ai fait chercher, on m'a assuré qu'elle était morte. Espérons que c'est vrai.

– Morte ? Vous dites…

– Cela ne doit pas vous affecter. Cette femme était d'une grande beauté, j'en conviens, mais elle avait la froideur d'un caveau. Quant à son frère de Sienne, je n'ai plus de nouvelles. Je veux croire que la faucheuse a aussi fait son œuvre. Mais dites-moi, pourquoi portez-vous toujours ce surcot blanc ? Cette couleur me semble bien peu ordinaire chez nos chevaliers.

– Un vœu, Sire, un vœu !

Rincourt quitta le roi en proie à un désarroi profond. Il ne pouvait pas croire qu'Eugénie fût morte. Quelque chose lui soufflait le contraire. Il regagna ses appartements, la tête basse.

L'après-midi, ses domestiques vinrent le prier de se rendre à l'inhumation de la reine. Les flagellants occupaient Notre-Dame, il faudrait se contenter d'un enterrement rapide dans la chapelle du palais. Ensuite, un cortège formé de quelques voitures accompagnerait la défunte à Saint-Denis. Tout serait fini à complies ; la difficulté des temps impliquait de telles restrictions approuvées par Jean de Normandie, le fils aîné du roi, qui s'ennuyait à de telles cérémonies !

Beaucoup de monde se pressait à l'entrée de la chapelle, trop petite pour contenir la foule des courtisans qui profitaient de l'occasion pour se montrer et faire bonne figure.

Guy de Rincourt fut placé avec la famille royale, ce qui était un immense honneur pour ce Gascon dont la cour ignorait l'existence quelques mois plus tôt. On disait que le roi avait de l'affection pour lui, cela suffisait à le rendre important. Pourtant, son abord froid et peu convivial n'incitait pas à la familiarité. Chacun comprenait qu'il avait une forte personnalité et sa réputation de maître d'armes lui valait le respect des jeunes chevaliers. « Il est imbattable ! disait-on dans son dos. Il possède trois passes secrètes, totalement imparables. Ce n'est pas un homme à défier en duel ! »

Rincourt laissait les regards s'arrêter sur lui. Ses pensées étaient ailleurs, très loin d'ici. Il était dans cette chambre d'auberge où, après boire, il avait osé abuser d'Eugénie. Il regrettait ce moment de folie qu'elle ne lui pardonnerait sans doute jamais. Car sa dame de cœur n'était pas morte et il la retrouverait ! Tandis que l'évêque de Notre-Dame officiait dans cette minuscule chapelle, il ne pensait qu'à la manière de la chercher, d'approcher les conjurés des Lys, de les faire parler. Devant lui, mais suffisamment près pour qu'il puisse les entendre, deux courtisans bavardaient :

– À côté du roi, regardez, M. de Normandie fait le gros dos !

– Savez-vous qu'on va désormais l'appeler le « dauphin » ? Quel ridicule !

– En effet, monseigneur. C'est à cause de ce vieux duc de Dauphiné qui n'a pas d'héritier. Et vous avez remarqué à côté, sur sa droite, Mme Bonne de Luxembourg, son épouse. L'appellera-t-on la « dauphine » ?

– Je le crois, en effet. Mais voyez sur la gauche, ce bellâtre qui porte un habit tellement court qu'on voit ses fesses ! N'est-ce pas indécent à l'enterrement d'une reine ?

– C'est M. d'Espagne, comme on l'appelle à la cour de Normandie. Charles de la Cerda, aventurier et ami du dauphin.

– Ami, dites-vous ? Beaucoup plus que cela. Certains affirment qu'ils sont amants et que Mme de Luxembourg s'est mise moult fois en colère à cause de cette liaison contre nature !

L'évêque expédia la cérémonie. Il faisait tellement chaud dans cette petite chapelle surpeuplée que tout le monde avait hâte de s'en aller. Au moment où les porteurs soulevèrent le cercueil de la reine pour le porter dans l'allée vers la porte et la fraîcheur, Bonne de Luxembourg poussa un petit cri et s'écroula, retenue par son époux. C'était une petite femme très brune, un peu boulotte, mais dont le visage respirait la santé. Ses belles joues rouges, son regard souriant, sa nature affable, faisaient que tout le monde l'aimait bien, les domestiques comme les courtisans. Elle se confiait peu, et seules les indiscrétions de ses femmes de chambre permettaient de savoir qu'elle vivait un drame caché.

Le duc de Normandie soutint son épouse qui claquait des dents. La figure de la dauphine avait pris un teint cireux qui ne laissait aucun doute sur la nature de sa maladie. Elle avait beau être la future reine de France, un mouvement de panique fit s'écarter ses voisins. M. d'Espagne, que l'on disait guerrier courageux, fut le premier à prendre ses distances. Seuls Philippe VI et son fils, Jean de Normandie, restèrent près de la jeune femme qui tremblait. Ils la sortirent sans l'aide d'aucun domestique. Comme son malaise semblait se dissiper, ses femmes de compagnie l'emmenèrent à ses appartements. Les autres montaient à cheval ou sur les chars à bancs qui devaient les conduire à Saint-Denis. Il fallut une bonne heure pour s'y rendre. L'inhumation dura peu. Tout le monde se doutait que très prochainement un nouvel enterrement aurait lieu dans la famille royale.

Le lendemain, à prime, Bonne de Luxembourg rendait son âme à Dieu après avoir hurlé de douleur pendant toute la nuit. Le cadavre dégageait une odeur tellement insupportable qu'on l'emporta dans une pièce du palais qui servait de débarras. Celle qui aurait dû être reine de France gisait sur un vieux lit parmi les objets les plus hétéroclites. Elle attendit là une journée, car il faisait très chaud pour un mois de septembre, avant de rejoindre sa belle-mère dans le caveau de Saint-Denis. Deux enterrements en deux jours, cela faisait beaucoup. Philippe VI et le dauphin étaient veufs ; si le père à cinquante-six ans pouvait rester seul, le fils devait reprendre une épouse au plus vite. Les diplomates et les conseillers de Sa Majesté se mirent aussitôt au travail, cherchant parmi les jeunes princesses d'Europe celles qui étaient d'assez haute naissance pour le futur roi de France. Ils pensèrent ainsi marier Jean à une fille du roi Édouard III, puis, comprenant que les Anglais refuseraient, arrêtèrent leur choix sur une princesse de Navarre, sœur de Charles. Cette fille de Jeanne d'Évreux était cousine au second degré du dauphin, mais cela ne gêna personne : dispense serait demandée au pape. On avait choisi Blanche de Navarre pour faire tenir tranquille son remuant de frère qui ne manquait aucune occasion pour déclarer que les Valois avaient volé la couronne de France. C'était surtout une très belle princesse, intelligente, qui cachait son tempérament derrière une attitude de jeune fille réservée. Dès le premier regard, Jean de Normandie en tomba amoureux fou. Son père également.

Aussi, Philippe VI, n'écoutant que la passion que cette beauté de dix-sept ans lui inspirait, décida-t-il de l'épouser. Cela fit beaucoup jaser, mais personne ne s'éleva contre la volonté royale. Le cardinal de Périgord, légat du pape, osa respectueusement remarquer que la différence d'âge était bien trop grande, que Philippe VI serait la risée des cours d'Europe et que cela nuirait à son prestige, le roi s'obstina. Jean de Normandie en conçut une grande rancœur qui renforça ses sentiments : il détestait son père.

– Vous serez mon témoin ! dit Philippe VI à Guy de Rincourt.

Cette marque de confiance qui aurait honoré tout autre courtisan laissa indifférent le chevalier à la tunique blanche.

Avant de prendre la route de Saint-Germain-en-Laye où devait avoir lieu la cérémonie du mariage royal, la cour d'Évreux, qui était aussi celle de

Navarre, fut à son tour endeuillée. Plusieurs personnes de l'entourage de la reine succombèrent en quelques jours : un bâtard de feu son époux, ce qui arrangea tout le monde ; la vieille Mme d'Évreux que personne ne pleura, car elle allait sur ses quatre-vingts ans et avait perdu la tête depuis de nombreuses années. La seule victime que Jeanne regretta fut son nain, Filochin, qui lui avait coûté une livre d'or fin quand elle l'avait acheté au comte de Foix, Gaston Phœbus. Filochin était particulièrement rusé et, tout en égayant l'assistance, entendait tout ce qui se disait et le répétait à sa maîtresse. Mesurant moins de trois pieds de haut, il se glissait partout – même sous les robes des femmes – et savait tout ce qui se passait dans le grand château d'Évreux.

Le nain mourut en quelques heures d'une forme foudroyante de la peste. Son corps commença aussitôt à se décomposer, il fallut le jeter dans les fossés du château tant il empestait. Jeanne de France, qui avait toujours refusé de le vendre, pensa qu'on avait jeté aux carpes des douves de quoi acheter quatre étalons.

Sa fille, Blanche, allait être reine de France, cela ne la réjouissait pas, même si la vieille dame pouvait considérer ce mariage comme une revanche. Deux jours avant le départ pour Paris, elle sentit, à son tour, un vague frisson dans le dos et pensa qu'elle avait pris froid. Cette femme robuste au visage d'homme ne s'effaroucha pas de si peu. Mais le lendemain, elle se tordait de douleur. Le docteur Jaffry, qui avait profité de l'épidémie en Normandie pour expérimenter différents remèdes, tenta d'inciser les bubons. Jeanne était résistante et ne bronchait pas quand le barbier du château lui arrachait une dent récalcitrante, pourtant, elle ne put retenir des cris tellement la douleur était intense. Jaffry incisa les bubons d'où s'échappait un pus verdâtre épais. Ce qui avait été salutaire à plusieurs malades resta sans effet auprès de la reine, qui mourut le lendemain en vomissant des flots de sang, à l'heure prévue du départ pour Paris. Son fils, Charles, devenait le maître de la puissante maison d'Évreux et ceignait la couronne de Navarre. Désormais, rien ne contrarierait sa nature désordonnée et belliqueuse.

Il précipita l'enterrement de sa mère et ne prit même pas le temps d'envoyer un coursier avertir sa sœur restée à Paris. Comme les chariots étaient chargés, les chevaux attelés, on ne pouvait pas trop différer le départ pour Saint-Germain. Jeanne de France prestement enfermée dans le caveau des Évreux auprès de son mari, il donna l'ordre de partir, tout heureux de quitter l'austère forteresse des comtes normands pour plusieurs semaines de réjouissances.

– Sois prêt, Eauze ! dit-il à son colossal ami. Il y aura des tournois où tu pourras montrer ta force. Et puis, dans ces fêtes qui n'en finissent pas, beaucoup de femmes s'ennuient, tu comprends que nous aurons à faire, toi et moi !

Ainsi, le tout nouveau roi de Navarre, qui pesait moins de cent livres, partit en compagnie de Geoffroi d'Eauze qui, lui, en pesait plus de trois cents.

Ils arrivèrent la veille de la cérémonie et s'installèrent à Saint-Germain-en-Laye, dans le château des comtes d'Évreux.

À Paris, la peste marquait le pas. Moins de dix décès avaient été signalés ces deux derniers jours. Après la peur, la capitale retrouvait son agitation habituelle, ses rues encombrées ; les survivants avaient envie de s'amuser, de boire, de danser sur les bords de Seine. Dieu avait entendu leurs prières ! Les flagellants jetaient leurs fouets et se dressaient, le dos encore sanglant. Hommes et femmes se jetaient dans les bras les uns des autres, se livraient à des bacchanales effrénées.

La capitale revivait. Les tripots, les lieux de plaisir ne désemplissaient pas ; on exprimait sa joie d'avoir échappé à la menace. L'hiver arrivait. Les bateaux de blé qui venaient de la Beauce et de la Brie circulaient de nouveau, mais les bras avaient manqué au moment de la récolte. Dans quelques semaines, la flambée des prix rendrait le pain inabordable à un grand nombre de miséreux.

Le petit roi de Navarre commença la soirée en son hôtel par un solide dîner arrosé des meilleurs vins de Champagne dont il fit une large consommation. Puis considérant que la compagnie n'était pas suffisante, il invita Eauze à faire le tour des tripots et des bordels de Saint-Germain-en-Laye. Le géant, malgré les réticences de Bessonac, ne résista pas au plaisir d'aller tâter les filles follieuses et surtout provoquer quelque bonne bagarre qui le libérerait de son constant besoin d'exercices violents. Ils revinrent au petit matin, crottés, les vêtements déchirés, ivres à ne pas pouvoir se tenir debout. Ils allèrent dormir quelques heures avant de se rendre au mariage royal.

Comme pour les enterrements de la reine et de la dauphine, on se contenta d'une cérémonie à la sauvette : le roi veuf depuis moins de deux mois se remariait avec une adolescente qui aurait pu être sa petite-fille ! Le peuple de Paris, toujours prompt à manifester sa joie lors des événements princiers, resta silencieux. Les Parisiens avaient le goût de la gaudriole, mais cette union ne leur plaisait pas, car ils la jugeaient contre nature. Jusque-là, ils avaient pour Philippe VI le respect dû à un roi qui savait se montrer humain, souvent généreux, ils le découvraient malsain et uniquement préoccupé par ses petits plaisirs.

Le mariage se déroula à l'église Sainte-Croix. Les proches du roi et de la future reine étaient présents, à l'exception du dauphin à qui son père avait soufflé la belle fiancée. Le marié en tenue royale avait caché ses cheveux blancs sous un léger voile de soie surmonté de la couronne. Il portait dignement le sceptre, mais sa façon de marcher légèrement pour essayer d'effacer son embonpoint produisait l'effet contraire et ses pas étaient lourds, raides, sans grâce. L'usage voulant que le futur marié soit conduit à l'autel par sa mère, Philippe VI choisit une vieille tante que tout le monde avait oubliée car elle allait sur ses quatre-vingt-dix ans. Elle marchait péniblement, ponctuant chacun de ses pas de mouvements du menton qu'elle avait long et couvert de poils raides. La petite Blanche, n'ayant plus ni père ni mère, prit le bras de son frère aîné, depuis peu roi de Navarre. Charles avait encore les traits tirés de son escapade de la veille. Il était plus petit que sa sœur mais tellement gracieux que les regards s'attardaient sur sa silhouette bien faite, son beau visage et ses cheveux blonds. Les plus anciens de l'assemblée reconnaissaient en lui les traits de son grand-père Louis X, preuve une fois de plus que sa mère n'était pas bâtarde, mais bien issue du sang de Philippe le Bel. Souriant de ses belles dents régulières, il tournait autour de lui son magnifique regard aux yeux clairs. Un ange, s'exclamaient les vieilles dames attendries. Un ange en effet, mais seulement en apparence, l'intérieur était tout différent. Désormais libre d'agir, il aurait le temps tout au long de sa vie de montrer de quoi il était capable.

À son bras, Blanche de Navarre, qui avait perdu sa mère une semaine plus tôt, souriait, émue. Elle épousait un homme qui avait quarante ans de plus qu'elle et ne mesurait pas l'abîme qui les séparait. Elle allait être reine de France ! Oui, mais pour combien de temps ?

Pour l'instant, personne ne se préoccupait de l'avenir. La jeune fille, au bras de son frère, montait rejoindre le roi sous la musique prenante des orgues et des vielles. On avait trouvé des chanteurs et des musiciens au dernier moment, mais ils manquaient de coordination et des notes discordantes s'envolaient parfois comme des oiseaux noirs dans une nuée d'ailes blanches. Philippe VI, éperdument amoureux de Blanche au point de perdre tout bon sens, souriait, béat, montrant ses chicots et le trou de ses incisives. Il accueillit sa nouvelle épouse en soufflant sur elle une haleine chargée de vieil homme. L'office commença. L'archevêque de Paris avait fait le déplacement et récitait les premières prières, entouré de ses servants vêtus d'aubes blanches cousues d'or.

Aux premiers rangs, à l'emplacement réservé aux Navarre, Geoffroi d'Eauze dominait l'assistance. Sa tête, deux pieds au-dessus des autres, faisait impression. Qui était ce géant proche de la famille d'Évreux ? Lui ne prêtait aucune attention aux regards qui détaillaient sa silhouette. Il n'avait pas dormi, ou si peu que la fatigue alourdissait ses pensées. Le peu de temps où il s'était assoupi, des rêves étranges, probablement dus à l'excès de vin, l'avaient hanté. Il avait vu Eugénie quelque part dans cette France du Nord qui parlait une langue différente de la sienne. Une Eugénie toujours aussi belle, aussi désirable. Il avait beau courir derrière elle, renverser des arbres, défoncer des portes et des murs, la fragile apparition le devançait toujours et s'évaporait au moment où il allait la saisir. C'était bien elle qu'il cherchait à oublier pendant les nuits de débauche, elle qu'il croyait serrer contre lui avec la première soubrette venue, dont il ignorait le prénom. Depuis que les espions de Charles avaient retrouvé les traces de sa femme en compagnie de Renaud d'Aignan en Avignon, il n'avait eu aucune nouvelle. Aurait-elle succombé à la peste ? Geoffroi d'Eauze ne pouvait pas le croire. Il avait en lui la certitude qu'il reverrait Eugénie, qu'il retrouverait ses enfants. Un astrologue de la maison d'Évreux le lui avait assuré et lui qui, d'habitude, se moquait des devins et des marchands d'espoir, l'avait cru.

L'office du mariage ennuyait tout le monde. Comme il n'y avait pas de princes étrangers, on avait écourté la cérémonie qui, en temps ordinaire, durait plusieurs heures. L'impatience se marquait sur les traits du roi lui-même, quand l'archevêque se laissa aller à des commentaires sur les saintes Écritures. Enfin, avant de procéder à la bénédiction des anneaux et au consentement des futurs époux, il appela les témoins. Blanche, dans la précipitation, avait choisi son jeune frère, Philippe de Navarre, cadet d'un an de Charles et beaucoup plus grand, plus osseux, mais nettement moins séduisant. Le roi n'était pas revenu sur sa première décision, Guy de Rincourt fut son témoin. Beaucoup de proches en furent dépités, estimant que cet honneur leur revenait de droit.

Lorsque le chevalier sortit du carré réservé à la famille royale, Geoffroi d'Eauze resta stupéfait, figé : son ennemi était là, témoin du roi de France! Comment une aussi grande injustice était-elle possible? Comment Philippe VI avait-il pu choisir le plus malfaisant de ses chevaliers? Rincourt marcha dans l'allée; son surcot blanc lui donnait une allure étrange au milieu de cette assemblée vivement colorée. La tête nue, les lèvres serrées, rasé de près, il allait d'un pas régulier, quasi royal. Quand il arriva à la chaise qui lui était réservée à côté du roi, il leva les yeux sur l'assistance. Son regard s'arrêta alors sur celui qui dépassait tout le monde, celui qui occupait trois places tellement ses épaules étaient larges. Son visage blêmit légèrement, puis il se tourna, de nouveau impénétrable. À son tour, il se demandait ce que faisait dans cette assemblée restreinte, réservée aux intimes des époux, ce chevalier gascon plus grossier qu'un vacher et presque illettré.

Quand la cérémonie fut achevée, la foule sortit lentement en bavardant à voix basse. Le regard fixe de Rincourt croisa celui d'Eauze qui poussa un sourd grognement, mais sous les voûtes de pierre, dans le brouhaha, ce grognement passa inaperçu. Rincourt sourit à ceux qui venaient le saluer. Il vit le petit roi de Navarre rejoindre son ennemi, lui parler familièrement, et comprit alors comment cette extraordinaire rencontre avait pu se faire.

Les différentes délégations regagnèrent le Palais séparément. Elles se retrouvèrent en milieu d'après-midi à la chapelle pour une petite cérémonie dont tout le monde se serait passé, mais que la jeune reine avait souhaitée. L'archevêque prononça plusieurs prières, la foule manquait de ferveur. Beaucoup n'avaient rien mangé depuis la veille, les bonnes odeurs de cuisine les distrayaient de leurs devoirs religieux. Une fois de plus, Eauze et Rincourt croisèrent leurs regards.

À la fin de la cérémonie, les deux hommes se rapprochèrent. Eauze, qui retenait mal sa colère, ressemblait à un ours acculé prêt à bondir sur les chasseurs.

– Monsieur, s'étonna Rincourt en dardant son regard fixe dans celui d'Eauze, je ne m'attendais point à vous rencontrer ici !

– Moi non plus, ce qui me prouve, si c'était nécessaire, que les brigands se trouvent souvent dans l'entourage des rois.

– Je vous prie de ne point calomnier mon maître. J'espère que vous saurez faire preuve d'un peu de retenue. Nos différends se régleront ailleurs, en d'autres temps.

– Rendez-moi ma femme, mes enfants et mon fief ! tonna Eauze. Sinon, je vous déclare une guerre totale. Avec l'aide de mes amis, je vous réduirai en poussière.

Rincourt fit quelques pas à l'écart, car il avait vu des courtisans se tourner vers Eauze qui ne savait pas parler à voix basse. Chaque mot qu'il prononçait faisait le bruit de ces bouches à feu que l'on expérimentait sur les champs de bataille en Poitou.

– Vos enfants sont à Aignan, sous la garde de leur tante. Quant à votre femme, je ne sais pas où elle se trouve.

Ils se regardaient. Ni l'un ni l'autre n'avait l'intention de baisser le regard malgré la brûlure qu'ils ressentaient. Charles de Navarre vint chercher Eauze.

– Viens donc, mon ami. Nous avons tant à faire ! Il nous faut d'abord boire à suffisance pour oublier les mauvaises vapeurs du vin d'hier. Et puis, regarde toutes ces belles qui n'attendent que nous !

Eauze suivit son petit roi, laissant Rincourt en compagnie d'une comtesse de Navarre qui baragouinait une langue d'oïl à laquelle il ne comprenait rien. Pendant le banquet, les deux hommes, pourtant assez proches l'un de l'autre, n'échangèrent aucune parole, aucun regard. Leur confrontation viendrait à son heure…

Il fallut plusieurs jours au groupe de mercenaires chargés d'assurer la sécurité pour conduire Eugénie et le frère Jourdan d'Espagne à Eu, en Picardie, à moins d'une lieue de la mer. La maladie reculait partout, l'espoir revenait. Les milices municipales s'organisaient de nouveau pour lutter contre les pillards. Dans les campagnes, les bandes de malfaiteurs étaient pourchassées et rendaient les armes.

L'ordre se rétablissait. Malgré la pluie qui ne cessait de tomber sur la Picardie, les voyageurs firent diligence. Jourdan se plaignait de ses douleurs aux bras, aux jambes, aux hanches, mais c'était pour se faire cajoler par Eugénie. Le moine avait des caprices de petit garçon. Un soir, il demanda des œufs de canard dans une auberge. On ne put lui offrir que des œufs de poule, il se mit en colère. Eugénie dut le calmer en l'assurant qu'en arrivant à Eu, sa première préoccupation serait de trouver des œufs de canard.

Les voyageurs parvinrent à Eu en milieu de journée. Il ne pleuvait plus, ce qui rendit à Jourdan sa bonne humeur. Ils entrèrent dans la ville qui ne s'était pas séparée de son château fort. L'antique forteresse occupait toute la partie est des fortifications qui donnaient sur la mer. Les anciens fossés avaient été comblés en partie, ne laissant que des mares d'agrément qui servaient de viviers à anguilles et à carpes. La herse était cependant fermée la nuit par mesure de précaution, car l'arsenal secret des conjurés des Lys, des centaines d'arquebuses, des bouches à feu achetées en Italie, se trouvait dans les dépendances de la forteresse. Un millier de soldats obéissaient aux ordres du comte d'Eu, Raoul de Brienne.

– Son père s'appelait aussi Raoul. Je l'ai bien connu, précisa Jourdan d'Espagne. C'était un homme d'honneur et fidèle à ses principes qui a commis l'erreur de se faire tuer en duel il y a quelques années, en 1345 ! Son fils lui a succédé à la tête des Lys.

– N'est-il pas aussi connétable de France ?

– Si fait ! C'est le deuxième personnage du pays après le roi, position à la fois avantageuse et dangereuse pour un conspirateur !

– Mais comment se fait-il qu'il ne soit pas à Paris pour le mariage du Valois avec la jeune Blanche de Navarre ?

– Depuis trois ans, il est prisonnier d'Édouard III. Il s'est fait capturer lors d'une escarmouche des Anglais dans la région de Calais. Il devrait, normalement, être en Angleterre, mais c'est un prisonnier très libre qui s'occupe d'ailleurs de négocier une paix générale entre la France et l'Angleterre. Il passe beaucoup de temps dans son château. Il possède des fiefs en Normandie, il possède Bourgueil, Chinon en Touraine, d'autres terres en Bourgogne, en Artois, en Angleterre, en Irlande. Tu comprends maintenant que les soutiens de Jean Ier sont très puissants !

Ils se présentèrent aux gardes du château. Jourdan d'Espagne fut très désagréable, car il ne comprenait pas qu'on le fasse attendre, lui l'ami du connétable. Enfin, ils furent introduits dans une immense salle aux murs de pierres blanches. Jourdan s'impatientait et marchait de long en large, en rouspétant.

– J'oubliais de te dire : c'est un très bel homme, veuf depuis deux ans ! poursuivit le moine.

– Que cherches-tu à insinuer ? répondit Eugénie contrariée.

Une porte basse s'ouvrit et un chevalier d'une trentaine d'années arriva. Son premier regard pour Eugénie l'arrêta, le laissa figé un bref instant, puis il se tourna lentement vers Jourdan à qui il tendit les bras. C'était, en effet, un très bel homme, de grande taille et bien proportionné. Ses cheveux d'un blond roux tombaient sur ses tempes en magnifiques boucles pleines de lumière. Son visage racé, bien qu'un peu large, ses yeux d'un brun lumineux charmaient ses visiteurs. Il se détacha de Jourdan et s'adressa à Eugénie :

– Madame, je me réjouis de vous voir ici. Nos amis des Lys vous attendent !

Eugénie s'inclina. Raoul de Brienne lui adressa un sourire séducteur.

– Je crois à une solution pacifique avec les Valois ! affirma-t-il. Comme mon père, j'ai toujours agi pour éviter la guerre civile. La peste m'a convaincu que j'avais raison. J'essaie d'accorder l'Anglais et le Français dans une querelle où tout le monde ment et triche. Jamais couronne de France ne fut si convoitée par autant d'héritiers et je tente de montrer que Jean Ier pourrait mettre tout le monde d'accord.

– Pour cela, il faudrait obtenir le renoncement de Philippe VI, ce qu'il n'acceptera que sous la contrainte des armes ! répliqua Eugénie.

– Certes, mais la conjuration des Lys a de quoi faire valoir ses arguments. J'ai ici un arsenal propre à armer cent mille hommes. Quant à la guerre qui oppose la France à l'Angleterre…

– On m'a dit que tu négociais entre les deux rois actuels…

Raoul de Brienne sourit. Jourdan continuait de tutoyer celui qu'il avait connu enfant afin de bien montrer sa place dans cette maison. Le moine jeta un bref regard à Eugénie pour s'assurer qu'elle avait entendu.

– Nous cherchons à éviter les malheurs du peuple, les granges incendiées, les récoltes ravagées, l'insécurité. Nous sommes en contact avec le roi de Hongrie, avec l'Italie, avec toute l'Europe pour lever une armée telle que personne ne pourra y résister. Alors, nous réunirons les pairs du royaume qui décideront, selon l'ancienne coutume franque, qui est l'héritier direct de la couronne et la manière de gouverner. Le roi Édouard III est d'accord, car le trône de France n'est qu'un prétexte. Ce freluquet de Charles de Navarre n'ignore pas que Jean Ier le surpasse en droit et s'en accommodera moyennant des compensations.

Des servantes conduisirent Eugénie à ses appartements afin qu'elle se prépare pour le dîner. Elle se retrouva seule un instant et put alors mesurer combien elle se sentait différente de la veille. La pensée de l'enfant qu'elle portait la taraudait. Elle s'agenouilla devant le crucifix pendu au-dessus de son lit, entre les niches des deux lampes à huile dont la lumière l'accompagnerait dans son sommeil. Elle joignit les mains et demanda à Dieu de lui donner beaucoup de force parce qu'elle se sentait très fragile, très faible. Que voulait-elle ? Quelle était la nature des sentiments qui obstruaient son esprit ?

L'image envahissante de son époux la hanta à son tour. Où était-il ? La peste l'avait-elle emporté avec sa cohorte de cadavres ? Eugénie constatait qu'elle ne l'avait pas aimé comme une femme doit aimer un homme. Le regard de Rincourt lors du tournoi de Condom avait fait naître en elle un émoi profond que Brienne par son charme, par son attitude empressée, avait réactivé dans ce château d'Eu battu par les vents marins.

On frappa à sa porte. Jourdan d'Espagne entra en prenant des airs importants. Il promena ses gros yeux sur le mobilier et s'assit sans attendre d'en être prié sur une chaise tapissée de velours rouge.

– Tu as compris, ma fille, qu'entre mes mains se tient l'avenir du royaume !

Eugénie éclata de rire. La présence de Jourdan lui faisait du bien en éloignant ses fantômes.

– N'exagérons pas ! Tu es seulement au courant d'une manigance comme il y en a eu des quantités qui n'ont conduit à rien.

– Mais celle-là ira au bout parce qu'elle est au service de la justice et menée par des personnes de qualité. Maintenant, allons dîner. Notre hôte nous attend.

La salle à manger était immense. Plus de cinquante convives se tenaient debout par groupes en attendant que le maître les invitât à s'asseoir. Quand Jourdan et Eugénie arrivèrent, Raoul de Brienne se porta à leur rencontre. Il les salua, puis s'inclina devant la jeune femme en l'invitant à se mêler aux convives. Laissé en retrait, Jourdan se dressa sur ses jarrets pour dire au gros Jean d'Harcourt qu'il était le gardien de cette princesse et que rien ne pouvait se décider à son sujet sans son accord. Quelques sourires accueillirent les propos du moine.

Enfin, on s'assit à table. Raoul de Brienne avait placé Eugénie en face de lui, de façon à n'avoir qu'à lever les yeux pour croiser son regard. Les valets de bouche remplissaient les hanaps et apportaient les plats du premier service, terrines de poisson, pâtés de viande, bécasses entières cuites dans leur jus, merles grillés et des tas de petites gourmandises. Raoul se leva.

– Messieurs, amis de la plus ancienne noblesse de Picardie et de Normandie, frères des Lys, buvons en l'honneur de Mme Eugénie, comtesse d'Anjou, sœur de notre roi, Jean Ier.

Les convives se levèrent et ôtèrent leur chaperon. Ils étaient tous là, les chefs de la Conjuration : Étienne Pleisson, comte de Vézelay, le cardinal de Varonne qui avait quitté son évêché de Reims, Itteville à la belle chevelure blanche, Mainemarres, Morbach, le comte de Hauteville, Jean d'Harcourt qui pesait près de trois cents livres. Quand ils avaient reçu les coursiers envoyés par Jourdan, ils avaient éreinté plusieurs chevaux de prix pour ne pas être en retard à ce rendez-vous avec l'histoire de leur pays.

Raoul de Brienne invita Eugénie à prendre la parole. Elle se leva, son ventre se nouait, un tiraillement qu'elle connaissait pour l'avoir ressenti lors de ses précédentes grossesses, mais dû aussi à la portée des mots qu'elle allait prononcer, à son engagement face à cette assemblée qui saurait lui demander des comptes.

– Mes amis, nous nous battons pour rétablir la justice dans ce royaume ! dit-elle d'une voix assurée. J'ai juré à mon père, à l'instant de sa mort, de réhabiliter la mémoire de ma mère, Clémence de Hongrie, et d'aider mon frère Jean à récupérer son trône. Je ne me dédirai jamais de ce serment, quoi qu'il m'en coûte ! De nombreux dangers nous attendent, je vous demande la grâce d'être la première à les affronter.

Un tonnerre d'applaudissements accueillit ces propos. Eugénie ressentit alors une légère ivresse qui l'empêchait de mesurer la portée de ses paroles.

Il fut décidé qu'elle partirait pour Rome avec une délégation de chevaliers des Lys au début du printemps suivant pour annoncer au marchand d'étoffes Giannino di Guccio ses origines royales et organiser avec le tribun de Rome Cola di Rienzo l'armée qui devrait marcher sur Paris et démettre le Valois du trône de France.

– La saison qui s'annonce n'est pas favorable aux longs voyages ! dit Raoul de Brienne. Je vous propose, madame, de séjourner ici en attendant le retour des beaux jours qui marqueront le début de notre action. Vous y êtes en sécurité. Les cinq mille hommes de troupe qui protègent la forteresse d'Eu auront pour mission de veiller particulièrement sur vous.

– Nous acceptons ! dit Jourdan qui voulait attirer l'attention sur lui.

Étienne de Pleisson demanda la parole et se leva. Il fit un signe à son écuyer qui sortit de la pièce et revint quelques instants plus tard, portant un énorme bouquet de lys blancs. Les convives poussèrent une exclamation de surprise : la saison était déjà très avancée, les lys ne fleurissaient plus depuis longtemps.

– Quel prodige, mon cousin ! s'écria Brienne. Comment avez-vous pu obtenir ces fleurs en cette saison ?

Pleisson sourit. Il avait un beau visage rond et franc.

– Vous savez que j'ai la passion des plantes et que j'ai expérimenté une maison de verre pour les protéger du froid. Ainsi, dans mon Morvan au rude climat, l'été dure toute l'année. Les lys, ces fleurs royales, fleurissent tout au long de l'hiver ! Bientôt, elles fleuriront sur le trône de France !

– Des lys en hiver ! murmura Mainemarres à son voisin. Quelle idée !

– Je propose, poursuivit Pleisson, que ces lys d'hiver soient notre emblème. Partout où ils fleuriront, les conjurés seront présents !

Les applaudissements fusèrent. Seul d'Harcourt trouvait le temps long. Les bonnes odeurs qui venaient des cuisines avaient mis ce gros mangeur en appétit et il ne cessait de se tourner vers son écuyer pour qu'il remplisse son hanap qu'il vidait d'un trait.

La semaine qui suivit fut consacrée à la chasse. Les chevaliers couraient le cerf dans la journée et banquetaient le soir, souvent tard dans la nuit. Quand ils furent partis, il sembla à Eugénie que l'immense château était désert, pourtant toute une armée s'y entraînait chaque jour.

Raoul de Brienne ne la quittait pas. Il l'invitait à sa table, faisait avec elle de longues promenades dans le parc où l'automne roussissait les feuilles. Il lui proposa des promenades à cheval qu'elle accepta, mais prétexta être mauvaise cavalière pour ne pas avoir à galoper. Ils se rendirent sur les bords de la mer, marchèrent longtemps sur la plage, le visage fouetté par la houle.

– Je vais bientôt être obligé de repartir ! dit-il en regardant le large et le moutonnement des vagues. Jusqu'à ce jour, c'était pour moi une libération. Il me semblait que le paradis se trouvait toujours derrière l'horizon.

L'humidité du vent collait ses cheveux sur son front. Ainsi livrés aux éléments, sa peau d'une blondeur de blé mûr était affermie par la fraîcheur, les traits de son visage devenaient plus nets que dans son salon ou le long des allées du parc.

Des mouettes piaillaient en tournant au-dessus des vagues. Un bateau léger avait hissé sa petite voile pour rentrer avant la tourmente. Quelques gouttes d'une pluie froide frappèrent les joues d'Eugénie. Ils marchèrent ainsi, silencieux pendant de longues minutes. Leurs chevaux attachés à un pin hennirent en les voyant s'éloigner. Raoul de Brienne se tourna vers sa compagne, et lui posa les mains sur les épaules.

– Je vais m'ennuyer sans vous.

Elle ne répondit pas, mais pensait que la vie au château d'Eu devait être triste sans le maître.

– Je ne sais surtout pas quand je reviendrai. Rien n'est simple.

Il lui prit la main et la garda un instant, serrée dans les siennes. Ce fut Eugénie qui se libéra et reprit la marche.

– Votre séjour en Avignon vous a bien montré que le pape n'est pas de notre côté. Il veut que toutes ces guerres cessent, mais il estime que changer un roi pour un autre ne fera qu'attiser les haines. Il reprend les arguments de Jean XXII qui empêcha mon père et les conjurés d'agir au début du règne de Philippe VI.

Eugénie frissonnait. Le vent, la pluie la glaçaient jusqu'aux os.

– Pourquoi faites-vous cela ? demanda-t-elle. Pourquoi vos amis vont-ils risquer leur vie ? Vous pouvez vous accommoder des Valois. Votre fortune est considérable. Qu'adviendra-t-il si quelqu'un parle à Philippe VI, dénonce vos agissements, votre trahison ?

Le mot était lâché, il sembla énorme à Eugénie, indigne de l'homme qui la regardait.

– Je fais cela par fidélité à la lignée de Philippe le Bel à qui je suis apparenté. Je pense aussi que rien de grand et de noble n'est possible dans un royaume où le roi lui-même est un tricheur.

Il était vraiment beau, le connétable de France, une beauté si différente de l'austère séduction de Rincourt. Le regard du chevalier blanc planté dans le sien lors du tournoi de Condom s'imposait à l'esprit d'Eugénie.

– Rentrons ! dit-elle.

Le lendemain, vers deux heures, Brienne vint la chercher pour une nouvelle promenade. Le temps était exécrable, des averses brutales s'abattaient sur les collines, la mauvaise saison s'installait avec ses journées courtes et sans lumière.

Ils chevauchèrent longtemps sans un mot, l'un près de l'autre, dans une vaste étendue de roseaux et d'ajoncs. Le vent courait sur cette terre sans obstacle, contrariait le pas des chevaux. Les ailes des moulins sifflaient. Ils arrivèrent à un pavillon de chasse isolé. Raoul lui dit que son père aimait cet endroit. Il y retrouvait le souvenir de l'homme qui avait tant compté pour lui. Un couple de vieux domestiques vivait là pour entretenir la demeure et y faire du feu quand le maître venait.

Tout rappelait la chasse dans cette demeure forestière, des têtes de cerfs, des hures ornaient les murs de la grande pièce centrale. Toinet, le domestique, se tenait dans un coin, comme une icône, portant chausses, haut-de-chausses et cotte plissée qui descendait jusqu'à mi-cuisse. Il avait quelque chose de pathétique et d'attachant. Raoul le salua et emmena Eugénie dans une salle voisine, encombrée d'un grand bric-à-brac, arquebuses en morceaux sur une table et, contre le mur, un établi avec des outils, râpes à bois, limes, scies et pinces de toutes sortes.

– C'est ici que je m'amuse à bricoler des armes.

– Pourquoi des armes ? demanda Eugénie.

– Parce que je ne sais pas écrire de la poésie ni jouer de la musique comme le faisait votre père. Je ne suis qu'un soldat !

Il la regarda longuement, puis parla abondamment des arbalètes qu'il fabriquait en bois de robinier ou de frêne dont le ressort était bien supérieur à toutes les autres essences et d'une puissance suffisante pour envoyer des traits capables de traverser le cuir d'un sanglier. Enfin, il dressa la tête et regarda dehors.

– La nuit va tomber, il est temps de rentrer.

Au souper, Raoul avait fait venir des musiciens et des chanteurs de langue d'oc. Eugénie écouta avec ravissement les airs composés par son père. L'émotion lui fit perler une larme au coin des yeux.

Quand tout le monde fut parti se coucher, Raoul la rejoignit dans sa chambre et congédia les domestiques. Il semblait embarrassé, comme un adolescent qui ne sait comment exprimer son sentiment. Eugénie, assise devant une table près de son lit, lisait un livre de Pétrarque que son hôte lui avait offert.

– Madame, dit-il enfin en marchant de long en large dans la pièce, pardonnez ma présence chez vous à cette heure, mais je ne puis plus vivre ainsi, sans vous exprimer le sentiment qui m'occupe jour et nuit.

Eugénie sourit, leva lentement ses yeux clairs vers Brienne qui restait grave.

– Monseigneur, toute notre volonté doit se concentrer vers le but que nous nous sommes fixé !

Il fut décontenancé, car il ne s'attendait pas à un refus. D'ordinaire, le connétable de France n'avait qu'à montrer son désir pour que les plus belles femmes se livrent.

– Madame, il ne s'agit pas d'une fantaisie ! précisa-t-il. J'éprouve pour vous un sentiment profond qui durera toute ma vie !

– Nous verrons cela, messire, mais il se fait tard !

Raoul de Brienne sortit. Eugénie se mit au lit. Au petit matin, juste avant de se réveiller, elle rêva à Rincourt, un rêve dont elle ne gardait qu'une sensation de bien-être qui la mit mal à l'aise pendant toute la matinée.

Dans l'après-midi, le connétable vint lui annoncer son départ qui n'était pas étranger au refus de la veille.

– Trois à quatre mois. Je serai de retour en février ou mars pour vous accompagner à Rome.

Il se tourna vers ses gardes qui préparaient les chevaux, puis fit brusquement volte-face :

– Ma race serait honorée d'accueillir une femme de si haut lignage. Je vous épouserai, Eugénie !

– N'oubliez pas que je suis mariée, que j'ai deux fils !

– Ils seront barons de France. Dès mon retour, je m'occuperai de les faire venir ici pour qu'ils reçoivent une éducation digne de leur rang. Je les considérerai comme mes propres fils.

– Et mon mari, qu'en ferez-vous ?

– Nous ne savons pas où il est. Les gens que j'ai envoyés à sa recherche sont revenus bredouilles. Enfin, nous trouverons une solution. Le pape ne peut rien me refuser.

– Le pape ne peut pas défaire ce que Dieu a voulu dans son immense clairvoyance ! répliqua Eugénie.

Quand Raoul de Brienne fut sorti de l'enceinte du château au milieu de ses chevaliers, Eugénie eut le pressentiment qu'il allait mourir.

L'enfant qui grossissait en elle arrondissait son ventre. Si sa grossesse était encore aisée à cacher, il n'en serait pas de même au retour de Brienne. Elle accoucherait au tout début du mois de mars, juste avant le départ pour l'Italie.

– Cela ne se peut ! fit-elle en détournant la tête du crucifix fixé au-dessus de son lit.

La jeune femme ne pouvait pas mettre Jourdan dans la confidence. Le moine n'aurait cessé de lui rappeler ses devoirs chrétiens et aurait ameuté tout le château. Elle décida de faire confiance à Pierrette Lamblin, sa femme de chambre, âgée d'une quarantaine d'années. Pierrette avait un visage carré taillé de profondes rides, des cheveux gris qu'elle coupait court pour ne pas être gênée dans son travail, un regard franc. Très maigre, elle se nourrissait de bouillies, ayant perdu toutes ses dents à la suite de plusieurs grossesses difficiles. Raoul l'avait mise au service d'Eugénie parce qu'il avait toute confiance en cette veuve généreuse et respectée.

Un matin, après son lever, Eugénie demanda à Pierrette de s'asseoir près d'elle sur le rebord du lit.

– Il faut que je te parle. Je sais que je peux avoir confiance en toi. D'ailleurs, tu as percé mon secret dès le premier jour et tu n'en as parlé à personne.

Pierrette eut un mouvement des paupières pour bien montrer qu'elle comprenait.

– Au château et dans la ville, c'est moi qui aide les femmes à accoucher ! dit-elle.

– Et tu sais que je suis enceinte !

– Oui, madame, d'environ trois mois.

– Un peu moins, précisa Eugénie. Un homme a abusé de moi. Tu comprends que je ne peux pas en parler à Raoul, ni à personne. Je ne veux pas porter cet enfant à son terme.

Pierrette se signa et murmura une prière. Les enfants nés d'un viol étaient aussi des enfants de Dieu. Interrompre leur vie était un immense péché qui ne pouvait se pardonner.

– Je comprends, madame, fit-elle. Mais je ne sais pas faire ces choses-là. Je ne sais que mettre au monde les enfantelets bien à terme.

Eugénie se demanda si elle n'avait pas eu tort de se fier à cette femme trop pieuse pour ne pas commettre quelque imprudence ou parler au père Billard, le confesseur du château.

– Rassurez-vous, madame, fit Pierrette qui avait compris le silence gêné d'Eugénie, je n'en parlerai à personne. Je pourrai sans doute vous aider si vous prenez pour vous la totalité du péché.

– J'accepte, murmura Eugénie.

Elle eut conscience de faire un pas décisif vers l'enfer.

Deux jours plus tard, Pierrette vint la voir dans sa chambre, alors que son service était achevé depuis longtemps. Elle approcha ses lèvres de l'oreille de sa jeune maîtresse qui était au lit et souffla :

– Demain après matines, derrière l'échoppe du ferblantier près de la chapelle Sainte-Cécile. Mohata vous attendra.

– Mohata ? Qui est-ce ?

– Une Égyptienne qui s'est fixée ici. Elle est au diable et soulage les femmes de leurs fautes. Elle a failli être brûlée pendant la peste, mais la mère du comte l'a sauvée. On dit que madame la comtesse avait eu recours à ses services quand elle était en âge d'enfanter. Ce sera deux pièces. Sortez déguisée en servante, personne ne doit vous reconnaître.

Pierrette se signa à plusieurs reprises et sortit sans rien ajouter. Eugénie sourit : enfin, elle allait se débarrasser de cette marque d'infamie que Jourdan ne tarderait pas à découvrir. Ne s'était-il pas déjà étonné que sa taille se soit épaissie ?

Elle dormit très peu, attendant avec impatience l'heure de sa délivrance. Ce lien qui l'unissait à Rincourt contre sa volonté allait se rompre. Elle pensa à Matthieu et Benoît. Par cet acte banni, elle restait la mère qu'ils avaient connue.

– Les reverrai-je un jour ? murmura-t-elle et, pour se donner du courage, elle ajouta : C'est pour eux que je fais cela, pour qu'ils vivent selon leur rang. Ils m'en seront bientôt reconnaissants !

Le lendemain, déguisée en servante, elle n'eut pas de mal à sortir du château dont le pont-levis restait constamment abaissé. Les commerçants, les artisans allaient et venaient, bien protégés par les hautes murailles qui encerclaient la ville. Elle courut chez Mohata, derrière l'échoppe du ferblantier. Une femme de forte corpulence, au visage gras entouré d'une abondante chevelure frisée, lui fit un signe : à leurs airs égarés, Mohata reconnaissait ses clientes avant qu'elles ne l'abordent. Sans un mot, Eugénie la suivit dans une boutique d'herbes médicinales. Une forte odeur de pourriture et de poussière desséchait la gorge. La femme ouvrit la porte d'une minuscule pièce où se trouvaient des bassines d'eau, du linge et un vieux fauteuil.

– Assieds-toi.

Eugénie obéit, incommodée par l'odeur âcre et pestilentielle.

– D'abord les deux pièces ! dit Mohata en tendant la main.

Quand elle eut placé l'argent dans sa poche, elle posa une cuvette sous Eugénie et éprouva du bout du doigt le piquant d'une aiguille courbe d'un pied de long.

– Ici, toutes les femmes sont les mêmes, princesses et servantes se soignent de la même manière. Je vais t'attacher les mains aux accoudoirs du fauteuil. Tiens, tu vas mettre ce linge entre tes dents, ça fait un peu mal, mais c'est le prix du plaisir ! Écarte les jambes.

Pendant que la femme dénouait des bouts de ficelles sur la table, Eugénie ne pouvait détacher son regard de la pointe de l'aiguille qui allait poignarder l'enfant dans son ventre. La peur monta en elle, énorme ; elle se vit au bord d'un abîme.

– Et puis, tu tiendras ta langue. Quand j'aurai fini, ça saignera un peu, tu t'arrangeras pour le cacher. Tu auras aussi des douleurs, mais ça ne durera pas. Je t'ai dit d'écarter les jambes !

Au moment où Mohata entourait son poignet droit avec la ficelle, Eugénie, dans un mouvement irréfléchi, se leva, bouscula l'Égyptienne qui, en tombant, renversa la bassine d'eau.

– Eh bien, qu'est-ce qui te prend ?

– Rien. J'ai changé d'avis ! cria Eugénie en s'éloignant vivement.

Elle rentra au château en courant et s'enferma dans sa chambre. Le regard grave et fixe de Rincourt ne quittait pas ses pensées. Pierrette qui devait la guetter la rejoignit presque aussitôt.

– Je n'ai pas pu ! dit Eugénie en se laissant tomber sur son lit.

Pierrette sourit et s'agenouilla sous le crucifix.

– Merci, mon Dieu, d'avoir écouté ma prière ! dit-elle en joignant les mains.

Les semaines, les mois passèrent. Pour cacher sa taille qui s'épaississait, surtout à Mainemarres, l'homme de confiance de Brienne, Eugénie ne sortait que rarement de son appartement. Pierrette et les quelques femmes qui s'occupaient de son service furent si discrètes qu'elle put préserver son secret.

12.

L'hiver arriva. Plus sec que le précédent, mais aussi plus froid. Le vent du nord figeait la campagne. Il n'y avait pas de neige, le soleil brillait. Dans les châteaux, on arrivait à se protéger tant bien que mal en portant des manteaux fourrés et en brûlant des quantités considérables de bois ; dans les chaumières et les mansardes aux multiples courants d'air, l'eau gelait dans les seaux de bois, les enfants, les lèvres gercées, agacés par les poux qui, en de telles périodes, proliféraient, allaient glaner les branches cassées par le vent et tout ce qui pouvait brûler, bouses sèches sur les chemins, ajoncs, touffes de bruyère et de genêts. Cette récolte était un droit acquis depuis les temps les plus reculés, qui ne correspondait plus à grand-chose. Les forêts, autrefois abondantes, avaient cédé la place aux cultures, même sur les terres les plus pauvres.

La peste avait emporté les bras valides, les champs à labourer restaient en friche. Le chiendent, les ronces poussaient à la place du blé. Des hameaux entièrement abandonnés étaient devenus les repaires de hordes de loups qui s'en prenaient aux voyageurs. Des bandes de malfaiteurs attaquaient les marchands. On égorgeait pour une pomme, pour un quignon de pain sec.

Dans les chaumières ouvertes à tous les courants d'air, ceux qui avaient un âne, une chèvre, parfois une vache se serraient contre l'animal pour se réchauffer. Les autres se pressaient sous l'unique couverture de peau, hommes, femmes, enfants, jeunes et vieillards, servantes et patrons, dans une promiscuité que dénonçaient les clercs, mais indispensable. Quand ils se levaient, c'était pour aller chercher de quoi faire un peu de feu, de quoi chauffer le bouillon d'une soupe maigre à base de raves gelées, de châtaignes moisies. Ils posaient des collets à lapin et des pièges à oiseaux qui leur rapportaient parfois un maigre repas. Mais ce n'était pas sans risques : on pendait pour une brème volée, pour une truite capturée sous la berge.

Ainsi la famine achevait-elle le travail de la peste. Les dysenteries, maux d'entrailles dus à la farine additionnée de plâtre, d'os broyés ou de paille, avaient raison des plus résistants. On faisait de la soupe de racines d'orties, d'écorce de ronces qui donnait un goût agréable au bouillon, de fougères sèches, et des tas d'autres plantes sauvages dont on redécouvrait les petites vertus.

Au mois de février 1350, Charles de Navarre décida de quitter sa tranquille Normandie pour aller prendre possession de ses États. L'impétueux petit roi partit avec un groupe imposant de chevaliers, car il devait faire impression lors de son entrée à Pampelune. Geoffroi d'Eauze était bien évidemment du voyage. Bessonac, toujours prudent, un peu trop selon son maître, lui recommandait de quitter cette cour empoisonnée et de retourner en Gascogne :

– Vous pourrez reprendre vos enfants qui ont besoin de vous et sûrement votre fief. Rincourt est à Paris, c'est l'occasion inespérée de retrouver votre bien, de vous armer en attendant qu'il revienne...

Eauze savait que Bessonac avait raison, et pourtant, il ne pouvait pas se résoudre à aller se terrer chez lui quand son ennemi se trouvait à Paris auprès du roi.

– Je veux être en face de lui quand l'occasion se présentera. Je ne veux pas qu'il pense que j'ai peur !

– Ce qu'il pense ne compte pas ! Je vous conjure de m'écouter. L'aubaine ne se représentera pas.

Il se disait aussi, Eauze, que si Rincourt était à Paris, Eugénie n'était pas loin. Le chevalier blanc n'avait sûrement pas laissé filer la belle. Et puis, Rincourt était devenu quelqu'un d'important, Eauze devait lui donner le change, même si son roi ne régnait que sur un tout petit royaume.

Le moine Pirénin avait été particulièrement affecté par la peste et la misère du peuple. Eauze le rabrouait gentiment, le taquinait en l'accusant d'avoir surtout peur pour lui. Le clerc avait décidé de quitter la vie ordinaire et de se consacrer à la prière.

Ils traversèrent l'Aquitaine en proie aux pillards et aux Anglais qui assiégeaient les châteaux encore debout. Eauze ne voulut pas passer près de son fief ; Navarre lui répéta sa promesse :

– Tu seras comte de Bayonne et pair du royaume de Navarre. Cela vaut bien le fief de tes ancêtres que d'ailleurs tu pourras reconquérir.

Mais Charles ne précisait jamais quand il signerait les actes de ces titres. Il avait pourtant tous les pouvoirs, mais ne s'intéressait qu'aux frivolités. Sa seule action politique depuis la mort de sa mère se dirigeait contre les Valois qu'il haïssait, raison pour laquelle il intriguait avec Édouard III.

L'arrivée du cortège royal à Pampelune fut un triomphe. Le pays avait moins souffert de la peste que les régions voisines. Dans ces montagnes ensoleillées, la famine était moins dure, le nouveau règne commençait sous de bons auspices. Et puis, le jeune roi était si gracieux, si beau ! Il était bref, certes, mais avec tellement d'allure ! Il tournait les compliments comme personne et s'arrêtait dans le cortège de notables pour serrer une main, embrasser un enfant ou faire un compliment à un vieillard.

Les fêtes du sacre durèrent deux semaines entières. Charles de Navarre prouva qu'il était capable de tenir sa place avec les plus robustes, surtout pour lever le hanap. Chacun s'étonnait de la résistance de ce jeune garçon, à peine sorti de l'enfance. Ainsi Charles montrait-il son beau visage toujours souriant, laissant aller au vent ses cheveux blonds, multipliant les paroles pleines d'esprit qu'on répétait dans les chaumières. Les femmes l'adoraient, il en profitait largement.

L'aspect le plus redoutable de sa personne, il ne le laissa voir qu'au moment de partir pour la Normandie. Le cortège était déjà en route quand cinq nobles locaux vinrent lui présenter leurs doléances. Ils ne demandaient pas grand-chose, seulement la possibilité de décider en Navarre ce qui touchait les affaires de Navarre sans avoir à envoyer des messagers en Normandie.

Le petit roi se renfrogna. Son menton se crispa, ses yeux se fermèrent à moitié, ses joues se contractèrent et il devint tout à coup très laid, la lèvre inférieure retroussée, le front plissé.

– Vous pensez que le roi de Navarre doit rester en Navarre pour vos commodités, ou nommer un vice-roi, un remplaçant en quelque sorte !

Sa voix était sifflante, aigre, un peu criarde. Les intonations de l'adolescence avaient pris une tournure rêche.

– Non, Sire, nous voulons seulement que les décisions qui doivent être prises rapidement le soient par nous, afin de ne pas perdre des semaines.

– Parfait, parfait.

Il se tourna vers le capitaine de ses gardes à la tête d'une centaine d'hommes.

– Capturez ces gueux et pendez-les au premier arbre que je vois.

– Mais, Sire…

– Faites, je vous dis.

Les gardes entourèrent les cinq nobles qui ne croyaient pas que le roi irait au bout de sa menace. Eauze voyait briller son regard de cette lueur froide et cruelle qui s'allumait parfois lorsque après boire, il éprouvait le besoin de chercher querelle à quelque malheureux pour l'embrocher. « Cet homme a le goût du sang ! avait précisé Bessonac. Il ne faut pas lui faire confiance ; quand l'envie de tuer s'empare de lui, il ne sait plus se retenir ! » Geoffroi d'Eauze s'approcha du petit roi qui regardait sans broncher ses gardes désarmer les nobles et les jeter au bas de leur cheval.

– Sire, pour l'affection que je vous porte…

– Suffit ! trancha Charles. Il faut un avertissement, un message fort à ces sauvages ! Pendez.

Ce fut ainsi que Charles de Navarre gagna le surnom de Charles le Mauvais. Il quitta sa bonne terre pyrénéenne en abandonnant aux corbeaux cinq corps de loyaux serviteurs.

– Ce pays demande de la fermeté. Il doit savoir qu'avec moi, il aura son compte ! dit le jeune homme en laissant derrière lui les sommets enneigés.

Eauze ne releva pas le propos. Ce comportement de son jeune ami le révoltait. Charles montrait ainsi plusieurs facettes de sa personnalité selon les circonstances, les occasions, et savait faire oublier sa monstruosité par quelques belles phrases et des actes qui parfois dénotaient une sensibilité inattendue. Ainsi, quelques jours après la pendaison des notables de Navarre, le roi et sa troupe demandèrent asile au comte de Toulouse qui les reçut en son palais. Sur la place au bord de la Garonne, quatre malheureux vêtus de haillons, les bras et la tête attachés au pilori, recevaient les injures et les crachats des passants. Charles demanda ce qu'ils avaient fait. Le seigneur d'un fief voisin lui expliqua que ces vilains lui appartenaient et qu'ils n'avaient pas payé la taille sous prétexte qu'ils avaient des enfants sur le point de mourir de faim.

– Est-ce une raison, Sire ? demanda le seigneur en posant les poings sur ses hanches d'un air important.

– Oui, c'est une raison ! dit le roi en sortant une bourse qu'il tendit au seigneur. Paie-toi et remercie le ciel que je ne sois pas de mauvaise humeur. Libère ces malheureux, et si tu tardes, c'est toi que je fais attacher au pilori.

Une fois libres, les vilains se prosternèrent devant le jeune roi qui leur tendit une autre bourse.

– Achetez de quoi manger. Ne me remerciez pas, tous les pères devraient avoir de quoi nourrir leurs enfants !

Eauze et Bessonac échangèrent un regard étonné. Ainsi, le plus cruel des princes savait se montrer généreux ! Lui qui ne supportait pas qu'un grand du royaume empiète sur son autorité, laissait parfois des vachers lui manquer de respect, lui qui aimait décider brutalement sans l'avis de personne pouvait aussi se montrer réfléchi et suivre des avis de prudence. Attachant comme un enfant qui a manqué d'affection, il pouvait, l'instant d'après, se montrer détestable.

Ils arrivèrent à Évreux au début du mois de mars. Ce n'était pas encore le printemps, mais les averses froides suivies d'éclaircies indiquaient le changement de saison. C'était aussi le moment où les réserves étaient les plus faibles et la famine la plus grande. Les terres nues attendaient les rares laboureurs encore valides. De vastes étendues ne seraient pas ensemencées ; même absente, la peste continuerait de tuer.

Le roi de Navarre reçut ses proches collaborateurs qui attendaient ses décisions sur les affaires du comté, car ce buveur effréné, cet incroyable noceur qui se contentait de quelques heures de sommeil et pouvait passer plusieurs jours en cavale dans les bordels et les auberges, était attentif à ses affaires qu'il ne déléguait à personne. Il aurait pu être un grand seigneur, un bon roi, sans les profondes fêlures qui crevassaient son âme. Il ne manquait pas d'intelligence, de ruse, mais quelque chose le poussait toujours à choisir les solutions les plus perverses. Le mépris qu'il portait à ses adversaires l'empêchait de mesurer sa propre faiblesse. Sa beauté, son charme naturel lui donnaient l'illusion d'être au-dessus des autres et des lois les plus essentielles. Il y avait du pathétique dans ce petit personnage toujours en mouvement.

Il s'enferma dans son cabinet du château d'Évreux qui avait été celui de son père et que sa mère avait voulu utiliser, mais elle ne s'y était jamais sentie à son aise. Quelques instants plus tard, il fit appeler Eauze, le seul de ses proches dont il acceptait les remarques et parfois les remontrances, car il le savait sincère.

– Mon ami, tu vas constater que le roitelet tient toujours ses promesses. Je t'ai dit que je te rendrais ton fief, que je te ferais duc et pair du royaume de Navarre, ce sera fait bientôt. Je t'avais promis que je retrouverais ta femme, c'est fait ! Je te présente Margeritin, un de mes hommes de confiance. Tu peux lui demander de retrouver une perle dans la mer, il le fera ! Parle, Margeritin.

L'homme, très brun, avait la peau mate des Sarrasins du sud de l'Espagne. Ses cheveux très frisés moussaient sur sa tête nue. Il était vêtu en guerre, cotte de mailles épaisse et épaulettes d'acier.

– Dis ce que tu sais.

– Je suis parti à la recherche de Mme Eugénie que l'on avait signalée en Avignon. Les amis que j'ai là-bas m'ont aidé. Mme Eugénie d'Anjou était dans une maison que lui a donnée le pape. Puis elle est partie…

– Eugénie d'Anjou ?

– Oui, le pape lui a conféré le titre de comtesse d'Anjou qui lui revient de sa mère, Clémence de Hongrie, qui était une Anjou.

– Ah bon ? s'étonna Eauze qui ignorait tout de la famille royale. Peux-tu me dire qui est cette Clémence de Hongrie ?

– Ma grand-tante ! précisa Charles de Navarre. La femme italienne de mon oncle le roi Louis le Dixième. Ainsi ta femme est-elle ma parente.

– Elle se trouve actuellement à Eu, poursuivit Margeritin. Elle semble s'entendre à merveille avec le comte d'Eu, connétable de France, monseigneur Raoul de Brienne.

Eauze bondit sur Margeritin qu'il souleva avec autant de facilité que s'il avait été un enfantelet.

– Tu dis qu'elle s'entend bien. Explique-toi !

– Je ne peux parler de rien de plus que ce que je sais. Ils font des promenades à cheval ensemble, ils rient ensemble.

– La gueuse, je vais aller l'écarteler.

– Nous irons la chercher. Le connétable de France n'est pas mon ami et pourrait s'opposer à mes projets, dit Navarre. Il va y avoir de grands changements. Depuis son mariage avec ma sœur, le Valois glisse lentement vers le tombeau.

– Je les couperai tous en rondelles à coups de hache ! rugit Eauze.

– Ce ne sera pas la peine. Je vais lui écrire, répondit Charles le Mauvais. Cette affaire tombe à point pour moi.

– Voilà bien des manières pour une histoire qui me semble simple ! explosa Eauze, hors de lui.

Eugénie redoutait chaque jour de ce début d'année 1350. Dans le parc du château, les perce-neige s'épanouissaient. Il faisait beau, la lumière était cependant voilée, tamisée, les ombres manquaient de netteté. Eugénie avait compris l'harmonie et la douceur de cette région. À l'éclat brut et éblouissant du soleil gascon, elle opposait la délicatesse des midis picards, les nuances des couleurs, des verts qui n'étaient jamais identiques d'une heure à l'autre, du ciel changeant, des odeurs qui ne cessaient de vivre tout au long du jour.

Dans sa dernière lettre, Raoul de Brienne lui annonçait son prochain retour. Elle avait beaucoup grossi et ne réussissait à cacher sa grossesse qu'avec la complicité de Pierrette et de ses servantes. Quand Mainemarres lui rendait visite, elle revêtait d'amples robes et restait assise près de sa table de lecture qui cachait la rondeur de son ventre.

Elle prenait autant de précautions avec Jourdan qui lui tenait compagnie chaque après-midi, juste avant la vesprée. Le moine lui conseillait de prier et lui rappelait l'immense bonté de Dieu.

Ses couches approchaient ; sa décision était prise depuis longtemps, il lui restait à en parler à Jourdan.

– Je suis enceinte ! dit-elle un jour en lui montrant son ventre rebondi. Je ne peux pas rester ici.

– Que me dis-tu ? s'étonna Jourdan avec une hypocrisie qui était la marque de sa faiblesse. Mais, ma fille, vous avez donc péché ?

– Cesse de faire le benêt, Jourdan. Cet enfant que je porte n'est pas né du plaisir, comme tu le penses. On m'a forcée après qu'on m'avait enlevée en Avignon, au nom du roi de France.

– Tu veux dire que ce Rincourt, ce proche de Philippe VI…

– … a abusé de moi et je suis enceinte. Je n'ai pas voulu me défaire de l'enfant. Il arrive bientôt à terme et je veux qu'il naisse en dehors de ce château et que personne n'en connaisse l'existence. Nos ennemis pourraient en profiter.

– Je comprends ! fit Jourdan en s'asseyant sur un fauteuil.

Sa corpulence avait considérablement augmenté depuis qu'il séjournait à Eu, profitant des cuisines et surtout ne faisant pas assez d'exercice.

– Je vais voir ce que je peux faire. Je t'en parlerai demain. En attendant, prie Dieu qu'il t'accorde sa grande miséricorde.

Il se leva pour sortir quand, surgis du coin sombre de la pièce, plusieurs gros rats noirs se mirent à courir sur le plancher en tournant autour du moine, qui recula.

– Que font là ces animaux ? demanda-t-il, le cœur battant, le souffle court.

Eugénie n'avait pas bronché. Avec la fin de l'épidémie, elle croyait ces horribles animaux disparus. Jourdan faisait de grands gestes pour les chasser, ils s'effacèrent dans l'ombre.

– Par où peuvent-ils être passés ? demanda-t-il.

Il s'agenouilla pour découvrir un passage sous la commode. Une planche avait été rongée près du mur.

– Je vais demander que l'on bouche cette ouverture tout de suite, c'est vraiment trop désagréable.

Eugénie redoutait de comprendre, pourtant, depuis plus d'un mois, la peste n'avait fait aucune victime.

Jourdan sortit. Quelques instants plus tard, des domestiques vinrent examiner le trou dans la planche qu'ils entreprirent de boucher. On apporta un pli d'Angleterre. Le prisonnier le plus libre du royaume écrivait à Eugénie que tout allait bien. Philippe VI usait ses dernières forces auprès de sa jeune épouse de dix-sept ans. Les médecins prévoyaient sa mort prochaine s'il ne réduisait pas ses activités d'alcôve, mais le roi voulait montrer qu'il était aussi vert qu'un jouvenceau et n'en faisait qu'à sa tête. Brienne pensait rentrer à Eu à la mi-mars. Il négociait le montant de sa rançon pour être enfin définitivement libre et s'occupait surtout à mettre en place *ce que vous savez. Nous partirons en Italie dès les premiers jours d'avril !* précisait-il.

Eugénie rangea la lettre et leva vers la croisée un visage déterminé. Elle ne serait plus au château quand Raoul de Brienne reviendrait de sa prison dorée ! Elle allait s'enfuir, se cacher pour mettre au monde son enfant.

Le lendemain, Jourdan d'Espagne lui rendit visite à l'heure habituelle. Elle le trouva très pâle, le teint cireux, le regard triste. Il fit quelques pas dans la pièce puis se laissa tomber sur un fauteuil. Il claquait des dents ; Eugénie comprit ce que cela signifiait.

– J'ai dû prendre froid, dit-il. J'ai eu de la fièvre toute la nuit. J'ai bu plusieurs décoctions de ma fabrication qui devraient très vite me remettre sur pied.

Il s'épongea le front avec le bas de sa manche trop large. Ses lèvres tremblaient, découvrant parfois la gencive supérieure sans dents. Il avait l'air d'un gros chien battu avec ses yeux chassieux, ses oreilles molles qui dépassaient des touffes de cheveux blancs, son large cou à la peau flasque.

– J'ai pu m'arranger pour ton accouchement. Tu vas aller au Tréport, chez Marie la Sourde. C'est une excellente personne qui pourra t'assister. Elle a une grande science des affaires de femmes. On vient la chercher de toute la ville pour les cas difficiles. Je lui ai fait apporter une bourse pour ses frais. Je viendrai te voir régulièrement, et quand Raoul de Brienne rentrera, tu lui diras tout. Ce n'est pas un péché d'être abusée par un soudard, et c'est une vertu d'aimer l'enfant né de la haine.

Il s'épongea de nouveau le front. La sueur roulait sur ses larges joues jusqu'au menton. Il tremblait de tous ses membres.

– C'est l'effet de mes potions. La fièvre s'en va avec la sueur et les mauvaises humeurs du corps.

Il voulut se lever, mais trébucha et dut s'asseoir de nouveau.

– Ne bouge pas ! dit Eugénie. Je vais appeler mes femmes, elles vont te préparer un lit, tu resteras ici. Je m'occuperai de toi jusqu'à ce que tu sois guéri.

Il ne protesta pas, car il n'avait plus la force de marcher.

– On ne sait jamais, dit-il. Si je devais mourir, sache que les preuves concernant ta naissance et celle de ton demi-frère Jean Ier se trouvent au monastère de Saint-Germain-en-Laye, sous la garde de frère Antoine.

– Qui te parle de mourir ? Demain tu seras guéri !

Les servantes préparèrent un lit et aidèrent le gros moine à s'allonger. En quelques heures, il fut à l'agonie. Personne ne se trompa sur sa maladie : la peau grise de son visage, la forte fièvre et surtout l'odeur ne laissaient aucun doute. La peste était de nouveau dans le château ! On n'en sortirait donc jamais ! On la croyait rassasiée de mort et de souffrance, et voilà qu'elle revenait, qu'elle montrait sa suprématie en prenant un serviteur de Dieu ! Dans son délire, Jourdan ne cessait de s'en prendre à Jésus, de dénoncer les agissements des saints, les « lupanars » du ciel. En entendant de tels propos, les femmes s'éclipsèrent.

Il vomit de grosses quantités de sang putride, puis rendit son dernier souffle avant l'aube. L'intendant du château décida de se débarrasser aussitôt du cadavre et demanda à tout le personnel de ne pas en parler.

Eugénie se retrouvait seule. Elle était libre d'aller à sa guise, mais personne n'aurait compris qu'elle décide de sortir du château sans être accompagnée. Une fois de plus, elle se cacha pour fuir. Son état l'empêchait de chevaucher et elle ne pouvait se rendre au Tréport qu'à pied. Elle sortit donc du château avec un groupe de lavandières dont elle avait adopté les amples vêtements et le fichu blanc qui leur couvrait la tête et les épaules. Elle quitta la ville au milieu d'un autre groupe, personne ne fit attention à elle.

Elle connaissait la route du Tréport pour y être allée plusieurs fois avec Raoul, mais la distance lui faisait peur. Une longue journée lui était nécessaire, car elle se fatiguait très vite !

Le Tréport était une petite ville forte ouverte sur la mer. Les bateaux partaient et arrivaient dans une anse entourée de maisons. De hautes murailles avaient été élevées pour bien séparer le port ouvert à tous et la cité qui devait se protéger des compagnies omniprésentes sur le littoral. Ville opulente grâce à son commerce avec l'Angleterre, les Flandres, l'Irlande, les conséquences de la peste y étaient restreintes. Les bras manquants étaient venus par la mer et les prix du travail n'avaient pas flambé comme à Paris et dans les autres grandes villes.

Eugénie arriva en fin d'après-midi, très fatiguée. Un terrible mal de ventre rendait sa marche hésitante. Elle se dirigea vers les boutiques à proximité du port où régnait une intense activité. Le ciel était gris ; une odeur de tripaille de poisson flottait dans l'air.

Elle demanda à un pelletier qui dégraissait ses peaux au bord d'un ruisseau s'il connaissait Marie la Sourde. C'était la seule indication que lui avait fournie Jourdan avant de mourir. L'homme sourit et parcourut du regard le corps déformé de la jeune femme.

– Vous voulez parler de la Marie de Paul ?

– On m'a dit Marie la Sourde.

– C'est bien elle, vu que la Marie de Paul n'entend pas plus qu'une pierre. Et c'est sûrement d'elle que vous avez besoin. Vous la trouverez derrière la forge de Tasson qui est aussi son gendre.

Eugénie se rendit à l'endroit indiqué par le tripier, elle frappa à la porte basse d'une chaumière. La femme qui vint ouvrir lui plut dès le premier regard. Elle était assez forte, la poitrine tombant sur son ventre. Ses cheveux agglutinés en plumes blanches faisaient ressortir la rougeur de son visage, son nez minuscule, sa large bouche avec une seule dent qui semblait démesurée.

– Je suis Eugénie d'Anjou. Frère Jourdan d'Espagne vous a parlé de moi.

La femme fit la grimace en secouant la tête. Elle tendit une ardoise et un morceau de craie.

– Je n'entends pas bien ! Si vous savez écrire…

Eugénie écrivit son nom et celui de Jourdan d'Espagne. Marie sourit.

– En effet ! dit-elle d'une voix rauque, un peu virile. Entrez. Ici, ce n'est pas le palais du comte Raoul, mais vous y serez bien traitée. Je sais que vous devez accoucher très bientôt. Soyez rassurée, tout se passera pour le mieux.

Eugénie entra dans un intérieur sombre qui lui rappelait la salle unique du château d'Aignan où elle avait grandi. Le sol était en terre battue, une paillasse se trouvait dans un coin, à l'opposé de la fenêtre. La cheminée où quelques braises palpitaient occupait la totalité d'un pan de mur. Pas de commode ni de buffet comme chez le connétable de Brienne, mais des caisses en bois grossier dans lesquelles Marie rangeait ses provisions, ses effets personnels et sa vaisselle qui se réduisait à quelques écuelles et des louches en bois.

– La peste est passée par ici ! dit la femme qui parlait très fort. Mes trois grands fils y ont échappé. Ils sont à Rouen et je reste seule. Ils ne me donnent pas de nouvelles. Enfin, il faut faire confiance à Dieu.

Marie rassembla les tisons de l'âtre et ajouta des petites branches de chêne.

– Le bois, poursuivit-elle, c'est ce qui manque le plus. On trouve des brindilles sur le port, là où les bateaux déchargent les fagots du prieuré. On peut aussi en acheter si on est assez riche. Ce bon Jourdan m'a donné de quoi m'occuper de vous. Vous serez ici comme une petite reine. Après vos couches, vous pourrez rester, bien sûr, mais il faudra travailler à la salaison de poissons dans le port. C'est mauvais pour les mains, le sel crevasse la peau, mais c'est l'endroit où l'on gagne le mieux.

De l'intérieur de la maison, Eugénie entendait le bruit du marteau sur le fer et le soufflet que le forgeron voisin actionnait.

– C'est Tasson, mon gendre, celui qui a pris l'aînée de mes filles ! précisa Marie qui sentait les vibrations des coups sur l'enclume. Un bon ouvrier, mais il a un caractère impossible. C'est bien qu'il soit là : en hiver, sa forge réchauffe ma maison et j'économise du bois. C'est vrai qu'en été, il fait trop chaud, mais on ne va pas toujours se plaindre…

Eugénie sourit, Marie avait gagné sa confiance.

13.

À la cour de France, l'été 1350 fut morose. Le roi dépérissait. Depuis son mariage, Philippe VI avait beaucoup maigri. Il avait perdu son embonpoint, ses joues s'étaient creusées. L'homme replet était devenu squelettique. Il se traînait de son lit à son petit cabinet rouge où il expédiait les affaires du royaume, laissant à ses conseillers le soin d'en régler les détails. Blanche de Navarre occupait tout son temps. L'ardeur de la jeune reine avait eu raison de la bonne santé de ce roi que les Parisiens s'étaient mis à détester.

Les courtisans riaient beaucoup de cette reine resplendissante de jeunesse et du barbon qui lui témoignait un amour puéril, la mignotant en public de la plus sotte manière, l'entraînant au déduit à n'importe quelle heure de la journée avec des clins d'œil grivois à ses proches.

En août, il s'affaiblit brutalement et dut garder la chambre. Les médecins lui recommandèrent de se modérer et de se reposer. Il les traita d'incapables, considérant que la chaleur de cet été torride était à l'origine de sa fatigue. Le soir même, il recevait sa jeune épouse dans sa couche et la garda tard dans la nuit. Le lendemain, il était à l'agonie.

Les médecins lui prescrivirent des préparations à base de vif-argent qui convenaient pour toutes les affections. Ils lui interdirent les potions de poudre de momie, de testicules de taureaux et de toiles d'araignées destinées à accroître ses capacités amoureuses. Il s'était en effet brûlé l'estomac et détruit les humeurs fraîches du corps en abusant de ces médecines trop actives pour un homme de son âge.

Les potions, les saignées et les formules magiques ne furent d'aucun effet sur le pauvre roi qui voyait la vie s'en aller de son corps devenu celui d'un vieillard en quelques semaines. Il comprit que les dernières heures de son règne étaient arrivées et surtout qu'il allait comparaître très bientôt devant le juge suprême. Cela le tracassait beaucoup ; sa couronne usurpée lui pesait. À l'heure ultime, il redoutait de la payer de sa place au paradis.

– Faites appeler mon cousin, Guy de Rincourt, je veux lui parler à l'instant.

Il respirait difficilement ; ses yeux enfoncés dans leurs orbites exprimaient une lassitude mêlée de terreur.

– Il sera là dans quelques instants, Altesse. Mais cela va vous fatiguer. Prenez garde à ne faire point trop d'efforts.

– Pour ce qu'il me reste ! dit-il faiblement et constatant cette injustice qui faisait les rois aussi fragiles que les manants. A-t-on averti mon fils ?

– Oui, Sire. Il est à Fontainebleau. Il sera là en fin de matinée.

– Je ne veux point le voir avant d'en avoir fini avec M. de Rincourt.

Les courtisans assemblés à la porte savaient que l'on mentait au roi : Jean de Normandie ne viendrait pas. Il faisait la fête à Fontainebleau avec ses amis et son inséparable M. d'Espagne. Quand on l'avait averti que son père était au plus mal et qu'il devait regagner Paris, le dauphin s'était écrié « Qu'il crève ! » et il était parti à la chasse.

Guy de Rincourt, intendant des armées, traversa le palais royal jusqu'à l'ancien château qu'occupaient Philippe VI et sa jeune reine. Quand il arriva, les courtisans le saluèrent avec une certaine retenue, car aucun ne voulait trop se montrer en sa compagnie, ne sachant si la fortune qui touchait ce petit noble à l'accent gascon serait reconduite par le nouveau roi. La plupart pensaient que Jean se déferait des conseillers de son père. Attaché aux frivolités, il ne voudrait pas s'embarrasser d'un homme sérieux et hautain qui parlait du délabrement de l'armée pour condamner les dépenses inconsidérées de la cour.

Rincourt entra dans la chambre du malade qui ordonna qu'on fermât les portes. Un silence total se fit dans le couloir, mais le roi chuchotait et les curieux eurent beau prêter l'oreille le plus près possible de la porte, pas un mot ne filtra jusqu'à eux.

Philippe VI tendit sa main maigre et ridiculement petite pour un homme dont tout le monde gardait le souvenir de la belle allure. Son visage fripé laissait pointer un menton dénudé de ses anciennes rondeurs. Assise sur le rebord du lit, la reine lui caressait la joue. Le curieux assemblage de ce vieillard et de l'adolescente frappa le chevalier. Qui eût pu croire qu'ils étaient mari et femme ? Blanche de Navarre était visiblement affectée et ne comprenait pas pourquoi elle était accusée d'être à l'origine du dépérissement de son époux qu'elle avait servi avec beaucoup de constance.

– Vous êtes la seule personne sur qui je peux compter en ce moment! murmura Philippe VI, car je sais que vous n'avez pas l'ambition du paraître et que le fond de votre âme est foncièrement honnête.

Il posait un regard brûlant sur Rincourt qui ne manifesta aucune réaction. Contrairement à l'habituel comportement des grands dont la méfiance est la règle, le roi avait spontanément accordé sa confiance à un homme dont il savait peu de choses.

– Je vais mourir, poursuivit le roi.

– Mais non, Sire, ce n'est qu'une fatigue passagère. Vous serez sur pied pour aller courir le cerf à Vincennes dès les premiers jours de septembre.

– Non.

Il tourna sa tête aux cheveux épars. L'oreiller de duvet de cygne fit un petit bruit froissé.

– Ma mie, je vous prie de nous laisser quelques instants. Ce que j'ai à dire à M. de Rincourt ne peut être connu que de lui seul.

– Mais, Sire, je suis votre épouse. Vous n'avez donc pas confiance en moi?

– Si fait! J'ai confiance, mais vous êtes encore bien jeune. Je vous prie d'aller, le temps nous manque pour parlementer.

Blanche obéit. Rincourt remarqua que ses gestes tout autant que sa silhouette conservaient un tour juvénile. On avait l'impression que le roi et la reine n'étaient pas du même monde, que le mal venait d'un assemblage contre nature, comme s'ils étaient d'espèces différentes.

– Nous voilà seuls, enfin. Rincourt, vous serez le garant de ma couronne dans les temps difficiles qui s'annoncent. Je vous fais seigneur de Nemours…

– Sire, je ne suis pas digne d'un tel honneur.

– Si. Les actes signés de ma main sont chez mon notaire qui vous les fera parvenir sous peu. J'ai confiance en vous, je veux partir rassuré.

Le roi marqua une pause pendant laquelle sa respiration bruyante occupait tout l'espace. Rincourt se taisait, toujours debout près du lit.

– Vous connaissez la situation : Jean va ceindre la couronne. Je n'ai pas été un bon roi, il sera pire. Regardez, il ne s'intéresse qu'aux fêtes, aux ripailles. Il dépense sans compter, c'est un panier percé. Son récent mariage avec Mme de Boulogne lui a rapporté une très grosse fortune qu'il dilapide superbement. Il en fera de même des finances de l'État. Et puis, son funeste penchant pour M. d'Espagne... Cela ne convient pas à un roi. Souvenez-vous du père d'Édouard III d'Angleterre...

– Sire, vous vous faites du mal à ressasser toutes ces choses... dit Rincourt.

– Il le faut. Donc, Jean ne sera pas assez avisé pour mesurer le danger qui le guette. Sa couronne ne sera jamais assurée sur sa tête et pourtant, ma race peut survivre. Le jeune Charles, mon petit-fils, encore un enfant, a le caractère et la force de son arrière-oncle, Philippe le Bel. Si la couronne tient jusqu'à lui, il saura l'affermir. En attendant, il faut éviter le naufrage. Et les écueils ne manquent pas. Le roi Édouard poursuit sa guerre avec patience et peut la gagner en face d'un Jean bien éloigné de la réalité. Charles de Navarre, mon beau-frère, ce beau parleur, est maître pour embrouiller les gens et semer la discorde. Tous les deux revendiquent la couronne parce qu'ils sont descendants directs de Philippe le Bel par les femmes. Mais ce ne sont pas les plus dangereux ! Jean Ier qui vit à Sienne a des droits réels. La conjuration des Lys renaît de ses cendres, c'est elle que mon fils devra combattre. La comtesse d'Anjou que vous êtes allé chercher en Avignon a survécu à la peste !

Rincourt eut une brève contraction du pourtour des lèvres. Ses yeux lancèrent un éclat qui échappa au roi.

– Nous ne savons pas ce qu'elle est devenue ! dit-il.

– C'est que vous l'avez mal cherchée, reprit le roi. Elle se trouve à Eu, chez Raoul de Brienne. Sous prétexte de négocier la paix avec l'Anglais, ce traître complote pour destituer mon fils et offrir la couronne à son héritier naturel.

La faiblesse du roi était-elle à l'origine de cette affirmation ou était-ce la volonté de confesser un forfait dont il mesurait le poids ? De son côté, Rincourt commençait à comprendre la générosité du mourant à son égard : il l'avait fait seigneur de Nemours uniquement pour contrer ses ennemis.

– Cette femme, poursuivit-il, cette comtesse d'Anjou a la beauté du diable et la détermination de toute une armée. C'est elle qu'il faut combattre.

Rincourt se taisait toujours et son silence poussait le roi vers plus de confidences.

– Je connais vos sentiments. Ce n'est que contraint par le temps que je vous demande de jurer de protéger la couronne des Valois.

Rincourt ne s'attendait pas à une telle demande qui allait l'obliger à combattre la femme de toutes ses pensées.

– Sire… dit-il d'une voix embarrassée.

Le roi porta sa petite main à ses lèvres noirâtres.

– Ne répondez pas trop vite. Je sais ce qui vous anime. Cette femme a tant de pouvoir sur les hommes ! Même le pape, dit-on, a failli se laisser prendre. Il faut que vous juriez. Apportez la bible posée sur cette commode à côté de la lampe à huile et jurez !

– Que dois-je jurer ? demanda Rincourt, comme s'il n'avait pas compris.

Le roi formula sa pensée autrement.

– Vous allez jurer de rester fidèle à la couronne des Valois et de combattre ses ennemis, tous ses ennemis.

Rincourt hésita ; pourtant, il ne pouvait pas refuser la dernière requête du mourant. Il jura, la main droite posée sur la bible, conscient de renier sa tunique blanche. Il perdait Eugénie pour toujours et, selon les circonstances, serait obligé de la tuer. Ce fut un homme abattu qui sortit de la chambre du roi.

Philippe VI mourut quelques heures plus tard, le 22 août 1350, sans revoir son fils qui n'avait pas jugé opportun d'interrompre les fêtes et les banquets à sa cour de Fontainebleau. Cette mort le faisait roi de France, il avait hâte de prendre ses fonctions. Il savait que le temps pressait car ses ennemis pouvaient profiter de la courte vacance pour se manifester.

– Faites taire ces gueux, Sire, lui dit M. d'Espagne qui sentait que sa position pouvait être remise en cause. Allez vous faire oindre des huiles saintes à Reims et personne ne pourra plus rien contre vous.

Charles de la Cerda était un superbe jeune homme, les cheveux très noirs et frisés en amples boucles pleines de grâce, un visage un peu long et très expressif. Jean le préférait à sa nouvelle femme qui lui faisait de terribles scènes de jalousie. Considérant que la succession ne se ferait pas sans heurts, le bellâtre quitta la cour du dauphin, affirmant que son devoir l'appelait ailleurs. Comme tous les opportunistes, il mesurait les dangers qui le menaçaient et ne voulait pas, par imprudence, risquer de gâcher une belle carrière. Il prit le commandement d'une flotte, car ce fanfaron qui n'avait jamais mis les pieds sur un bateau voulait faire acte de bravoure et montrer que les Anglais ne l'effarouchaient pas, même sur mer. Pendant ce temps, la situation s'éclaircirait à Paris.

La mort de Philippe VI étonna tout le monde. On savait, dans toutes les cours d'Europe, que le roi brûlait ses dernières forces au déduit, mais on pensait qu'il allait durer encore une année ou deux, le temps pour les factions rivales de se préparer. La surprise joua en faveur du tout nouveau roi, Jean II.

Eugénie accoucha au début du mois de mars 1350 d'un petit garçon, fort bien membré, à qui Marie la Sourde donna les premiers soins. La jeune mère ne sut comment l'appeler. Le premier prénom qui lui vint à l'esprit fut celui du père : Guy. Elle fit la grimace.

– Nous l'appellerons Renaud, comme son grand-père, décréta-t-elle.

Eugénie et Marie la Sourde communiquaient avec l'ardoise et la craie. La vieille femme, dont la surdité venait d'avoir entendu trop de mensonges et de blasphèmes en assistant des mourants, braillait ses commentaires qu'on entendait à l'autre bout de la rue.

Eugénie griffonna le nom qu'elle avait choisi.

– Va pour Renaud ! dit Marie en faisant les signes de croix rituels du premier baptême que pratiquaient toutes les accoucheuses, car les nouveau-nés mouraient souvent dans les heures qui suivaient leur naissance.

Le petit Renaud avait la chance d'arriver à la fin de l'hiver et d'échapper ainsi aux nombreux refroidissements qui avaient raison de beaucoup de nourrissons. Il tétait goulûment et dormait le reste du temps, ce qui permettait à Eugénie de s'absenter pour laver les couches et ses propres effets pendant que Marie se rendait à la salaison de poissons dont l'odeur pesait sur la ville. La jeune femme fréquentait un lavoir proche de la place centrale où se rassemblaient toutes les commères au service des familles aisées, armateurs et riches commerçants. Elles parlaient beaucoup, disaient le bon comme le mauvais, et surtout le grivois, les histoires de maris volages et de femmes légères. Lorsque Eugénie arrivait avec son panier de linge malodorant, les conversations baissaient d'un ton et s'arrêtaient complètement quand la jeune mère s'agenouillait devant les pierres plates au bord du ruisseau. Elle n'avait pas l'allure d'une femme simple, d'une gaillarde du peuple. Au contraire, elle marchait avec élégance ; son corps frêle qui avait repris rapidement ses formes harmonieuses était celui d'une personne de noblesse. Son visage, son regard, son sourire, la différenciaient des autres. D'ailleurs, ne parlait-elle pas le langage recherché des châteaux, malgré son accent du Sud ?

Les commentaires sur son compte allaient bon train dès qu'elle avait tourné les talons. Cet enfant dont elle lavait les effets, de qui était-il ? Pourquoi se cachait-elle ? Une mégère raconta qu'Eugénie était la fille d'un seigneur du pays de Caux, reniée après avoir été engrossée par un domestique.

Chacune apportant son grain de fantaisie, le domestique fut d'abord très beau, puis devint le bâtard d'un prince du Hainaut. Eugénie répondait aux allusions curieuses par un sourire entendu, un léger haussement d'épaules qui pouvait s'interpréter comme une confirmation. Quand son linge était rincé, essoré et mis à sécher au vent marin sur des cordes tendues entre d'anciens mâts de bateau, elle rentrait chez Marie la Sourde sous les regards curieux des lavandières et les sifflets des charpentiers qui construisaient des barques de pêche.

Souvent, le soir, Marie la Sourde racontait sa vie. Eugénie l'écoutait, un léger sourire aux lèvres, tout en berçant le petit Renaud. Le père de la vieille femme buvait beaucoup de cidre et d'eau-de-vie. Il pêchait le hareng pour les salaisons où Marie avait commencé à travailler dès l'âge de six ans.

– C'était dur, il fallait se lever à cinq heures du matin. L'hiver, quand il faisait très froid, toute la famille dormait sous la même couverture, mon père qui ronflait horriblement, ma mère, mon oncle, mes sœurs et mon frère. C'est là que mon oncle a abusé de moi quand j'avais dix ans. Il y a pris goût pendant tout un hiver et, le printemps venu, quand j'ai voulu dormir seule dans mon coin, il a dit à mon père que je me laissais culbuter par tous les pêcheurs du port. J'ai reçu une terrible raclée, mais je n'ai rien dit. C'était plus fort que moi : parler de ce que mon oncle m'avait fait subir m'aurait salie pour toujours, alors j'ai tenu ma langue. L'hiver suivant, ça a recommencé et j'ai supporté. Mais cela m'avait dégoûtée des hommes, de tous les hommes. Il a quand même fallu que je me marie. Avec ce pauvre Paul qui était tout en douceur et en gentillesse. Alors, j'ai compris que les hommes ne sont pas tous méchants et violents.

Eugénie se taisait et montrait, par un battement de paupières, qu'elle écoutait avec attention et qu'elle était d'accord avec Marie qui poursuivait son monologue :

– Nous les pauvres devrions être idiots. Cela nous éviterait de souffrir. Quand j'ai eu épousé Paul, mes enfants sont nés, un chaque année. Mais ne crois pas que j'allais avec mon mari par plaisir, il avait besoin… Oui, j'aurais voulu naître sans le moindre entendement pour ne pas comprendre ce qui se passe autour de moi. J'ai appris à lire quand j'avais vingt ans, comme ça, en regardant les lettres écrites sur les tonneaux de harengs et, une fois, une fois seulement, j'ai pu feuilleter le livre de messe, avant de me confesser. Le livre était resté sur l'autel et la curiosité m'a poussée vers ce péché. Et puis comme les femmes mouraient en accouchant, par manque de soins, j'ai pensé que je pouvais les soulager. Je te promets que personne ne m'a jamais rien montré, c'est Dieu qui m'a soufflé ce que je devais faire. Oui, Dieu m'aime assez et je le lui rends bien.

– C'est que tu es bonne, voilà tout ! s'exclama alors Eugénie.

– Qu'est-ce que vous racontez ? Je vois vos lèvres qui bougent. Vous pouvez me croire, je ne mens jamais.

La curiosité était le principal défaut de Marie la Sourde, raison pour laquelle Eugénie ne lui faisait aucune confidence. D'ailleurs, cette vie, qui n'était pas la sienne, commençait à lui peser. Elle devait reprendre contact avec Brienne, sa place était à la tête de la conjuration des Lys qui allait rejoindre Jean Ier en Italie.

– Je vais bientôt partir ! dit-elle un soir à Marie qui fit une grimace pour montrer qu'elle n'avait pas compris.

Eugénie écrivit sur l'ardoise. En lisant, la vieille femme opinait du chef pour bien montrer qu'elle n'était pas surprise.

– Vous ne m'apprenez rien. Depuis votre arrivée, j'ai constaté que votre regard était ailleurs. Je sais que vous êtes une grande dame. Jourdan me l'a dit en me donnant une grosse bourse. Soyez sans crainte, je m'occuperai du petit Renaud comme si c'était mon propre enfant. Mais il faudra revenir le chercher très vite : sa place n'est pas chez une pauvre ouvrière !

Eugénie se tenait au courant de ce qui se passait au château d'Eu. Elle avait soudoyé un marchand ambulant qui s'y rendait une fois par semaine. Raoul de Brienne avait appris sa disparition par le sire de Mainemarres. De sa détention en Angleterre, le connétable de France avait ordonné qu'on la retrouvât au plus vite, mais personne n'eut l'idée de la chercher au Tréport qui était à moins de trois lieues.

La jeune mère décida de se montrer. Un matin, elle confia Renaud à Marie et alla se présenter au château d'Eu. Elle fit appeler Mainemarres qui ne cacha pas sa surprise.

– Nous vous avons tant cherchée ! Nous avons cru que les espions du Valois vous avaient enlevée !

– Ceci doit rester entre nous ! confia Eugénie sans baisser les yeux. Un homme a abusé de moi et je n'ai pas voulu détruire l'enfant, même s'il a été conçu par le démon. Et je n'ai pas voulu accoucher ici où nos ennemis ont sûrement quelques espions !

– Je vais enfin pouvoir annoncer cela à M. de Brienne qui se languit en Angleterre !

– Ne parlez jamais de l'enfant, qui doit rester en dehors de nos affaires !

Les accords pour la libération de Brienne traînèrent en longueur, les Anglais se montrant toujours plus gourmands. On l'attendait pour le mois de mars, il revint en septembre. Eugénie partageait son temps entre Eu et Le Tréport où Marie la Sourde passa le plus bel été de son existence. Les bourses du connétable la dispensaient de travailler à la salaison et elle consacrait tout son temps au petit Renaud.

– Je prie pour vous tous les jours ! dit-elle à Eugénie. Vous m'avez offert ce que je n'espérais plus sur cette terre !

Raoul de Brienne fut enfin libéré au début du mois de septembre. En même temps que le connétable, des envoyés du nouveau roi arrivèrent à Eu et s'enfermèrent avec lui dans le petit salon où il recevait les envoyés des différentes cours d'Europe.

– Que se passe-t-il ? demanda Eugénie.

– Jean II vient d'être sacré à Reims. Il me fait mander d'urgence. Le pape est enfin avec nous. Lui qui ne voulait pas entendre parler de Jean de Sienne se dit que le trône de France est trop noble pour appartenir à un roi sodomite. Nous partirons en Italie tout de suite après !

Eugénie réfléchit un instant. Clément VI n'était pas homme à changer d'avis du jour au lendemain. Le comportement du roi Jean n'arrêtait pas Pierre Roger de Beaufort. Jean II avait eu quatre enfants avec Mme Bonne de Luxembourg et sa nouvelle femme était grosse… Il était désormais oint des saintes huiles, ce qui lui donnait, non pour les juristes et les grands du royaume mais pour le peuple, une légitimité incontestable.

– Tout ceci me semble bizarre ! dit Eugénie. Si c'était un traquenard ?

Raoul se mit à rire, découvrant ses dents blanches et bien régulières. Ses cheveux d'or miroitaient aux rais de soleil qui les frappaient. Eugénie avait parfaitement conscience du sentiment qui l'unissait à ce bel homme : une amitié qui ne serait jamais de l'amour. Son cœur était ailleurs, elle en avait conscience, même si elle refusait de l'admettre.

– Un traquenard ! On ne tend pas un traquenard à Raoul de Brienne, deuxième personnage du royaume. Savez-vous que ma fortune est supérieure à la sienne ?

– Oui, mais il habite le palais royal et il est le roi. Pourquoi croyez-vous qu'il veut vous voir ?

– Il veut m'acheter.

– Quels sont ses moyens de pression ?

– Il est le roi et menace de m'enlever la charge de connétable, mais je suis plus fort que lui. Je vais refuser ses propositions !

Eugénie resta silencieuse. Un étrange malaise l'oppressait, mais elle n'en parla pas.

14.

À la mi-septembre, le vent vira au nord, apportant un grand ciel bleu, léger et figé dans un froid inattendu. Les mares gelèrent, la glace formait des langues transparentes sur les berges de l'Eure.

Les campagnes manquaient cruellement de bras. Les champs étaient livrés aux taillis. Dans les chemins qu'on n'empierrait plus, de profondes ornières arrêtaient les charrois. Des hameaux entiers étaient abandonnés aux ronces qui grimpaient sur les portes battantes. Certains avaient été incendiés par des bandes de routiers, d'autres, intacts, avaient été dépeuplés par la maladie. Le vent s'engouffrait dans les rues vides, geignait contre les pignons d'où les premiers gels détachaient les pierres, arrachaient les chaumes pour mettre à nu les squelettes des charpentes. Les loups s'étaient installés à la place des hommes ; des hordes vivaient dans ces lieux sordides et n'en sortaient que pour attaquer les rares troupeaux de moutons.

La nature reprenait ce que les hommes avaient mis des siècles à lui ravir. Les murets construits entre les parcelles pour retenir la bonne terre s'écroulaient. Les pierres roulaient sur l'humus que le soc ne tournait plus. Dans les villes, il y avait trop de maisons, même si l'on continuait de se tasser dans les taudis : personne ne voulait occuper les logements laissés libres par la peste. Tout le monde redoutait que la mal-mort y soit encore, tapie dans un coin, prête à sauter à la gorge des nouveaux venus.

Les ouvriers manquaient et les prix flambaient. Jean II, entre deux tournois, deux fêtes, prit plusieurs ordonnances limitant les salaires, mais cela n'eut aucun effet. Si, les premiers temps, une certaine modération apparut, le coût du travail se remit à grimper, tellement la demande était forte et les bras rares. « Vous verrez que nous serons obligées de faire nous-mêmes notre toilette et de nous coiffer comme les bergères en nous mirant dans une flaque d'eau ! » s'écria la comtesse de Berry, excédée de ne pas avoir ses dix femmes ordinaires pour ses ablutions du matin. Les exigences des journaliers, des laboureurs et des boutiquiers étaient excessives, mais il fallait payer si l'on voulait assurer la récolte de l'année suivante, la cueillette des fruits et la construction des bâtiments en cours. Seul le pape poursuivait l'édification de son palais en Avignon sans soucis de main-d'œuvre : les Juifs qu'il avait protégés pendant l'épidémie lui étaient entièrement dévoués.

Eugénie et Raoul de Brienne prirent la route de Paris dans un froid qui s'accentuait à mesure qu'ils pénétraient à l'intérieur du pays. En bord de mer, le temps était toujours plus clément. La neige qui tombait sur les collines normandes atteignait rarement Eu ou Le Tréport. Ils traversèrent des campagnes immobiles et silencieuses comme au plus fort de l'hiver. C'était désespérant de voir les riches collines de Picardie et de Normandie sans le grouillement de vie ordinaire à cette saison. La faucheuse d'âmes avait bien fait son travail. Les voyageurs racontaient qu'elle frappait encore des hameaux isolés, des villes qui se repliaient derrière leurs murs pour ne pas ébruiter leur mal, car le seul mot de « peste » faisait fuir les rares journaliers si nécessaires aux économies locales. Ainsi, les bruits les plus terribles couraient au pas des chevaux. On parlait d'une nouvelle forme d'affection qui ne se manifestait qu'à l'ultime moment. Le malade ne s'apercevait de rien, n'éprouvait pas le moindre malaise. On disait même que pendant cette période, il était doté de pouvoirs étranges, pouvant prédire l'avenir des siens, guérir les écrouelles et différentes maladies par simple imposition des mains. Les vieillards retrouvaient la vigueur de la jeunesse, les muets se mettaient à parler et les idiots étonnaient par leur clairvoyance sans faille. Le miracle ne durait pas : le « pesteux » qui s'ignorait était tout à coup pris de vertiges et s'écroulait, mort sans avoir eu le temps de se confier à Dieu.

Cette nouvelle forme de la maladie dont personne n'avait pu observer le moindre cas terrorisait tout le monde. Ainsi la sérénité, la confiance dans l'avenir n'étaient-elles pas revenues ! La peur rongeait les estomacs creux et peuplait les nuits froides de cerfs dressés sur leurs pattes arrière proférant des paroles diaboliques, de revenants et de sorcières qui faisaient le sabbat aux portes des bons chrétiens.

Le voyage d'Eugénie et du connétable de France se passa sans difficulté. Ils allaient en petit appareil pour ne pas perdre trop de temps. Une cinquantaine de chevaliers seulement composaient leur cortège précédé par la bannière des Brienne où, privilège rare, se trouvait la fleur de lys pour rappeler le sang capétien de Raoul qui descendait en ligne directe de Philippe Auguste. Propriétaire à Paris d'un immense hôtel, il s'était dispensé de transporter ses meubles préférés, ses animaux, ses faucons, ses cuisines et tout ce qui était indispensable à la vie d'un grand seigneur. L'urgence justifiait une telle sobriété.

Eugénie ne montrait rien de la fatigue quand le soir arrivait. Elle mettait un point d'honneur à parcourir les dix lieues par jour sans protester, alors que certains chevaliers rompus à chevaucher se plaignaient de douleurs au fessier. Elle appréhendait l'arrivée à Paris, redoutant surtout de rencontrer Rincourt, de devoir paraître en compagnie du connétable.

Ils entrèrent dans la capitale un après-midi où le soleil brillait, mais le vent du nord maintenait un froid cinglant. Les Parisiens grelottaient sous les capuches de toile et les manteaux de chanvre. Seuls les riches bourgeois pouvaient porter fourrure tous les jours, les autres n'utilisaient le pardessus de renard ou de chèvre hérité de leurs pères que dans les grandes occasions, car ce bien précieux devait durer plusieurs générations.

L'hôtel des Brienne se trouvait sur l'île de la Cité, à côté du cloître Notre-Dame. Les tilleuls, les érables et les cerisiers perdaient leurs feuilles que les domestiques ramassaient.

Eugénie et Raoul gagnaient leurs appartements quand un messager vint leur annoncer que le roi les attendait.

– Sa Majesté souhaite que la comtesse d'Anjou vous accompagne !

Brienne vit un signe favorable dans la diligence que Jean II mettait à le recevoir.

– Jean n'a plus aucun soutien ! s'exclama-t-il. Il demande du secours !

– Réfléchissez, je vous en conjure ! supplia Eugénie. Comment le roi sait-il que nous sommes arrivés ? Il nous a fait entourer d'espions, voilà la vérité !

Bien décidé à ne faire aucune concession, le connétable ne prit pas le temps de se reposer. Il changea rapidement sa cotte couverte de boue, ses chausses qui sentaient le suint de cheval, s'aspergea la figure d'eau tiède et rejoignit Eugénie. Ils partirent tous les deux en char à bancs en direction du palais. Quelques centaines de pas le séparaient de la demeure royale, mais les grands personnages du royaume ne se déplaçaient pas à pied lorsqu'ils étaient en délégation officielle.

Le char entra dans la cour du Mai. Une vingtaine d'hommes en armes l'entourèrent. Eugénie, toujours en proie à son pressentiment, frissonna.

– C'est un traquenard ! Nous venons de nous jeter dans la gueule du loup !

– Nenni. Cela ne se peut. Tranquillisez-vous !

Un homme s'approcha et invita Brienne à descendre.

– Monseigneur, je vous prie de me donner votre épée. Vous êtes en état d'arrestation.

– De quel droit me parlez-vous ainsi ? s'écria Brienne. Je suis le comte d'Eu, connétable de France !

Eugénie reçut un coup de poignard en reconnaissant la voix qui s'était adressée à Brienne. Elle osa lever les yeux sur le capitaine qui se tenait devant Brienne, droit, imperturbable, le regard fixe posé sur le deuxième personnage du royaume.

– Je suis Guy de Rincourt, seigneur de Nemours. J'ai ordre de Sa Majesté de vous arrêter et de vous conduire au Châtelet, ainsi que madame.

– Au Châtelet ? Mais c'est une prison pour les gueux ! Écartez-vous, je veux voir le roi et mon rang me permet de l'approcher sans être annoncé.

Rincourt se plaça devant lui. Deux sergents s'étaient postés de part et d'autre d'Eugénie. Le chevalier blanc lui jeta un rapide regard. Elle avait l'impression d'être une fillette prise en faute, une fugueuse que les siens retrouvaient après sa cavale.

– Conduisez-nous au roi ! ordonna Brienne.

– Ce ne sont pas les ordres ! répondit Rincourt en faisant signe à ses soldats d'emmener les prisonniers.

Eugénie avait eu raison de se méfier. L'indifférence de Rincourt l'avait blessée. Comment lui, le père du petit Renaud, pouvait-il la considérer comme une prisonnière ordinaire ? Elle s'en voulait surtout, à cet instant, de ne pas le haïr.

Des gardes emmenèrent Brienne pendant que d'autres poussaient la jeune femme dans une autre direction. Elle demanda où on la conduisait, personne ne répondit. À force d'insister, un homme dont le heaume en maille de fer ne laissait voir que le devant du visage et le regard décidé lui dit sèchement :

– Vous le verrez bien assez tôt !

Elle fut conduite à la tour d'Argent qui gardait l'entrée du palais, côté fleuve, et enfermée dans une pièce froide, avec une seule fenêtre grillagée très haute. Dans la pénombre, elle put remarquer une sorte de paillasse et un tabouret. Elle attendit puis, exaspérée par le silence, elle frappa à la porte de bois en criant. Comme personne ne venait, elle se laissa tomber sur la paillasse, consciente qu'il n'y avait plus aucun espoir. Jean II pouvait la laisser croupir là pendant des années, jusqu'à ce qu'elle meure par manque de soleil et d'air pur. Elle pensa à son mari, déjà si loin dans sa mémoire, à Matthieu et Benoît.

Les heures passaient. La nuit était tombée. Dans l'ombre totale, elle grelottait assise sur le bord de la paillasse. Des pas s'approchèrent, la porte s'ouvrit. Un homme en cotte de mailles apporta une écuelle de soupe fumante.

– Je veux parler à M. de Rincourt, dit Eugénie. On m'a enfermée ici sans me donner aucun motif, je veux des explications.

L'homme la regarda longuement. Il n'avait pas l'habitude de ce genre de prisonnière. Ici, on enfermait les maquerelles, les femmes du peuple, rarement des princesses.

– Répondez-moi. Pourquoi me retient-on ici ?

– Ce ne sont pas les ordres ! dit l'homme en fermant la porte.

Eugénie ne toucha pas à son écuelle. Elle resta ainsi, jusqu'au petit matin. Une certitude occupait son esprit : le roi voulait frapper la conjuration des Lys et se débarrassait de ses membres les plus influents.

Au petit matin, l'homme qui lui avait apporté à manger arriva accompagné de deux soldats en armes et d'un prêtre tenant un crucifix à la main droite. Un frisson gelé parcourut Eugénie. La présence de ce prêtre ne signifiait-elle pas que sa dernière heure était arrivée ?

– Madame, dit l'homme, il est temps de vous préparer à paraître devant le Créateur. Vous avez un quart d'heure pour confesser vos fautes et recevoir les sacrements des condamnés.

Eugénie recula, comme horrifiée par le crucifix que le prêtre tenait toujours devant lui.

– Qu'est-ce que cela signifie ? s'écria-t-elle. Vous n'avez pas le droit, vous entendez ? Je suis la fille de la reine Clémence de Hongrie. Vous n'avez pas le droit !

– Ce sont les ordres ! Il vous reste quelques minutes pour vous mettre en règle avec Dieu.

Des pensées terribles traversaient l'esprit d'Eugénie. Le prêtre fit un pas vers elle. C'était un petit homme aux cheveux gris, au visage large et empâté, au regard fuyant.

– Mais enfin, je voudrais bien savoir ce qu'on me reproche. On n'exécute pas sans raison une personne de mon rang. Qu'ai-je fait ?

– Je vous en prie, acceptez de vous confesser et de recevoir le corps du Christ !

À cet instant, venu du couloir sombre, un troupeau de rats noirs se mit à courir dans la lueur des torches, entre les pieds des gardes et du prêtre qui sursauta. Les rats disparurent aussi vite qu'ils étaient venus. Eugénie comprenait ce que cela voulait dire, la peste pour cette fois était son alliée.

– Dépêchez-vous, madame, le temps presse.

Elle ne pouvait se décider. Faire ce qu'on lui demandait, revenait à accepter sa condamnation. Elle priait pourtant de toute son âme pour que Dieu la sauve, mais la seule vue du prêtre lui donnait la nausée.

– Tant pis ! dit un des gardes. C'est l'heure, il faut y aller.

Deux hommes prirent Eugénie chacun par un bras et l'obligèrent à les suivre. Elle poussa un cri strident qui retentit dans tout le bâtiment. On la conduisit à une cour intérieure bordée de hauts murs et éclairée par des torches. Ce qu'elle vit en premier fut le billot de bois et le bourreau, la tête recouverte d'une cagoule noire, debout appuyé sur le manche de sa large hache à décapiter.

– Vous ne pouvez pas ! hurla-t-elle. C'est un crime !

– Madame, il faut vous taire, sinon nous vous y obligerons ! dit un de ses gardiens.

Arrivé par une autre porte, Raoul de Brienne, entre plusieurs soldats, avançait en chemise, la tête nue, les cheveux coupés sur la nuque. Il semblait digne devant ses meurtriers, noble jusqu'à la dernière seconde. Il vit Eugénie et se troubla, perdit sa superbe.

– Que faites-vous ? Laissez cette femme en paix ! C'est la fille de la reine Clémence, elle n'est en rien dans mes affaires !

– Ordre du roi !

– Le roi ? Un usurpateur, un malfrat, voilà ce qu'est votre prétendu roi. Ce crime lui vaudra la couronne que son père a volée !

– Monsieur, c'est le moment !

Brienne avait passé la nuit à protester, à réclamer ce qui ne pouvait être refusé au pire des criminels : le droit de se défendre. Personne ne l'avait entendu. Il donnait donc sa vie à sa fidélité aux Capétiens et il l'acceptait, certain que son sacrifice serait le début d'une reconquête. En revanche, il refusait qu'Eugénie partageât son sort.

– Vous n'avez pas le droit de tuer cette femme !

Un des gardes voulut lui bander les yeux, il le repoussa d'un revers de bras.

– Je suis un Brienne et les Brienne marchent vers la mort la tête haute, car ils sont toujours dans leur bon droit.

Il fit quelques pas vers le bourreau. Au moment de s'agenouiller pour poser sa tête sur le billot, il se tourna vers Eugénie, la regarda longuement, puis s'agenouilla. La hache se levait déjà. Eugénie poussa un cri et s'effondra. Le bourreau, probablement troublé d'avoir à décapiter un grand du royaume, manqua son coup et la hache glissa sur le bas du crâne, ouvrant une profonde entaille d'où le sang gicla. Brienne poussa un son sourd, comme une sorte de soupir. La lame s'abattit de nouveau, décollant la tête qui roula sur le sable que l'on avait répandu.

Eugénie voulut être digne à son tour. L'horreur de ce qu'elle voyait lui donnait envie d'en finir au plus vite. On ne lui avait pas coupé les cheveux et le bourreau, dans un souci de faire du bon travail, demanda qu'on les lui attachât sur la tête pour bien dégager sa nuque de femme qu'il trancherait d'un seul coup.

Un des gardes voulut prendre la chevelure dans ses mains, elle le repoussa et fit elle-même une sorte de chignon qu'elle fixa avec un peigne. Elle ne touchait plus terre, elle n'était plus dans cette sordide cour devant le corps décapité de son ami, elle était déjà ailleurs, dans un autre monde, et marchait, insensible à ce qui allait lui arriver, le regard tourné vers l'image intérieure de ses trois enfants réunis. Les soldats reconnurent son courage et baissaient la tête. Beaucoup ne comprenaient pas qu'on exécutât ainsi une femme de noblesse. En arrivant au billot, elle se retourna :

– Messieurs, vous direz au chevalier de Rincourt, seigneur de Nemours, que la mère de son fils est morte en fille de reine.

Elle se tourna pour poser sa tête sur le billot, hésita devant la mare de sang qui l'entourait. Alors, elle s'effondra en larmes, il fallut la relever.

Un remous se fit à la porte. Des gardes arrivaient, entourant un haut personnage qui cria de tout arrêter. Eugénie reconnut sa voix et trouva alors la force de faire face.

– Arrêtez ! cria de nouveau l'homme. Le roi vient de gracier Mme d'Anjou.

Le bourreau marmonna, contrarié de ne pas finir le travail pour lequel il avait été payé. Les vêtements des condamnés lui revenaient et Brienne, l'homme le plus riche du royaume, ne lui laissait qu'une chemise tachée de sang, des chausses, mais pas le moindre bijou, bague ou boucle d'oreille qu'il aurait pu monnayer. La femme représentait un meilleur butin avec sa robe de qualité.

– Madame, dit Rincourt en s'approchant d'Eugénie, le roi a enfin entendu ma requête et vous gracie.

– Il me gracie, dites-vous ? Mais de quoi, de quelle faute ? Dites plutôt qu'il renonce à me faire assassiner.

Rincourt ne répondit pas ; Eugénie avait retrouvé son aplomb, sa force de caractère après un instant de relâchement.

– Madame, je vous prie de me suivre.

– Où m'emmenez-vous ? En prison, pour que je ne puisse pas dénoncer cet assassinat ?

– Je vous demande de vous taire ! dit Rincourt en regardant autour de lui les soldats qui avaient entendu.

– Je ne me tairai pas, car je suis dans mon droit. Le Valois vient lui aussi de signer son arrêt de mort.

– Taisez-vous, vous dis-je.

La nouvelle de l'exécution du connétable de France fit le tour de Paris quelques jours plus tard. Le secret avait été gardé aussi longtemps que possible, mais les gens du palais parlèrent et bientôt toute la capitale fut au courant. Il y eut des protestations, des rassemblements pour commenter l'événement ; les aveugles chantèrent des couplets à la gloire de ce pauvre connétable raccourci par un roi sanguinaire. Les pairs du royaume demandaient des explications. Jean II, pressé de s'expliquer, se contenta d'une vague réponse :

– Je sais qu'il me trompait et je ne pouvais faire autrement, sinon c'est bien lui qui m'aurait occis.

L'émoi fut plus grand encore quand on apprit que les immenses biens de l'exécuté avaient été donnés à M. d'Espagne qui héritait aussi de la charge de connétable de France. Cela sembla scandaleux au cardinal de Périgord, légat du pape en mission à Paris, qui protesta ouvertement, car on ne pouvait donner une telle distinction à un étranger ! Le roi refusa de l'entendre. Quelques jours plus tard, il reçut une lettre du pape qui lui demandait de se justifier : on ne conduisait pas au billot un grand noble comme un vilain. Clément VI n'avait écrit cette missive que pour la forme, il n'attendait pas de réponse : le Valois défendait sa couronne.

Une autre nouvelle fit aussi le tour de Paris : la peste avait frappé les gens du palais royal, tuant une dizaine de personnes. La panique s'empara de nouveau des Parisiens ; les plus riches voulurent fuir, mais le roi en accord avec Étienne Marcel, prévôt des marchands de Paris, interdit aux citadins de sortir des murs. Au bout de quelques jours, le calme revint, aucun nouveau cas n'ayant été signalé.

À la cour d'Évreux, la mort de Brienne fut applaudie. Le petit roi de Navarre était pour beaucoup dans ce règlement de comptes. Ses espions, parmi les meilleurs d'Europe, n'ignoraient rien de la conjuration des Lys. Charles avait appris que la comtesse d'Anjou et Brienne allaient bientôt partir en Italie ; il n'avait pas résisté au plaisir d'en informer son futur beau-père, car il allait épouser Jeanne de France, ce qui faisait dire à cet incorrigible plaisantin :

– Nous étions cousins par naissance ; nous fûmes sur le point d'être beaux-frères. Mais son père ayant épousé ma sœur, je suis devenu son oncle, et voilà qu'à présent je vais être son gendre !

Tout le monde riait et Charles plus fort que les autres. Sa future épouse n'avait que huit ans. Veuve d'un premier mariage contracté à trois ans, il était bien temps de lui trouver un nouveau mari. Le roi espérait, par cette alliance, ligoter Charles le Mauvais, mais c'était mal connaître le Navarrais qui n'avait jamais eu la moindre envie de céder à Jean II. Il comptait bien le combattre par tous les moyens, sans raison politique réelle, simplement parce qu'il le haïssait.

– La véritable stratégie, dit-il à Geoffroi d'Eauze, c'est d'embrouiller les cartes de telle sorte que les adversaires ne comprennent plus rien. Alors, il devient facile de les éliminer en les dressant les uns contre les autres.

Eauze n'en pouvait plus d'attendre. Il avait été fait successivement duc d'Hendaye, de Biarritz, pair de Navarre par son jeune maître, mais cela ne changeait pas grand-chose à sa situation. Il n'avait toujours aucun revenu et Charles, si prompt à banqueter, n'était pas particulièrement généreux.

Quand il fut informé de l'exécution de Brienne, Charles le Mauvais attendit de nouvelles informations avant de prendre Eauze à part :

– Celui qui faisait la cour à ta femme a été raccourci. Je suppose que tu en es heureux. Ta femme devait être tranchée sur le même billot quand Jean le Félon l'a graciée. Un certain seigneur de Nemours du nom de Guy de Rincourt que nous avons rencontré au mariage du roi Philippe – le diable ait son âme perverse – a obtenu qu'elle soit enfermée pour toujours dans une maladrerie de Vincennes où se trouvent des possédés du démon, des fous furieux. Elle y trépassera très vite, car les gardes de ce lieu de misère ne sont pas tendres.

Eauze se dressait en face du petit roi qui semblait tout heureux de rapporter ces mauvaises nouvelles. Le malheur des autres l'égayait, il y trouvait des raisons d'exprimer son bonheur à lui. Eauze mit un moment avant de réagir. Son regard de gentil garçon se durcit et Navarre admira une fois de plus sa tête large d'un pied, son cou de taureau.

– Je vous remercie de m'avoir averti. Je pars sur-le-champ la délivrer.

Charles sautilla d'un pied sur l'autre, se percha sur une marche de l'escalier de pierre comme un oiseau qui cherche une position élevée pour mieux surveiller les alentours. Il plissa les yeux, ses lèvres prirent un tour dédaigneux. Son beau visage était ainsi enlaidi chaque fois qu'il préparait une mauvaise parole.

– N'oublie pas que tu es duc navarrais et que tu as de l'honneur. Ta femme n'a que ce qu'elle mérite. Et puis, c'est la fille de la reine Clémence, qui était aussi grande putain que ma grand-mère…

Eauze s'approcha de Charles pareil à un taureau qui se préparait à charger.

– Elle est ma reine à moi, et je vais la chercher.

– Tu n'as aucune chance et tu vas rester bien tranquillement ici à courir le cerf. Mais comme tu es mon ami, je vais m'arranger pour la faire sortir et la ramener.

Si Charles avait parlé d'Eugénie à Eauze, c'était bien parce qu'il avait l'intention de la faire évader pour la soutirer à la surveillance du roi. Il s'était mis en tête de se la concilier en lui faisant des promesses. Le parti des Lys qu'il avait combattu sournoisement pouvait encore le servir.

– J'y vais quand même ! dit Eauze.

– Trop tard, répondit le roi de Navarre. Mes hommes sont déjà sur place.

Eugénie avait envie de mourir. Depuis combien de jours, de semaines, de mois, croupissait-elle dans cette maladrerie à dix toises des tours imposantes du fort ? Après être venu la chercher au pied du billot, Guy de Rincourt l'avait lui-même conduite dans cet enfer en lui soufflant à l'oreille :

– Madame, ne vous fiez pas aux apparences. Je ne vous abandonne pas. Je viendrai vous chercher.

La pensée du petit Renaud qui l'attendait chez Marie la Sourde s'imposa à son esprit. Elle se retint d'en parler, craignant pour la sécurité de l'enfant et de sa gardienne.

– Non, messire. Je n'attends rien de vous, à part de nouveaux malheurs.

– Pardonnez-moi, madame. Je suis au service du roi de France. Je lui parlerai.

Mais Rincourt avait dû l'abandonner à son triste sort, le roi l'ayant envoyé aux frontières des Flandres contenir les marchands de laine qui protestaient contre les taxes de transport.

Depuis, Eugénie vivait dans la boue, les excréments, au milieu d'êtres monstrueux, contrefaits, démons sortis tout droit des enfers qui s'entretuaient pour un quignon de pain, car on ne les nourrissait pas ou si peu. Les gardiens, des moines, les surveillaient de loin. Parfois, ils en capturaient quelques-uns et, pour leur plaisir, jouaient à leur infliger des sévices, conscients de participer à l'œuvre de Dieu en maltraitant ces possédés du diable. Quand ils virent arriver Eugénie, leur réaction fut différente. On leur confiait parfois des prisonniers qui devaient être soustraits au monde et ils s'acquittaient de leur tâche avec ponctualité. Quelques jours au milieu des fauves avaient raison des plus solides. Beaucoup se battaient jusqu'à leur dernier souffle, d'autres sombraient dans une démence qui leur permettait de survivre au niveau des larves et des monstres.

Rincourt avait pris le frère Antonet à part et lui avait expliqué que cette possédée était différente des autres. Le moine s'en était aperçu. Il n'avait jamais reçu de femme aussi belle et d'apparence aussi noble.

– Vous m'en répondrez sur votre tête ! lui dit Rincourt. Je viendrai la chercher prochainement, mais personne ne doit savoir qu'elle est ici.

Antonet avait bien compris que ce chevalier d'apparence si solide, si sûr de lui, ne faisait qu'exprimer un sentiment personnel. Il se dit qu'en cas de besoin, il ferait avertir le roi, car il devait une partie de ses subsides aux petits services rendus à Jean II.

Eugénie fut enfermée dans un bâtiment à l'écart de la vaste cour fermée par une haute palissade. Elle pataugeait dans l'eau putride, ne disposant pour s'asseoir ou se reposer que d'une étagère en planches pourries à un pied du sol. Une multitude de vers peuplaient la boue, des insectes repoussants grouillaient dans la pénombre. L'infecte odeur qui régnait dans ce cloaque gênait la respiration. Parfois, un moine ouvrait la porte et regardait la prisonnière, car la beauté de la nouvelle venue avait fait le tour du monastère attenant à la maladrerie qui, en plus des fous, gardait des grabataires, des malades chroniques autres que les lépreux dont personne ne voulait. Le matin, le premier travail des moines consistait à ramasser les morts de la nuit qui étaient brûlés sur un terrain voisin. Alors une odeur insupportable de graisses et de chairs grillées montait dans l'air, supplantant l'habituelle odeur de pourriture.

La tête de Brienne roulant à côté du billot hantait Eugénie. Pour la première fois de sa vie, elle sombra dans une crise de larmes qui dura longtemps. Personne ne viendrait la tirer de là. Ses amis la croyaient morte, voilà où l'avait conduite son désir de justice ! Elle était là par la volonté de Rincourt qui pouvait désormais disposer d'elle. Cette pensée lui laissait une faible lueur d'espoir, car malgré les circonstances, tout son être la poussait vers lui. Enfin, comme nettoyée de son chagrin, elle se dressa face au mur de sa prison, résolue, pleine d'une combativité nouvelle.

Elle constatait la succession des jours et des nuits par plusieurs ouvertures grillagées dans le mur du bâtiment. Un soir, la porte s'ouvrit, une ombre glissa le long du mur. Eugénie reconnut Antonet. La vie avec les déments avait profondément marqué le moine et son large visage était constamment animé de vives contractions. Il retroussait les lèvres comme un cheval qui va hennir, plissait son nez, montait et abaissait rapidement ses sourcils ou clignait des yeux.

– Sortez ! dit-il d'une voix qui sembla bizarre à la jeune femme.

Elle ne se fit pas prier. Sa robe était lourde de boue, ses cheveux collés sur son crâne et son front.

– Suivez-moi.

Il l'entraîna dans une pièce voisine mal éclairée.

– Où m'emmenez-vous ?

Une cuve d'eau fumante avait été apportée, du linge propre était posé sur une table. Le regard du moine s'était allumé d'une curieuse lueur. Jamais son visage n'avait autant été animé de tics disgracieux.

– Déshabillez-vous et lavez-vous ! dit-il en se dirigeant vers la porte. Il y a du linge propre sur la table, mais je ne dispose pas de robe de princesse.

Il sortit, laissant Eugénie en face du baquet fumant qui la tentait. Son corps n'était que démangeaisons. Elle se dévêtit avec plaisir et se glissa dans l'eau chaude, un véritable ravissement.

Elle s'habilla rapidement, un sentiment agréable au cœur. Les vêtements du moine étaient un peu grands, la robe traînait par terre, la chemise pendait sur les hanches de la jeune femme, mais elle en éprouvait un véritable confort.

Antonet revint. Eugénie lui sourit et ce sourire l'illumina.

– Madame, je vous ai trouvé un manteau. Il est un peu râpé, c'était du blaireau, les poils sont tombés aux manches et sur le dos, mais il vous protégera du froid.

– Je ne veux pas retourner dans la cellule. Je préfère mourir.

– Vous n'y retournerez pas. Pardonnez-moi de vous y avoir laissée aussi longtemps, mais je ne savais pas qui vous étiez.

Il emmena Eugénie jusqu'à une chapelle qui se trouvait au fond d'une cour réservée aux moines et déserte à cette heure. À côté de l'autel, Antonet poussa un panneau de bois qui glissa sur des roulettes, découvrant l'entrée d'un souterrain, il alluma une torche à la flamme du Saint-Esprit.

– Suivez-moi.

Il s'enfonça dans les ténèbres. Eugénie le suivit en retenant sa respiration. Elle eut un doute en pensant à Rincourt qui devait venir la chercher et se demanda si le roi n'avait pas éventé le dessein du chevalier. Non, ce n'était pas possible : Antonet n'avait pas le visage d'un traître.

Le souterrain débouchait dans la forêt de Vincennes. Le fort, sur la droite, dominait la campagne de sa masse imposante et sombre. Les chênes immobiles se donnaient à une petite pluie gelée.

– Partez vite ! dit Antonet. Je dirai au roi et à celui qui doit venir vous chercher que vous êtes morte.

Eugénie prit les mains du moine et les pressa contre ses lèvres. Le regard franc de l'homme avait perdu cette simplicité naïve qu'il affichait dans la maladrerie et exprimait une profondeur pleine de générosité.

– Pourquoi faites-vous cela ?

– Partez vite avant la nuit qui arrive tôt en cette saison ! Prenez le sentier à droite et courez jusqu'aux maisons. Vous entrerez dans la troisième, elle se reconnaît à sa palissade en roseaux tressés. La femme s'appelle Fanchette. C'est ma sœur jumelle. Vous lui direz que vous venez de ma part. Elle vous attend avec impatience.

– Je n'ai rien pour payer…

– Fanchette est fille de Dieu !

15.

Fanchette reçut Eugénie avec beaucoup de cérémonie. La nuit était tombée sur Vincennes. Les chandelles s'allumaient dans les maisons voisines et la lueur jaune des flammes tremblait sur les carreaux de papier huilé des fenêtres. Sur les remparts du fort, un groupe de soldats arpentait le chemin de ronde en surveillant la forêt où se cachait toute une société de malfrats prête à fondre sur la ville. Dans l'écurie voisine de la maison de Fanchette, des valets apportaient du foin aux chevaux. Laboureurs et journaliers rentraient des champs. Les bourgeois fermaient leurs portes et cadenassaient leurs réserves.

Fanchette avait une trentaine d'années, les rides creusaient déjà son front et son visage. Ses cheveux blancs la vieillissaient terriblement, elle avait perdu prématurément ses dents. Toute sa vie se concentrait dans ses yeux très noirs, brillants comme des billes et tellement expressifs qu'elle n'avait pas besoin de mots pour se faire comprendre.

Elle s'inclina devant Eugénie en l'invitant d'un geste de la main à entrer dans son modeste logis.

Eugénie lui sourit et voulut l'embrasser dans un élan de reconnaissance. Fanchette se raidit, refusa son étreinte.

– Madame, je ne suis qu'une pauvre servante.

– Je ne suis pas mieux lotie que vous ! répondit Eugénie en laissant glisser son vieux manteau de ses épaules.

– Je sais qui vous êtes, madame. Antonet et moi vous connaissons. Il s'est occupé de tout.

– Que voulez-vous dire ?

– Rien de plus. Nous sommes nés à quelques pas d'ici, notre mère était servante au castelet de Vincennes.

Eugénie montra son étonnement.

– C'était le château de votre mère. Et c'est là aussi que vous êtes née !

– En effet ! dit Eugénie. Mon père m'a raconté tout cela !

– Notre mère, à Antonet et moi, était au service de la reine qu'elle aimait beaucoup. Nous avions six ans à votre naissance. En souvenir de la grande bonté de Mme Clémence et de votre père qui avait une si belle voix, nous avons voulu vous aider.

– Merci. C'est pour moi un grand bonheur de rencontrer quelqu'un qui me parle de ma mère.

– Vous êtes ici chez vous, madame. Cette maison, le castelet, les champs qui se trouvent à côté, tout cela était à la reine Clémence et vous revient. Le roi en a fait cadeau à son ami, l'ignoble M. d'Espagne. Il faudra bien le lui reprendre !

Fanchette s'accroupit près du feu dont elle remit les bûches en place sous une marmite qui chantait.

– J'ai préparé de la soupe. Ce n'est pas mets de reine, mais c'est tout ce que j'ai.

– Ce sera parfait, Fanchette ! répondit Eugénie.

Elle avait l'impression de retrouver les gens de sa propre famille, de renouer avec un passé qui la reliait à sa mère.

– Tout n'a pas été facile, ici, ajouta Fanchette en sortant des écuelles d'un placard sombre. La maladie est passée avec ses ravages. Mon époux, mes trois enfants, elle m'a tout pris et me voilà une vieille femme avec seulement des souvenirs. Heureusement qu'Antonet n'est pas loin. Je prie avec lui et cela me fait du bien.

Elle sortit d'un tiroir deux cuillers en bois de poirier et les posa sur la petite table. Eugénie entendit un bruit et redouta un instant que les rats noirs ne surgissent dans cette pauvre maison.

– C'est la charpente ! précisa Fanchette. Elle est vermoulue et finira bien par s'écrouler un jour.

Eugénie fit le vœu d'établir cette pauvre femme dans une situation qui lui permettrait de vivre sans soucis matériels si un jour elle retrouvait son héritage.

– Je travaille chez un riche marchand de blé. Je fais le ménage, la vaisselle, je lave le linge. Depuis que la peste a fauché les trois quarts de la ville, je gagne plus, mais le pain a tellement augmenté que ce qui était autrefois un bon salaire est devenu une misère… Les pauvres sont toujours les mêmes et, quoi qu'il arrive, rien ne peut les aider. Pourtant, quand je vois mon maître gaspiller en une soirée ce qui me permettrait de vivre pendant une année, je me dis que Dieu n'a jamais voulu ça !

Elle versa une louche de soupe de légumes dans l'écuelle d'Eugénie, émietta une tranche de pain dans son bouillon. Eugénie revoyait sa tante Éliabelle faire les mêmes gestes, ceux de la vie simple.

Fanchette parla longuement de son enfance pauvre mais heureuse dans ce village de Vincennes.

Elle avait grandi avec son frère au château de la reine, jouant dans la cour entre les chevaux harnachés pour la chasse ou la promenade. Clémence était la douceur même et Renaud d'Aignan la ravissait avec ses chansons, sa musique, ses vers dans une langue d'oc aux accents pleins de chaleur. Eugénie écoutait, ravie, plongée dans un passé qui lui appartenait. L'évocation de sa mère et de son père fit perler une larme au coin de ses yeux. Les mots simples de Fanchette les faisaient revivre, jeunes et amoureux. Une belle entente qui lui montrait combien sa vie était pauvre.

– Ici, tout le monde savait qu'ils étaient mariés, même si c'était un secret. D'ailleurs, la cérémonie s'est passée dans la chapelle du château. Nous avons tous été conviés à un banquet qui s'est déroulé dans la cour, au milieu des chèvres, des poules et des pigeons. Un repas comme on en fait dans les campagnes à la fin des moissons. M. Renaud avait chanté et joué de la musique. La reine l'écoutait, ravie, le visage plein de lumière. Oui, vraiment, ces deux se sont aimés comme personne au monde et nous, les petites gens, on les enviait. J'aurais tant voulu vivre un si bel amour, parce que lorsque le cœur est content, tout le reste va. Mais la vie a été autre.

On frappa à la porte que Fanchette avait bloquée de l'intérieur avec une lourde traverse. Eugénie sursauta. Fanchette poussa son tabouret, la rassura en allant ouvrir.

– Ce sont eux ! Tout va bien !

La porte s'ouvrit, deux moines vêtus d'une longue aube noire et d'une capuche qui leur cachait le visage entrèrent. Le premier était rond, de petite taille. Fanchette le serra dans ses bras. La capuche bascula, Antonet jeta un rapide regard à Eugénie. Le deuxième homme s'approcha de la jeune femme qui ne voyait que son sourire entouré d'une abondante barbe noire. Il était de haute stature et avait le regard droit de ceux pour qui commander est habituel.

– Madame, le comte de Hauteville est heureux de vous retrouver !

Hauteville ! Eugénie l'avait rencontré au château d'Eu, mais à cette époque, il avait le visage rasé. Elle identifiait après coup ses lèvres charnues, son front large et lisse, son regard doux.

– Le combat pour la justice continue, dit-il. Nous avons besoin de vous.

Ces quelques mots suffirent pour remettre Eugénie à sa place. Elle avait vu rouler la tête de Brienne à côté du billot, elle avait failli mourir à son tour sous la hache, sa vie épargnée n'avait d'autre sens que de réhabiliter la mémoire des disparus en assurant la place de ses enfants. Il était temps de revêtir la cotte de mailles et le chapeau de fer.

– Nous avons assez perdu de temps. C'est de Sienne que doit partir la reconquête. Nous prenons la route dès demain.

– Nous n'attendions que votre ordre ! précisa Hauteville. Tout est prêt. Nous allons rejoindre le fort de Saint-Mandé où se trouvent nos compagnons et nos hommes d'armes. Nous partons tout de suite.

Eugénie saisit son manteau et se dirigea vers la porte d'un pas décidé.

– Allons ! dit M. de Hauteville.

Avant de sortir, Eugénie prit Fanchette dans ses bras et la garda un moment serrée contre elle, puis elle se tourna vers Antonet :

– Jamais je ne vous oublierai. Si la fortune me sourit, vous en serez les premiers récompensés.

Dans la rue, un char à bancs l'attendait. Plusieurs cavaliers se tenaient devant et derrière pour l'escorter jusqu'à Saint-Mandé. Le convoi partit dans la nuit. M. de Hauteville chevauchait à côté du char couvert, si près qu'Eugénie voyait sa silhouette sur le fond bleuté de la nuit.

Ils arrivèrent à Saint-Mandé une heure plus tard. Un homme sortit du château, portant une torche. Il pria Eugénie de descendre, elle s'immobilisa, poussa un petit cri d'étonnement.

– Pierre de Verneuil !

– Eh bien, oui. Nos agresseurs aux portes d'Avignon me laissèrent pour mort. C'est vrai que la lame qui me jeta au bas de mon cheval passa très près de mon cou. J'étais seulement assommé avec quelques blessures au visage que je cache sous ma barbe.

– Reposons-nous un peu ! ordonna Eugénie, nous partirons avant l'aube.

Le mariage de Charles de Navarre et de la petite Jeanne de France eut lieu aux premiers jours de l'été 1351. Le peuple respirait : il trouvait à manger, même si les plantes, racines et feuilles ne le nourrissaient pas aussi bien qu'une large tranche de pain ou un morceau de porc salé. Les orges moissonnées fournissaient d'excellentes bouillies. Les pois, les fèves, les carottes, les navets et les choux de printemps remplissaient les écuelles, parfois agrémentées d'un lapereau pris au collet.

Malgré cela, les vilains vivaient dans l'angoisse permanente. Des multitudes de routiers, de soldats sans affectation écumaient les campagnes. Des malfaiteurs s'étaient rendus maîtres des châteaux forts et rançonnaient les populations. Et par-dessus tout cela, la menace de la peste terrorisait au moindre malaise, à la plus petite fièvre.

On avait cru que la maladie était partie, rassasiée de souffrance et de détresse, mais non. Elle restait dans le pays, se faisant oublier avant de frapper de-ci de-là, prélevant ses victimes au hasard pour disparaître ou cogner à une autre porte distante de plusieurs lieues. Elle n'obéissait à aucune logique, traçant son chemin tortueux dans le pays. La prière, les offrandes, les processions derrière l'effigie d'un saint patron restaient les seules armes contre la faucheuse que les voyageurs attardés apercevaient parfois, montée sur son cheval pie. Ses longs cheveux flottant au vent, elle allait, désignant du doigt les fermes isolées, les villes qu'elle avait choisies.

Petitjean, un marchand de Paris connu pour sa retenue, fut sa victime. Elle l'aborda alors qu'il était en route avant la fermeture des portes, revenant de Nogent et traversant la forêt de Vincennes. Son cheval eut peur et se cabra. En face de lui, la faucheuse le regardait en souriant. Notre homme, pourtant méfiant par nature, fut séduit. Un feu montait en lui, l'envahissait, et il en oubliait la nuit qui tombait. La femme était si belle, si désirable, qu'il ne pensait qu'à la serrer dans ses bras ! Elle posa sa main sur sa joue en une caresse d'une douceur qui le grisa, puis l'invita à la suivre dans les fourrés, ce qu'il fit sans la moindre hésitation. Il ne dit pas ce qui s'était passé, mais son regard émerveillé montrait qu'il avait connu une extase qu'aucune femme ordinaire n'aurait su lui donner. Le lendemain, il claquait des dents, en proie à la peste qui l'emporta au bout d'une journée de douleurs atroces.

Malgré la peur toujours présente, les Parisiens ne manquaient pas une occasion de faire la fête et de se moquer de leurs princes. Le mariage de Charles de Navarre et de la petite Jeanne les amusa beaucoup. La future reine de Navarre, terriblement dissipée, ne cessait de hurler dans les couloirs du palais quand on la contrariait. Ses caprices ne se comptaient plus. Elle exigeait qu'on la vêtît et la coiffât comme une femme. « N'oubliez pas que je suis veuve ! hurlait-elle, et promise au roi de Navarre ! »

La cérémonie rassembla toute la noblesse de Normandie et les grands du royaume. Le futur gendre de Jean II était de très bonne humeur, car il faisait une excellente affaire. Il était si bref, si gringalet qu'il ne dépareilla pas aux côtés d'une enfant plutôt chétive, affublée pour la circonstance d'atours tellement lourds qu'elle peinait à marcher. Jean II donnait le bras à son ami, M. d'Espagne, vêtu avec une telle extravagance que le cardinal de Lyon qui officiait en fut choqué et le fit remarquer.

Eauze était aux premiers rangs, avec les grands du royaume, à quelques places de Guy de Rincourt. Son immense corps s'était voûté. Inconsolable, il baissait la tête. Quelque temps après le départ d'Eugénie, les hommes de Navarre avaient investi la maladrerie, Antonet leur avait dit que la comtesse d'Anjou était morte et que son corps avait été brûlé avec les autres malheureux. Cette nouvelle terrassa le géant qui sombra dans un tel désespoir que toute la filouterie, la séduction de Charles furent nécessaires pour l'empêcher de commettre quelque erreur fatale. Le petit roi lui présenta plusieurs jeunes épouses de ses vassaux prêtes à le consoler, Eauze les renvoya. Pour la gaudriole, pour le plaisir, il aimait facilement et sans jalousie, car il oubliait tout aussi vite, mais le fond de son cœur n'avait de place que pour une seule, celle qu'il avait épousée devant Dieu, et il ne la remplacerait jamais.

Il resta plusieurs jours confiné dans la partie du château d'Évreux qui lui était réservée, proche des appartements du roi de Navarre. Il refusa de participer aux chasses et aux autres divertissements de la cour. Enfermé chez lui, il ne recevait la visite que de Pirénin, qui s'était retiré dans un monastère voisin, et de Bessonac, qui savait être discret. Jusque-là, il avait vécu dans l'espoir de retrouver Eugénie et voilà qu'elle avait succombé de la pire manière au milieu d'êtres sataniques, d'animaux à visage humain !

Il pleurait seul dans son coin comme un tout petit garçon. La montagne de muscles, l'homme qui pouvait se battre contre une armée, montrait ainsi son cœur resté pur. Il décida qu'il rejoindrait Matthieu et Benoît après le mariage et en fit part à Charles qui se contenta d'une réponse évasive. D'ici là, le Navarrais trouverait bien le moyen de retenir le Gascon dont il ne pouvait plus se passer.

Le mariage fut donc célébré en grande pompe à Notre-Dame par le cardinal de Lyon assisté de plusieurs évêques. Charles triomphait au bras de l'enfant qui devenait sa femme. On le redoutait suffisamment pour lui donner la fille du roi ! Et le contrat prévoyait qu'il recevrait une dot de cent mille écus !

Tout en montrant beaucoup d'affection à son nouveau gendre, Jean II ne quittait pas M. d'Espagne et les courtisans ne savaient pas quel parti prendre : celui de l'amant du roi ou celui de Navarre qui, dès les premiers instants, montra son animosité envers le bel Espagnol. Il sut trouver à son encontre les mots et les formules qui firent rire, mais blessèrent fortement l'intéressé :

– J'ai ouï dire que vous fûtes récemment sur la mer, contre l'Anglais ! dit-il, espiègle. J'ai aussi ouï dire que vous ne fûtes pas aidé par des vents contraires, car sans ces maudits vents vous n'eussiez fait qu'une bouchée de ces sauvages qui ne connaissent rien à la science marine !

Il y eut quelques sourires retenus. Le roi tiqua et voulut changer la conversation, mais le Navarrais insista :

– J'ai aussi ouï dire que vous donnâtes un banquet pour fêter votre accession à la fonction de connétable. Il est vrai qu'en ce royaume, personne plus que vous ne méritait cette charge !

Jean d'Artois, un familier des Valois, qui n'avait pas plus de cervelle qu'un mouton, voulut défendre l'Espagnol, car il avait profité lui aussi des largesses royales après la décapitation de Brienne. Il avait obtenu le comté d'Eu, ce qui hissait ce petit seigneur au rang de pair de France.

– M. d'Espagne se dévoue tellement pour le royaume !

Navarre ne répondit pas, mais son regard brillant exprimait le fond de sa pensée. Chacun comprit qu'entre lui et le roi de France se trouverait toujours le bellâtre et que la guerre était bien déclarée.

On parla aussi, mais à mi-voix, de Jean de Sienne que beaucoup soutenaient. La comtesse d'Anjou était souvent au centre des conversations. La demi-sœur de Jean Ier avait été épargnée par le roi, mais sa mort au milieu des possédés avait été pire que la tête sur le billot !

Rincourt, qui entendait ces commentaires, persistait à douter qu'Eugénie fût morte, même si ses recherches ne lui avaient laissé que peu d'espoir. Il se disait que Dieu le punissait d'avoir abandonné sa propre épouse et ses deux filles qu'il n'avait pas vues depuis plus de deux années. Les nouvelles qu'il en avait n'étaient pas bonnes : après son départ, Grâce avait sombré dans une maladie de langueur qui l'emportait lentement. L'envie de la rejoindre poussa le chevalier blanc à demander au roi la permission de s'absenter. Jean II, qui avait récemment créé l'ordre de l'Étoile et avait besoin de lui pour organiser les tournois lors de la première assemblée des chevaliers à Saint-Ouen, refusa. Il lui proposa de faire venir à Paris toute sa famille et de mettre sur ses terres de Valence un gérant de ses domaines. Rincourt refusa à son tour, prétextant que la vie parisienne ne convenait pas à sa femme et à ses filles.

– J'écrirai à mon cousin Gaston Phœbus pour qu'il veille à ce que tout se passe bien. Votre place est désormais à la cour des Valois et avec la noble confrérie des chevaliers de l'Étoile.

Lors du mariage, Jean II, qui avait distingué son gendre en le faisant officier de l'Étoile, ce dont Navarre se moquait complètement, remarqua Geoffroi d'Eauze. L'énormité de ce chevalier gascon, la hauteur de son verbe, sa manière de parler la langue d'oïl avec un très fort accent plurent au roi. Au cours des fêtes qui suivirent le banquet officiel du mariage, Eauze montra qu'il ne craignait personne en tournoi pourvu qu'il puisse disposer d'un cheval suffisamment puissant pour le porter.

– Voilà un chevalier hors du commun ! s'exclama Jean II.

– C'est mon chevalier, Sire, mon père ! répondit Navarre. Je peux vous le prêter.

Charles le Mauvais n'en avait pas l'intention, mais affichait son amitié pour le roi en toute occasion. Les deux hommes étaient du même avis sur tout, riaient ensemble des boutades de l'un ou de l'autre, mais en humour, en belles paroles, Charles restait imbattable. Pendant les deux semaines que durèrent les réjouissances, les courtisans se dirent que le charme de « mon très cher gendre » avait fait son effet sur Jean II. Un seul restait à l'écart : M. d'Espagne qui redoutait de perdre sa place. Navarre ne manquait pas une occasion de se moquer de ses tenues extravagantes, il ne résistait pas, non plus, au plaisir de narguer son beau-père par des mots si joliment trouvés qu'aucune réplique n'était possible. M. d'Espagne s'emportait :

– Il vous brocarde, mon cher Sire ; il se croit tout propos permis. Pour l'amour de vous, je ne puis le supporter !

La haine entre Charles le Mauvais et M. d'Espagne grandissait de jour en jour. Tout opposait ces deux hommes. L'un était minuscule, mais vif, intelligent, retors, semant la discorde, l'autre était superbe, bien fait de sa personne, l'esprit plutôt lourd ; il marchait en roulant les hanches comme une femme, ses intonations de voix faisaient dire aux plus osés des courtisans qu'il n'avait pas de couilles.

Eauze fit remarquer à son maître que sa manière de se moquer du favori contrariait Jean II. Charles éclata de rire : il savait très bien ce qu'il faisait et les graines de haine qu'il semait dans la cour de France devaient germer et produire des fruits vénéneux dont il se régalerait plus tard :

– Je n'oublie pas un instant que ce roi fantoche n'est pas à sa place, je le touche à l'endroit sensible.

Il doit savoir que ce mariage ne m'a point muselé, bien au contraire.

Au bout de deux semaines de réjouissances, les délégations repartirent chez elles. Le Navarrais et ses barons retournèrent à Évreux, sa petite épouse s'en alla à Melun, dans le château des reines où se trouvaient déjà la veuve de Charles IV, dernier fils de Philippe le Bel, et Blanche de Navarre. Sous la garde de bons précepteurs, elle attendrait là que les années passent et qu'elle soit nubile avant de rejoindre son époux. Celui-ci n'était pas pressé. Il intriguait auprès de toutes les cours d'Europe, s'acoquinait avec son cousin anglais, s'arrangeant pour faire une détestable réputation de sodomite au roi de France. Semer le désordre autour de lui était sa véritable vocation.

Eauze suivait lourdement. Il ne prenait plus de plaisir à traquer le loup et se désintéressait des femmes de petite vertu qui peuplaient le palais d'Évreux. Ses pensées étaient ailleurs. Il s'en voulait d'avoir laissé Eugénie seule quand elle avait eu besoin de sa protection. Il réclamait si fort ses enfants que Navarre envoya des messagers à Aignan. Ceux-ci revinrent très vite, affirmant que les deux garçons vivaient très heureux auprès de leur tante et que ce serait une erreur de les déraciner en Normandie.

– Je les prendrai bientôt à ma cour ! lui promit Navarre. Pour l'instant, il ne faut pas les mêler aux querelles des adultes. Attendons, mon cher ami, que l'avenir nous donne raison.

Raison de quoi ? Le pantin de Navarre ne s'agitait que pour faire du bruit, pour jouer comme un chat avec une pelote de fil. Eauze ne lui faisait plus confiance, mais il préférait laisser ses enfants en dehors des haines qui ne pouvaient que leur nuire. La vie saine d'Aignan, proche de la terre et des saisons, la vie qu'il avait connue et qu'il regrettait, leur convenait mieux. Il se résolut à ne pas retourner les voir : malgré les titres fantoches que lui avait décernés le roi de Navarre, il était sans terre, sans château, chevalier déchu.

Un vaincu, et ce n'était pas l'image qu'il voulait leur donner de lui.

16.

Le froid arriva dès la fin du mois de septembre. Les premiers gels avaient jauni les feuilles et durci les fruits encore accrochés aux branches. Autour de Paris, les vignerons se montraient satisfaits : l'été avait été chaud et le froid précoce diminuait les quantités récoltées, mais le vin serait plus corsé.

Les réserves étaient réduites. Il faudrait, une fois de plus, affronter la faim, le froid et la maladie. Des groupes fanatiques, se réclamant de Dieu, persistaient en dehors de la peste qui les avait fait naître. Ils s'en prenaient aux Juifs, brûlaient les récoltes, saccageaient des hameaux, pendaient les hommes, enfermaient femmes et enfants dans les églises avant d'y mettre le feu. Ces bandes désorganisées devenaient, au nom de la repentance, des armées de bourreaux et de tortionnaires. Les villes leur fermaient les portes, car elles les redoutaient plus que des malfaiteurs ordinaires.

Eugénie, le comte de Hauteville, Pierre de Verneuil et la trentaine d'hommes en armes qui les accompagnaient traversèrent une France désertée. À Vézelay, ils furent rejoints par Étienne de Pleisson qui leur offrit un plein char de fleurs de lys. À la mi-novembre, ils furent retardés par des pluies diluviennes qui avaient gonflé les eaux du Rhône et rendu les routes impraticables.

Ils apprirent la mort du pape Clément VI en janvier 1352 et s'attardèrent en Avignon afin de savoir qui allait le remplacer. Pierre Roger laissait, comme son maître Jean XXII, le trésor de l'Église rempli et avait affermi la puissance pontificale. Il n'avait pu terminer son palais, mais une grande partie en était habitable. Il y mourut d'une manière fort curieuse, car, âgé de soixante et un ans, il paraissait encore solide, montant à cheval et pouvant rester en selle toute une journée. Un soir, il se sentit fatigué, ce qui ne surprit personne, car il dormait peu, lisait une partie de la nuit et avait eu une journée éreintante. Il se contenta d'un dîner léger, cinq cailles et une poularde aux morilles. Il s'alita et fut réveillé par de terribles douleurs de ventre. Cela lui arrivait de temps en temps : les médecins avaient diagnostiqué une gravelle chronique, douloureuse mais sans danger. Cette crise lui fut pourtant fatale. Ne pouvant plus uriner, le pape souffrit le martyre pendant plusieurs jours.

Eugénie eut un pincement au cœur. Elle gardait le souvenir d'un habile parleur, séduisant, un lettré qui récitait volontiers les poètes latins, mais aussi un homme qui s'était opposé à la remise en cause de la couronne des Valois. Attendre l'élection du prochain pape avant de poursuivre le voyage risquait de prendre beaucoup de temps : différentes factions s'opposaient au sein du conclave, les Italiens voulaient ramener la papauté à Rome, les Français qui se déchiraient n'étaient pas près de tomber d'accord. La surprise fut complète quand, selon la coutume établie depuis le conclave de Lyon en

1316, la fumée blanche monta sur le toit de la cathédrale où s'étaient réunis les cardinaux. Quelques jours avaient suffi pour mettre tout le monde d'accord sur le cardinal Étienne Aubert.

– Ils ont choisi le plus stupide de tous en pensant qu'ils pourraient le manœuvrer à leur guise ! souffla le cardinal de Varonne à Étienne de Pleisson. Ils ont oublié qu'il suffit de donner un peu de pouvoir à un imbécile pour en faire le plus obstiné des hommes.

– Nous n'allons pas quitter Avignon tout de suite ! déclara Eugénie. Nous devons rencontrer le pape et lui parler. Il faut savoir dans quel camp il se situe. Peut-être qu'avec un peu d'habileté, on peut le convaincre de nous aider. C'est aussi un pape du bas Limousin. Là-bas, les incursions des Anglais et des Français ne cessent de mettre le pays à feu et à sang. Il faut le convaincre qu'avec le rétablissement de la royauté de droit sur le trône de France, ces régions retrouveront la paix et la sécurité.

– Je dois vous préciser qu'Aubert n'a jamais été mon ami ! ajouta Varonne, mais il ignore mon appartenance à la conjuration des Lys. Il est préférable que vous le voyiez sans moi !

Le pape Clément en terre, Étienne Aubert prit la tiare sous le nom d'Innocent VI. Il ne pouvait mieux choisir, car l'innocence était sa première caractéristique et cette vertu des petites gens était un terrible handicap pour le chef de la chrétienté. Indécis, avec une tendance naturelle à suivre les plus mauvais conseillers, il faisait un bien piètre pape. Les cardinaux italiens avaient voté pour lui en espérant le convaincre de retourner à Rome, les autres pour qu'il reste en Avignon.

Peu de temps après son élection, Eugénie lui demanda audience et l'obtint. Elle se présenta comme comtesse d'Anjou, fille de Clémence de Hongrie.

L'homme qui la reçut semblait écrasé par sa charge. Les attributs papaux pesaient sur ce corps filiforme. Il n'avait qu'une quarantaine d'années mais ressemblait à un vieillard. Pourtant, quand il vit Eugénie, son maigre visage s'éclaira. On murmurait qu'il aimait s'entourer de belles femmes pour le seul plaisir des yeux. Eugénie savait qu'avec un tel homme, la première entrevue serait décisive, aussi avait-elle fait un effort de toilette et lui adressa-t-elle son meilleur sourire.

Le pape tendit sa main osseuse aux doigts démesurément longs.

– Madame la comtesse, votre visite me procure une grande joie. Sachez que je suis tout disposé à votre égard.

Il faisait allusion à la conjuration des Lys. Comme son prédécesseur s'était opposé à l'ouverture d'un procès pour régler une fois pour toutes la question du trône de France, il s'y montra favorable sans en mesurer les conséquences. Eugénie passa près de deux heures en sa compagnie, évitant surtout de dévoiler ses intentions mais cherchant à s'assurer, au-delà des paroles de soutien vite oubliées, une neutralité bienveillante. Le pape fut de son avis sur tout.

Eugénie rejoignit M. de Hauteville, certaine qu'il ne fallait pas compter sur Innocent VI pour faire avancer leur cause.

– Je ne le trouve pas franc du collier, précisa-t-elle. Il manque de poigne ! Nous devrons nous débrouiller par nous-mêmes.

Le cardinal de Varonne l'assura qu'il disposerait autour du Saint-Père une armée d'espions et de conseillers, puis retourna à Reims, car Avignon l'ennuyait. Ce grand paresseux détestait l'agitation qui régnait dans la Cité des papes.

– J'attends de vos nouvelles et de celles du roi de Sienne qu'il est temps de mettre au fait de sa haute naissance ! dit-il à Eugénie avant de monter dans son char capitonné.

La jeune femme et ses compagnons reprirent leur voyage vers l'Italie au début du mois de mars. C'était le printemps en Provence. Le mimosa embaumait ; les pruniers étaient blancs. L'hiver n'avait pas été aussi rude qu'on l'avait redouté.

Un mois plus tard, ils arrivaient à Rome. Le gouverneur Cola di Rienzo les accueillit au Capitole. Homme de forte corpulence, il portait volontiers la toge blanche comme ses ancêtres tribuns. Le visage sanguin, le cou aussi large que sa mâchoire, les cheveux rares sur son crâne massif, cet homme d'une quarantaine d'années avait l'autorité naturelle propre aux gens de bonne naissance, pourtant, il était d'humble origine.

Une longue table avait été dressée dans la vaste salle qui occupait la moitié du bâtiment. Les convives se tenaient debout et les valets leur proposaient, sur des plateaux d'argent, des hanaps de vin sucré, des « amusements », amandes grillées, cubes de pomme frits, petites laitues aux feuilles rouges qui étonnèrent Eugénie et ses compagnons. Ils préférèrent les figues sèches aux nèfles confites que l'on servait chez eux.

Cola di Rienzo avait fait une énorme fortune dans le commerce des vins et des épices. Il s'était lui-même anobli et ne supportait pas qu'un valet lui manquât de respect. Sorti du peuple, il en connaissait la paresse et les convoitises, aussi était-il très exigeant envers son personnel, qu'il payait bien mais renvoyait au premier faux pas.

Après avoir bavardé de tout et de rien, on passa à table. Le fauteuil d'honneur était vide. Eugénie demanda :

– Mon frère, Jean le Premier, que l'on appelle Giannino di Guccio, va-t-il arriver ?

– Il sera parmi nous dans un instant ! dit Cola di Rienzo. Il fait commerce d'étoffes, de soie, et possède des comptoirs en Italie, mais aussi en France, en Flandre et à Londres. C'est un homme de grande richesse qui sait très bien conduire ses affaires.

– Nous avons apporté les copies des preuves formelles de sa naissance, conservées au monastère de Saint-Germain-en-Laye, dit Étienne de Pleisson. Frère Antoine a été le témoin des événements qu'il peut raconter sous serment.

– On m'avait parlé d'un certain Jourdan d'Espagne, qui aurait confessé la reine Clémence peu avant sa mort.

– Il est mort ! dit Eugénie. La peste l'a emporté au château d'Eu, en Picardie. Il a laissé son témoignage par écrit. Tous ces documents seront produits devant le tribunal quand il se réunira.

Pour Cola di Rienzo, cette affaire tombait à point, aussi s'y était-il investi alors qu'elle ne le concernait pas personnellement. Il y trouvait l'occasion de jouer un rôle européen. Faire réhabiliter un roi de France le plaçait au-dessus de sa condition de gouverneur, au niveau des plus hauts lignages.

Un valet annonça l'arrivée de celui que tout le monde attendait. Cola di Rienzo, qui avait le sens de la mise en scène, s'était arrangé pour le retarder, afin qu'il ne paraisse qu'une fois les Français installés à table. Il se leva lui-même pour accueillir le marchand qui s'étonna de tant d'honneur. Giannino fut encore plus étonné quand il vit l'assemblée, ces gens de noblesse, ôter leur chaperon et s'incliner; sa stupéfaction fut enfin à son comble lorsque Rienzo, le gouverneur de Rome, s'agenouilla devant lui, le boutiquier.

– Seigneur grandissime ! dit-il, ma maison est honorée de vous recevoir.

Giannino crut à une farce et regarda les visages tournés vers lui, un sourire incrédule aux lèvres. Eugénie l'observait attentivement. Il était blond, les cheveux légèrement frisés. La tête haute, le front large, son visage fin, ses yeux bleus qui pétillaient d'une curieuse malice, indiquaient un homme avisé qui ne s'en laissait pas conter.

Les Français se prosternèrent à leur tour devant Giannino qui continuait de sourire dans sa barbe courte, peu fournie.

– Altesse, dit encore Rienzo, nous pourrons nous mettre à table quand vous en donnerez l'ordre.

– Que se passe-t-il, messieurs ? Est-ce sérieux ? Vous m'avez fait venir pour présenter des soieries importées d'Orient, pas pour jouer !

– Il se passe, répondit Rienzo, que vous êtes le roi de France et voici votre demi-sœur, la comtesse d'Anjou, fille de la reine Clémence de Hongrie.

Giannino éclata d'un grand rire sonore. Dans toute autre assemblée, il aurait claqué la porte, mais il se trouvait au Capitole de Rome, chez le gouverneur, homme puissant qui avait tous les pouvoirs sur les commerçants et il fit bonne figure à ce qu'il considérait toujours comme une plaisanterie.

– Je ne suis qu'un marchand d'étoffes ! C'est vrai, je suis né en France, mais cela ne suffit pas pour faire de moi un roi.

Eugénie s'approcha de lui. Giannino regarda intensément celle qui se disait sa demi-sœur et la trouva très belle, très gracieuse.

– J'ai la preuve de ce que dit M. le gouverneur, affirma-t-elle.

Il sourit encore, toujours incrédule, quand Eugénie détacha de son cou une chaîne avec une médaille en or.

– Cette médaille a été fondue à Naples, pour notre mère qui en possédait une seconde, celle que vous portez. Je vous prie de nous la faire voir.

Giannino hésita un instant, les yeux rivés sur la médaille qu'Eugénie tenait dans sa main droite. Il possédait en effet la même mais n'était pas sûr de devoir la montrer, redoutant maintenant une réalité pour laquelle il n'était pas préparé.

– C'est vrai, dit-il dans la langue d'oïl qu'il n'avait pas oubliée et qu'il parlait sans accent, et je sais que ce bijou vient de ma mère. Mon père me l'a toujours dit.

– Alors, il n'y a plus de doute. Vous êtes le fils de Clémence de Hongrie et du roi Louis le Dixième.

Giannino ne trouva pas de mots pour répondre. Sa chaîne brillait au bout de ses doigts en se balançant légèrement. Elle lui sembla tout à coup très lourde, porteuse d'un destin funeste qu'il était encore temps d'éviter.

– Vous êtes Jean Ier, roi de France ! ajouta lentement Eugénie. Et la conjuration des Lys travaille pour vous aider à reconquérir votre trône.

Giannino n'y croyait toujours pas. Sa petite enfance en France, quelque part près de Paris, le rattrapait, et de quelle manière ! Il eut envie de s'enfuir, de rentrer chez lui, à Sienne, dans son comptoir, reprendre sa vie ordinaire qui lui allait si bien, retrouver sa femme et ses deux enfants. Il ne voulait pas de ce trône qu'on allait conquérir pour lui, parce qu'il ne se sentait ni fils de roi, ni roi lui-même. Il savait commander aux commis, estimer d'un coup d'œil un lot d'étoffes et des ballots de laine des Flandres, il jaugeait mieux que quiconque et en quelques mots la solvabilité d'un acheteur qui se présentait dans sa boutique. C'était sa vie de tous les jours, il n'en demandait pas plus, le plus prestigieux trône d'Europe ne l'intéressait pas !

– Vous avez grandi près de Paris, une dame de Creissey se disait votre mère.

– En effet ! dit Giannino tout à coup grave. Et puis, mon père, un Lombard, est venu me chercher pour m'emmener en Italie. Je n'ai jamais revu ma mère.

– Cette dame n'était pas votre mère, mais une lingère du palais royal. Vous êtes né le 8 novembre 1316. Officiellement, vous êtes mort trois jours plus tard, mais comme votre mère Clémence de Hongrie redoutait qu'on ne vous empoisonne, elle vous a substitué le fils de cette lingère né le même jour que vous. Ainsi, vous avez grandi loin de la cour, avec les petits paysans. Pourtant, avant de partir pour Sienne, vous avez vu la reine Clémence de Hongrie et elle vous a demandé de lui montrer la médaille que vous portiez au cou. Est-ce vrai ?

– C'est vrai. J'ai vu cette dame tellement belle et si richement vêtue. Elle a regardé ma médaille, puis elle m'a embrassé. Je n'ai jamais oublié la douceur de ce baiser sur mon front.

– Ensuite, Clémence de Hongrie s'est remariée secrètement avec le troubadour Renaud d'Aignan ! poursuivit Eugénie. Je suis née en 1324, j'ai grandi en Gascogne. Des preuves existent aussi bien de votre survie que de ma filiation. C'est tout cela que nous voulons faire reconnaître à l'assemblée des pairs de France qui devra se réunir pour vous rendre votre trône et donner à mes enfants la place qui leur revient.

Giannino tanguait, comme s'il était ivre. Il faillit tomber à la renverse, le consul eut la présence d'esprit de lui présenter un fauteuil. Le marchand de Sienne ne savait plus s'il vivait un rêve magnifique ou un horrible cauchemar. Il avait la tête lourde de ces révélations, il voulait réfléchir loin de tous ces regards qui ne le lâchaient pas.

– Je ne me sens pas très bien ! dit-il enfin dans un soupir. C'est trop pour moi !

– Notre oncle, le roi de Hongrie, a promis une armée de cent mille hommes pour vous aider à reconquérir votre trône. L'empereur d'Allemagne, nos cousins Habsbourg nous soutiennent.

– La ville de Rome vous reconnaît roi de France et met à votre disposition une garde, un palais, et vous octroie une rente de quinze mille florins, ajouta le gouverneur. Majesté, faites-moi l'honneur de ce repas préparé pour vous. Mes espions sont allés à Sienne pour questionner vos gens afin de mieux vous servir en cette modeste demeure.

Il hésita à prendre la place d'honneur que Cola di Rienzo lui présentait avec une grande révérence. Enfin, il s'assit et tout le monde attendit qu'il donnât l'ordre d'en faire autant. Ce fut Eugénie, assise à sa droite, qui lui souffla ce qu'il devait faire.

Le lendemain, toute la ville de Rome savait que le roi de France était dans ses murs. Les curieux se massaient aux portes du Capitole pour tenter d'apercevoir ce Jean Ier qui, jusque-là, avait vécu en simple marchand de draps. Après une nuit sans sommeil, Giannino retrouvait son apparence ordinaire et ses gestes de boutiquier. Eugénie fit part de ses inquiétudes à Pleisson.

– Ne vous en faites pas. Il faut lui laisser le temps de changer de peau pour acquérir la dignité d'un souverain.

En fin de matinée, ils allèrent sous bonne escorte au Capitole où Cola di Rienzo donnait une fête en leur honneur.

– Voilà une affaire qui va faire du bruit ! dit le gouverneur à Eugénie. Comment comptez-vous l'engager ?

– Les Lys doivent se reprendre après la mort de Brienne qui les a privés d'une grande partie de leur trésor de guerre, mais cela devrait aller vite.

Jamais la fille de la reine Clémence n'avait été aussi décidée. Depuis qu'elle avait rencontré son demi-frère, les obstacles qui, jusque-là, lui semblaient insurmontables s'aplanissaient.

Tout à coup, courant entre les jambes des personnes présentes, des rats noirs se faufilèrent entre les chaises. Les chiens du consul se mirent à aboyer. Un valet, qui portait une montagne de vaisselle, fut bousculé et tomba avec son chargement qui se brisa.

– Vous avez vu ces sales bêtes ! Les mêmes qu'au temps de la maladie ! cria le gouverneur.

Eugénie savait ce que cela signifiait : quelqu'un de son entourage était condamné. Après avoir couru dans tous les sens, les rats disparurent au fond de la pièce restée dans l'ombre.

– Par où sont-ils passés ? demanda Cola di Rienzo à un domestique qui avait pris un balai pour les chasser.

– Par là ! fit l'homme en approchant une chandelle. Il y a un petit trou.

Tard dans la nuit, après un festin digne du nouveau roi de France, Eugénie regagna sa chambre dans le palais mis à la disposition de son frère. Elle congédia les femmes qui voulaient l'aider à sa toilette. Une fois la porte fermée, dans le silence de cette superbe demeure, elle s'agenouilla sous le crucifix pour prier. La présence des rats hantait son esprit. Était-elle la faucheuse qui apportait la peste, comme le lui avait dit Herblin avant de mourir ? La fille de la reine sacrifiée pour les besoins de l'État était-elle aussi fille du démon ? Les moments de grande piété de son enfance lui manquaient. L'avenir lui faisait peur.

Le lendemain, tout le monde se retrouva pour la messe du matin avant d'aller traquer le cerf dans les forêts voisines. Jean de Sienne affichait une triste mine après une nouvelle nuit blanche. Le roi faisait bien piètre figure au milieu de ses domestiques en livrée à fleurs de lys. La journée de chasse ne l'enchantait guère, il pensait aux marchands qu'il devait rencontrer à Sienne, aux arrivages des soies d'Orient. Il était très pâle. Eugénie crut remarquer des légers tremblements de ses doigts. Il ne voulut pas suivre la chasse, elle décida de rester avec lui.

Quand la meute bruyante des chiens, suivie des cavaliers, se fut éloignée, le silence retomba sur la maison. Eugénie et Giannino échangèrent un regard gêné. Ils ne trouvaient pas les mots pour entamer une conversation. Depuis leur rencontre, ils ne cessaient de s'observer, cherchant sur le visage de l'autre et dans ses attitudes, la preuve qu'ils venaient de la même mère. Leur ressemblance évidente les renvoyait à un passé commun qui leur était inconnu. Loin de les rapprocher, ces similitudes les mettaient mal à l'aise, alourdissaient l'air autour d'eux, bloquaient les mots dans leur gorge. Giannino avait remarqué les yeux clairs d'Eugénie qui n'étaient pas bleus comme les siens, mais gris avec des reflets d'or ; pourtant, son regard était semblable à celui qu'il portait sur les gens. Eugénie, voulant fuir cette atmosphère pesante, invita Giannino à aller se promener dans les jardins.

– Mon frère, pouvez-vous me parler encore de notre mère, de cette rencontre avant votre départ en Italie ? La pensée de cette femme me hante et je ne puis mettre aucune image à côté du souvenir de mon père.

Giannino fit quelques pas hésitants. Le tremblement de ses doigts s'était accentué. Il trébucha quand son pied buta sur un caillou.

– Je garde le souvenir d'une femme très belle dans une pièce décorée de motifs d'or. Les traits de son visage se sont perdus dans ma mémoire, mais elle me paraissait tellement loin du petit paysan que j'étais… La douceur de son baiser sur mon front et de sa main sur ma joue m'est restée intacte.

Eugénie ferma les yeux pour imaginer ce baiser, dont le manque la laissait tout à coup démunie. Giannino se tourna. Eugénie vit alors son regard qui n'était plus celui du marchand arrivé la veille au Capitole, mais un regard qui ne se fixait sur rien, comme perdu. Ils ressentaient tous les deux le même malaise.

– J'étais récemment au castel de Vincennes où je suis née et où notre mère a vécu ses dernières années… dit Eugénie pour chasser le silence.

Giannino se dirigea vers un bosquet de tilleuls, trébucha de nouveau.

– Je ne me sens pas très bien, tout à coup ! dit-il. Probablement la fatigue et ces révélations qui ne me laissent pas un moment de répit…

Eugénie s'approcha et le regarda à la lumière de la fenêtre. Il claquait des dents, son visage était devenu terreux. Elle pensa aux rats aperçus la veille à la fin du dîner. La conquête du trône de France allait-elle s'arrêter là ?

– Rentrons ! décida la jeune femme, il faut vous reposer.

– Ce n'est rien ! répondit Giannino d'une voix faible. J'ai probablement attrapé froid pendant le voyage de Sienne à Rome. Nous avons essuyé un orage avec de la grêle qui nous a trempés…

Eugénie demanda à une servante de préparer un lit et d'allumer du feu dans la cheminée. Son frère peinait à marcher, elle l'aida à s'allonger.

– Ce n'est que de la fatigue ! répétait-il. Je vous cause bien du dérangement pour rien…

Eugénie posa sa main sur son front brûlant. Dans son esprit, le doute faisait place à une horrible certitude.

– Mon Dieu, murmura-t-elle, vous n'allez pas me le prendre ?

Les aboiements des chiens la firent sursauter. Dans la cour, les chevaliers revenaient de la chasse alors qu'il restait encore plusieurs heures de jour. Six valets ramenaient sur une civière fabriquée avec des branches un homme qui ne pouvait plus se tenir à cheval. Elle ouvrit la fenêtre et demanda qu'on aille chercher un médecin.

– Mon frère, le roi, est malade ! cria-t-elle. Faites vite !

Cola di Rienzo arriva, essoufflé, et trouva la jeune femme agenouillée près du lit où Giannino claquait des dents.

– Quelle catastrophe ! dit le gros homme.

– Le médecin ? A-t-on trouvé un médecin ?

– Il arrive ! répliqua Rienzo en se dirigeant vers la fenêtre.

Le docteur Malano, un tout petit homme aux gestes vifs, entra dans la pièce. Son premier regard alla au malade. Il n'avait aucun doute : la peste était de nouveau à Rome.

– Je viens de voir le chevalier que vous avez ramené de la chasse, Pierre de Verneuil… dit-il en jetant un regard fataliste au gouverneur. Il faut fermer les portes de la ville.

Pourtant, le cas de Giannino lui semblait bizarre : il délirait sous l'effet d'une forte fièvre, mais sa peau restait claire, contrairement à celle des « pesteux ».

– La mal-mort aime jouer avec nos nerfs ! ajouta Malano. Elle nous montre plusieurs visages pour nous égarer. Le diable a plus d'un tour dans son sac !

Eugénie bondit, prit le petit homme par le col avec une énergie qui surprit tout le monde :

– Il faut le sauver ! Vous comprenez qu'il est le dernier espoir de tout un peuple ?

– Madame, on ne peut rien contre la maladie de l'enfer !

Cola di Rienzo, qui s'était agenouillé sous le crucifix, se dressa vivement.

– Mais, c'est le roi de France ! Ce n'est pas un malade ordinaire !

Malano demanda qu'on apporte une cuve avec de l'eau froide et fit ajouter des bûches dans le feu. Plusieurs valets l'aidèrent à dévêtir Giannino et le plongèrent dans l'eau glacée où ils le laissèrent immergé pendant quelques minutes. Enfin, le médecin ordonna qu'on le sorte, qu'on l'enveloppe de linges chauds et qu'on l'allonge sur son lit. La fièvre était tombée ; le malade ne grelottait plus. Inconscient, la respiration bruyante, il dormait. Malano se tourna vers Eugénie, satisfait :

– Si la fièvre ne reprend pas, il guérira ! Nous devons prier.

Eugénie passa la nuit au chevet de son frère. L'espoir lui restait car Giannino ne présentait toujours pas les symptômes de la peste : les plaques grises ou les pustules rouges étaient absentes de son visage, il ne vomissait pas ces horribles glaires verdâtres mêlées de sang pourri. Enfin, il n'exhalait pas cette affreuse puanteur de chairs en décomposition.

Vers le matin, il se mit à délirer. Avec un linge humide, Eugénie lui rafraîchissait le front. Quand il se réveilla, Jean Ier n'avait plus le visage de Giannino. Un pli s'était formé au coin de ses lèvres, ses prunelles ne cessaient de tourner dans leurs orbites.

– Voilà que vous allez mieux ! dit Eugénie en remontant la couverture sur ses épaules.

Il se tourna lentement, son regard était vide.

– Je suis le roi de France ! dit-il d'une voix bizarre. Je veux que tout le monde m'obéisse, parce que je suis le roi du plus grand royaume de la chrétienté !

– Que vous prend-il ? demanda Eugénie, intriguée. Jean, regardez-moi. Comment vous sentez-vous ?

– Je suis le roi et je vais faire pendre tous ceux qui se dresseront sur ma route !

Sa tête roula sur l'oreiller. Il prononça encore quelques phrases, donna des ordres et menaça de la potence ceux qui refuseraient de ployer le genou devant lui, puis il s'endormit.

Eugénie sortit de la chambre et trouva Cola di Rienzo venu lui annoncer la mort de Pierre de Verneuil.

– Comment va Sa Majesté ?

– Giannino n'a pas la peste ! répondit Eugénie. Mais cela ne doit pas nous rassurer pour autant, je redoute qu'il n'ait un mal plus grave encore !

– Voyons, rien n'est plus grave que la peste !

Eugénie ne répondit pas. Elle sentait agir en son frère des forces contraires qui le tiraillaient, le broyaient, et laissaient entrevoir une personnalité funeste, enfouie, ce mal des derniers capétiens qui cachaient leur faiblesse sous une autorité souvent destructrice et sanguinaire.

Giannino di Guccio se rétablit en quelques jours. Il fut décidé qu'il retournerait à Sienne, où la république se préparait à l'accueillir en roi de France. Un palais serait mis à sa disposition. Aidé par un collège de spécialistes, le cardinal de Lunhe, ami de Varonne, prendrait en charge l'éducation du futur souverain.

Eugénie ne le quitta pas pendant tout le temps de sa convalescence. Ils faisaient de longues promenades dans les jardins du palais, profitaient du soleil et du printemps. Giannino n'avait pas retrouvé ses belles couleurs ; son visage conservait cette pâleur apparue pendant sa maladie et son regard avait perdu sa malice de marchand. Il se montrait préoccupé par l'attitude à adopter et demandait en permanence à Eugénie quel devait être le comportement du roi de France face à telle ou telle situation.

– Soyez vous-même ! répondait Eugénie en lui prenant la main. Ne cherchez pas à jouer, faites ce que vous dicte votre conscience. Il n'est d'attitude plus noble que celle du cœur.

– Certes, ma sœur, mais je suis roi de France !

Il répétait constamment cette phrase comme pour bien s'en imprégner et se convaincre de sa nouvelle place dans un monde qui n'avait pas besoin de lui. Parfois, ses sursauts d'orgueil étonnaient Eugénie, qui l'invitait à montrer plus de modération.

– Je ne tolèrerai jamais que l'on se mette en travers de mon chemin ! Dieu m'a donné un destin, je l'accomplirai quoiqu'il en coûte !

À cet instant, elle voyait briller dans le regard de son frère une nouvelle lueur, froide et déterminée, inquiétante.

– Je vous en prie, les rois doivent plus que les autres contenir leurs humeurs et ne jamais parler ou agir sans réflexion !

– Je suis le roi de France, ma sœur !

C'était sa seule réponse, la justification de tous ses actes ou propos, souvent mal venus. Eugénie espérait que les conseils du cardinal de Lunhe sauraient remettre de l'ordre dans cette tête chamboulée par une destinée imprévue.

Elle savait que pour les conjurés des Lys, la tâche restait immense et dangereuse. Mais, depuis l'assassinat de Brienne, l'organisation reprenait de la vigueur. Varonne, toujours opposé à la monarchie absolue lui avait écrit que beaucoup de nobles et de clercs les rejoignaient en secret : *Tout sera prêt à temps pour une attaque surprise*, précisait le cardinal. *Néanmoins, nous devons d'abord bien connaître notre ennemi, ses habitudes et l'ordonnance de sa maison.*

Eugénie réfléchit un instant et dit à Hauteville :

– Vos entrées à la cour nous seront utiles. Le roi ne me connaît pas, c'est une chance ! Il m'a condamnée, puis graciée sans jamais voir mon visage. Je serai la nouvelle Mme de Hauteville, puisque la peste vous a ravi votre épouse. Je vais trouver quelque artifice qui fera de moi une autre femme. Bien sûr, si notre conspiration est éventée, nous n'aurons aucun moyen de nous échapper, mais avec quelques précautions, cela n'arrivera pas.

Ils quittèrent Rome à la mi-avril 1352. Eugénie et Giannino s'étreignirent longuement. Seuls survivants d'une race perdue, l'un ne pouvait rien sans l'autre et tous deux se rejoignaient dans le souvenir d'une mère, dont le temps avait emporté à jamais les traits du visage, le sourire, les souffrances. Eugénie lui souffla :

– Bientôt, vous serez le roi de France sur le trône que Dieu vous réserve. Il ne vous a pas fait survivre au poison des Valois pour vous laisser dans votre boutique à Sienne.

– Grâce à vous, ma sœur ! Que pourrais-je sans votre précieux concours ?

– Les conjurés des Lys vous conduiront sur le trône le jour de Noël prochain ! dit Eugénie en se séparant de lui. Je vous en fais le serment !

Une vingtaine de chevaliers accompagnaient la jeune femme et attendaient à l'écart. Les chevaux marquaient leur impatience.

– Souvenez-vous : à Noël prochain !

Elle monta sur son cheval et s'éloigna. Le dernier regard de Giannino la hantait, ce regard flou, qui ne se fixait sur rien. Elle se tourna et lui cria :

– Le jour de la naissance de Notre Seigneur, vous serez roi ou nous périrons tous !

Imprimé en France par

CPI
BRODARD & TAUPIN

à La Flèche (Sarthe)
en août 2010

POCKET – 12, avenue d'Italie - 75627 Paris cedex 13

N° d'impression : 59431
Dépôt légal : février 2010
Suite du premier tirage : août 2010
S17966/03